Tödliches Solo

Die Handlung und die meisten Akteure dieses Romans sind frei erfunden. Jede Ähnlichkeit der erfundenen Personen mit realen ist Zufall und nicht beabsichtigt. Die Bandmitglieder von Hi-You-There, Unisono und die Zwillinge und die Blechgang und ihnen nahe stehende Personen gibt es wirklich, ihnen sei an dieser Stelle ausdrücklich gedankt.

Bracht & Bracht

Tödliches Solo

Waxmann
Münster / New York / München / Berlin

Bibliografische Informationen der Deutschen Nationalbibliothek
Die Deutsche Nationalbibliothek verzeichnet diese Publikation in der Deutschen Nationalbibliografie; detaillierte bibliografische Daten sind im Internet über http://dnb.d-nb.de abrufbar.

ISBN 978-3-8309-2121-9

Postfach 8603, 48046 Münster

www.waxmann.com
order@waxmann.com

Umschlaggestaltung: Pleßmann Kommunikationsdesign, Ascheberg
Titelfoto und Foto der Autoren: Julica Bracht, www.julicabracht.de
Satz: Stoddart Satz- und Layoutservice, Münster
Druck: Buschmann GmbH, Münster

Gedruckt auf alterungsbeständigem Papier,
säurefrei gemäß ISO 9706

Für
Katharina,
Julica und
Rebecca

Prolog

Sie hatte ihn nie überzeugen können. Aber sie wusste, sie würde es schaffen, einfach schweben, leicht wie eine Feder. Sie würde es für ihn tun, es ihm beweisen, und er würde stolz auf sie sein. Mit geschlossenen Augen spürte sie die leichte Brise, die sanft vom Fuße der Staumauer zu ihr heraufstrich. Die Stimmen ihrer Freunde drangen leise, wie durch Watte an ihr Ohr, und sie verstand nicht, was sie ihr zuriefen, aber sie wollte auch gar nicht verstehen, sie wollte nur eins. Mit sicherem Tritt setzte sie einen Fuß vor den anderen, in den ausgetretenen Chucks, die ihr Bruder ihr zum Geburtstag geschenkt hatte. Der warm aus der Tiefe herauflüsternde Hauch, das Geräusch plappernder Stimmen neben ihr und das lautlose Tasten ihrer verwaschenen schwarzen Turnschuhe auf dem rostigen Geländer hüllten sie in eine sich wohlig anfühlende Wolke aus weichen Daunenfedern, die sich langsam, leise, wie eine lockende Versuchung um sie drehte. Hier im Dunkel der Nacht schien ihr eine überirdische Macht die Kraft zu verleihen, das zu tun, was sie in ihren Träumen schon so oft getan hatte, die Kraft, sich treiben zu lassen, sich auf diesen sanften unsichtbaren Händen hinauftragen zu lassen, hinauf zu den oben am Horizont schwarz in der Nacht versinkenden Tannenspitzen. Abheben, schweben, höher und weiter … und weiter.

Als Einzige hatte sie zwei der kleinen rosa Kügelchen – ihres und das ihrer Freundin – in einem Pappbecher Cola aufgelöst und in einem Zug hinuntergespült. Nun spürte sie, wie die unvorstellbare Kraft tief in ihrem Magen explodierte, ihr einem Adler gleich Schwingen verlieh. Weiter, immer weiter schien sie über das Geländer der Bruchsteinmauer zu schweben, die Tiefe links unten machte ihr keine Angst. Am Scheitelpunkt der sich leicht zur Wasserseite wölbenden Mauer hielt sie inne, wandte sich nach rechts, bis sie auf die silbrig schimmernde Fläche sah. Einige wenige Schritte entfernt von ihr tanzte ihre Freundin, die Arme weit ausgebreitet, in einer Hand eine riesige Lambruscoflasche, ihr zuwinkend mit der anderen. Sie konnte sie sehen, aber sie hörte sie nicht, hörte nicht, was die Freundin ihr zurief, ahnte nur das dumpfe Raunen des tief unter ihr am Fuße der Mauer austretenden Wasserschwalls. Als sie sich, die Arme weit ausgebreitet, langsam rückwärts gegen den warmen Wind lehnte, sah sie für einen kurzen Moment die mit ihren Milliarden von Sternen funkelnde Milchstraße, hoch über ihr den Großen Wagen, rechts davon das Himmels-W, Cassiopeia. Dann deckte die schwarze Nacht ihren dunklen Mantel über sie.

Sie starb am 3. Juli 1967 gegen 23.30 Uhr nach einem Sturz von der 32 Meter hohen Staumauer der Glörtalsperre. Obwohl ihr freier Fall von der sich nach unten verbreiternden Mauer gebremst wurde, schlug sie nach 2,67 Sekunden mit einer Geschwindigkeit von 25 Metern pro Sekunde am Fuße der Mauer auf. Als Todesursache wurden multiple innere und äußere Verletzungen konstatiert. Die Blutuntersuchung ergab einen Alkoholgehalt von 1,3 Promille sowie eine starke Konzentration von Lysergsäurediethylamid.

– 1 –

Die Hauptattraktion waren an diesem Abend die „Equals", die Band, die im Jahr 1966 „Baby come back" herausgebracht hatte, vor allem im benachbarten Holland und Deutschland ziemlich erfolgreich tourte und von den Radiosendern rauf und runter gespielt wurde. Neben den „Equals" sollten auf dem Jugendball noch „Creation" und außer uns ein paar andere lokale Bands auftreten.

Ob wir früh oder eher spät, als Vorgruppe oder als Hauptband, auftraten, war uns egal. In den 60er Jahren waren die Hallen schon zu Beginn eines Festivals voll, erst viel später, in den 90er Jahren, war es wichtig für eine Band, auf keinen Fall als Erste zu spielen, denn am frühen Abend waren kaum Zuhörer da. Für uns war es wichtig, dass wir überhaupt dabei waren. Wir waren „Hi-You-There", selbstverständlich die beste aller Lüdenscheider Beatbands, und wir schafften es immer wieder, einen „Termin" bei einem der Lüdenscheider Jugendbälle zu bekommen. Damals hieß das so: „Termin". Wir hatten viele davon, alle in der näheren Umgebung, die meisten natürlich in Lüdenscheid, aber auch mal in Heedfeld, dem kleinen Dorf sechs Kilometer nördlich von Lüdenscheid oder, südlich der Bergstadt, in Herscheid, Peterchens Heimatdorf. Dabei kam es uns nicht darauf an, ein paar Mark Gage mit nach Hause zu nehmen, wir wollten einfach nur spielen, spielen, spielen. Erst Jahre später – Hi-You-There gab es schon gar nicht mehr – machten wir es dann wie die Amerikaner und nannten unsere Auftritte „Gig". Bis wir das dann, Mitte der 70er, affig fanden. Von da an hießen unsere Auftritte „Strippen". Wer von uns Musikern das Wort eingeschleppt hatte, weiß ich nicht mehr; es hatte nichts mit Striptease, wie Richi meinte, zu tun, wahrscheinlich spielte es einfach auf die Strippenzieherei an, mit der es Musiker in den 70ern mehr und mehr zu tun bekamen, als die Anlagen immer aufwändiger und größer und natürlich auch lauter wurden.

Der Jugendball fand schon zum vierten oder fünften Mal statt, und die Beatfans standen schon ab vier Uhr vor den Türen der Lüdenscheider Schützenhalle, um eine Eintrittskarte zu ergattern. Mein Zwillingsbruder Richi und ich wurden von Mutter Waltraud mit unserem Equipment – wir hatten noch keinen Führerschein – zum Bühneneingang an der Rückseite der Halle gefahren. Dort trugen wir unsere Instrumente die wenigen Stufen hinauf, um sie im hinteren Bühnenbereich, hinter dem schweren roten Vorhang abzustellen. Viel hatten wir damals noch nicht. Richi spielte eine Halbakustikgitarre, irgendeinen namenlosen Gibson-Nachbau, Peterchen spielte seine halbakustische Framus, und ich hatte dem Bassisten von „Sir John and the Starfighters" aus Iserlohn einen Beatlesbass abgekauft, für stolze vierhundert DM. Unsere Verstärker waren von der deutschen Firma Echolette, Richi hatte den Showstar, ich einen BS 40. Mein Traum war ein Bassverstärker von Vox oder ein Orange, aber das war für uns als Schülerband nicht zu bezahlen. Und dann war da noch der Leinensack, in dem früher die Stangen von Tante Lores Steilwandzelt verpackt waren, mit den drei Mikrofonstativen. Das Schlagzeug und Peterchen mit seinen Instrumenten waren noch nicht eingetroffen, Richi und ich waren die Ersten.

Es war ein gutes Gefühl, am Bühneneingang nicht groß erklären zu müssen, dass wir die Band Hi-You-There waren, sondern direkt vom Türsteher erkannt zu werden.

„Hallo Jungs, ihr seid aber früh dran, ihr spielt doch erst um acht!"

Ich antwortete, „Hi Alter" – ich sagte immer Alter, wenn ich einen Namen, an den ich mich eigentlich erinnern müsste, vergessen hatte – „wir wollen sehen, wie die anderen Bands das machen, die Equals und die Paintermans."

Schon damals ahnten wir, dass es Situationen im Leben gibt, in denen man cool wirken sollte, vor allem als Musiker. Darum musste der Türsteher nicht unbedingt wissen, dass wir deshalb schon um drei Uhr nachmittags da waren, weil unsere Fahrerin Mutter Waltraud um vier noch eine Probe mit ihrem Chor in der Heedfelder Kirche hatte.

Die „Paintermans" waren die Beatmusiker der englischen Band „Creation", die im April 1967 mit „Painter Man" ihren größten Hit hatte: Platz acht der deutschen Hitparade. Der Gitarrist Eddie Phillips spielte seine Gitarre zeitweise mit einem Geigenbogen, das war sein Markenzeichen. Wir wussten, dass Jimmy Page von Led Zeppelin das auch tat, erfunden hatte er es aber nicht, Eddie Phillips war der Erste. Wir von Hi-You-There wussten jedoch nicht, ob wir „Painter Man", was wir selbst im Repertoire hatten, spielen sollten oder nicht. Peterchen hatte keinen Geigenbogen, und außerdem spielten wir im Vorprogramm der Schöpfer von „Painter Man", der Profiband aus England. Zu guter Letzt siegte unser Selbstbewusstsein: Wir könnten das mindestens genauso gut wie Creation, und in Lüdenscheid waren wir bestimmt genauso bekannt wie die Engländer. Und der Türsteher bestärkte uns darin.

„Jungs, ihr macht das schon, was die Inselrocker können, das könnt ihr auch."

„Okay, wir geben alles, bis später!", bedankte ich mich und wandte mich an Richi.

„Ich geh mir mal kurz die Beine vertreten."

„Gute Idee, ich komme mit!"

Vom Hintereingang, durch den wir gekommen waren, betraten wir die Halle. Die Schützenhalle war im Jahr 1900 fertiggestellt worden und, das hatte unser Deutschlehrer Werner Schmermbeck irgendwann einmal erzählt, war ein stark vom Jugendstil beeinflusster, neubarocker Großbau nach dem sakralen Baumuster einer Basilika. Die Halle gehörte, wie sollte es anders sein, der Lüdenscheider Schützengesellschaft und ist seit 1984 in der Denkmalliste der Stadt Lüdenscheid eingetragen. Die architektonischen Besonderheiten der Halle waren Richi und mir aber ziemlich einerlei, für uns zählte nur, dass die Halle an die 2000 Beatfans fasste, und auf die kam es uns an. Wir würden alles geben, um uns von unseren Fans feiern zu lassen. Auf der Bühne hatten irgendwelche Techniker, vielleicht waren es auch Musiker, ihre Verstärker auf Stühle an den hinteren Rand des Bühnenvorbaus, direkt vor den schweren, roten Vorhang gewuchtet und versuchten ihren Instrumenten erste Töne zu entlocken.

„Den Verstärker hätte ich auch gern!", sagte Richi.

„Vergiss es, zu teuer. Aber vielleicht lassen die uns ja über ihre Klamotten spielen, fänd' ich klasse! Lass uns die Jungs doch gleich mal fragen!"

„Das wär' wirklich klasse!" Heute sagt das kaum noch jemand, aber, wenn uns damals, im Jahr 1967, etwas besonders gefiel, dann war das „klasse", und zu übertreffen war das nur noch mit „bärig".

Wir gingen wieder zurück zum Bühneneingang, wo sich die schwere Tür einen Spalt weit geöffnet hatte, durch den sich Peterchen gerade zwängte.

„Klasse, ihr seid schon da, dann packt doch mal eben am Vox an. Das Schlagzeug kommt auch gerade!"

„Okay!" Ich packte kurz an, Richi war schon wieder irgendwo anders, das war er immer, wenn es etwas zu schleppen gab, und wir stellten den Verstärker zu unserer Ausrüstung. Peterchen zeigte auf den Leinensack mit den Mikrofonstativen und fragte, „Warum habt ihr die denn mitgebracht? Brauchen wir etwa Mikros?"

„Eher nicht, ich vermute, Mutter Waltraud hat den Sack einfach so dazugepackt, als wir ihren Wagen vollgeladen haben. Die bauen die Gesangsanlage von den Equals auf, glaube ich."

In diesem Moment trat ein Schwarzer, ein riesiger Kerl mit einem unglaublichen Bodybuilderkreuz, vermutlich gehörte er zu den Equals, zu uns und blaffte uns auf ziemlich Hochdeutsch an: „Hört mal zu, Jungs, hier spielen gleich die Equals und Creation, packt euren Scheiß da weg, wir brauchen Platz! Und zwar ein bisschen dalli, oder es knallt!"

„Und wohin?", fragte ich kleinlaut.

„Wir spielen nämlich auch gleich", ergänzte Peterchen etwas weniger kleinlaut.

Doch bevor der Muskelprotz rabiat werden konnte, eilte uns der Türsteher zu Hilfe. „Kommt her, Jungs, ich helfe euch, wir schleppen den Kram wieder runter und stellen alles in die Ecke am Eingang."

„Danke, okay. Alter, das ist echt stark von dir!"

Gesagt getan, wir trugen die Verstärker wieder von der Bühne herunter, stellten sie neben die Tür am Hintereingang und legten die Gitarren und den Sack mit den Stativen oben drauf.

Wir waren gerade damit fertig, als Richi wieder auftauchte.

„Kommt, gleich spielen die Jungs von Lajos Fa! Lasst uns die kurz angucken, dann noch eine halbe Stunde, und wir sind dran. Aber keine Sorge, wir sind echt besser!"

Natürlich waren wir besser, aber trotzdem wurde ich langsam nervös. Vor einem Auftritt werde ich immer nervös. Es war nach fünf Uhr, die Jungs von Lajos Fa hatten schon angefangen, sie versuchten sich gerade an einer schnellen Version von „Sergeant Pepper". Die Sauerländer Beatfans standen dicht gedrängt vor der Bühne. Wir hatten noch etwas Zeit, also mischten wir uns unter das Volk, um den einen oder anderen Bekannten, Klassenkameraden oder, noch besser, das eine oder andere Mädchen zu treffen. Die Halle war gut gefüllt, es waren etwa 1800 Jugendliche angereist, vermutlich um Creation und die Equals zu sehen, sicher aber auch viele, um Hi-You-There mal wieder zu hören. Ich entdeckte etliche Bekannte. Sie hatten sich alle ein wenig zurechtgemacht, einige hatten schon Schlaghosen, ein paar wenige sogar Blümchenhosen, und die Mädchen hatten sich dicke schwarze Balken um die Augen gemalt. Viele waren allerdings noch mit weißem Hemd, Sakko und sogar Schlips erschienen. Über Richi und mich hatten unsere Eltern Langehaareverbot verhängt, und wenn wir auftraten, hatten wir unsere weißen Jeans und den grauen oder roten Rollkragenpulli an. Die Pullis waren zwar viel zu warm auf der Bühne, aber was tat man nicht alles für den Ruhm.

„Hast du den da vorne an der Säule gesehen?", frage mich Richi und zeigte auf einen vielleicht 19-jährigen Quark-mit-Spucke-Typen im Konfirmationsanzug, der so gar nicht ins Bild passen wollte und sich hinter eine der dicken Schützenhallensäulen schob, ganz so, als schäme er sich, hier gesehen zu werden.

„Kommt mir bekannt vor, ist, glaube ich, auf dem Zepp, ein oder zwei Klassen über uns, komischer Vogel, aber vielleicht steht er ja auf Hi-You-There!" Ich zuckte mit den Schultern.

„Aber guck mal, da vorn stehen Largo und Gammel! Lass uns mal hingehen!"

Largo war ständiger Hi-You-There-Begleiter und immer gut zu gebrauchen, wenn Boxen geschleppt, Kabel gelötet oder Bandstrategien geschmiedet werden mussten. Gammel oder auch Gammel int. (für Gammel international) – er nannte sich so, weil er das cool fand –, das war Wolli, Richis und mein irgendwie dritter Bruder, den wir kennen gelernt hatten, nachdem wir sitzengeblieben waren und die Obersekunda wiederholen durften. Seitdem ging Wolli bei uns ein und aus. Einmal hatte er sich nach der Schule in den Bus gesetzt, um in das etwa fünfzehn Kilometer entfernte Werdohl zu fahren. Er fuhr dorthin, um an dem Brunnen in der Stadtmitte nichts zu tun, einfach nur zu „gammeln“. Gammler wurden damals von den meisten Vertretern des Establishments gehasst. Wenn nun jemand das Establishment hasste, und Wolli hasste das Establishment, hatte man die Möglichkeit, es den Spießern einmal richtig zu zeigen, zu gammeln, so einfach war das. Wenn man den Zeitungen und den Berichten in Funk und Fernsehen Glauben schenken wollte, dann waren Gammler eine Seuche, eine Landplage, schmutzig, verlottert und verlaust, unausstehlich und eine Schande für die Gesellschaft. Dabei war Wolli eigentlich einer der liebsten Menschen auf dieser Welt.

Die Band hatte ihre halbe Stunde hinter sich gebracht und spielte als Zugabe eine Wiederholung, „Sergeant Pepper“, diesmal ein wenig langsamer, sie waren wohl sehr geschafft, die Kollegen. Wir nickten uns zu, es wurde Zeit. Wir liefen zurück Richtung Bühne, zum Bühnenhintereingang, ein kurzes Hallo zum Türsteher, und ich holte meinen Beatlesbass aus dem Koffer, Peterchen und Richi ihre Gitarren. Der Schlagzeuger würde die Schießbude der Vorband benutzen. Wir warteten hinter dem Vorhang auf unseren Einsatz. Als die letzten Sergeant-Pepper-Töne verklungen waren, stürmten wir unter dem Jubel des einheimischen Publikums auf die Bühne. Ich stöpselte mein Ringelkabel in den Bassverstärker des Kollegen, der zeigte mir noch kurz den Knopf für laut und leise, ich stellte auf laut und schon ging es los.

„Caroline, Caroline, ija, ija, ija,
Caroline, Caroline, ija, ija, ija …“

Wir begannen die meisten unserer Konzerte mit „Caroline“, der Erkennungsmelodie von Radio Caroline, dem Sender, der unsere heiß geliebte Beatmusik von einem Kutter in der Nordsee in unsere Radios schickte. Das kannten unsere Leute und sie sangen von Anfang an lauthals mit. Der Termin lief wie erhofft, der Sound aus den geliehenen Verstärkern war viel besser als der aus den eigenen, und unsere halbe Stunde verging wie im Fluge. Vor 1800 Beatfans zu spielen war das größte, unter ihnen erkannte ich Wolli, Largo, ein paar Klassenkameraden und unsere fünf Heedfelderinnen. Ein

Mädchen in der ersten Reihe fiel mir ganz besonders auf. Sie war die göttlichste Erscheinung, die mir jemals unter die Augen gekommen war, mit langem schwarzem Haar, ihre Traumfigur steckte in einer hautengen Levis, und die mit schwarzen Balken umränderten Augen ließen mir den Atem stocken. Allerdings schien die schöne Unbekannte nur Augen und Ohren für unser Peterchen zu haben, mir blieb also nichts anderes übrig, als mich ganz schnell wieder auf meinen Bass und die anderen 1799 Beatfans zu konzentrieren. Mindestens 1700 von ihnen waren völlig begeistert. Der Konfirmationsanzug stand zwar immer noch an seiner Säule und verfolgte das Geschehen auf der Bühne, er schien nicht ganz so begeistert zu sein wie der große Rest, aber das konnte mir egal sein. Wir spielten gut, unsere Spezialität war der dreistimmige Gesang, das konnte im ganzen Sauerland, vermutlich in ganz Deutschland, nicht eine Band so gut wie wir. „Yes I will" von den Hollies, „I want to hold your hand" und „She loves you" von unseren Liverpooler Lieblingen und schließlich „Painter Man". Das Publikum tobte. Ihre Hi-You-There spielten den Hit der Hauptattraktion des Abends! Und wie! Creation würde sich warm anziehen müssen. Und dabei hatten wir unseren Höhepunkt noch gar nicht erreicht. Der kam mit „Let's go to San Francisco" von den Flowerpot Men. Wir spielten das Lied in einer noch nie da gewesenen Version. A- und B-Seite der Single hängten wir aneinander, das war ungemein kreativ und der Höhepunkt all unserer Konzerte. Wenn wir auf unseren Instrumenten auch nicht die Weltmeister waren, unser Gesang, und auf den kam es bei dem Song schließlich an, dreistimmig, glockenrein und glasklar, war einfach unschlagbar.

Die Schönheit mit den schwarz umränderten Augen und den hautengen Jeans tanzte immer noch direkt vor Peterchens Nase und schickte ihm himmlische Botschaften die Bühne hinauf, mir war völlig unverständlich, wie Peterchen überhaupt noch in der Lage war, sein Instrument ordentlich zu bedienen. Zum ersten Mal in meinem Leben wäre ich lieber Gitarrist gewesen, ich hätte alles gegeben, um an Peterchens Stelle zu sein. Unsere Fans waren völlig aus dem Häuschen, und als wir uns nach dem letzten Song verabschieden wollten, verlangten sie laut schreiend eine Zugabe. Die sollten sie haben und wir lieferten ihnen „Das Würstchen", Peterchens Eigenkomposition über die seelische Katastrophe eines Siebzehnjährigen, der von seiner Freundin verlassen wird. Die Jungs applaudierten, was das Zeug hielt, die Mädchen kreischten, und alles war gut. Wir drückten uns durch den Vorhang nach hinten, wo die Jungs von Creation gerade dabei waren, ihre Gitarren zu stimmen. Sie nickten uns wohlwollend zu:

„Good job, boys!"

„Thank you!"

Und Richi ganz cool: „Thanks."

Unter unseren Rollkragenpullovern waren wir pitschenass geschwitzt, aber überglücklich, die Welt war gut. Erst zwei Tage später mussten wir erfahren, dass die Welt wohl doch nicht ganz so gut war, wie sie uns in diesem Augenblick erschien ... Wir packten unsere Instrumente wieder auf unsere Verstärker am Hintereingang und begannen den Rest des Abends zu genießen.

„Jungs, wir waren echt klasse heute", freute sich Peterchen, „aber jetzt mische ich mich mal, so schnell ich kann, unters Volk. Mal sehn, ob ich den schwarzhaarigen Knackarsch irgendwo finde. Habt ihr die gesehen?"

„Und ob", sagte ich, „mach das Beste draus!"

Unterdessen machten Richi und ich uns auf die Socken, und wir drängten uns durch die Massen der Beatfans bis vor die Bühne, wo die Creation gerade ihre Show begonnen hatten. Während sie ihren „Painter Man" spielten, fackelten sie Räucherkerzen ab, und einer von ihnen sprayte, begleitet von den verzerrten Gitarrenfeedbacks seiner Kollegen, eine Leinwand voll Farbe. Als er damit fertig war, ließ er den Stoff in Flammen aufgehen und pfefferte die verkohlten Fetzen unter das johlende Volk. Und das war begeistert, begeisterter jedenfalls als einer der örtlichen Pressevertreter, denn der sollte in der kommenden Woche berichten, dass die Creation umherhopsten, als habe ihnen ein Beatverächter Juckpulver in die Struwwelpetermähnen gestreut, und er prophezeite der Band, schon sehr bald wieder in der Versenkung zu verschwinden.

Wir Hi-You-There jedoch genossen den Auftritt, vor allem weil unser „Painter Man" auf jeden Fall deutlich bäriger war. Mit dem

Auftritt der Equals ging der Jugendball zu Ende, und als gegen zehn Uhr der letzte Ton verklungen war, wartete Mutter Waltraud bereits mit ihrem Volkswagen am Hintereingang, um uns mit unserem Equipment abzuholen.

„Und, hast du sie gefunden?“, fragte ich, als Peterchen auftauchte.

„Nee verdammt, die war wie vom Erdboden verschluckt, ich habe alles abgegrast und vom Konzert fast nichts mitbekommen. Inzwischen glaube ich, dass sie nichts weiter war als eine Fata Morgana! So ein Mist.“

Wir machten uns daran, die Instrumente in Mutter Waltrauds Auto zu packen. Als ich vor dem Stapel Verstärker mit den Gitarren und Basskoffern stand, beschlich mich ein seltsames Gefühl. Etwas war anders als vorher. Nichts Weltbewegendes, aber irgendetwas stimmte nicht. Was es war, sollte mir erst fast vierzig Jahre später klar werden.

„Na denn Jungs, das Leben geht weiter, ab nach Hause, wir sehen uns ja morgen schon wieder, etwas kleiner der Laden als dieser Prachtbau, aber dafür spielen wir das volle Programm. Also dann, bis morgen Abend.“

„Okay. Bis morgen!“ Und ab ging es, nach Hause.

– 2 –

Eigentlich hatte er gar nicht hier sein wollen, und wenn er geahnt hätte, welche Folgen der Besuch des Jugendballs nach sich ziehen würde, wäre er auch nicht hier, sondern hätte sich geweigert, das Almosen seines Vaters anzunehmen: die paar Mark für die Eintrittskarte. Sein Vater hatte ihn beinahe genötigt, die sichere Geborgenheit des Elternhauses für den Samstagabend zu verlassen, um in die Schützenhalle zu gehen.

„Auch deiner Mutter und mir tut es schrecklich leid, was passiert ist. Aber wir glauben, du gehörst unter Menschen. Wir machen uns Sorgen um dich, mein Junge. Du darfst nicht zu Hause versauern. Du bist noch so jung, hast dein Leben noch vor dir. Versuch dich von dem Schlimmen, was passiert ist, abzulenken." Dann hatte er hinzugefügt: „Und so etwas wie diese Geschichte mit den Äpfeln, das darf nicht noch einmal passieren, mein Junge. Du musst uns verstehen, deine Mutter und mich. Solange wie wir hier gemeinsam unter einem Dach leben, müssen wir uns an Regeln halten, sonst stehen wir das alles nicht durch." Tränen standen in den Augen seines Vaters.

„Verstehst du das?", fragte er. Der Sohn nickte.

„Ich verstehe euch."

„Dann geh doch auf diesen Jugendball. Misch dich unter das junge Volk und versuch, das Leben zu genießen."

Widerwillig hatte er das Fünfmarkstück in seine Flanellhose verschwinden lassen, die Anzugjacke vom Haken in der Garderobe geangelt und sich auf den Weg gemacht. Er wollte da nicht hin, aber ihm blieb anscheinend nichts anderes übrig. Um des lieben Friedens willen, seinen Eltern zuliebe. Wenn er geahnt hätte …

Diese Äpfel! Wie immer hatten sie sich beim Abendbrot um den kleinen Esszimmertisch versammelt, die Hände, wie es sich gehörte, die eine links, die andere rechts neben dem Teller auf das weiße Leinentuch gelegt und auf das Tischgebet gewartet. Gegenüber seinem angestammten Sitzplatz an der mit türkisfarbenen Blümchen tapezierten Wand prangte das bronzene Kruzifix, auf das seine Mutter so stolz war, mitten zwischen den Fotos der in den vergangenen Jahrzehnten verstorbenen Familienmitglieder. Er hatte auf die Wand, das Kruzifix gestarrt und gespürt, wie sich eine seltsame Unruhe in ihm regte. Wenn es ihn gab, warum hatte er das alles zugelassen? Der Allmächtige?

Seine Mutter war ein religiöser Mensch, sie bedankte sich für jede Kleinigkeit bei ihrem Herrgott, selbst für das Leid, das sie erfahren hatten. Danke am Morgen, Danke am Mittag und Danke am Abend. Wofür, fragte er sich. Welches der vier Tischgebete würde sie sprechen? Sie hatte sich das Kürzeste ausgesucht.

„Alle guten Gaben", hatte seine Mutter begonnen, und Ekel hatte sich wie eine stinkende Decke über den Esstisch ausgebreitet.

„Alles, was wir haben ..." Unwillkürlich hatte sich sein Magen zu einem dumpfen Klumpen zusammengekrampft. Die Konturen des kleinen Esszimmers waren verschwommen, als er beobachtete, wie sich ein dünner weißer Speichelfaden zwischen den Lippen seiner Mutter spannte.

„... kommt, oh Gott, von dir."

Weiß waren die Knöchel seiner sich zu Fäusten ballenden Hände hervorgetreten, sein Blick hatte sich plötzlich auf die mit frischen Äpfeln gefüllte Obstschale gesenkt.

„Herr, wir danken dir dafür."

Sie war nicht mehr dazu gekommen, das Tischgebet mit einem „Amen" zu beenden. In dem Moment, in dem der Speichelfaden vor dem schwarzem Loch des Mundes zerriss, war in ihm die Spannung detoniert; reflexartig hatte er zu einem der Äpfel gegriffen und ihn gegen den ihn demütig anlächelnden Bronze-Inri an der geblümten Wand gegenüber geschleudert, ohne ihn jedoch zu treffen. Stattdessen war das Glas des Bilderrahmens, hinter dem seine Urgroßmutter väterlicherseits das Geschehen verfolgte, zersplittert. Der zweite Apfel war an der Blümchentapete gelandet und hatte seine Spuren sternförmig auf der Ahnenwand hinterlassen. Erst der dritte Apfel hatte sein Ziel gefunden. Er war auf der Dornenkrone des Gekreuzigten zerplatzt, und naturtrüber Apfelsaft hatte sich seinen Weg über den geschundenen Körper bis zu dem die Hüften bedeckenden Lendenschurz gesucht, während Teile des Kerngehäuses in dem bronzenen

Gesicht klebten und dem Sohn Gottes den Blick auf die jäh gestörte Familienidylle nahmen …

Er hielt sich im Hintergrund, an eine der riesigen Säulen der Schützenhalle gelehnt, und besah sich das Treiben auf der Bühne. Vier Möchte-gern-Beatstars waren dabei, die Jugendlichen in ihren Bann zu ziehen. Er kannte die Jungs, sie besuchten die gleiche Schule wie er, zwei oder drei Klassen unter ihm. Er verstand nicht, was die Beatfans so sehr begeisterte, Beatmusik bedeutete ihm nichts. Er bevorzugte die dunkle, fast heimelige Atmosphäre der leider immer mehr verschwindenden Jazzkeller. Hier, in dieser riesigen Schützenhalle zwischen tausenden von kreischenden Beatidioten, war er nur, um seinen Eltern einen Gefallen zu tun.

Plötzlich entdeckte er sie in der wogenden Menge der sich vor der Bühne ekstatisch verrenkenden Leiber und zuckte zusammen. Alles andere trat plötzlich in den Hintergrund. Irgendwie zog sie ihn an, gleichzeitig aber war er von diesem Wesen angewidert, hasste es von ganzem Herzen. Sie stellte ihren perfekten Körper zur Schau, geizte nicht mit ihren Reizen. Eine schleimige, stinkende Kröte kroch seinen Hals von innen hoch. Er würgte. Wie in Trance versunken, erging sie sich in wilden Zuckungen, den glühenden Blick auf den blonden Sologitarristen der Beatband gerichtet, der ihren schmachtenden Blick mit einem Lächeln erwiderte. Ja, er würde sich ihr hingeben. Gleich nach dem Konzert, auf einem der hinter der Bühne abgestellten Biertische, auf einer Parkbank draußen hinter der Halle oder auf den verschlissenen Polstern einer Autorückbank.

Er war gerade Zeuge einer Verabredung geworden. Sie, die er hasste wie nie einen Menschen zuvor, und dieser dumme, blonde Schülerbeatbandgitarrist hatten sich ein Zeichen gesandt. Sie würde über Leichen gehen, und der unschuldige, vermutlich jungfräuliche Musiker hatte keine Ahnung, was ihn erwartete. Die Vorstellung, wie sie sich gegenseitig die durchgeschwitzten Kleider herunterrissen, um sich in ihrer jugendlichen Nacktheit aneinanderzureiben, ließ das Blut in seine Hüften schießen, und es gelang ihm nur mit Mühe, seine Erregung zu unterdrücken. Er hasste sich selbst dafür! Die strahlende Schönheit der Tänzerin widerte ihn an, und wieder krampften sich sein Magen, seine Fäuste unwillkürlich zusammen.

Wie in Zeitlupe zerschellte der dritte Apfel auf der Dornenkrone des Sohn Gottes.

Nach einer Zugabe verließen die vier Lokalmatadoren die große Bühne, und die für den Abend als Hauptattraktion angekündigte Band aus England – er kannte nicht einmal ihren Namen – okkupierte die Bühne mit infernalischem Lärm. Die langhaarige Schönheit strebte auf den Bühneneingang zu. Wie von einem Magneten angezogen, folgte er ihr, den starren Blick auf die sich über ihren Rücken ergießenden langen dunklen Haare fixiert. Unbemerkt folgte er ihr in geringem Abstand, meinte, sie bereits berühren, riechen, schmecken zu können. Sie zwängte sich durch die ein Stück weit offen stehende große Tür nach draußen in den Park. Sekunden später folgte er ihr in die sternenklare Nacht. Als die schwere Tür sich mit einem dumpfen Geräusch hinter ihm schloss, nahm er den Lärm der englischen Beatband nur noch als sanftes Säuseln wahr, ein dunkles, warmes Geräusch, das sich mit dem Rauschen des durch seine Ohren pulsierenden Blutes mischte.

Sie stand ein paar Meter entfernt, mit dem Rücken zu ihm, vor einem riesigen, sich im Nachtwind hin und her wiegenden Rhododendron, den Blick und die Arme hoch zum mit Myriaden von Sternen überzogenen Nachthimmel erhoben, ganz so, als wolle sie jeden Moment losfliegen. Aber er wusste, sie wollte bleiben, diesen Gitarristen verführen, trotz allem, was vor nur wenigen Wochen passiert war. Ohne Reue oder Bedauern, ohne Buße. Sie würde sich hingeben, gehen lassen, berauscht, glückselig, trunken und gierig alles mitnehmend. Er bewegte sich automatisch, willenlos, ferngesteuert, nur sein Ziel gab ihm die Richtung. Der kalte Stahl brannte in seiner Faust.

Strafe.

Nur wenige Zentimeter von ihrem Henker entfernt, hörte sie plötzlich seinen Herzschlag, sie wusste, er war da, doch sie wartete noch, regungslos, alle Sinne angespannt, wartete Sekunden, Minuten, Tage, die Arme weit ausgebreitet wie der gekreuzigte Sohn Gottes. Und wieder zerplatzte der dritte Apfel auf der bronzenen Dornenkrone, und aus dem geborstenen Schädel troff Gehirnmasse wie Apfelmus bis auf das um die Hüften geschlungene Leinentuch.

Der Gott seiner Mutter hatte ihm ein Zeichen geschickt. Er war der Auserwählte, er war auserlesen, die Strafe zu vollstrecken, war Richter und Henker in einem. Ein sanfter Windhauch hob eine dünne Strähne ihres Haares in sein Gesicht. Er griff in das volle Haar, drückte die weiche Fülle in sein glühendes Gesicht, schloss die Augen und atmete tief ein. Sie, die ihr Leben verpfuscht, verspielt, verwirkt hatte. Er war glücklich, er war der Erlöser, dazu bestimmt, sie zu vernichten. Langsam, sehr langsam drehte sie sich zu ihm um, und es war deutlich zu erkennen, dass sie mit jemand völlig anderem gerechnet hatte. Er ließ das Haar aus seiner Hand gleiten, fasste das Eisen mit zwei Fäusten. Als sie in seine Augen sah, wusste sie, dass ihr keine Zeit mehr blieb. Keine Zeit zu atmen, zu bereuen, zu leben.

Das Letzte, was sie hörte, war das pfeifende Geräusch des die Welt in zwei Hälften zerteilenden Stahls.

– 3 –

Wir schrieben Sonntag, den 17. September 1967. Der Tag zuvor hatte 1800 Beatfans in der Lüdenscheider Schützenhalle eine großartige halbe Stunde Hi-You-There beschert, und Hi-You-There selbst hatte den Profis beim Rocken über die Schulter schauen können. Während mich Creation begeistert hatte – ich fand es einfach klasse, wie wild, krachig und verzerrt die Jungs ihre Songs unter das Volk geschleudert hatten –, waren wir von den Equals weniger überzeugt. Wir wissen bis heute nicht sicher, ob bei ihrem Auftritt Musik vom Band mitgelaufen ist oder ob das Konzert nur mitgeschnitten wurde. Hinter dem Bühnenvorhang hatten sich nämlich während des Auftrittes der Engländer die großen Spulen mehrerer Tonbandmaschinen gedreht. Als wir an diesem Abend fast alle gleichzeitig auf dem Parkplatz vor dem Jugendheim Maria-Königin eintrudelten, sprudelte Richi dann auch sofort los:

„War ja echt klasse gestern Abend, aber die Equals, na ja, ich weiß nicht. Das heißt, ich weiß wohl! Ich bin fest davon überzeugt, die haben Playback gespielt!"

„Kann wohl sein", grinste Peterchen „so was hat Hi-You-There nicht nötig! Und dieses alberne Gehopse, diese Show, wie die das nennen, auch nicht."

Wir standen nicht auf Show, wir wollten Musik pur hören und sehen. Und Musik pur singen und spielen. An diesem Septembersonntag wussten wir noch nicht, dass exakt ein halbes Jahr später die Equals von Gottfried Schumann, unserem Lüdenscheider Stadtjugendpfleger die Quittung für ihre Show bekommen sollten. Gottfried sorgte für Ordnung. Am 31. März 1968 waren die Engländer nämlich wieder zurück in der Schützenhalle und trumpften noch mehr auf als ein paar Monate zuvor. Der Gitarrist vollführte, wie Richie sagte, eindeutig „Fickbewegungen".

Und Wolli rief: „Eh Jungs, eh, der bumst seine Gitarre."

Ich war anderer Meinung: „Nee, Wolli, seine Box!"

Was aber klar war: Gottfried Schumann, der große Organisator brach das Konzert ab und schickte die Equals ohne Gage nach Hause. Seine Begründung las sich dann später in der Zeitung so:

„Ihre Show ging für eine Jugendveranstaltung einfach zu weit, schließlich habe ich eine Beatband und keine Bauchtanzgruppe engagiert!“ Aber all das war damals noch Schnee von übermorgen.

Unser Konzert sollte auf dem Dachboden über der zweiten Etage des Jugendheims der Kirchengemeinde Maria-Königin in der Graf-von-Galen-Straße in Lüdenscheid stattfinden, also war erst einmal Schleppen angesagt. Gitarren und Bassanlage, Schlagzeug und unsere Gesangsanlage mussten die zwei Treppen nach oben gewuchtet werden.

„Los, zeigen wir's den Leuten, vergesst die Equals! Lasst uns ranzacken, und ab nach oben mit dem ganzen Kram!“

Gott sei Dank war Largo dabei, der sich meine Bassbox auf sein breites Kreuz packte; bei seinem zweiten Gang hatte er die halbe Gesangsanlage unter dem Arm, eine Box links, die andere rechts; bei seinem dritten Gang beförderte er die dicke Bassdrum nach oben. Wir brauchten ihn nur ein wenig wegen seiner Riesenkräfte zu bewundern, und zwei Meter Largo wuchsen über sich hinaus. Wir anderen trugen wie immer deutlich weniger als er, wir mussten ja anschließend auch noch spielen. Auch Richi wuchs über sich hinaus, er trug den Beutel mit den Stativen. Als alles oben war, stellten wir Boxen, Verstärker, Schlagzeug und Stative auf und machten uns ans Verkabeln.

Largo fragte: „Hört mal, Jungs, wo habt ihr denn das dritte Stativ gelassen? Steht das etwa noch im Parktheater?“

Im Parktheater probten wir, und wir ließen unsere Anlage immer in einer der Theatergarderoben stehen.

„Keine Ahnung“, sagte ich, „was ist denn mit den Füßen, sind die denn da?“

„Ja logisch, aber die nützen uns herzlich wenig, verdammt noch mal!“

Also musste mal wieder improvisiert werden. Wir hatten drei Stative in unserem Sack, Stative aus dem Jahr 1966: drei simple Stangen, auf die oben die Mikrofone aufgeschraubt wurden, mit gusseisernen Sockeln, in die jeweils drei massive Eisenfüße eingeschraubt wurden. Genial einfach und praktisch unzerstörbar, viel besser als die modernen Plastikdinger, die nach ein paar Jahren Tingeln ihren Geist aufgeben. Unsere Stativfüße – für drei Stative nach Adam Riese neun an der Zahl – gehörten mit den Lautsprecher- und Mikrofonkabeln in eine schwarze Kiste, so groß wie eine Kiste Bier. Und da befanden sich an diesem Abend alle neun Füße, nur eine der drei Stangen aus Tante Lores Zeltsack, die war weg.

„Nützt alles nichts", sagte ich, „ich gehe mal nachsehen, ob ich jemanden finde. Wir basteln uns irgendwas."

Ich zog los und kam wenig später mit einem Notenständer zurück.

„Den hab ich vom Vikar, und auch eine Rolle Klebeband, das kriegen wir schon hin."

Largo ging mir zur Hand, und wir klebten mein Mikro – wir nannten damals drei Mikrofone der deutschen Firma Sennheiser unser eigen – an den Notenständer. Das wackelte zwar wie ein Lämmerschwanz, war aber besser als nichts. Es war klar, dass ich das Wackelding bekam, schließlich war ich nur der Bassist und sang, wenn überhaupt, nur die dritte Stimme. Was mit der verschwundenen Stange war, darüber dachte so kurz vor dem Auftritt niemand mehr nach, und sie sollte auch für lange, sehr lange Zeit in Vergessenheit geraten.

Der Aufbau war gemacht, wir hatten kurz gestimmt, unsere Instrumente angespielt, ob auch alles klappte, nichts brummte und brutzelte, Richi hatte sich zum x-ten Mal mein Ersatzkabel ausgeliehen und alles war bereit. Wir besorgten uns etwas zu trinken, und da uns noch knapp zwanzig Minuten bis zum Beginn des Konzerts blieben, versammelten wir uns um einen Tisch, den uns der Veranstalter reserviert hatte. Der kleine Saal hatte sich schon gut gefüllt, unsere Freunde und die fünf Heedfelderinnen waren wieder alle da, und bis acht Uhr würde der Saal gerammelt voll sein. Ich fragte, „Sag mal, Peterchen, was macht denn die Fata Morgana? Kommt die heute?"

Und Richi: „Was für eine Fata Morgana?"

Und ich: „Mann oh Mann, hast du die nicht gesehen, dieses unglaubliche Geschoss, das Peterchen gestern während des kompletten Auftrittes angehimmelt hat? Jungs, so was habt ihr noch nicht gesehen, einfach überirdisch!"

Und Richi: „Hab' nichts gesehen, hab' mich halt auf die Klampfe konzentriert! Solltet ihr auch mal tun!"

„Bla, bla", konterten wir anderen unisono.

Und Richi: „Und was war jetzt mit der Fata Morgana?"

Und Peterchen: „War 'ne Fata Morgana!"

Es war Zeit, das versammelte Publikum war jedenfalls keine Fata Morgana, und wir betraten das, was man in Maria-Königin die Bühne nannte. Wir spielten auf gleicher Höhe mit dem Publikum, das war zwar nicht so großartig wie tags zuvor, aber dafür konnten wir unser komplettes zweistündiges Programm abspulen und mussten uns nicht auf eine halbe Stunde beschränken.

„Eine halbe Stunde Programm, das kann jeder", sagte Richi immer, „aber wenn du einen ganzen Abend spielen sollst, dann siehst du, welche Band was taugt", und Recht hatte er. Es ist wahrhaftig keine Kunst, für kurze Zeit die Spannung hochzuhalten, ein zwei oder drei Stunden dauerndes Programm jedoch konnten nicht viele.

Bei uns ging es los wie immer. Mit „Caroline", und wir betätigten bei unseren Fans damit den Schalter für Glückseligkeit, der erst zwei Stunden später wieder zurückgeklappt werden sollte. Höhepunkte waren wie immer „Let's go to San Francisco", die Beatleshits „She loves you", „Penny Lane", „All you need is love" und „I wanna hold your hand", gefolgt von unserer Eigenkomposensation, dem „Würstchen", und der Beatlesnummer „Eleanor Rigby" in einer Coverversion einer meiner absoluten Lieblingsbands Vanilla Fudge. Meines Wissens nach gab und gibt es außer Hi-You-There auf der ganzen Welt keine einzige Band, die jemals auch nur ein einziges Vanilla-Fudge-Lied nachgespielt hat.

Die Stimmung unter dem Dach des Jugendheims erreichte vor allem für die weiblichen Fans ihren Siedepunkt, als ich „Nights in white satin" anstimmte, und ich glaube fest daran, dass ich nach diesem Lied jedes der anwesenden Mädchen vom Fleck weg hätte heiraten können. Gerade als die Schönsten unter ihnen in Tränen ausbrechen wollten und ich die Augen schloss, um in meinem tiefsten Inneren die richtige Intensität für den Song zu erspüren, stieß ich mit meiner Nase den improvisierten Mikro-Notenständer um, und ich verfluchte denjenigen meiner Kollegen, der für den Verlust des

Stativs verantwortlich war. Trotz dieser kleinen Blamage verlief unser Konzertabend wie erwartet furios. Schon bevor wir unser letztes Stück angekündigt hatten, kreischten die Fans nach Zugabe, wir ließen sie also noch ein wenig mit den Bee Gees dahinschmelzen – „World“, „I've gotta get a message to you“ und „Massachusetts“ – und mit der gently weeping guitar von George Harrison entließen wir unser dankbares und glückliches Publikum.

„Ich brauch' euch ja wohl nicht zu sagen, dass wir heute mal wieder klasse waren!“, sagte Peterchen.

„Nee, nicht nötig“, grinste ich, „wir waren mit Abstand die beste Band des Abends!“

Nach dem Konzert musste alles wieder zusammengepackt und die zwei Stockwerke nach unten befördert werden. Irgendwie hatte ich schon damals den Eindruck, dass wir eigentlich mehr Zeit damit verbrachten, unsere Instrumente zu schleppen, als sie zu spielen. Mutter Waltraud, deren wichtigstes Anliegen es war, dass ihre Zwillinge pünktlich ins Bett kamen, hatte die beiden letzten Lieder noch mitgehört, war vermutlich auch ein klein bisschen stolz auf ihre Söhne. Jetzt aber hatte sie es eilig.

„Zack, zack, Jungs!“ Sie sagte immer „Zack, zack“, wenn sie es eilig hatte.

„Um halb sieben geht der Wecker!“

Wir zogen am Draht, eine halbe Stunde später war alles in Mutters Auto verstaut, eine weitere halbe Stunde später waren wir am Parktheater angelangt und wuchteten unser Equipment die Treppe hinauf in die Künstlergarderobe.

Rundblickend durchsuchte ich den kleinen Raum, um das dritte Stativ zu entdecken, aber es half alles nichts, Stativ Nummer drei war wie vom Erdboden verschluckt.

– 4 –

„I picked her up on a friday night,
sha la, la, la, lee, yeah,
and everything is gonna be alright,
sha, la, la la, lee, yeah,
sha, la, la, la, lee!“

Messerscharf drangen die Zeilen an mein Ohr. Die Uhr zeigte halb sieben, und Mutter Waltraud hatte Richis und mein gemeinsames Kinderzimmer betreten, die Rollläden, die das unbarmherzige Tageslicht bis dahin ausgesperrt hatten, geräuschvoll nach oben befördert, stand nun in der Mitte des kleinen Zimmers und schmetterte den Song in unser Nirwana. Ich glaube, wenn die Small Faces ein Jahr zuvor gewusst hätten, dass unsere Mutter ihren Hit dazu missbrauchen würde, Richi und Gerd, Rhythmusgitarrist und Bassist der weltbesten Schülerbeatband, aus dem Schlaf zu reißen und in die Schule zu scheuchen, hätten sie die Platte vermutlich niemals veröffentlicht.

„Raus mit euch, in einer halben Stunde geht der Bus!“

Mit einem energischen Schwung zog sie mir – ich lag im oberen der beiden Stockbetten – die Bettdecke weg. Eine halbe Stunde später saßen wir im Bus, zusammen mit den anderen paar Heedfeldern, die sich auf den Weg in die Schule nach Lüdenscheid machten.

„Bäriges Konzert am Samstagabend, Zwillinge, ihr wart klasse.“ Doch das Lob täuschte nicht darüber hinweg, dass wir uns nicht auf dem Weg zum nächsten Auftritt, sondern auf dem Schulweg befanden.

Die verdammte Wirklichkeit, die aus Pauken und Pauken, leider aber nicht aus Pauken, Trompeten und Bassgitarren bestand, hatte uns eingeholt. Ein Wochenende auf den Brettern, die die Welt bedeuten, war wieder einmal rasend schnell vorbeigegangen, und uns blieb nichts anderes, als in den Erinnerungen an zwei gigantische Konzerte zu schwelgen. Schnee von gestern und vorgestern, jetzt wurde wieder mit harten Bandagen um Latein- und Mathematiknoten gekämpft. Aber noch war es nicht soweit, es war erst viertel vor acht, und diese Viertelstunde vor dem Startschuss in eine eisenharte Schulwoche gehörte uns. Der Klassenraum war schon gut mit Obersekundanern gefüllt, und die, die schon da waren, erzählten sich gegenseitig von ihren mehr oder weniger ereignisreichen Wochenenden. Wir von Hi-You-There ließen uns von unseren Klassenkameraden bestätigen, wie überaus gekonnt wir unsere Beatmusik unters Volk gebracht hatten, denn etliche unserer Klassenkameraden hatten am Samstagabend den Jugendball in der Schützenhalle besucht.

Richi war an einen Gitarrenprospekt der Firma Gibson geraten, und Peterchen und er fachsimpelten darüber, ob die halbakustische ES 335 oder das massive Brett SG Standard die Spezialwaffe für den ambitionierten Beatmusikanten wäre. Mir waren Gitarren nicht ganz so wichtig, mich interessierten eher die dazugehörigen Verstärker.

Dann mischte sich auch noch Wolli ein:

„Jungs, ey“ – er begann damals fast alle seine Sätze mit „Jungs, ey“ – „Jimi spielt ’ne Stratocaster, ich habe zwar keine Ahnung …“

„Genau!“, unterbrach ihn Richi.

„Aber“, so Wolli weiter, „wenn ihr mich fragt …“

„Dich fragt aber keiner“, so Richi.

„Jetzt lass ihn doch mal“, warf ich ein, um sofort wieder von Richi abgewürgt zu werden:

„Du solltest dich um Bässe kümmern, Kleiner, Gitarren, das ist unsere Sache!“

„Idiot“, sagte ich nur. Richi sagte immer Kleiner zu mir, wenn ihm die Argumente ausgingen. Es war ganz einfach, man sagt nur Kleiner, und schon hat man die Weisheit des Alters für sich gepachtet.

Ich schnappte mir Wolli, um mit ihm wichtigere Dinge zu besprechen.

„Komm los, lass uns mal nach den Mädchen sehen!“

Unser Zeppelin-Gymnasium, das Zepp, war ein reines Jungengymnasium, und das war auch gut so. Das entsprechende Gegenstück, das Geschwister-Scholl-Gymnasium, befand sich in Sichtweite, genau gegenüber. Interessant wurde die direkte Nachbarschaft vor allem in der großen Pause. Die verlief fast gleichzeitig, und während dieser zwanzig Minuten bestand unsere Hauptaufgabe darin, den Zaun, der den Jungen- vom Mädchenschulhof trennte, zu zerlegen.

Irgendwie waren wir immer erfolgreich, zunächst schnitten wir ein kleines Loch in den Maschendraht, dann vergrößerten wir es Stück für Stück, bis die Schelle ertönte, die uns in die Folterkammer zurückrief. Unser Kampf gegen den Zaun war eigentlich eher symbolischer Art, da nie einer von uns auf dem Mädchenschulhof gesichtet wurde; das Risiko, erwischt zu werden, war einfach viel zu groß. Es war aber wichtig, unsere Meinung klarzumachen, und die war eindeutig pro gemeinsamen Schulhof. Unsere Unterdrücker hatten den Hausmeister auf ihrer Seite, der dafür sorgte, dass das Ergebnis unserer stetigen Arbeit genauso stetig wieder zunichte gemacht wurde.

Wolli lehnte sich gegen die Fensterbank und versuchte einen Blick auf den Mädchenschulhof zu werfen, was sich aber als wenig lohnenswert herausstellte, da die Damen schon in ihren Klassenräumen weilten und genau wie wir gepiesackt wurden.

„Vergiss es!“, sagte ich, „die sind schon bei der Arbeit!“

Wolli nickte zustimmend. „Hast du schon gehört?“, fragte er.

„Nee, was denn?“, fragte ich zurück.

Wolli wandte sich mir zu, holte bedeutungsvoll tief Luft, rückte dann seine runde Nickelbrille – er sagte immer John-Lennon-Sonnenbrille – ein wenig tiefer, um oben drüber und mir damit direkt in die Augen sehen zu können.

„Irgendetwas ist passiert!“ Er wartete auf eine Reaktion meinerseits, die dann auch nicht auf sich warten ließ:

„Wie, was denn, jetzt lass dir nicht alles aus der Nase ziehen. Und überhaupt, was soll die bescheuerte Brille, siehst du hier irgendwo die Sonne scheinen? Also setz das Ding ab und schieß los.“

Seine John-Lennon verschwand in der Innentasche seines Parkas, um den ich ihn immer beneidet hatte. Dieser Parka war etwas ganz Besonderes, denn unter der Brusttasche sah man zwei daumennagelgroße Löcher, von denen Wolli genau wusste, dass es echte Vietnam-Einschusslöcher waren. Erst Jahre später hat er mir gebeichtet, dass er selbst die Löcher mit einer Kerze in den Stoff gebrannt hatte, und um ein Haar hätte er dabei die ganze Jacke abgefackelt.

Wolli hob an:

„Okay, also hör zu. Irgendetwas muss wohl am Samstagabend im Park draußen, hinter der Schützenhalle los gewesen sein!“

„Du meinst beim Jugendball? Und was heißt los gewesen?"

„Genaues weiß ich auch nicht, aber ich habe heute Morgen Largo auf dem Flur getroffen, und er hat erzählt, die Bullen kämen gleich in die Schule."

„Die Bullen?"

„Genau, die Bullen!", antwortete Wolli. „Es hat wohl mit irgendeiner Frau zu tun, die einen Unfall gehabt hat oder so ähnlich, aber mehr weiß ich auch nicht!"

Ich grinste. „Erschossen vermutlich", und bohrte ihm meinen Zeigefinger in eines der Vietnam-Einschusslöcher, „genau wie der Vorbesitzer deines Parkas!"

Bevor er etwas entgegnen konnte, beendete die Pausenschelle unser Gespräch, fast zeitgleich verdunkelte sich der Eingang unseres Klassenzimmers, unser Klassenlehrer hatte die Arena betreten, und wir von der OIIb schlenderten betont lässig zu unseren Plätzen.

„Hey, was soll das, wir haben doch jetzt erst Bio, was will denn der Plönges hier?", fragte ich Wolli. „Ich muss mein Franz nämlich erst noch machen!"

„Ich sag' doch", flüsterte Wolli, „der ist bestimmt wegen der Bullen hier! Wart's ab!" Und in der Tat: Plönges – er war ganz okay, ich hielt ihn eigentlich eher für einen unserer Verbündeten im großen Heer unserer Feinde – baute sich hinter dem Lehrerpult auf und machte uns mit einer eindeutigen Handbewegung klar, dass jetzt Ruhe zu herrschen habe.

„Bonjour, tout le monde!", grüßte er uns, und „Bonjour, Monsieur Plönges!", tönte es zurück.

„Jetzt passt mal auf, meine Herren. Ich weiß, dass ihr jetzt eigentlich Biologie habt, aber es hat sich am Samstagabend in der Schützenhalle etwas ereignet, ich weiß auch nicht genau, worum es geht, aber die Polizei sitzt unten bei uns im Lehrerzimmer und möchte einigen von euch ein paar Fragen stellen."

Ein allgemeines Raunen erhob sich, und Plönges vollführte wieder seine Handbewegung, um uns zum Schweigen zu bringen.

„Meine Herren, nichts Genaues weiß man nicht, aber es ist wohl so, dass die Polizei immerhin weiß, dass die Herren Bracht, Bracht und Wever ..."

Mit einem plötzlichen Crescendo wuchs das kurz zuvor erstorbene Raunen zu einem Fortissimo an, Plönges verstummte, und mir wurde plötzlich heiß. Ein kurzer Blick zu meinen Hi-You-There-Kollegen bestätigte mir: Wangenglühen auch bei den beiden anderen. Wieso und warum plötzlich alle Alarmglocken bei mir losschrillten, wusste ich nicht, ich hatte ja nichts zu verbergen, aber was war mit Peterchen und Richi? Hatte vielleicht einer der beiden etwas auf dem Kerbholz?

Plönges, erneut mit der Hand für Ruhe sorgend, fuhr fort: „Ihr Zwillinge und Wever, die Hi-You-Theres habt ja wohl auf dem Jugendball gespielt."

„Jawohl, Herr Plönges, aber wir sind Hi-You-There und nicht die Hi-You-Theres!", sagte ich, gerade in dieser brenzligen Situation sollten wir darauf bestehen, dass unser Bandname richtig ausgesprochen wurde. Richi und Peterchen fanden das wohl auch, denn sie nickten bestätigend.

„Also, ihr drei kommt jetzt bitte mit ins Lehrerzimmer, wo Herr Vogel, seines Zeichens Hauptkommissar bei der Lüdenscheider Kripo, auf uns wartet. Er wird euch ein paar Fragen stellen. Ihr anderen", wandte sich Plönges an die Klasse, „verhaltet euch bitte ruhig, eure Biologiestunde findet statt wie immer, und eure drei Hi-You-Theres habt ihr auch bald wieder! Meine Herren!"

Wir drei fädelten uns aus unseren Bänken und folgten dem Klassenlehrer die zwei Etagen tiefer ins Lehrerzimmer. Das Lehrerzimmer im Zeppelin-Gymnasium war so etwas wie ein Allerheiligstes, und niemandem, es sei denn, er wäre einer der Herren Pauker, war es gestattet, auch nur einen Blick hineinzuwerfen. An diesem Tag war alles anders. Plönges öffnete die Tür, hielt sie für uns auf und trat erst ein, nachdem wir drei vorsichtig den geheiligten Boden betreten hatten. Dicke, schier undurchdringliche Rauchschwaden waberten durch den etwa siebzig Quadratmeter großen Raum, jeder der hier anwesenden Lehrer schien zur Risikogruppe der Raucher zu gehören.

„Die sind alle so was von süchtig!", flüsterte ich in Peterchens Richtung.

Der antwortete: „Klar, und wenn diese Suchtbolzen uns beim Paffen auf dem Schulhof erwischen, fliegen wir!" Und Richi raunte mir ins Ohr:

„Das ganze Lehrerzimmer – ein Riesenaschenbecher!“

Nachdem sich unsere Augen an das diffuse Licht dieser verräucherten Spelunke gewöhnt hatten, konnten wir erkennen, dass wir fast alleine in dem großen Zimmer standen. Die meisten Pauker waren wohl in den Klassen, nur ein Tisch war besetzt.

„Guten Morgen, ihr drei, tretet bitte näher und nehmt Platz“, begrüßte uns der Direktor. „Ich möchte euch Herrn Hauptkommissar Vogel vorstellen, er kommt von der Kriminalpolizei in Lüdenscheid und möchte euch ein paar Fragen stellen.“

„Guten Morgen!“, antworteten wir im Chor, als hätten wir es geübt.

Herr Vogel war in Zivil, und irgendwie sah er gar nicht aus wie ein Kripobeamter, sondern eher gemütlich mit einem dicken runden Gesicht, einem ebenso runden Bauch und kleinen kugelrunden Augen. Zwischen den fleischigen Wurstfingern hielt er ein Zigarillo und sorgte dafür, dass die Luft schwer, blau und undurchsichtig blieb. Und so sehr ich auch versuchte, eine Beule in seiner Jackentasche zu entdecken, da war nichts.

„Unbewaffnet!“, dachte ich.

„Guten Morgen, ihr drei“, begann er, „ihr seid also die zwei Gitarristen und der Bassist von Hi-You-There.“

Verwundert sahen wir uns an. Er hatte nicht nur unseren Bandnamen richtig ausgesprochen, er wusste auch, welche Instrumente wir spielten.

„Jetzt wundert ihr euch sicher, dass ich euch kenne. Nun, ich bin halt selbst Musiker, bei einer kleinen Polizeicombo, der ‚Sonderkommission Tanzen‘, zusammen mit zwei Kollegen: Orgel, Bass, Schlagzeug. Ab und zu machen wir ein wenig Tanzmusik. Und da interessiert mich halt, was so läuft in Sachen Musik hier bei uns in Lüdenscheid. Mein Junge – er ist erst fünfzehn, ihr kennt ihn bestimmt nicht – sagt, das Beste bei euch sei der Gesang?“

„Ja, da hat er Recht. Wir singen Songs von den Hollies, Beatles und Bee Gees. Da muss der Gesang dreistimmig sein, und das können die wenigsten“, antwortete Peterchen.

„Genau“, nickte ich.

„Stimmt genau“, bestätigte Richi.

„Aber deshalb bin ich nicht hier. Es geht um Folgendes: Ihr habt doch am Samstagabend auf dem Jugendball in der Schützenhalle gespielt, hat mein Junge gesagt. Nun ist es so, am Sonntagnachmittag hat ein Spaziergänger, oder besser gesagt, der Dackel dieses Spaziergängers, hinter der Schützenhalle ein totes Mädchen gefunden. Wir gehen davon aus, dass das Mädchen einem Verbrechen zum Opfer gefallen ist, und wir wissen, das hat die Autopsie ergeben, dass sie irgendwann zwischen Samstagabend achtzehn Uhr und Mitternacht gestorben ist. Und nun meine Herren, jetzt kommt ihr ins Spiel: Wir möchten euch fragen, ob euch irgendetwas aufgefallen ist. Ihr müsst ja eure Instrumente wieder wegtransportiert haben, das heißt, ihr habt euch ja sicher eine Zeit lang im Bereich des Hintereingangs aufgehalten. Habt ihr irgendetwas Ungewöhnliches gesehen oder gehört?"

Wir sahen uns fragend an, und Peterchen meinte, „Nee, also nicht, dass ich wüsste."

Und Richi: „Unsere Mutter hat uns so gegen zehn Uhr abends abgeholt, aber mir ist nichts Besonderes aufgefallen."

Vogel fragte, „Habt ihr vielleicht irgendjemanden gesehen, der da nichts zu suchen hatte? Eigentlich dürften nur Musiker am Hinterausgang gewesen sein ... ich denke an jemanden, der eben nicht zu den Equals, Lajos Fa oder den Creation gehörte?"

„Tut mir leid, Herr Kommissar", sagte ich, „als wir unsere Instrumente eingeladen haben, waren da wirklich nur wir Hi-You-There und unsere Mutter."

„Und der Türsteher", ergänzte Richi, „den sollten Sie vielleicht mal fragen, denn der war den ganzen Abend am Bühneneingang."

Der Gedanke, dass während des Jugendballs ein Mädchen umgekommen war, hatte sich erst langsam, aber dann umso brutaler in den Windungen meines Gehirns festgesetzt, und mir war plötzlich richtig übel, ein Blick zu Richi und Peterchen bestätigte mir, dass es den beiden auch nicht viel besser erging. Trotzdem kam ich auf die glorreiche Idee zu fragen, „Wissen Sie denn, wie sie heißt?"

„Ja, sie heißt oder besser hieß Simone Herlitzius, wäre in zwei Wochen siebzehn Jahre alt geworden und wohnte in Schalksmühle. Zur Schule ging sie in Lüdenscheid, THR, Theodor-Heuss-Realschule."

Wieder sahen wir uns fragend an, und Kommissar Vogel sagte: „Na ja, ich sehe schon, ihr kanntet sie vermutlich nicht."

Ich bestätigte, „Tut mir leid, wir halten uns meistens in Lüdenscheid, Heedfeld oder Herscheid auf, und Schalksmühle, da sind wir höchstens mal an der Glör zum Schwimmen, und Simone Herlitzius, nein, nie gehört."

Der Kommissar zuckte mit den Schultern: „Nun denn, da kann man nichts machen. Aber vielleicht ist eurer Mutter ja etwas aufgefallen. Ich werde mal in Heedfeld vorbeischauen, seid ihr heute Nachmittag zu Hause?" Richi und ich nickten.

„Dann sehn wir uns ja nachher schon wieder."

„Also, meine Herren, das wär's dann", sprach der Direktor, erhob sich und schickte uns, die drei Vertreter der besten Beatband der Welt, wieder zurück in den Klassenkampf. Die komplette OIIb inklusive Biopauker brannte natürlich vor Neugier.

„Na, dann berichtet mal", forderte uns Ährchen Bröer, unser Biologielehrer, auf.

„Tja", antwortete Peterchen, „da gibt's nicht viel zu berichten. Am Samstagabend, beim Jugendball, hat es wohl eine Tote gegeben, und uns hat er befragt."

Bröer unterbrach ihn: „Wer ist ‚er'? Wever, drück dich bitte präzise aus!"

„Herr Vogel, Orgel spielender Oberhauptfeldwebel bei der Lüdenscheider Kriminalpolizei. Und der hat uns gefragt, ob wir etwas gesehen haben. Haben wir aber nicht."

Bröer korrigierte ihn. „Ich denke wohl, du meinst ‚Hauptkommissar', Wever."

Peterchen grinste.

„Und was heißt ‚Orgel spielend'?"

„Er macht Tanzmusik mit zwei anderen Bullen, ‚Sonderkommission Tanzen' nennt sich der Verein", sagte ich.

„Reiß dich am Riemen, Bracht, das sind Polizeibeamte. Bullen machen keine Musik, und mal so ganz nebenbei, die Soko Tanzen kenne ich, meine Frau und ich waren noch letzte Woche beim Tanz in der ‚Concordia'. Die spielen sehr gut, das müsst ihr erst mal hinkriegen!"

Der Pegel des allgemeinen Raunens stieg plötzlich bedrohlich an und stellte einerseits klar, dass die Klasse unbedingt hinter ihren Hi-You-There stand, und zwang andererseits Bröer, endlich auf Biologie umzuschwenken.

Der Vormittag war schnell vergangen, in den Pausen gab es nur ein Thema. Irgendwie standen Richi, Peterchen und ich mal wieder im Mittelpunkt und mussten hunderte von Malen von unserem Gespräch in der Räucherkammer berichten. Auch auf dem Nachhauseweg im anderthalbstöckigen Linienbus von Mark Sauerland ging es um nichts anderes. Als wir dann später am Tag bei uns zu Hause in der Diele bei den Schulaufgaben saßen, gongte es plötzlich – unser Vater hatte den vermutlich ersten der in den sechziger Jahren aufkommenden, normale Türklingeln verdrängenden Gongs einbauen lassen –, und Hauptkommissar Vogel stattete den angekündigten Besuch ab. Obwohl wir Mutter Waltraud vorgewarnt hatten, war sie recht nervös, als sie den Beamten in die Diele führte und ihm einen Kaffee anbot.

„Ich will hoffen, dass meine Jungs nichts angestellt haben, Herr Kommissar", lächelte sie entschuldigend, „das ist ja schrecklich, was da passiert ist."

„In der Tat, Frau Bracht", antwortete Herr Vogel, „ganz besonders schlimm finde ich es, wenn es so junge Menschen trifft. Das Mädchen war noch keine siebzehn Jahre alt und, wenn man den Fotos Glauben schenken darf, bildhübsch."

Richi und ich sahen uns an. „Sie haben ein Foto? Das haben Sie uns heute Morgen gar nicht gezeigt. Haben Sie es dabei?"

Der Kommissar antwortete: „Wir hatten es heute Morgen auch noch nicht. Aber jetzt, ich komme gerade aus Schalksmühle, von den Eltern des Mädchens."

Er öffnete seine Jacke, zog einen braunen Din-A-5-Umschlag heraus und aus diesem wiederum ein Schwarz-Weiß-Foto. Ein in Jeans und Pullover gekleidetes junges Mädchen mit langen dunklen Haaren lehnte an einem knorrigen Apfelbaum, der auf einer verwilderten Wiese vor einem kleinen Holzhaus stand, und winkte lächelnd in die Kamera.

Als ich das Mädchen erkannte, musste ich nach Luft schnappen, ich sagte nur: „Die Fata Morgana!"

„Das ist die Fata Morgana?", fragte Richi, „sie sieht aber sehr real aus!"

Nachdem sich die erste Aufregung gelegt hatte, berichtete ich von unserem Erlebnis mit der Fata Morgana, und Kommissar Vogel stellte dankbar fest, „Dann ist sie also auf jeden Fall erst nach dem Hi-You-There-Auftritt verschwunden?"

„Ja, sie hat bis zum Ende des ‚Würstchens' direkt vor Peterchens Nase getanzt und ihn angehimmelt", antwortete ich.

„Ende des ‚Würstchens'?", fragte Vogel, und Richi erläuterte, „Das war unsere Zugabe: das Würstchen. Das Lied heißt so", sagte ich. „Ist 'ne Eigenkomposensation", schob ich stolz grinsend hinterher.

„Und ihr habt sie nicht mehr gesehen?"

Ich antwortete: „Ob Sie es glauben oder nicht, Herr Vogel, ich bin sicher, dass sie nach unserem Auftritt auf Peterchen warten wollte, irgendwo unten im Publikum. Sie verstehen, die Blicke, die sie ihm zugeworfen hat, sprachen Bände. Und er hat sie gesucht, in der ganzen Halle, aber sie war wie fortgezaubert ..."

Richi fragte schüchtern: „Ist sie denn ermordet worden?"

„Wir gehen zurzeit davon aus, dass sie mit an Sicherheit grenzender Wahrscheinlichkeit ermordet wurde."

Und Richi: „Erschossen?"

„Nein", antwortete er. „Wir haben die Obduktionsergebnisse noch nicht zur Gänze ausgewertet, bisher scheint nur eines klar zu sein: Sie wurde mit einem schweren Gegenstand erschlagen. Von einer Mordwaffe fehlt allerdings jede Spur."

„Liebe Frau Bracht", sagte Herr Vogel, „eigentlich bin ich nach Heedfeld gekommen, um Sie zu fragen, ob Ihnen nicht irgendetwas Ungewöhnliches aufgefallen ist, als Sie – Ihre Söhne sagten, es war kurz vor zweiundzwanzig Uhr", Richi und ich nickten bestätigend, „mit Ihrem Auto hinter der Schützenhalle vorgefahren sind." Er sah unsere Mutter fragend an.

„Wissen Sie, Herr Vogel, für mich ist das alles – diese Beatmusik und dass meine Jungs vor tausenden von jungen Leuten musizieren – ohnehin schon sehr ungewöhnlich. Und ob dort jemand herumläuft, der da nicht hingehört ... nein, es tut mir leid, ich fürchte, ich kann Ihnen nicht weiterhelfen."

„Ist schon gut, Frau Bracht, Ihre Zwillinge konnten ja bereits einen kleinen Beitrag leisten, dennoch vielen Dank für Ihre Bemühungen."

Da es nichts weiter zu ermitteln gab, verabschiedete sich Kommissar Vogel, nachdem er seinen Kaffee ausgeschlürft hatte, von Mutter Waltraud, reichte dann noch Richi und mir seine wurstfingerige Hand und sagte, „Alles klar soweit, ich werde Sie jetzt verlassen."

„Von wegen alles klar," dachte ich, „Herr Kommissar tappt doch völlig im Dunkeln." Als hätte er es gehört, fuhr Vogel fort, „Viel mehr wissen wir jetzt leider noch nicht, aber der Hinweis, dass sie das Würstchen noch gehört hat, ist ja schon mal etwas, dann hat sie auf jeden Fall gegen neunzehn Uhr noch gelebt. Vielleicht seid ihr diejenigen, die sie als Letzte lebend gesehen haben …"

Die Bildzeitung titelte am nächsten Tag: „Der Tod kam zum Beatfestival". Die Lüdenscheider Nachrichten machten nicht viel weniger spektakulär auf: „Mord an der Schützenhalle" mit dem Untertitel „Wer sah Simone Herlitzius zuletzt?" Auf der Titelseite des Lüdenscheider Blattes prangte das Foto des Mädchens, genau dasselbe, welches uns Kommissar Vogel tags zuvor gezeigt hatte. Der Artikel fasste kurz die mageren Erkenntnisse der polizeilichen Untersuchungen zusammen, gab einen kurzen Einblick in das Leben der Verstorbenen und ging dann der Frage nach, ob Beatmusik und Drogenkonsum vielleicht der Nährboden seien, auf dem Mord und Totschlag besonders gut gedeihen, und ob zu laute Musik und der Konsum von Haschisch und LSD nicht letztendlich doch zum allgemein festzustellenden Sittenverfall und zum Anstieg der Jugendkriminalität führten. Den Artikel hatte ich ausgeschnitten und in mein Fotoalbum eingeklebt, direkt neben den Artikel aus der Westfälischen Rundschau vom Vortag, in dem es hieß: „Wenn es auf der Limonaden-Großparty auf Musikalität angekommen wäre, hätten die Hi-You-Theres" – wieder mal falsch geschrieben – „das stärkste Kreischen einheimsen müssen. Sie wissen jedenfalls, dass ein Schlagzeug mehr ist als ein altes Regenwasserfass."

Die anfänglich zahlreichen Zeitungsberichte zum Fall Herlitzius wurden im Laufe der Zeit immer seltener, bis der Fall schließlich in Vergessenheit geriet und die Polizeiakten ein paar Jahre später geschlossen wurden.

– 5 –

Der Doppelstockbus mit über siebzig Schülern und zehn Lehrern verließ am frühen Morgen die A 22 bei Bozen und nahm die Straße ins Eggental in Richtung Val di Fassa, wo der deutschsprachige Teil Südtirols in den italienischen übergeht. Das Licht schien grau-bläulich in das sich immer weiter verengende Tal. Wie die Tage in der Woche zuvor versprach auch dieser bitterkalt zu werden. Die Schüler der siebten Jahrgangsstufe, die allmählich auf ihren Sitzen erwachten, sahen an den Felsen, die beängstigend dicht vorüberzogen, Eiszapfen hängen. Selbst der Karmeidbach mitsamt seinen kleinen Wasserfällen etwa fünfzehn Meter steil unter ihnen bewegte sich nicht mehr, sondern war zu Eis erstarrt. Inständig hoffend, dass kein Gegenverkehr vom Berg käme, ließ der Fahrer seinen Bus stetig bergauf klettern; einige Schüler in der oberen Etage des Busses zogen instinktiv die Köpfe ein und stöhnten auf, als sie durch Felsentore fuhren, die ihnen bedrohlich nahe kamen. Erst am Lavazejoch weitete sich ganz plötzlich das Tal, sie verließen den Wald, die Sonne schien, und alle im Bus atmeten hörbar auf. Ein paar wenige Skilangläufer meist älteren Semesters zogen schon jetzt, am frühen Morgen, ihre schmale Spur durch die weiße Welt. Nach weiteren zweihundert Höhenmetern würde der Bus sein Ziel Jochgrimm erreichen.

Dr. Heiner de la Croix, der für die Organisation der Skifahrt verantwortliche Sportlehrer, saß hinter dem Busfahrer in der ersten Reihe neben der Sportreferendarin und hing seinen Gedanken nach. Er hielt die Augen geschlossen, stellte sich schlafend und war sicher, dass Sabine neben ihm sich jede Mühe gab, ihn nicht zu wecken. Er spürte ihre Wärme an seiner rechten Schulter, nahm den leichten Schweißgeruch wahr und ihr ein wenig aufdringliches Parfüm. Diese Mischung erinnerte ihn an die große Pause vor zwei Monaten, als er sie auf dem Mattenwagen im Geräteraum der Turnhalle zu seiner Nummer 67 gemacht hatte, und er spürte, wie sich eine Erektion ankündigte. Er schüttelte die Gedanken ab und öffnete die Augen.

Es war gut, dass die Schüler die Möglichkeit bekamen, eine solche Skifahrt mitzuerleben. Er selbst hatte als Schüler nicht die Chance dazu gehabt. Der Lehrer dachte an sein Heimatdorf, an seine Eltern, die noch immer im Saarland wohnten. Sein Vater hatte als kleiner Beamter über vierzig Jahre seinen Dienst bei der Deutschen Bahn verrichtet, während die Mutter ängstlich darauf bedacht war, das wenige Geld zusammenzuhalten und dafür Sorge zu tragen, das Leben der Familie Müllers nach außen in positivem Glanz erscheinen zu lassen. Heiner, der einzige Sohn, hatte sich stets darum bemüht, dass die Eltern stolz auf ihren Jungen sein konnten. Er seufzte ein wenig und blickte versonnen auf die Bergkette vor ihnen: Schlern, Rosengarten, Latemar … Und sie waren stolz auf ihn. Er war immer ein einigermaßen guter Schüler gewesen, hatte das Jungengymnasium in Völklingen besucht, bis zu seinem vierzehnten Geburtstag erfolgreich Fußball im Verein seines Dorfes gespielt, und alles hatte immer darauf hingedeutet, dass er nach dem Abitur zum Studium nach Saarbrücken gehen würde. Lehrer sollte er werden, gut abgesichert und vor allem angesehen. Was ihr wohlerzogener Sprössling sonst noch so trieb, wenn er in den ersten Jahren mit dem Rad, später dann, während des Zivildienstes, mit dem VW-Bus in das nahe gelegene Völklingen fuhr, davon hatten sie keine Ahnung. Wie man sich einen ordentlichen Anschein gibt, das jedenfalls hatte er von seinen Eltern gelernt.

„Ich glaube, wir sind da“, sagte Sabine. Der Bus schwenkte auf den großen Parkplatz vor dem Hotel, wo bereits Hochbetrieb herrschte. Überall stapelte sich Gepäck, Lehrer und Schüler liefen wild durcheinander, die Abreisenden beäugten die Ankömmlinge neugierig.

„Ja, Sabine, hier werden wir jetzt die nächsten sieben Tage“, und er ergänzte schelmisch, „und Nächte verbringen. Hoffentlich hält sich das Wetter!“

Heiner de la Croix war ganz in seinem Element, er zeigte den Kindern ihre Zimmer, verteilte Skier, Skistöcke und Skischuhe und half beim Gepäck. Er war überall, er beherrschte das Chaos und erntete dafür die dankbaren Blicke seiner Kollegen, die sich absetzten, um in der Bar des Hauses einen Cappuccino zu trinken. Das Hotel war auf Klassenfahrten spezialisiert, und meist waren mehrere Schülergruppen gleichzeitig zu Gast. Einige Kollegen kannten sich von früheren Aufenthalten und begrüßten sich mehr oder weniger herzlich, die, die kamen, eher bleich und gestresst, die, die wieder nach Hause fuhren, braun gebrannt und sichtlich erholt.

Als de la Croix in die Bar trat, versagte ihm kurz der Atem. Auf einem der eichenen Barhocker hatte sich ein – Heiner war sich absolut sicher – überirdisches Wesen niedergelassen und nippte an einem Espresso. Sie trug hüftlanges, zu einem dicken Zopf geflochtenes schwarzes Haar, eine hautenge schwarze Hose und einen bordeauxroten, ebenfalls hautengen Pullover, unter dem Heiner de la Croix ihre runden Brüste mehr als nur erahnen konnte. Sie erinnerte ihn an eine Zeit, die lange zurücklag und in der er sehr glücklich gewesen war. Sie schien mit sich selbst beschäftigt zu sein und hatte nicht wahrgenommen, dass er die Bar betreten hatte, in der es von Schülern und Lehrern nur so wimmelte. Dass er in der letzten Nacht im Bus kaum ein Auge zugetan hatte, spürte er nicht mehr, er fühlte sich wie elektrisiert, und spontan fiel ihm die Kladde unter dem Fahrersitz seines VW-Busses ein.

Ein wenig zu laut begrüßte er Rüdiger, einen älteren Kollegen eines Lünener Gymnasiums, den er zwei Jahre zuvor in Jochgrimm kennen gelernt hatte. Sie hob den Kopf, ihre Blicke trafen sich, und Heiner sah in tiefschwarze Augen. Ihr dunkler Teint schien noch eine Spur dunkler zu werden, und als wäre sie bei etwas Verbotenem ertappt worden, senkte sie den Blick und erhob sich ganz plötzlich, um den Raum zu verlassen. De la Croix sah ihr nach, und als sie verschwunden war, setzte er sich zu dem Lünener auf die gepolsterte Eckbank und klopfte dem Kollegen freundschaftlich auf die Schulter:

„Na, wieder mit der alten Besatzung angereist?"

„Hallo Heiner, ich weiß schon, was du meinst, alter Kollege!"

„Wieso, was denn?"

„Tu nicht so, unsere Anna, die neue, die Schwarz-Rote. Glaubst du, ich habe nicht gesehen, wie du sie angeschaut hast? Schlag dir das aus dem Kopf, sie ist steif wie ein Stock und trocken wie ein Brötchen. Sieht gut aus, fährt klasse Ski, aber das ist auch schon alles."

„Anna?“, fragte Heiner seinen Kollegen.

„Ja, warum?“

„Ist nicht wichtig, sie erinnert mich nur an jemanden, den ich vor vielen Jahren einmal kannte.“

Schnell kamen sie auf ihr Lieblingsthema, über das sie sich schon früher Abende lang die Köpfe heiß geredet hatten. Während der Lünener das Skifahren traditionell nach dem deutschen Skilehrplan und der Methodik Walter Kuchlers unterrichtete, schwor Heiner de la Croix auf die Kassatmethode. Heiner nannte seinen Kollegen Rüdiger seitdem ein wenig spöttisch Walter. Er war der Überzeugung, dass Rüdiger von Tuten und Blasen keine Ahnung hatte, trotzdem versuchte er ihn zu überzeugen. Er selbst hatte Georg Kassat, der in seinen Augen eine sensationelle Methodik zum Erlernen des Skilaufens entwickelt hatte, bei einer Lehrerfortbildung auf dem Hintertuxer Gletscher wiedergetroffen, und Georg Kassat und sein Kollege Donald Kurpiers waren seitdem seine Methodikidole. Das wichtigste war für Heiner, dass die Kinder sich nicht mehr stundenlang mit dem Schneepflug abzuquälen brauchten, und wenn er selbst, Heiner de la Croix, keine Fehler beim Unterrichten machte, dann fuhren seine Schüler bereits am ersten Tag mit paralleler Skiführung den flachen Anfängerhang am Weißhorn hinab.

„Ich will ehrlich sein, Heiner“, sagte Rüdiger, „ich hab mir das Kassatbuch gekauft, es ist ganz frisch erschienen, und habe mal darin herumgelesen und, na ja, ich glaube, du hast recht. Ich mach's jetzt auch nach Kassat. Wie findest du das?“

„Walter, das finde ich echt völlig daneben.“

„Wieso denn das?“ fragte Rüdiger.

„Na, das liegt doch auf der Hand. Erstens,“ sagte Heiner, „worüber sollen wir uns denn dann abends noch streiten.“

„Und zweitens?“, unterbrach ihn Rüdiger grinsend.

„Zweitens kann ich dann ja wohl nicht mehr Walter zu dir sagen.“

Lachend erhoben sie sich, es war Zeit zum Abendessen.

„Na ja“, schlug Rüdiger vor, „dann nenn mich doch Donald!“

„Nee, Walter, tut mir leid, den gibt's nur einmal!“

Schmunzelnd verschwanden sie jeder in seinen Speiseraum.

Heiner de la Croix hatte sich mit seiner Gruppe beim kleinen Babylift am Fuße des Weißhorns angestellt. Er war mit Schülern der siebten Jahrgangstufe seines Lüdenscheider Gymnasiums unterwegs, um sie in die Anfänge des Skilaufens einzuweihen. Irgendwo in dem kleinen Skigebiet waren seine vier Kollegen und fünf Kolleginnen mit den übrigen Schülern und genossen wie er das zwar kalte, aber sonnige Winterwetter. Nachdem es die ganze Nacht über geschneit hatte, war es etwas wärmer geworden, am frühen Morgen hatten sich die Wolken verzogen, und die Sonne strahlte von einem azurblauen Himmel. Sie waren bereits seit etwa zwei Stunden unterwegs, und die meisten Schüler und Schülerinnen waren inzwischen in der Lage, den seichten, von Pistenraupen glatt gebügelten Hang mit paralleler Skiführung hinunterzurutschen. Die Kinder waren mit einer etwa zwei Meter langen Holzstange ausgerüstet, mit deren Hilfe sie sich in die Kurve kippen ließen. Alle waren bestens aufgelegt, und Heiner hatte sich vorgenommen, sie während der nächsten halben Stunde sich selbst zu überlassen, sie sollten das bisher Gelernte jetzt erst einmal festigen, was bedeutete: hinaufliften, herunterrutschen, hinaufliften, herunterrutschen und so weiter und noch einmal.

„Hört zu! Die nächste halbe Stunde wird geübt, aber bitte nicht faulenzen, Pause gibt's später! Bis gleich!"

Mit Argusaugen suchte er den Hang ab, um die Frau aus der Bar wiederzufinden – dunkelroter Anorak, schwarze Skihose, das lange schwarze Haar, das sie abends zuvor zu einem dicken Zopf zusammengebunden hatte: Anna, zweifellos das attraktivste weibliche Wesen, das sich hier im Hotel aufhielt. Das große Hotel Schwarzhorn lag auf einer Höhe von zweitausend Metern zwischen dem Schwarz- und dem Weißhorn und wurde zurzeit von Schülergruppen aus Recklinghausen, Lünen und Lüdenscheid bewohnt. Außerdem hielt sich noch die finnische Langlaufnationalmannschaft im Hotel auf, um unter für Leistungssportler idealen Bedingungen ihr Höhentraining zu absolvieren. Heiner hatte die Langläufer ein paar Mal nach dem Abendessen in der Bar oder den Gemeinschaftsräumen herumlungern sehen. Meistens blickten sie ziemlich finster drein und beobachteten die Schüler. Sehr zeitig am Abend verschwanden sie dann in ihre Zimmer, um früh am Morgen wieder fit fürs Training zu sein.

Heiner de la Croix war jetzt sechsunddreißig Jahre alt, inzwischen zum vierten Mal auf Klassenfahrt in Jochgrimm, er hatte es geschafft, eines der wenigen Einzelzimmer zu ergattern, und er hatte einen Plan. Er konnte höchst charmant, intelligent, gebildet und unterhaltsam sein, wenn er begann, sein Opfer einzuwickeln. Fast immer ging er nach dem gleichen, zumeist erfolgreichen Muster vor. Er suchte in Discotheken oder Kneipen nach der Sorte Frauen, denen er ansah, dass sie aus gutbürgerlichen Verhältnissen kamen, aber das Gefühl hatten, etwas im Leben verpasst zu haben. Am liebsten waren ihm verheiratete, aber von ihren Ehemännern betrogene Frauen. Er, Heiner de la Croix, gab ihnen das Gefühl, zum ersten Mal in ihrem Leben von einem Mann verstanden zu werden. War es erst einmal soweit, dass sie ihm ihr Herz ausschütteten, war es auch nicht mehr schwer, sie davon zu überzeugen, wie gut es wäre, einmal im Leben über die Stränge zu schlagen. Er würde sie dabei unterstützen. Jetzt war die Zeit gekommen, sie in seinen auf dem nahe gelegenen Parkplatz abgestellten alten VW T3, den er zum Campingbus umgebaut hatte, einzuladen, wo bei Kerzenlicht und sanfter Musik Rotwein, Sekt oder Bier bereitstanden. Aus einer alten Zigarrenkiste, versteckt unter dem Fahrersitz, holte er einen vorher gedrehten Joint hervor, und eigentlich gelang es ihm immer, sie zu überreden, ein paar Züge zu nehmen. In einer alten Kladde führte er genau Buch darüber, was er mit den Damen wann und wo vollführt hatte. Er hatte sich schon einmal gefragt, ob das vielleicht ein wenig unnormal sei, aber eigentlich scherte ihn das nicht; unwillkürlich musste er in sich hineingrinsen: So bekam der Satz „eine Nummer schieben“ jedenfalls einen tieferen Sinn. Und wenn es ihm einmal nicht gelang, eine Frau in seinen Bulli abzuschleppen, nahm er die alte Kladde zur Hand, um darin zu blättern, und das erregte ihn so sehr, dass er sich anschließend in den Schlaf onanierte.

Es gab aber nicht nur den einen, den Frauenverführer Heiner de la Croix, da war auch noch der in Lüdenscheids Öffentlichkeit angesehene Oberstudienrat Dr. Heiner de la Croix, Französisch- und Sportlehrer am Zeppelin-Gymnasium in Lüdenscheid. Er war Kunst- und Musikliebhaber, der gerne zu Vernissagen geladen wurde und als treuer Theaterkartenabonnent bei kulturellen Veranstaltungen aller Art anzutreffen war. An seiner Schule war er sowohl im Kollegium als auch in der Schülerschaft sehr geschätzt, seine Schüler hatten gern bei ihm Unterricht, er gab sich selbst nach etlichen Jahren im Schuldienst immer noch jede erdenkliche Mühe, seinen Unterricht interessant und spannend zu gestalten. Er galt zwar als streng, aber immer gerecht. Die Schüler hatten ihn zum Vertrauenslehrer gewählt, und er leitete die Sportfachkonferenz mit äußerster Kompetenz. Seine äußere Erscheinung war gepflegt, sportlich trainiert, und die angegrauten Schläfen seines vollen, leicht lockigen dunklen Haares vermittelten den Eindruck eines seriösen und zugleich sehr attraktiven Mannes. Sein Name trug auch noch mit dazu bei, dass man ihn allgemein für einen interessanten Mann hielt. Es war nicht ganz einfach gewesen, seinen alten Namen Heinrich Müllers gegen den neuen einzutauschen, hatte aber funktioniert, nachdem er einem entgegenkommenden Beamten des Einwohnermeldeamtes von Völklingen mit dreihundert deutschen Mark seine Argumente dargelegt hatte. Das Erste, was er tat nach dem Verlassen seines Heimatdorfs im Saarland, war, sich in Münster als Heiner de la Croix für das Lehramtsstudium der Fächer Französisch und Sport zu immatrikulieren.

Er schnappte sich einen der Anker des kleinen Lifts und ließ sich langsam den seichten Anfängerhang hochziehen. Anna betreute nicht wie er eine Anfängergruppe, sondern Fortgeschrittene, und tatsächlich entdeckte er sie kurz vor dem Ausstieg am Rand der Piste. Sie setzte sich gerade in Bewegung und führte ihre Gruppe in einer Schlange hinter sich her. Für Heiner hatte sie nichts von ihrer faszinierenden Ausstrahlung vom Vortag verloren, Knie und Oberkörper leicht nach vorn gebeugt, präsentierte sie ihr knackig gerundetes Hinterteil, das durch den weißen Streifen an der Seite ihrer Skihose bestens zur Geltung kam. Wie durch Nebel erschienen vor Heiners innerem Auge seine Kladde, das schmale Hotelzimmer und die sich rhythmisch vor ihm bewegende Anna. Er spürte, wie seine Hose plötzlich enger wurde, und unwillkürlich öffnete er den Reißverschluss seines Anoraks ein wenig. Wenn er so weiter fahren würde, gelänge es ihm vermutlich, gleichzeitig mit ihr unten am Lift anzukommen, vielleicht gemeinsam mit ihr nach oben zu liften, ein paar Worte zu wechseln, sich vorzustellen. Ein kurzer Blick über den Hang genügte ihm, um zu überprüfen, dass seine Schüler fleißig dabei waren, ihre Bögen zu ziehen. Das verschaffte ihm ein wenig Zeit für sich und sein Projekt, dem er am Abend zuvor vor dem Einschlafen den Namen Projekt 68 gegeben hatte. Als er an der Einstiegstelle ankam, erblickte sie ihn, und wie tags zuvor in der Bar schien sie leicht zu erröten. Er nickte ihr zu, sie nickte zurück, wandte sich dann aber schnell wieder von ihm ab, um sich einen vorderen Platz in der Schlange zu erkämpfen, ganz so, als wolle sie ihm signalisieren: „Tut mir leid, mein Freund, zwischen uns läuft nichts!"

„Aha", dachte Heiner, „ein Fluchttier! Das macht die Sache ein wenig schwieriger, aber vielleicht auch ein wenig interessanter. Dann bis heute Abend!"

Für den Rest des Tages gelang es ihm, das Projekt 68 aus seinen Gedanken zu verbannen und sich auf seine Skischüler zu konzentrieren. Wie in den vergangenen Jahren war er wieder einmal restlos begeistert vom Lernerfolg seiner Zöglinge, denen es allesamt gelang, mit paralleler Skiführung talwärts zu kurven. Und das am ersten Tag! Bei dem guten Wetter und der guten Laune von Kindern und Lehrern verging der Tag wie im Flug. Die Schüler hatten sich auf ihre Zimmer zurückgezogen, Heiner blieb bis zum Abendbrot noch ein wenig Zeit, und er beschloss, die Bar aufzusuchen. Anna saß auf einem der Hocker an der Bar wie am Tag ihrer Ankunft, ansonsten war kein Mensch zu sehen. Er nahm den Hocker an ihrer Seite, wandte sich ihr zu und sagte:

„Hallo, den ersten Tag gut überstanden?"

„Ja, danke, bei dem Wetter heute lief alles wunderbar. Aber entschuldige bitte, ich wollte mich gerade auf mein Zimmer zurückziehen, ich habe noch einen Riesenstapel Klassenarbeiten oben liegen. Tut mir leid. Ich wünsche noch einen schönen Abend."

„Danke gleichfalls", antwortete Heiner, und er dachte: „Klassenarbeiten, so so, und vor allem tut dir das leid!"

Dieser Versuch war gründlich fehlgeschlagen. Nun, es blieben ihm ja noch ein paar Tage …

Der Hocker an Heiners Seite war noch warm, als Nummer 67, die Sportreferendarin Sabine, schwungvoll darauf Platz nahm.

„Hallöchen, na, wie hast du den Tag überstanden?", fragte sie nun ihrerseits, und er fand sie in diesem Augenblick sehr anziehend. Sie hatte sich eine gute Portion Sonne eingefangen, schien förmlich zu glühen, war wohl vor ein paar Augenblicken erst der Dusche entstiegen, duftete verlockend und wirkte drall und appetitlich. Heiner atmete tief durch und antwortete:

„Bestens, Sabine, bei dem Wetter. Und wie lief es bei dir?"

„Ebenfalls super, ich bin sehr zufrieden. Sag einmal, Heiner, ich habe aus meinem Zimmer in der zweiten Etage einen wundervollen Blick auf Schwarz- und Weißhorn, ich täte nichts lieber, als dir diesen herrlichen Ausblick zu präsentieren, quasi als Ausgleich für die schlechte Sicht in unserer Turnhalle. Bis zum Abendbrot bleibt uns noch eine gute Stunde …"

Heiner wurde plötzlich sehr warm in seinem schwarzen T-Shirt. Er dachte an den Mattenwagen in der Turnhalle seiner Schule, sah Sabines glühende Augen, und es hätte nicht viel gefehlt, und er wäre ihr in die zweite Etage gefolgt, um sich die Wartezeit aufs Abendbrot zu versüßen. Aber irgendwie schaffte er es, Sabines Angebot gegen seine jüngsten Pläne abzuwägen. Eins war klar, Projekt 68 hatte absoluten Vorrang, und alles, was das Gelingen dieses Projektes gefährdete, galt es unbedingt zu vermeiden, und er war sich sicher, dass Sabine für den Rest des Aufenthaltes in Jochgrimm wie eine Klette an ihm kleben würde, wenn er jetzt mit ihr auf die Stube verschwände.

„Entschuldige, Sabine, mir ist augenblicklich gar nicht nach guter Aussicht. Ich habe in meinem Zimmer noch einen Riesenstapel Französischarbeiten liegen, da muss ich unbedingt ran."

„Oh, sehr schade", lächelte sie verführerisch, und für den Bruchteil einer Sekunde bereute Heiner seine Entscheidung.

„Es ist wirklich eine wundervolle Aussicht!"

„Vielleicht ein andermal, Sabine."

Mit diesen Worten erhob er sich, verließ die kleine Bar, ging auf sein Zimmer und genoss die Aussicht auf Schwarz- und Weißhorn, die langsam mit dem Dunkel der Nacht zu verschmelzen begannen.

– 6 –

Er dachte an seine zahlreichen Abenteuer zurück und daran, wie alles angefangen hatte. Gerade einmal sechzehn Jahre war er alt, und obwohl er und seine Kumpane schon ein paar Mal über den Unterschied zwischen Jungen und Mädchen nachgedacht hatten, hatte er eigentlich nichts anderes im Kopf, als mit seinen Freunden Fußball zu spielen, Rad zu fahren, im Sommer Schwimmen zu gehen – eben all das zu tun, was Jungen in dem Alter so treiben. Und Streiche hatten sie gespielt, am liebsten ihrem Herrn Dr. Friebel. Zum Beispiel diese Sache mit dem Hundedreck und der brennenden Zeitung, die sie dem Klassenlehrer vor die Tür gelegt hatten. Natürlich hatte es nicht geklappt, er war zu ausgebufft, um das Feuer auszutreten, der alte Pauker. Dafür hatten sie dann ein paar Wochen später für Gerechtigkeit gesorgt und Montageschaum in den Schlitz seines Briefkastens gesprüht. Ein anderes Mal hatten die Jungen einen Kurzschlussstecker – ein normaler 220-Volt-Stecker wurde zum Kurzschlussstecker, indem man die beiden Stifte mit einem Stückchen Draht verband – in die Außensteckdose der Garage des Herrn Dr. Friebel gesteckt. Kleiner Stecker, großer Effekt: Friebel saß im Dunkeln und musste einen Elektriker rufen, der den Stecker aus der Dose zog und die Sicherung wieder einschaltete. Vermutlich hatte Friebel geahnt, wer ihm diese Streiche spielte, aber er konnte ihnen nichts nachweisen, und solange das auch so blieb, würden sie sich weiterhin für das rächen, was der alte Sadist ihnen vormittags in der Schule antat. Bis Jo von einem Tag auf den anderen sein Leben veränderte, hatten sie in der dunklen Jahreszeit regelmäßig ihre Aktion „privater Weihnachtsbaum“ durchgezogen. An dunklen Dezemberabenden schlichen sie durch die Vorgärten des Dorfes und lösten ein paar Birnen der beleuchteten Weihnachtsbäume, die sich die Bewohner des neuen Viertels in die Gärten stellten, um sich in Sachen Weihnachtsatmosphäre gegenseitig zu übertreffen. Ein Birnchen genügte, und der ganze Baum stand wieder im Dunkeln, meistens aber lösten sie mehrere der kleinen Elektrokerzen, dann hatten die Weihnachtsbaumfreunde ein wenig länger zu tun, um den Baum wieder zum Strahlen zu bringen.

An jenem schicksalsreichen Nikolausabend des Jahres 1965 war er allein durch das neue Wohngebiet am Rande seines Dorfes gestreift. Es war noch früh am Abend, aber schon weihnachtlich dunkel und für einen Dezemberabend recht mild. Er liebte diese dunkle Abendstimmung, die Menschen in ihre Häusern konnten ihn nicht sehen, er aber konnte, wenn sie ihre Vorhänge noch nicht zugezogen und die Rollläden noch nicht heruntergelassen hatten, ihnen zuschauen, ganz so wie in einem Theaterstück, die Bühne hell erleuchtet, er selbst tief in der Anonymität des dunklen Zuschauerraums versunken. Da saßen Mütter und Väter mit ihren Kindern beim Abendbrot, Schülerinnen und Schüler über ihre Hausaufgaben gebeugt, er sah Frauen von einem Zimmer ins andere laufen und Männer, die im bequemen Sessel unter einer Stehlampe ein Buch durchblätterten, er sah all das, was er sich für sein Zuhause so sehr gewünscht hätte. Dort drinnen herrschte diese vorweihnachtliche, warme, heimelige, draußen eine spannende, erregende Stimmung. Manchmal verharrte Heinrich minutenlang, um zu beobachten, wie die erleuchteten Vierecke der Häuserfenster erloschen, um an anderer Stelle wieder aufzuglühen. Wenn er lange genug stehen blieb, wurde er Teil dieser Familien, gehörte in Gedanken zu ihnen und genoss mit ihnen diese Ruhe, diese Stille, diesen Frieden. Er kannte es wie seine Westentasche, das neue Wohngebiet, dessen Häuser in den frühen sechziger Jahren auf die ehemaligen Weizenfelder südlich vom Waldrand gebaut worden waren. Manche Häuser sahen mittlerweile so aus, als hätten sie schon immer da gestanden, andere wiederum schienen nie fertig zu werden, da führten Bretter durch den schlammigen Vorgarten zum Eingang, nackte Birnen hingen an Drähten, und Container standen vor der Tür. Trotzdem sahen alle Häuser irgendwie gleich aus, waren alle ähnlich groß, hatten den gleichen Abstand zur Straße, und ihre Giebel zeigten alle nach vorn.

Sein Weg führte ihn weiter an den strikt nach Bebauungsplan angeordneten Häusern vorbei, bei denen einzig die Hausnummern halfen, die richtige Adresse zu finden. Bis er zu ihrem Haus gelangte, zu Jos Haus. Jos Haus war anders als alle anderen. Es hatte schon immer hier gestanden, lange bevor Bauer Brenickel auf die Idee gekommen war, sein Ackerland zu versilbern, es erschließen zu lassen und für teures Geld als Bauland zu verkaufen. Jos Haus war aus Holz erbaut und schmiegte sich mit seiner Rückseite, etwa vierzig Meter von dem kleinen Gartentörchen entfernt, direkt an den nun wie eine riesige schwarze Wand anmutenden Wald. Der große, verwilderte Vorgarten war mit verwelkten Stauden, Büschen und Unkraut völlig zugewuchert, und nur zwei auf das Haus zuführende schmale Streifen deuteten darauf hin, dass hier ab und zu jemand mit einem Auto bis zur schmalen, ehemals grün gestrichenen Eingangstür fuhr. Heinrich kannte das Häuschen von den langen gemeinsamen Streifzügen mit seinen Freunden durch die scheinbar unberührte Natur, die sein Dorf umgab. Sie hatten es für unbewohnt gehalten, da sie die alten, verwitterten Schlagläden nie geöffnet gesehen hatten; nichts hatte je darauf hingewiesen, dass hier jemand wohnte. Umso überraschter war Heinrich an diesem Abend, als er den schwachen Lichtschein entdeckte, der aus dem winzigen Sprossenfenster neben der Eingangstür in die dunkle Nacht drang. Er hielt inne.

Wäre er weitergegangen, wäre sein Leben wohl in völlig anderen Bahnen verlaufen. Vermutlich hätte er sich nach einer abgeschlossenen Berufsausbildung eine passende Frau gesucht, Kinder gezeugt, wäre ein guter Lehrer, Familienvater, Kirchgänger und angesehener Bürger seines Dorfes hier unten im Saarland geworden, er hätte in einem Haus ähnlich denen der Neubausiedlung gewohnt und an langen Winterabenden mit einem Buch unter der Leselampe gesessen und seinen Kindern bei Spielen zugeschaut. Alle paar Jahre hätte er seinen Mittelklasse-PKW gegen ein neueres Modell eingetauscht, und ein-, zweimal im Jahr wäre er mit seiner Familie in den Urlaub gefahren, vielleicht sogar, wenn das Geld gereicht hätte, zum gemeinsamen Skilaufen auf eine Skihütte irgendwo in die Alpen.

Aber Heinrich lief nicht weiter. Sich hinter uralten, teilweise umgeknickten Obstbäumen versteckend, schlich er auf das Häuschen zu, vorsichtig darauf achtend, ja nicht auf einen der herumliegenden Äste zu treten. Obwohl er es schon gewohnt war, bei Dunkelheit durch fremde Gärten zu schleichen, klopfte sein Herz bis in seinen Hals, und seine Schläfen pochten, hier war alles anders, als er es kannte. Er war bis fast an die Eingangstür vorgedrungen, als er hinter sich plötzlich das Motorengeräusch eines PKW wahrnahm, und bevor er sich in die Büsche schlagen konnte, stand er im vollen Scheinwerferlicht eines 2 CV. Ein winziger Moment verging, bis das Scheinwerferlicht erlosch, das Motorgeräusch erstarb, die Fahrertür sich öffnete und eine Frauenstimme mit leicht französischem Akzent zu ihm sagte:

„Oh, welch Überraschung. Besuch für Jo.“ Sie ließ die Fahrertür zufallen, öffnete die Kofferraumklappe der Ente und sagte zu Heinrich, „Komm doch mal her zu mir, wie heißt du überhaupt?“

„Heinrich“, antwortete er kleinlaut.

„Oh, bonsoir, ich bin Jo, besser gesagt Jocelyne Perrier. Würdest du denn vielleicht einmal herkommen und mir helfen? Der Korb ist so schwer, zu zweit schaffen wir das viel besser.“

Heinrich war hin und her gerissen. Sollte er seine Beine in die Hand und Reißaus nehmen? Das wäre einfach, und niemand würde erfahren, dass er sich nachts in wildfremden Gärten herumtrieb. Auf der anderen Seite hatte ihn diese Frau Perrier auf eine Weise angesprochen, als würden sie sich seit Ewigkeiten kennen, und irgendetwas in ihrer Stimme – war es der französische Akzent, das dunkle Timbre, oder war es einfach nur die von dem ersten Moment an zu spürende offene Art? – ließ ihn neugierig werden. Er entschloss sich, ihr zu helfen, und als hätten sie seit Jahren nichts anderes getan, hoben sie den großen, bis zum Rand mit Kaminholz gefüllten Weidenkorb aus dem Kofferraum der Ente und trugen ihn gemeinsam hinein in das kleine hölzerne Hexenhäuschen.

„Na dann lass dich mal ansehen, wie alt bist du denn? Ich bin übrigens vierundzwanzig und habe bis vor einem Monat auf der anderen Seite der Grenze gelebt. Nun bin ich hier. Und woher kommst du, was machst du hier?“

„Na ja, ich bin sechzehn, ich heiße Heinrich und manchmal laufe ich halt abends herum, schaue in die Häuser, beobachte die Leute … und ich dachte immer, in diesem Haus wohnt niemand. Und als ich das Licht sah, war ich neugierig, ja und dann sind Sie plötzlich …“

„Das mit dem ‚Sie' vergessen wir jetzt mal ganz schnell. Du bist ab jetzt mein kleiner Henri, und ich bin für dich ganz einfach die Jo. Einverstanden?"

Er nickte und sie fragte, „Hast du Hunger? Ja? Dann seh' ich mal zu, ob ich etwas Essbares finde, und du versuchst Feuer im Kamin anzumachen. Hier gibt es nämlich keine Heizung, musst du wissen." Heinrich war einverstanden, und sie machten sich an die Arbeit. Jo hatte den Deckel eines Plattenspielers, der auf einer umgedrehten Apfelsinenkiste stand, hochgeklappt und aus einem dicken Stapel eine Schallplatte gezogen und sie aufgelegt.

„Ellington, kennst du den?"

Heinrich schüttelte den Kopf. Seine Eltern hatten auch Schallplatten, aber er mochte die Musik seiner Eltern nicht, sie hörten sich, wenn sie überhaupt mal eine Platte auflegten, Marschmusik oder irgendwelche Kirchen- oder Männerchöre an. Spätestens dann war der Zeitpunkt gekommen, dass Heinrich fluchtartig das Haus verließ, er hasste das Täterätä der Märsche und das Geplärre der Chöre wie die Pest.

„Nein, nie gehört, Hauptsache, der spielt keine Marschmusik!"

Jo lächelte: „Nein, das wohl nicht!"

Dass sie fast zehn Jahre älter war als er, schien sie nicht zu stören. Im Gegenteil, Heinrich hatte den Eindruck, sie fand Gefallen an seiner Gesellschaft, und nachdem sie ein paar Schnittchen zubereitet und der Kamin das kleine Wohnzimmer erwärmt hatte, hockten sie im Schneidersitz auf einem alten Perserteppich vor dem Feuer und lauschten der Musik aus dem Plattenspieler. Heinrich war wie verzaubert von den ihm bis zu diesem Abend verborgen gebliebenen Klängen. Ellington – sollte das die „Negermusik" sein, vor der ihn seine Eltern immer gewarnt hatten? Er verstand nichts von Musik, und sie hatte ihm nie etwas bedeutet. Der Musiklehrer im Völklinger Gymnasium hatte ihnen die Klassiker vorgespielt und in den höchsten Tönen von Beethoven, Bach, Mozart und Konsorten geschwärmt, er hatte die Knüppelmusik beim Schützenfest, die Feuerwehrkapelle seines Dorfes, in der der Vater seines besten Freundes die Pauke schlug, und die Gröl- und Schunkellieder des Karnevals gehört, aus dem Radio kannte er den einen oder anderen Schlager und natürlich die Märsche und Chöre seiner Eltern. Bis heute war er der festen Überzeugung gewesen, dass Musik wohl für den Rest der Welt, auf keinen Fall aber für ihn, Heinrich Müllers komponiert worden war.

„Was da gerade läuft, ist ‚Perdido' von Ellington, dem Duke. Er ist für mich einer der größten Jazz-Komponisten. Er spielt Klavier und ist der Leader seiner Band. Wegen seiner angeborenen Noblesse wurde er schon von seinen Schulkameraden ‚Duke' genannt, ‚Duke Ellington'. Ich liebe Negermusik!"

Sie war eine schöne Frau, mit langem dunklen Haar, das über ihre Schultern fiel, und blendend weißen Zähnen, und wenn sie sprach, leuchteten ihre Augen, als wollten sie jedes ihrer Worte bestätigen. Sie erzählte ihm vom Duke, Count Basie, von Louis Armstrong, Charlie Parker und den vielen anderen Jazzmusikern, von denen er bisher nie gehört hatte. Heinrich hing an ihren Lippen, und wie ein trockener Schwamm saugte er alles auf, was von ihr und dem alten Plattenspieler an seine Ohren drang. Die anderen Qualitäten von Jocelyn Perrier sollte er erst zwei Jahre später kennen lernen.

„Mein lieber Henri", sie tippte mit dem Zeigefinger auf ihre Armbanduhr, „was sagen denn deine Eltern?"

„Du hast recht, ich muss gehen."

Und sein Herz klopfte eine Spur schneller, und er spürte, wie er errötete, als sie sich zu ihm hinüberbeugte und ihn mit ihrem Zeigefinger unter seinem Kinn ganz sacht zu sich heranzog, um ihn dreimal auf die Wangen zu küssen, links, rechts, links.

„So macht man das bei uns Franzosen."

Sie strich ihm mit der Hand über das Haar.

„Kommst du mich wieder einmal besuchen? Ich habe noch viele Schallplatten!"

Er bekam keinen Ton heraus, nickte nur und verließ stolpernd das kleine Hexenhäuschen. So schnell er konnte, lief er durch die frische Winterluft den ganzen Weg bis nach Hause. Als er das Haus seiner Eltern erreichte, rannte er weiter, bis ans Ende der Straße, erst dann verlangsamte er seinen Schritt, drehte um, und als er gemächlich auf sein Elternhaus zuging, lächelte er in sich hinein und fragte laut in die Nacht: „Was war das denn?"

Und als ihn seine Mutter an der Haustür fragte, „Was hast du denn schon wieder getrieben, es ist nach Mitternacht!"

„Ich habe keine Ahnung, Mama, überhaupt keine Ahnung."

Den nächsten Vormittag in der Schule – Heinrich besuchte inzwischen die Untersekunda des Völklinger Gymnasiums – hätte er sich schenken können. Vom Unterricht bekam er so gut wie nichts mit, vor allem die Stunden in den Fächern Biologie und Mathematik gingen völlig unbemerkt an ihm vorbei. In seinen Gedanken hockte er immer noch im Schneidersitz neben Jo in ihrem gemütlichen, warmen Wohnzimmer vor dem Kamin und lauschte ihren Worten und der Musik, die genau wie Jo von einem anderen Stern zu kommen schien. War er etwa verliebt, er, dem Mädchen doch gar nichts bedeuteten? War das das Gefühl, welches angeblich in der Lage sein sollte, Menschen Flügel zu verleihen? Ein dezenter Stoß mit dem Ellenbogen seines Nachbarn riss ihn aus seinen Träumen. An der Tafel stand Dr. Friebel, und der wiederum schien sehr erfreut darüber zu sein, Heinrich beim Schlafen ertappt zu haben.

„Was ist los, Müllers? Schlecht geschlafen heute Nacht? Ich habe keine Lust, hier alles zweimal zu fragen. Also bitte sehr, Müllers, die binomische Formel! An die Tafel!"

Heiner wusste nicht, wie ihm geschah. Aus lauter Angst vor Friebel war er in dessen Stunden stets auf Hochspannung, niemals hätte er sich eine Blöße gegeben, genau wissend, das Friebel jede Schwäche eiskalt ausnutzen würde. Doch jetzt, auf frischer Tat ertappt, oder besser aus seinen Träumen gerissen, war ihm Friebel egal wie nur irgendetwas. Heiner fühlte sich so stark wie nie zuvor in seinem Leben, niemand, selbst Friebel nicht, könnte ihm auch nur ein Haar krümmen. Langsam, sehr langsam erhob er sich und schlenderte zur Tafel.

„Welche der drei hätten sie denn gern, Herr Doktor?"

Der Lehrer war überrascht. Müllers schien ihm völlig ruhig, nicht eine Spur eingeschüchtert, und das passte ihm ganz und gar nicht, er verlangte uneingeschränkten Respekt!

„Jetzt pass mal gut auf, Müllers. Im Moment hast du noch eine fette Fünf. Die erste binomische Formel verschafft dir eine Vier, die zweite eine Drei und die dritte", Friebel grinste hämisch, „Müllers, dann muss ich dir wohl eine Zwei geben." Im Klassenraum hätte man eine Stecknadel fallen hören können.

„Gut, Herr Doktor, ich möchte es mal umgangssprachlich formulieren: Klim plus Bim in Klammern zum Quadrat, das ist Klim Quadrat plus zwei Klimbim plus Bim Quadrat."

Mit einem Riesenknall löste sich die Spannung, die Klassenkameraden applaudierten und trampelten mit den Füßen auf den Boden. Der kleine dicke Friebel war puterrot angelaufen, aber er beherrschte sich und sagte ruhig, „Müllers, der Punkt geht an dich. Aber jetzt bitte Binomi die Zweite!"

Heinrich überlegte kurz, was wohl das Beste wäre, einerseits bekäme er mit ein wenig Nachdenken wohl auch die zweite Formel hin, auf der anderen Seite spürte er eine ungeheure, nie da gewesene Kraft tief in seinem Inneren, und er sagte sich: Showdown!

Und zu Friebel: „Wissen sie was, Herr Doktor, was juckt mich Binomi die Zweite, geben sie mir die versprochene Vier, und alles wird gut!"

Seine Klassenkameraden johlten und skandierten: „Müllers, Müllers, Müllers!" Sie hatten sich von ihren Stühlen erhoben und brachten Heinrich stehende Ovationen dar. Friebel explodierte, doch bevor er ausholen konnte, um Heinrich eine Ohrfeige zu verpassen, schrillte das Pausenzeichen, und die johlende Untersekunda stürmte aus dem Klassenzimmer. Heinrich Müllers wandte sich lächelnd um und verließ gemessenen Schrittes den Raum. Auch der zweite Punkt ging an ihn.

„Danke, Jo, danke!"

So schnell wie nie in seinem Leben radelte er nach der Schule nach Hause, wo ihn seine Mutter empfing.

„Na, mein Sohn, du bist aber früh dran heute. Und in der Schule alles in Ordnung?"

„Mais oui, Maman", antwortete er auf Französisch, „alles in bester Ordnung. Aber ich muss mich beeilen, nach den Schularbeiten möchte ich mit den Kumpels in die Stadt."

Maman lächelte und war ein klein wenig stolz auf ihren Jungen. Er war freundlich, hilfsbereit und erledigte gewissenhaft seine Pflichten, war ein passabler Schüler und guter Sohn. Und das war allein ihr, Mutter Müllers Werk, denn ihr Mann hatte in den letzten zehn Jahren, seit er zum Trinker geworden war, nichts mehr zur Erziehung seines Sprösslings beigetragen. Vater Müllers verließ zeitig am Morgen das Haus, um zur Arbeit in die Stadt zu fahren, und wenn er am frühen Abend nach Hause zurückkehrte, dann nur, um Schlips und Kragen abzulegen und gleich darauf im Freizeitdress wieder zu entschwinden. Und kam er ein paar Stunden später wieder angetorkelt, lag er noch eine Weile auf dem Sofa, starrte Löcher in die Luft und war bald darauf eingeschlafen. Eigentlich fing Mutter Müllers Leben immer dann an, wenn er das Haus verließ, und hörte schlagartig wieder auf, wenn er zurückkehrte. Die wenigen Stunden, die ihr blieben, mussten zu ihrem kleinen Glück reichen. Sie hatte sich damit arrangiert und lebte für ihren Heinrich, wichtig war ihr nur, dass möglichst wenig von ihrer Misere nach draußen an die Ohren der Nachbarn drang. So etwas wie Zärtlichkeit gab es in ihrem Leben schon lange nicht mehr, ihr Mann schlief in seinem kleinen Zimmer im Keller, und wie sie zu ihrem Heinrich gekommen war, wusste sie nicht mehr. Einmal hatte sie darüber nachgedacht, sich, wenn Heinrich erst einmal aus dem Haus war, von ihrem Mann scheiden zu lassen, aber sie vermutete, dass ihre Energie dazu wohl nicht mehr reichen würde. Sie lächelte bitter, als ihr ein Witz, den sie im Supermarkt aufgeschnappt hatte, einfiel:

„Ein steinaltes Ehepaar tritt vor den Richter und möchte geschieden werden. Der Richter fragt sie: ‚Ja, aber warum kommen sie denn erst jetzt?' Worauf die beiden antworten: ‚Wir wollten so lange warten, bis die Kinder tot sind! '"

Nachdem Heinrich seine Schulaufgaben mehr schlecht als recht, vor allem aber in Windeseile erledigt hatte, machte er sich auf zum Waldweg, gespannt, ob der gestrige Abend ein einmaliges Erlebnis gewesen sein sollte. Bei Tageslicht betrachtet, erschien ihm das alte Holzhäuschen noch wunderlicher als bei Nacht, es erinnerte ihn an eine Zeichnung in einem alten Bilderbuch, die Darstellung des Hauses, in das Hänsel und Gretel von einer Hexe gelockt worden waren, um verspeist zu werden. Und wenn schon, er fasste sich ein Herz und klopfte an die Tür.

„Oh, Henri, bist du es? Tritt ein, ich backe gerade einen Marmorkuchen, du könntest mir helfen!"

Sie hatte ihn nicht kommen sehen und doch gewusst, dass er es war. Freudig erregt trat er in die winzige Küche, die sich am linken Ende des Wohnzimmers befand. Rechter Hand, so vermutete Heinrich, befand sich Jos Schlafzimmer. Der Kuchen war fast fertig, sie hatte den schwarzgelb marmorierten Teig in eine gefettete Blechform gefüllt, schob die Form in den vorgeheizten Backofen, entledigte sich des Spültuches, das sie sich wie eine Schürze in die Jeans gestopft hatte, und wie am Abend zuvor führte sie die Spitze ihres Zeigefingers unter Henris Kinn, zog ihn sanft zu sich heran, küsste ihn dreimal auf die Wangen, links, rechts, links, und sagte:

„Bonjour, mon petit Henri. Comment ça va?"

Es ging ihm gut, so gut, er wäre vor Glück fast zersprungen. Heinrich erzählte das Nötigste, und als er geendet hatte, sagte sie:

„Und jetzt komm, ich zeig dir zuerst einmal unser Haus."

Unser Haus, hatte er richtig gehört, hatte sie „unser Haus" gesagt? Sie und wer noch? Meinte sie vielleicht sogar am Ende ihren petit Henri? Sie nahm ihn bei der Hand und trat mit ihm nach draußen.

„Es gehörte schon meinen Großeltern, sie haben es vor vielen Jahren gekauft und lange Jahre als Wochenendhaus und Urlaubsdomizil genutzt. Seit etwa zwanzig Jahren aber stand es leer. Und jetzt ist es Jos Haus. Weißt du, irgendwie erinnert es mich an die Villa Kunterbunt."

Als Heinrich fragend zu ihr aufblickte, erzählte sie ihm von Pippi Langstrumpf, dem Mädchen, das ganz allein mit ihrem Pferd Kleiner Onkel und ihrem Äffchen Herr Nilsson in ihrem Holzhaus wohnte und stärker war als alle Jungen zusammen. Sie führte ihn überall herum, zeigte ihm das hinter dem Haus gestapelte Kaminholz, die rostige Regentonne und die niedrige, aus alten Brettern zusammengenagelte Bank unter dem kleinen Sprossenfenster neben der Eingangstür.

„Weißt du, Henri, es ist zwar nicht groß, unser Häuschen, und es hat auch keine Türmchen, aber für mich ist es ein richtiges Schloss. Lass es uns unser Waldschlösschen nennen."

Heinrich spürte, wie seine Augen brannten, sie hatte tatsächlich „unser Waldschlösschen" gesagt. Durch die schmale, schief in ihren

Angeln hängende Hintertür betraten sie den engen Flur, an dessen Ende eine knarrende Holztreppe in das Obergeschoss führte. Oben gab es nur zwei kleine Zimmer, die wegen ihrer Dachschrägen nur sehr wenig Platz boten. Im ersten lagen Umzugskartons, leere und volle, ein wenig Werkzeug und alles mögliche Gerümpel herum. Jo schob mit dem Fuß einige der Kartons aus dem Weg, um in das zweite Zimmer zu gelangen, und sagte:

„Das soll vielleicht mal so etwas wie ein Gästezimmer werden, aber zurzeit gibt es außer dir keine Gäste."

Sie stiegen wieder nach unten. Auf der anderen Seite des schmalen Flurs lag das Schlafzimmer, welches genau wie die Küche nur vom Wohnzimmer aus zu erreichen war. Ein breites französisches Bett nahm die Mitte des Raums ein, und rings um den dreitürigen Kleiderschrank standen die Wände voller Regale, deren Bretter sich unter der Last unzähliger Bücher bogen. Bücher, die auf den Borden keinen Platz mehr gefunden hatten, lagen in einer Ecke gestapelt übereinander. Am Kopfende des Bettes führte eine dicke Kordel, an die sich ein kleiner Stoffaffe klammerte, zu einem Schalter an der Holzbalkendecke.

„Herr Nilsson?", fragte Heinrich.

„Ja, Herr Nilsson schaltet mir den Kronleuchter", und sie deutete auf drei Glühbirnen, die sie zu einem kleinen Strauß zusammengebunden hatte, „an und aus."

Ein Wecker klingelte, und sie gingen in die kleine Küche zurück, wo Jo den Kuchen aus dem Ofen holte, und ein paar Augenblicke später hockten sie wieder im Wohnzimmer vor dem Kamin und lauschten der Stimme Nat King Coles.

„Weißt du, was mir an diesem Häuschen besonders gefällt?" Ohne auf eine Antwort zu warten, fuhr sie fort:

„Dass es ganz aus Holz gebaut ist. Hier findest du kein Brett ein zweites Mal, kein Balken gleicht einem anderen, und jeder Nagel kann eine eigene Geschichte erzählen. Steine wie in den neuen Häusern der Siedlung sind tot, alle gleich, einer wie der andere. Und sie sind stumm, sie schweigen, erzählen dir nichts. Unser kleines Waldschlösschen aber …" Sie legte den Zeigefinger an ihre Lippen und flüsterte:

„Wenn es nachts ganz still ist, halte ich den Atem an, und dann kann ich hören, wie es mit mir spricht." Heinrich blickte sie fragend an: „Es spricht mit dir, Jo? Was sagt es denn?"

„Es hat mir gesagt, dass es, sehr, sehr glücklich ist, seit ich hier wohne, und es möchte nie, nie wieder alleine sein."

Mehr zu sich selbst als zu Jo sagte er: „Ja, das verstehe ich."

– 7 –

Tage, Wochen und Monate zogen ins Land, das Jahr 1967 war gerade angebrochen, und Heinrich konnte inzwischen auf siebzehn Lebensjahre zurückblicken. Er verbrachte all seine freie Zeit bei Jo. Die Vormittage gehörten dem Kampf mit Friebel und Co., die Nachmittage Jo und dem Jazz. Während sie ihren Jazzplatten lauschten, erzählte sie ihm aus dem zumeist sehr bewegten Leben der Musiker, und mit der Zeit wurde aus dem ehemaligen musikalischen Kostverächter ein Musikliebhaber. Da war diese ganz neue, von England aufs Festland überschwappende Beatmusik. Heinrich fieberte plötzlich nach allem, was nicht nach Marsch- oder Chormusik roch, und Beatmusik, die anders war als alles bisher Dagewesene, setzte ihn unter Strom. Sein Banknachbar in der Obersekunda hatte ihm von der Beatmusik, die anfangs von Schülerbands aus der Gegend um Liverpool und London gespielt wurde, erzählt. Er wusste von Schiffen zu berichten, die von den Niederlanden aus in die Nordsee stachen, um von dort illegal die Beatmusik aufs Festland auszustrahlen. Radio Caroline, Radio Veronica und Radio Nordzee.

Das alte Röhrenradio in der Küche seiner Eltern hatte, anders als Jos billiges Transistorradio im Waldschlösschen, einen exzellenten Empfang, und da seine Eltern es nie benutzten, sondern immer nur das Radio aus der Musiktruhe im Wohnzimmer, packte er es eines Tages unbemerkt auf den Gepäckträger seines Fahrrads und schloss es im Wohnzimmer des Waldschlösschens an, um Jo an ihrem fünfundzwanzigsten Geburtstag damit zu überraschen. Anschließend hatte er noch sein Leben riskiert, indem er auf den First des Häuschens kletterte, um eine aus der Garage seines Vaters stammende alte Radioantenne an den Schornstein zu montieren. Heinrichs Eltern hatten den Verlust des Radios nie bemerkt. Viele Jahre später, Heinrich Müllers war schon längst Heiner de la Croix und Lehrer am Zeppelin-Gymnasium in Lüdenscheid, hatte er, zu Besuch in seiner alten Heimat, mit seiner Mutter einen Schwarz-Weiß-Film im Fernsehen verfolgt. In diesem Krimischocker hatte der Gegenspieler des Helden mit einem Maschinengewehr einen ganzen Mafiaclan über den Haufen geschossen und dabei ein komplettes Wohnzimmer in Schutt und Asche gelegt, Leichenberge türmten sich auf einem zerschossenen Röhrenradio, welches trotz seines erbärmlichen Zustandes noch die kleine Nachtmusik von Mozart trällerte, und Heiners Mutter sagte: „Sieh mal, Heinrich, so ein Radio hatten wir auch einmal."

Jo hatte sich über das alte Radio sehr gefreut, und im Waldschlösschen erklang nun immer häufiger neben der Jazzmusik vom Plattenspieler die Beatmusik von Radio Caroline oder Radio Luxemburg. Heiner hatte sich angewöhnt, nach der Schule direkt zu Jo zu fahren, er erledigte seine Hausaufgaben bei ihr. Danach taten sie, wozu sie gerade Lust hatten. Jo las ihm aus Hermann Hesses „Steppenwolf" vor, sie fuhren mit dem Rad durch Felder und Wiesen, oder vertrieben sich die Zeit mit Rommé und Mensch ärgere dich nicht. Manchmal stiegen sie auch in das kleine Auto mit dem französischen Kennzeichen. Zahlen, zwei Buchstaben und dann die 57.

„Siebenundfünfzig? Wo ist das?", hatte er gefragt.

„Cinquante-sept, Moselle. Ein winziges Kaff, das du auf keiner Karte findest, Bibiche. Ich bin dort geboren."

Jo liebte ihre kleine graue Dodoche, wie sie ihre Ente nannte. Obwohl Henri sich erst an das schaukelnde Gefährt gewöhnen musste, konnte auch er sich nicht lange seinem Charme entziehen. Im Winter war es fürchterlich kalt, es zog an allen Ecken und Enden; wenn es regnete, tropfte das Wasser von dem kleinen Kunststoffrad, mit dem man den Lüftungsschlitz unter der Windschutzscheibe öffnen, aber leider nie ganz schließen konnte, auf die Knie; und wenn es feucht und kalt auf einmal war, konnte es passieren, dass Dodoche einfach nicht so wollte wie Jo.

„Bon, d'accord. Heute magst du nicht? Tant pis, dann ein andermal. Weißt du, Henri, irgendwie hat sie eine Seele, und wenn sie mal nicht will, müssen wir das akzeptieren, oder?"

So blieb die Ente im Winter einfach stehen, dafür genossen sie es im Sommer umso mehr, mit geöffnetem Rolldach, hochgestellten Klappfenstern und dem Fahrtwind in den Haaren durch die Landschaft zu fliegen. Meistens erst spät am Tage radelte Heinrich nach Hause zurück. Jo vergaß nie, ihn, mit ihrem Zeigefinger unter seinem Kinn, zu sich heranzuziehen und ihn mit drei Küssen auf die Wangen, links, rechts, links, zu verabschieden.

In den Osterferien des gleichen Jahres, in dem in Vietnam der Krieg zu eskalieren begann, Studenten in Berlin und Paris auf die Straßen zogen, um gegen den amerikanischen Imperialismus zu demonstrieren, und mehr und mehr Jugendliche mit ihren Eltern aneinanderrasselten, erlebte Heinrich den glücklichsten Tag seines Lebens. Er würde am 1. April achtzehn Jahre alt werden, und Jo hatte vorgeschlagen, in seinen Geburtstag hineinzufeiern. Heinrich freute sich schon darauf wie ein kleiner Junge, der sein erstes Fahrrad geschenkt bekommt. Der Tag hatte bereits hervorragend begonnen. Während der großen Pause hatte Heinrich Herrn Dr. Friebel in der Lehrerbibliothek, die sich im Keller unter der Turnhalle des Gymnasiums befand, eingesperrt, und zwar mittels eines Holzbalkens unter der Türklinke. Erst drei Stunden später hatte der Lehrer auf sich aufmerksam machen können, indem er die versenkbaren Recksäulen der Turnhalle nach oben schob und damit das Völkerballspiel von etwa dreißig Sextanern unterbrach. Die Schüler schrien vor Lachen, als Friebel, wie üblich vor Wut puterrot angelaufen, von ihrem Sportlehrer aus seinem Verlies befreit wurde. Bestens gelaunt war Heinrich anschließend nach Hause geradelt, hatte seiner Mutter erzählt, er werde bei einem Freund in seinen Geburtstag hineinfeiern, und war, so schnell er konnte, ins Waldschlösschen weitergefahren. Jo empfing ihn mit einem Kuchen und sagte:

„Hör zu, mein kleiner Henri, ich denke, du bist alt genug, dass wir den Kuchen jetzt schon mal anbrechen, die Geburtstagsüberraschung gibt's aber erst um Mitternacht."

Sie verbrachten den Nachmittag mit einem ausgedehnten Spaziergang, und als es am Abend dunkel wurde, landeten sie wieder vor dem Kamin und dem Plattenspieler. Jo sah ihn ernst an, näherte sich ihm wieder mit dem Zeigefinger, um ihm die drei französischen Küsse zu geben, und sagte: „Mon petit Henri, hör mir jetzt einmal gut zu. Du weißt, ich bin ein braves Mädchen, und du bist ein braver Junge, aber jetzt, da wir so kurz vor deinem Achtzehnten stehen, sollten wir doch einmal ein wenig über die Stränge schlagen, was meinst du?"

Sein Herz klopfte spürbar lauter, und Heinrich antwortete: „Okay, Jo, ich bin dabei …“

Jo stand auf, ging zu einem der Bücherregale, griff hinter eine Bücherreihe und kehrte mit einer Zigarrenkiste zu ihm zurück. Sie öffnete den Deckel des Kistchens, um etwas herauszuholen, das in Silberpapier eingewickelt war.

„Nun?“, fragte sie. „Was meinst du, was hier drin ist?“

Er schüttelte den Kopf.

„Keine Ahnung.“

Sie hielt ihm das murmelgroße Päckchen unter die Nase, er atmete tief ein, sein Herz klopfte noch ein wenig schneller, und ängstlich fragte er: „Haschisch?“

Jo strahlte und nickte. „Und jetzt vergiss mal ganz schnell, was du jemals darüber gehört hast. Wir nehmen schließlich kein Heroin. Ich habe schon ein paar Mal geraucht, natürlich nur, wenn du nicht hier warst und, mache ich den Eindruck, als wäre ich nicht ganz normal?“

Sie öffnete das Silberpäckchen, bröckelte etwas von dem Klumpen ab, spießte es auf eine Stecknadel, die sie zuvor durch ein Stückchen Pappe gestoßen hatte, und stülpte ein Wasserglas darüber. Als er sie fragend ansah, sagte sie:

„Den Brösel stecken wir jetzt an, fangen den Rauch unter dem Glas auf, und dann aufgepasst, nichts verschenken, schön vorsichtig.“

Sie hielt ein Feuerzeug an das kleine schwarzgraue Stückchen – sie nannte es „schwarzen Afghanen“ – und stülpte das Glas schnell wieder darüber, damit es sich mit Rauch füllte. Dann führte sie den Boden des Glases an ihre Lippen und sog den Rauch tief in ihre Lunge.

„Jetzt bist du dran!“

Er musste sich eingestehen, dass er doch ein wenig Angst vor der ganzen Angelegenheit hatte, aber hatte er nicht heute schon einen Sieg über Friebel errungen? Auch er atmete den Rauch tief ein. Doch bis auf den Hustenreiz, der sich einstellte, weil der Rauch in seinen Lungen kratzte, spürte er so gut wie gar nichts. Sie nahmen jeder noch zwei, drei Züge und – Jo hatte „We got request“ von Oscar Peterson aufgelegt – lauschten der Musik. Als Heinrich die Geschichte von Friebel im Keller der Turnhalle erzählen wollte, prustete er plötzlich los, er musste so sehr lachen, dass er nicht mehr reden konnte. Jo, die sich von seinem Lachen anstecken ließ, liefen die Tränen die Backen herunter. Sie stürmten aus dem Haus auf die Wiese mit den alten Obstbäumen, schüttelten sich vor Vergnügen, und Jo rief: „Oh, j'aime le fou rire!"

„Was liebst du bitte?", lachte Heinrich.

„Lachkoller, ich liebe Lachkoller."

Weiß Gott, das tat er auch, dachte Heinrich, komisch nur, dass er von dem schwarzen Afghanen nichts gespürt hatte.

„Henri, es ist gleich zwölf, und wir wollen doch in deinen Geburtstag hineinfeiern. Lass uns ins Haus gehen, ich möchte dein Geschenk vorbereiten"

Sie gingen lachend wieder zurück ins Haus, und Jo sagte: „Uns bleiben noch zehn Minuten. Setz dich, hör auf Oscar und warte bis ich dich rufe, okay?"

„Welcher Oscar?"

„Peterson natürlich und Ray Brown, sein Bassist, und sein Schlagzeuger Ed Thigpen. Also, sei brav, hör gut zu, und warte auf mich."

Sie verschwand im Schlafzimmer, und Heinrich war gespannt, was sie sich wohl zu seinem Achtzehnten ausgedacht hatte. Als die Schallplatte abgelaufen war, wartete er noch ein paar Minuten, und als immer noch nichts passierte, klopfte er leise an ihre Tür und hörte ein leises „Herein". Als er in Jos Schlafzimmer trat, stockte ihm der Atem. Überall auf den Bücherregalen, auf dem Nachttischchen und dem Boden um das mit einer tiefroten Decke überzogene französische Bett herum leuchteten Kerzen, die den ganzen Raum in ein warmes flackerndes Licht tauchten. Jo, mit nichts als einem weißen Nachthemd bekleidet, stand in der Mitte des Raumes und strahlte ihn an: „Henri, mein kleiner Henri, bonne anniversaire!"

Mit dem Zeigefinger zog sie ihn zu sich heran, nahm sein Gesicht in ihre Hände und küsste ihn, diesmal jedoch nicht, wie es die Franzosen tun, links, rechts, und wieder links. Sie berührte seinen Mund mit ihren Lippen und küsste ihn eine Ewigkeit lang. Dann ließ sie seinen Kopf langsam los, ihre Hände wanderten abwärts. Er wusste nicht, wie ihm geschah, er wusste nur, es würde alles viel zu schnell gehen. Er war noch nie mit einem Mädchen zusammen gewesen, und wie er es befürchtet hatte, erledigte sich alles in der gleichen Sekunde, in der sie ihn sanft berührte.

„Entschuldige bitte ich …“, wollte er sagen, aber sie legte ihren Zeigefinger auf seine Lippen, machte leise „pssssssst!“ und zog ihn auf das große französische Bett. Es dauerte nicht lange, und Henri war aufs Neue bereit, und diesmal war alles ganz anders als noch kurz zuvor. Sie liebten sich, und als er sah, wie ihre dunklen Augen plötzlich noch dunkler wurden, wie sich Schweißperlen als kleiner Stausee zwischen ihren Brüsten sammelten, als er hörte, wie ihr Atem immer heftiger ging und sie schließlich laut stöhnte: „Fais l'amour avec moi!“, hatte Heinrich Müllers zum ersten Mal im Leben nach allen Regeln der Kunst, so hoffte er, mit einer Frau Liebe gemacht. Ermattet sanken sie in die Laken, und Heinrich lachte, sah sie an.

„Eigentlich wollte ich dir die Geschichte vom dicken Friebel noch zu Ende erzählen!“

Und wieder prusteten sie vor Vergnügen, und Heinrichs achtzehnter Geburtstag war der schönste seines Lebens und sollte es auch immer bleiben. Sie sah ihm tief in die Augen.

„Mon petit Henri, je t'aime, ich liebe dich.“

„Je t'aime, moi aussi. Et toujors!“

Das war zwar kein perfektes Französisch, aber ernst gemeint. Die vielen Kerzen waren langsam heruntergebrannt und eine nach der anderen verloschen, nur noch eine der drei Glühbirnen an der Zimmerdecke warf ihr mattes Licht auf die zwei Liebenden.

„Dann ist ja alles in bester Ordnung. Herr Nilsson, würdest du bitte das Licht löschen!“

Und Heinrich griff sich Herrn Nilsson, zog an der Kordel, und dunkle Nacht senkte sich über das Paar. Als Heinrich früh am morgen erwachte, erhob er sich sehr leise, stand am Fenster des kleinen Schlafzimmers, schaute nach draußen und dachte: „Und als ein Mann sah ich die Sonne aufgehen …“

Fast zehn Jahre später sollte kein geringerer als Peter Maffay diese Zeilen zu einem Hit machen.

„Zur Feier des Tages", sagte Jo, „sollten wir Dodoche nehmen und ein wenig durch die Landschaft fliegen, der Tank ist voll, das Wetter gut, was wollen wir mehr!"

Nach einem opulenten Geburtstagsfrühstück schnappte sich Jo den Entenschlüssel von einem Haken neben der Tür, warf ihn Heinrich zu und sagte: „Du fährst!"

„Okay, heute ist mein Glückstag, das wird schon schief gehen."

Er klemmte sich hinter das Lenkrad, startete den Motor, und nachdem ihm Jo noch einmal gezeigt hatte, wie die Schaltung funktioniert, fuhr er los. Bockend wie ein Mustang beim Rodeo setzte sich das kleine Gefährt langsam in Bewegung, zunächst über die kleinen Feldwege der näheren Umgebung, die zum Üben gerade richtig waren. Wenig später fuhren sie auf der Landstraße, und Heinrich hatte Jos Gefährt voll im Griff.

„Herzlichen Glückwunsch noch mal zum Geburtstag", lachte ihn Jo an, öffnete als wäre es das selbstverständlichste der Welt seine Jeans, beugte ihren Kopf in seinen glühenden Schoß, und im sanften Rhythmus der sanft schaukelnden Dodoche verstieß sie liebevoll gegen die Straßenverkehrsordnung. Als Henri mit durchgetretenem Gaspedal die Ente auf Höchstgeschwindigkeit gebracht hatte, und diese unkontrolliert vom linken zum rechten Straßenrand und zurück schoss, unterbrach Jo ihr Tun kurz und rief: „Spur halten, Henri, Spur halten!"

Das Leben im Waldschlösschen hatte sich schlagartig verändert. Neben Jazz und Beatmusik hatte seit Heinrichs Geburtstag die intensive Beschäftigung mit Jos körperlichen Vorzügen ihren Einzug erhalten. Die zwei liebten sich, wo und wann sie nur konnten, und unternahmen Ausflüge mit Dodoche. Dennoch beschlich Heinrich nach und nach ein seltsames Gefühl, ganz so, als zögen dunkle Wolken am Sommerhimmel auf. Was machte Jo, wenn sie für halbe oder ganze Tage verschwand, nach Frankreich in ihre Heimat fuhr, wie sie sagte, womit verdiente sie ihr Geld? Wen rief sie an, wenn sie das Fahrrad nahm, um zum Münzfernsprecher ins Dorf zu fahren? Gab es eine andere Jo außer der, die er kannte und liebte? Fragen über Fragen, aber immer wenn er sie stellte, verschloss sie mit ihrem Zeigefinger seine Lippen. Heinrich beschloss, wachsam zu sein, er wollte sein Glück festhalten, solange es nur eben möglich war.

Es war an einem Tag kurz vor den Sommerferien, das ganze Land litt unter einer Hitzewelle, und weil Friebel und Konsorten ihren Schülern hitzefrei gegeben hatten, bog Heinrich viel früher als geplant mit seinem Rad auf Jos Grundstück ein. Jo hatte Besuch, Besuch von ihrer zehn Jahre jüngeren Schwester, so dachte Heinrich zumindest, als er den Gast sah. Lange dunkle Haare fielen beiden über die Schultern, und als sie lachten, zeigten sie die gleichen ebenmäßigen, weißen Zähne, beide hatten diese wundervoll strahlenden Augen. Heinrich hatte gerade noch sehen können, wie die junge Jo ein Päckchen von der Größe einer Zuckertüte in einem Rucksack verschwinden ließ und wie die ältere Jo ein dickes Bündel Geldscheine unter ihre Bluse schob. Er erschrak zu Tode und es war völlig klar, dass das, was er hier gerade miterlebte, nicht für seine Augen bestimmt war, und die dunkle Ahnung, die sich seit langem wie ein Geschwür in seinem Bewusstsein ausgebreitet hatte, wurde zu einer sicheren Erkenntnis. Seine geliebte Jo war nicht eine, wie sie immer sagte, harmlose Gelegenheitskifferin, und er war soeben Zeuge eines ganz und gar nicht unbedeutenden Drogendeals geworden: Das Geldbündel unter Jos Bluse, das mussten mehrere Tausend Mark sein, und die Zuckertüte im Rucksack der anderen wog mit Sicherheit nicht viel weniger als ein Kilogramm. Heinrich hatte schlagartig und unerbittlich die Antwort auf seine zahlreichen unbeantworteten Fragen. Es gelang ihm nur mit Mühe, sich nichts anmerken zu lassen, als er sagte: „Bonjour, Jo und natürlich auch bonjour mademoiselle. Du musst Jos Schwester sein, so wie ihr beiden euch gleicht, wie ein Ei dem anderen!“

„Dass wir uns so gleichen“, lachte ihn Jo an, „das ist reiner Zufall. Ich darf dir Simone vorstellen, sie ist gerade auf Klassenfahrt hier, sie sind für zehn Tage in der Jugendherberge, kommen aus dem Sauerland. Wir sind uns im Dorf über den Weg gelaufen.“

Heinrich dachte: „Wer’s glaubt, wird selig“, und fuhr laut fort: „Was für ein Zufall, ich hätte schwören können, ihr seid Geschwister.“

„Leider muss ich jetzt aber auch schon wieder los“, sagte Simone, „unsere Lehrer wollen noch einen Abschlussnachmittag organisieren, ich muss gegen Mittag wieder zurück sein. Na denn, ihr zwei, ich bin dann weg. Au revoir, les deux, sagt doch der Franzose, oder?"

Sie lächelte. Lächelte vielsagend, dachte Heinrich.

Ganz wie es die Franzosen tun, verabschiedete sich Simone aus dem Sauerland mit drei Küssen von Jo und Heinrich. Heinrich hatte seinen Arm über Jos Schulter gelegt, und als er sah, wie Simone langsam in Richtung Dorf verschwand, wurde er plötzlich sehr traurig, ganz so, als wäre es seine geliebte Jo, die da langsam im Nebel verschwand.

– 8 –

Er hatte sie entdeckt. Anna Rosinsky stand wieder oben am Hang mit ihrer Skigruppe. Je häufiger er sie sah, desto mehr erinnerte sie ihn an Jo, seine Jo, die erste und einzige Frau, die er jemals mit Leib und Seele geliebt, der er ewige Treue geschworen hatte und mit der er vermutlich immer noch zusammen wäre, wenn sie nicht so plötzlich und unbarmherzig aus ihrem gemeinsamen Leben gerissen worden wäre.

Tränen traten in Heiners Augen, als er an den schwärzesten Tag seines Lebens dachte. Er hatte die Weihnachtstage des Jahres 1967 mit seinen Eltern bei seinem Onkel, dem Bruder seines Vaters, in einem kleinen Kaff in Oberbayern verbracht und sich schon seit dem Abschied von Jo auf das gemeinsame Wiedersehen gefreut. Als er aber am Silvestermittag mit seinem klapperigen VW Bulli auf den Waldweg einbog, schien sein Herz stehen bleiben zu wollen, er traute seinen Augen nicht: Das Waldschlösschen existierte nicht mehr, nur ein einsamer gemauerter Kamin, ein Haufen verkohlter Holzbalken und das verbrannte Gerippe einer alten Deux Chevaux erinnerten noch daran, dass hier einmal Jocelyn Perrier und Heinrich Müllers die glücklichsten Tage ihres Lebens verbracht hatten. Wenig später hatte Heinrich die traurige Gewissheit, dass seine Jo bei dem Brand ums Leben gekommen war. Vor Angst am ganzen Körper zitternd, hatte er auf der kleinen Polizeistation nicht weit vom Haus seiner Eltern nach Jo gefragt und erfahren, dass sie sehr spät am heiligen Abend, so die polizeilichen Ermittlungen, bei dem Versuch, den Brand zu löschen, von einem herabstürzenden Balken erschlagen und in den Flammen umgekommen war. Als das Feuer entdeckt und der örtlichen Feuerwehr gemeldet worden war, war bereits jede Hilfe zu spät gewesen.

Über viele Stunden hatte er am Lenkrad seines VW-Busses in der Einfahrt des großen Grundstückes gesessen und lautlos geweint. Es hatte zu schneien begonnen, langsam legte sich eine weiße Decke über die alten Obstbäume, über Dodoche, über die verkohlten Überreste ihres gemeinsamen Lebens. Wie im Zeitraffer zogen die Bilder

der gemeinsamen Waldschlösschen-Zeit an Heinrichs innerem Auge vorbei: der Nikolausabend des Jahres 1965, als er Jo kennen gelernt hatte, der Jazz, die Beatmusik, das alte Röhrenradio, Dodoche, sein achtzehnter Geburtstag und schließlich die Zeit, nachdem ihn Jo zu ihrem Drogenverkäufer gemacht hatte. Obwohl er sich zunächst gesträubt hatte, ihren Stoff an die kiffenden Pennäler Völklingens zu verschachern, hatte sie ihn dann doch von den Vorteilen überzeugt. Seitdem er für sie dealte, hatte er soviel Geld wie kaum ein anderer seiner Freunde und konnte sich das Auto leisten. Er ging, wenn er vorsichtig war, kaum ein Risiko ein, erwischt zu werden. Sie waren ein perfektes Team. Unter dem Stapel Kaminholz im Garten des Waldschlösschens befand sich, wie Jo sagte, ihr „Büro“, wo sie die Drogen, Geld und eine Kladde mit Adressen ihrer Kunden aufbewahrten.

Dunkle Nacht hatte sich über die Szenerie gelegt. Es war spät, und es schneite noch immer, als Heinrich aus seinem Auto stieg und im gelblichen Scheinwerferlicht schweren Schrittes durch den Schnee zu dem alten Holzhaufen vor den Tannen stapfte. Das Büro war unberührt, Heinrich nahm es an sich, versteckte es unter dem Fahrersitz seines Bullis und später, Stunden später, als der Schnee seine Fußspuren längst ausgelöscht hatte, verließ er das einzige Zuhause, das er jemals besessen hatte, und fuhr zu seinen Eltern.

Heiner schüttelte den Kopf und schob die Erinnerung von sich fort, der Tannenwald changierte zu weißestem, im Sonnenlicht glänzenden Alpenpanorama, und aus der verschneiten Landstraße im Saarland wurde die schmale Liftspur am Weißhorn.

„Spur halten! Heiner, aufwachen!“ Diesmal war es nicht Jo, die ihn zur Ordnung rief, sondern sein Lünener Kollege Rüdiger. Während Heiner im Schlepplift mit feuchten Augen verfolgte, wie Anna elegant den Hang hinunterwedelte, hatte er die Liftspur verlassen, und nur der Zuruf seines Freundes hatte ihn davor bewahrt, in das Schild mit der Aufschrift „Non uscire dalla pista“ einzufädeln.

„Vielen Dank, Herr Kollege“, lachte Heiner ihm zu. „Glück gehabt!“

Heiner de la Croix ließ den Anker des Schleppliftes aus der Hand gleiten und fuhr zu seiner Gruppe, die am Pistenrand auf ihn wartete. Der letzte Skinachmittag in Jochgrimm war angebrochen, eine wundervolle Woche mit bestem Winterwetter neigte sich ihrem Ende zu. Die Schüler hatten riesige Fortschritte gemacht und hatten dementsprechend viel Spaß beim Skilaufen. Es hatte während der ganzen Woche keine Verletzungen gegeben, und ihr Lehrer hätte eine ausgesprochen positive Bilanz ziehen können, wäre da nicht das Projekt 68, mit dem er bis heute keinen Schritt weitergekommen war. Anna blieb unnahbar, und jeden seiner Annäherungsversuche hatte sie mit einem Korb quittiert.

„Wie sieht's aus, Walter", rief er seinem Freund aus Lünen zu, „was treibt ihr heute Abend, macht ihr auch eine Abschlussfeier?"

„Ja, um acht Uhr geht's los. Aber so gegen elf verordnen wir unseren Kids Bettruhe. Sehen wir uns danach noch in der Disco?"

Im Keller des Hotels gab es eine Discothek, in der sich die Lehrer nach ihren anstrengenden Tagen auf der Piste entspannen konnten. Die meisten Lehrer machten regen Gebrauch von der Möglichkeit, sich ohne Schülerstress dort unten zu treffen, über Gott und die Welt zu diskutieren, und manchmal, nach einem oder mehreren Gläsern Rotwein, kamen sich hier unten in den schummerigen Nischen der eine und die andere auch mal näher, als die daheim gebliebenen Ehegatten jemals vermutet hätten.

„Ja, gerne, also dann bis um elf", antwortete Heiner.

„Prima, bis später!", rief Rüdiger, und zu seinen Schülern gewandt:

„Meine Damen, meine Herren, jetzt mal ab die Post, ab jetzt freies Fahren, Skipass abfahren. Wie ihr wisst: Skifahren lernt man nur durch Skifahren. Aber immer nur an diesem Hang, bitteschön, in zwanzig Minuten sammle ich euch wieder ein!"

In einem wilden Haufen, laut johlend, stürzten sich die Schüler den Hang hinunter, jeder versuchte der Schnellste zu sein.

„Ist schon Wahnsinn, wie schnell die mal wieder gelernt haben, Kassat macht's möglich", dachte Heiner und rief seiner Gruppe zu:

„Ihr habt gesehen, wie die Lünener das machen. Ihr dürft jetzt auch mal. In zwanzig Minuten geht's dann weiter."

Fünf oder sechs Skigruppen tummelten sich auf dem Übungshang, alle schienen frei fahren zu dürfen, denn nirgendwo sah man einen Skilehrer. Einige der Lehrerinnen und Lehrer, unter ihnen erspähte Heiner auch sein Projekt 68, saßen auf einem der aus dicken Fichtenstämmen zusammengezimmerten Holzzäune, beobachteten ihre Schutzbefohlenen aus der Ferne und genossen das herrliche Winterwetter. Heiner wedelte das kurze Stück Piste zu der kleinen Gruppe hinunter und entdeckte einen Sitzplatz an Annas Seite.

„Habe die Ehre", grüßte er lachend, „hast du vielleicht noch ein Plätzchen frei für einen völlig erschöpften Skilehrer?"

„Aber sicher", antwortete sie lächelnd und klopfte mit ihrer behandschuhten Hand neben sich auf den dicken Fichtenstamm.

„Nun, die Woche ist fast um, wie ist es gelaufen?", fragte sie, und Heiner schöpfte Hoffnung. Was war aus dem Fluchttier geworden?

„Bestens", antwortete Heiner, „unsere Kinder haben große Fortschritte gemacht."

„Ja, das hat Rüdiger schon erzählt. Du richtest dich gar nicht mehr nach dem deutschen Skilehrplan, sagt er, sondern hast so eine Art Geheimwaffe."

„Obacht", dachte Heiner, „das ist es also, es geht gar nicht um mich, das Interesse ist rein fachlich. Aber immerhin, es ist ein Anfang." Laut fuhr er fort:

„Tja, ich hab in Münster studiert, und da gibt es zwei Professoren, den Schorsch, Georg Kassat, und seinen Kumpel Donald. Und, nun ja, so geheim ist das Ganze jetzt ja auch nicht mehr, aber eine Wunderwaffe, das stimmt! Der Pflug ist Gott sei Dank passé, mir tut alles weh, wenn ich nur daran denke!", lachte er.

Sie unterhielten sich noch eine Weile über den Anfängerskilauf, aber aus taktischen Gründen beendete Heiner nach einiger Zeit das Fachgespräch.

„Es tut mir leid, ich muss mich jetzt wieder um meine Gruppe kümmern, aber vielleicht können wir uns ja heute Abend noch ein wenig unterhalten, nach unserer Abschiedsfeier in der Disco. Wie wär's?"

„Gute Idee, mich interessieren tatsächlich noch ein paar Anfängerübungen, für den nächsten Skikurs. Dann bis heute Abend!"

„Einverstanden, bis heute Abend dann", verabschiedete sich Heiner und stakste hinüber zum Lift.

„Wunderbar, der erste Schritt wäre gemacht", dachte er, in sich hinein lächelnd. „Von wegen Anfängerübungen, wie wäre es mit ein paar Übungen für Fortgeschrittene. Wir werden sehen …"

Der Abschlussabend wurde ein voller Erfolg. Die Schüler hatten ein paar Szenen einstudiert, die die vergangene Woche in Jochgrimm noch einmal Revue passieren ließen. Zwischen den kleinen Vorführungen griff einer der Kollegen in die Saiten seiner Gitarre und schmetterte ein paar Songs von den Beatles. Der musikalische Höhepunkt stammte allerdings nicht aus der Feder der vier Liverpooler, sondern von den Toten Hosen: der 1983 aufgenommene „eisgekühlte Bommerlunder". Immer und immer wieder griffen die Schüler den Refrain auf: „Und dazu ein belegtes Brot mit Schinken, Schinken …"

An diesem Abend wurde Heiner wieder einmal klar, wie sehr Klassenfahrten im Allgemeinen und Skifahrten im Besonderen zu einem harmonischen Miteinander von Klassengemeinschaften beitragen können. Und dieses harmonische Miteinander würde er versuchen zu vertiefen, später abends in der Disco.

Nach der Abschiedsfeier waren die Schüler in ihren Zimmern verschwunden. Heiner war ein paar Mal gemeinsam mit einer Kollegin zur Kontrolle über die Flure gegangen, um sicher zu sein, dass alle auf ihren Zimmern waren und auch dort blieben.

Als er gegen elf Uhr in der Disco eintraf, war sie schon gut mit bestens gelaunten Lehrerinnen und Lehrern gefüllt. Heiner entdeckte Anna in einer der kleinen schummerig dunklen Nischen mit dem Lünener. Auf dem Tisch standen eine Flasche Rotwein und drei Gläser. Der Platz neben Anna auf der polsterten Bank war noch frei, und als Heiner fragte: „Hallo, ist der Platz noch frei?", deutete sie neben sich.

„Na klar, und wir waren auch so frei, dir schon mal ein Glas mitzubestellen, ist Rotwein in Ordnung?" Heiner nickte. „Wunderbar."

Rüdiger fragte: „Na, wie ist euer Abend verlaufen?"

Heiner berichtete kurz von der Abschlussfeier, Rüdiger von der ihrigen, und sehr schnell waren sie wieder beim Thema Skilauf. Nach einer Weile fragte Rüdiger: „Sag mal, Heiner, wenn du in Münster am Ifl studiert hast, am Sportinstitut, dann kennst du bestimmt nicht nur Kassat und Kurpiers, dann müssten dir doch eigentlich auch mal die Zwillinge über den Weg gelaufen sein, oder? Kennst du sie?“

„Ja natürlich“, antwortete Heiner, „das ist ja ein Ding, kennst du die etwa auch?“

„Nein, nicht persönlich, ich habe aber einen Sportkollegen, der zu gleicher Zeit mit dir in Münster studiert hat, und der ist mit den Zwillingen Skilaufen gewesen. Die organisieren wohl immer ihre eigenen Skifreizeiten, irgendwo in Österreich.“

„Das ist ja ein Ding“, sagte Heiner noch einmal, „da bin ich auch schon ein paar Mal mitgefahren. Die haben ein Wahnsinnsskigebiet aufgetan, ganz klein, aber sehr, sehr ...“, er überlegte ein paar Wimpernschläge lang und fuhr dann fort, „sehr besonders. Das Beste dort ist das Gelände. Und die beiden, die kennen da jeden Stein, angeblich wurde da sogar ein Berg nach denen benannt.“

„Ehrlich, echt wahr?“, mischte sich Anna ein.

„Na ja, der Berg heißt ‚Zwillingsspitz‘, aber keiner weiß, wo der steht.“ Alle drei lachten laut.

„Heiner“, fragte Anna, „ich lebe ja seit ein paar Jahren in Münster, aber von diesen Skireisen habe ich noch nie etwas gehört.“

„Die Zwillinge sind ja auch keine Profis, sie organisieren das mehr oder weniger privat. Eigentlich sind sie Musiker. Im letzten Jahr haben sie bei uns in Lüdenscheid auf dem Stadtfest gespielt, die „Zwillinge und die Blechgang“. Sie spielen Deutschrock und nur eigene Lieder“, und fügte lachend hinzu, „bis auf ‚Sauerland‘.“

„Sauerland?“, unterbrach ihn Rüdiger, „was ist das denn?“

„Das ist ein Song von Zoff, einer Band aus dem Sauerland. Und die Stadtfestorganisatoren bei uns in Lüdenscheid verlangen von jeder Band, dass sie ‚Sauerland‘ von Zoff spielen. Steht in jedem Gastspielvertrag, und wer das nicht unterschreibt, der darf nicht spielen.“

Sie kamen vom Hölzchen aufs Stöckchen, und als Anna nach geraumer Zeit aufstand, um auf die Toilette zu verschwinden, sagte Rüdiger zu Heiner: „Hör zu, alter Junge, ich muss gleich in die Kiste, morgen ist ein langer Tag.“ Er sah Heiner bedeutungsvoll an.

„Und? Außerdem? Du guckst gerade so unglaublich wichtig?“

„Außerdem", grinste Rüdiger, „nehme ich an, dass es dir ganz recht ist, wenn ich dich noch ein wenig mit unserer Anna allein lasse."

In der Tat, er hätte aber nicht gedacht, dass man ihm das anmerkte.

„Wenn du meinst, du musst schlafen gehen", sagte Heiner, „will ich dich nicht abhalten, aber ich erinnere mich noch, wie du mir vor einer Woche gesagt hast, dass ich bei Anna keine Chance habe."

„Genau, Heiner, und ich sage dir, Anna ist eine wirklich nette Kollegin und eine engagierte Lehrerin, eine von denen, denen ihr Beruf über alles geht. Wie gesagt, da läuft nichts. Außerdem ist sie verheiratet, mit einem Kerl von der Stadtverwaltung, ich habe die zwei einmal auf dem Weihnachtsmarkt in Münster getroffen, ist ein typischer Sesselpupser, ihr Mann."

„Na ja", sagte Heiner, „was wir hier machen, ist ja schließlich auch keine Lustreise. Wir sind zum Skilaufen hier, auf Klassenfahrt Herr Kollege." Innerlich aber frohlockte Heiner: Je langweiliger ihr Mann, umso besser waren seine Chancen. Dem Kellner, der gerade am Tisch vorbeieilte, rief er zu: „Bringen sie uns doch bitte noch eine Flasche von dem Roten, Signore!"

Als der Kellner den Rotwein gebracht hatte, gesellte sich Anna wieder zu ihnen, und unvermeidbarerweise landeten sie beim Thema Schule. Heiner hasste dieses Thema. Immer wenn irgendwo auf der Welt Lehrer aufeinandertrafen, hatten sie nichts Besseres zu tun, als über ihren Arbeitsplatz zu reden. Nichts langweilte Heiner mehr, aber er machte gute Miene zu bösem Spiel und hörte sich die Klagen Annas und Rüdigers geduldig an. Sie hatten vor einem halben Jahr einen neuen Schulleiter bekommen, der es binnen kürzester Zeit geschafft hatte, die Atmosphäre an der Schule völlig zu vergiften. Kurz nach der Amtseinführung des neuen Chefs kündigte zunächst die langjährige Sekretärin, eine Seele von Mensch, meinte Rüdiger, und bald darauf meldeten sich mehrere Lehrerinnen regelmäßig krank.

„Ist ein echter Fiesling, der neue Direktor", sagte Rüdiger, und Anna nickte bestätigend.

Heiner kannte das. Er hatte allerdings Glück gehabt, denn nach einem Leitungswechsel an seinem Gymnasium hatte sich für ihn die

Stimmung deutlich verbessert. Die zwei hätten vermutlich bis zum frühen Morgen eine Anekdote nach der anderen erzählt, hätte Rüdiger nicht irgendwann gesagt: „Eins ist ja wohl deutlich geworden: Mit unserem neuen Chef ist das Grauen in unsere Schule eingezogen, und weil ich da nicht völlig im Eimer wieder auftauchen möchte, ziehe ich jetzt die Reißleine und lasse euch alleine. Ich denke, wir sehen uns morgen früh beim Frühstück."

„Du musst wissen, was du tust", erwiderte Heiner, „ich wünsche auf alle Fälle eine erholsame Nacht. Ciao, bis morgen."

„Gute Nacht, Rüdiger", wünschte auch Anna, machte aber, das registrierte Heiner sehr zufrieden, keine Anstalten, ebenfalls zu verschwinden.

Nachdem Rüdiger gegangen war, füllte Heinrich die Rotweingläser noch einmal nach und sagte: „Erzähl mal von dir, wie hat es dich nach Münster verschlagen? Bist du dort geboren?"

„Nein, ich komme aus Essen, Essen-Bredeney, aber, bitte versteh mich nicht falsch, ich erzähle ungern aus meiner Vergangenheit … Es ist vieles nicht so gelaufen, wie es hätte laufen sollen."

Sie sah ihm in die Augen, wirkte irgendwie traurig.

Heiner dachte: „Das läuft ja bestens, genau so beginnt jede Lebensbeichte." Und er sagte: „Ich verspreche dir, dass aus dieser Bar kein Sterbenswörtchen herausdringt, ich kann schweigen wie ein Grab."

Annas Wangen glühten ein wenig, die Wärme des gemütlichen Raumes und wohl auch der Rotwein zeigten Wirkung. Sie sah ihm in die Augen.

„Nein, wirklich nicht, vielleicht ein anderes Mal." Sie deutete mit dem Rotweinglas in der Hand auf eine der sechs Lautsprecherboxen, die in regelmäßigen Abständen an der Decke der Disco platziert waren.

„Eigentlich wollte ich mir ja noch den Muskelkater aus den Knochen tanzen."

Der Discjockey war gerade in seiner Santana-Phase. Er machte seinen Job sehr gut, dachte Heiner. Er spielte immer mehrere Songs von ein und derselben Gruppe hintereinander. Die Stones-Serie, die natürlich mit „Satisfaction" angefangen hatte, war gerade mit „Ruby

Tuesday“ ausgeklungen, und die nächste halbe Stunde würde wohl den Freunden von Santana gehören.

„Hörst du das? Eins meiner Lieblingslieder.“

Aus den Lautsprechern drang unüberhörbar „Black Magic Woman“ von Carlos Santana.

„Komm, lass uns eine Runde bewegen“, lachte ihn Anna an, „das weckt die müden Geister wieder auf!“

„Bei einer solchen Tanzmusik und einer derart charmanten jungen Dame kann man ja nicht nein sagen“, lachte Heiner zurück, hatte sich schon erhoben und zwängte sich mit Anna zwischen den inzwischen nur noch spärlich besetzten Tischen hindurch auf die kleine Tanzfläche.

Annas Bewegungen erinnerten Heiner an längst vergangene Zeiten, als seine Jo zu der Musik aus dem alten Röhrenradio getanzt und gesungen hatte, damals im Waldschlösschen, nur für ihn allein. Mit geschlossenen Augen saugte sie den Puls der Musik in sich auf, und wenn er sie nur lange genug beobachtete, schien sie es zu sein, die mit ihren rhythmischen Bewegungen das Gerät zum Klingen brachte.

Nach „Black Magic Woman“ folgte „Oye como va“, und Anna schien völlig mit der Musik zu verschmelzen und in ihrem Rhythmus aufzugehen. Erst als die ersten Gitarrentöne von „Samba Pa Ti“ erklangen und die anderen Tänzer die Tanzfläche verließen, öffnete sie ihre dunklen Augen und erlaubte Heiner, seine Hände auf ihre Hüften zu legen, und langsam, sehr langsam drehten sie ihre Runden über das Parkett. Langsam, sehr langsam ließ Heiner seine rechte Hand von der Hüfte aufwärts wandern, sie wehrte sich nicht, sehr behutsam strich er über ihren Rücken, sie wehrte sich nicht, und sanft, es war nur der Hauch einer Berührung, landete Annas Hand an der Stelle, wo zu den besten Zeiten Elvis Presleys die Haarbürste steckte und wo Männer heutzutage ihr Portemonnaie verstauen. Heiner hatte weder das eine noch das andere, und durch die Jeans spürte er die Glut ihrer Hände. Als sie ihn an sich heranzog und seine Anspannung spürte, sah sie ihm in die Augen und fragte lächelnd: „Zu dir oder zu mir?“

Heiner wurde heiß, seine Knie wurden schlagartig weich, er wusste nicht, wie ihm geschah. Sie hatte ihm das Heft aus der Hand genommen, sie führte Regie, aus dem Jäger wurde der Gejagte, und als er sie fast verständnislos ansah, hauchte sie: „Welche Zimmernummer?"

„Zimmer neun, im ersten Stock, aber was …?"

Sie unterbrach ihn, legte ihm den ausgestreckten Zeigefinger auf seine Lippen, hauchte ein leises „Psst", drehte sich auf dem Absatz um und ließ ihn wie einen begossenen Pudel auf der Tanzfläche stehen. Als Heiner zu seinem Tisch zurückgekehrt war, um die Rechnung zu begleichen, schaute er sich um und sah, dass nur an einigen Tischen ein paar Kollegen von einer anderen Schule saßen, die er aber alle nicht kannte. Einige schienen die Szene mitverfolgt zu haben, denn sie steckten ihre Köpfe zusammen und grinsten hämisch. Nur Sabine, die Sportreferendarin, schwankte an seinen Tisch, sie schien dem Alkohol gut zugesprochen zu haben.

„Du, Heiner, wenn du willst, wir könnten ja noch ein wenig auf mein Zimmer gehen, die Aussicht, du verstehst …"

Natürlich verstand er, sehr gut sogar, und unter anderen Umständen hätte er bereitwillig zugestimmt, aber jetzt sagte er: „Sabine, sei mir bitte nicht böse, aber ich muss ins Bett."

„Das meine ich ja", antwortete sie, „nach dieser Abfuhr eben …"

„In mein eigenes Bett, allein. Vielleicht ein anderes Mal."

Sabine lächelte, entfernte sich achselzuckend.

„Na ja, wer nicht will, der hat schon!"

„Und ob", dachte Heiner, und insgeheim bewunderte er Anna, wie geschickt sie für alle anderen Discobesucher und Kollegen den Eindruck erweckt hatte, als hätte sie ihm, Heiner de la Croix, einen Korb gegeben. In freudiger Erwartung begab er sich in den ersten Stock, Zimmer neun. Aber als er etwa eine halbe Stunde später mutterseelenallein in seinem Zimmer am Fenster stand und zu dem sternenklaren Himmel hinaufstaunte, war er sich plötzlich nicht mehr so sicher. Würde sie kommen, oder war das alles nur ein geschicktes Manöver, um ihn loszuwerden? Vielleicht hätte er doch mit Sabine auf ihr Zimmer gehen sollen … dachte an Anna, an Jo. Ganz plötzlich fühlte sich Heiner sehr allein. Länger als eine Stunde hatte er so am Fenster gestanden, zum Großen Wagen, zu Cassiopeia, zur Milchstraße hinaufgeschaut. Dann war er sich plötzlich sicher, dass sie nicht mehr kommen würde. Er entledigte sich seiner Kleider und stieg in sein Bett, so wie Gott ihn geschaffen hatte. Er zog die Decke über den Kopf, und nachdem ihm ein paar Tränen aus den Augen gerollt waren, fiel er in einen tiefen Schlaf.

Er träumte. Er hatte seine Schwingen weit ausgebreitet und zog seine Kreise über einer gigantischen Spielzeugwelt. Ein paar Meter neben ihm schwebte Jo, bis auf das Rauschen des Windes in ihren Flügeln herrschte völlige Stille. Jo winkte zu ihm hinüber und deutete nach unten. Dort stand vor einem dunklen Tannenwald ein kleines Haus ganz aus Holz, in einem von Unkraut völlig überwucherten Garten mit uralten Obstbäumen. Gemeinsam setzten sie zur Landung an, breiteten ihre Flügel aus und setzten sicher im weichen Gras hinter dem Häuschen auf.

Sie kam zu ihm, schmiegte sich so, wie Gott sie geschaffen hatte, an ihn, streichelte ihn, erregte ihn und liebte ihn voll Hingabe. Als sie sich auf ihm niederließ und ihre Krallen in seine Brust schlug, sah er die Glut in ihren Augen, die wehenden langen dunklen Haare, über ihnen der schwarze Nachthimmel, der Große Wagen, Cassiopeia, Jo, Anna.

Sie war gegangen, wie sie gekommen war, lautlos wie ein Schatten in der Nacht. Er hatte sie noch etwas fragen wollen, er wusste nicht mehr, was. Aber sie hatte nur ganz leise ihren Kopf geschüttelt und ihren Zeigefinger auf seine Lippen gelegt. Zum Abschied hatte sie ihn noch dreimal auf die Wangen geküsst.

„So wie es die Franzosen tun", hatte er heiser gesagt, „links, rechts, links", und sie hatte leise geantwortet:

„Ja, wie es die Franzosen tun."

Heiner stand weinend am Fenster und sah in die dunkle Nacht. Der Große Wagen hatte sich nicht von der Stelle bewegt, als hätte er von alldem nichts mitbekommen. Als der Morgen graute, stand Heiner noch immer an der gleichen Stelle. Erst als er die ersten Geräusche aus dem langsam erwachenden Hotel vernahm, packte er wie in Trance seinen Rucksack und trug ihn hinaus auf den großen Parkplatz.

– 9 –

Er war unruhig, tief in seinem Inneren rumorte etwas, er war sich nicht sicher, was es war und woher es kam, er wusste nur, sollte es zutage treten, dann war es gefährlich. Und es war böse, sehr böse.

Eigentlich hätte es ihm gut gehen sollen. Seine dunkle Vergangenheit hatte er längst hinter sich gelassen, und er wähnte die grauenvollen Bilder, die ihn noch Jahre, nachdem er seine Heimatstadt verlassen hatte, Nacht für Nacht heimsuchten, für immer begraben.

Nachdem er das Betriebswirtschaftsstudium an der Uni Bochum nach vier Semestern abgebrochen hatte, hatte er im Jahr 1970 bei der Stadt Münster die höhere Verwaltungslaufbahn eingeschlagen. Er konnte sich wie ein Chamäleon seiner Umgebung anpassen, spürte sehr schnell, wer ihm nutzen und wer ihm schaden konnte, und so war er stetig die Karriereleiter hinaufgeklettert. Sicherlich war er nicht der Typ, der ganz oben landen würde; dazu fehlte ihm nicht nur das Parteibuch, dazu war er auch viel zu bequem. Er hatte es geschafft, sich verbeamten zu lassen, und das reichte ihm. Ohne großes Aufheben seine Arbeit zu verrichten genügte ihm, und wenn einmal keine Arbeit da war, was durchaus nicht selten war, dann war ihm das auch recht. Der Zugang zum Internet erleichterte ihm das Ganze, denn wenn jemand sein Büro betrat, während er im Netz surfte, sah das immer nach Arbeit aus, er war immer nur einen Mausklick von seiner tatsächlichen Arbeit entfernt. Das Büro, das er sich mit einem Kollegen teilte, lag in der ersten Etage des im Jahre 2003 fertiggestellten Stadthauses 3 mit Blick auf die Halle Münsterland und den vierspurigen Albersloher Weg. Neben der Tür zu seinem Büro stand auf einem quadratischen Schild unter einer Glasscheibe sein Name: Stadtplanungsamt, Thomas Hindemith, Verwaltungsangestellter. Es war gut, irgendwie beruhigend, ein Schild mit dem eigenen Namen an der Tür hängen zu haben. Er hatte sein eigenes Reich, und manchmal, wenn sein Kollege wegen eines Auswärtstermins oder Urlaub längere Zeit nicht da war, fühlte er sich in seinem Büro beinahe heimischer als zu Hause. Dann kam es vor, dass er den Telefonhörer neben den Apparat legte und die Bürotür von innen verschloss, um am Fenster zu stehen und stundenlang dem nicht enden wollenden Strom der Autos zuzuschauen, der auf der einen Seite von der Stadt aufgesaugt wurde, um auf der gegenüberliegenden wieder ausgespuckt zu werden. Abgeschieden und sicher vor dem Rest der Welt genoss Thomas die Ruhe und das Privileg, der um sich greifenden Hektik dort draußen entfliehen zu können.

Thomas fand seinen Kollegen Rolf in Ordnung, seines Erachtens war er genau wie er selbst nicht überehrgeizig, aber auch nicht faul. Denn zuviel Einsatz war mindestens genauso gefährlich, wie sich vor der Arbeit zu drücken, bedeutete unausweichlichen Ärger mit den Arbeitskollegen. Genau wie Thomas war Rolf pünktlich, selten krank und in der Regel ein zuverlässiger Beamter, der seine wenigen Aufgaben pflichtgemäß und pünktlich erfüllte. Privat hatten sie nur sehr selten miteinander zu tun.

Einzig dienstags nach Dienstschluss am späten Nachmittag trafen sich die beiden mit sechs anderen Münsteranern in der Turnhalle des Ratsgymnasiums am Bohlweg zum Badmintontraining. Für Thomas war das, abgesehen von der intensiven Beschäftigung mit seiner Schallplattensammlung, das einzige regelmäßige Freizeitvergnügen. Er gönnte es sich, weil er es brauchte, unbedingt für seinen Seelenfrieden brauchte. Er fuhr vom Büro direkt mit dem Rad zum Training, wo sie von sechs bis acht Uhr Badminton spielten. Obwohl das Spiel mit seinen Bekannten eigentlich nichts anderes war als das, was er bisweilen mit seiner Tochter Lisa auf dem Rasen hinter dem Haus zum Spaß spielte, war das, was dienstagabends passierte, etwas völlig anderes. Auf dem heimischen Rasen war der kleine Federball mit seinen zarten weißen Federn ein zerbrechliches Etwas, das auf seinem Weg durch die frische Sommerluft zwischen ihm und seiner Tochter sanft hin und herschwebte. In der nach Bohnerwachs und kaltem Schweiß stinkenden Turnhalle verwandelte sich der mit sachter Hand Federball spielende Familienvater in die Kampfmaschine Thomas Hindemith. Mit allen Kräften, die er zu mobilisieren in der Lage war, wehrte er sich gegen das kleine weiße, sich auf ihn stürzende Vögelchen, drosch auf es ein, als wolle es ihn mit seinem giftigen Schnabel tödlich verletzen. Thomas' Schläger verwandelte sich in eine mit Nägeln gespickte Keule, wenn er seinen Gefühlen freien Lauf ließ; und wenn er es mit voller Wucht traf, dieses mörderische kleine weiße Etwas, dann befreite ihn das für den Bruchteil einer Sekunde, als hätte er Myriaden von Dämonen in die Flucht geschlagen. Fast immer aber kehrte es genauso schnell, wie er es verjagt hatte, zurück, wie ein Schatten aus der Vergangenheit, nervtötend, zermürbend. Und immer wieder schlug Thomas zu, unerbittlich, hasserfüllt, gnadenlos, bis er schließlich siegte und die Gespenster verschwanden.

Nach dem Training gingen seine Badmintonkollegen meistens noch ein Bier trinken. Exakt 30 Hausnummern vom Ratsgymnasium entfernt lag das Midi, ein kleines charmantes französisches Restaurant, wie sie sagten. Er selbst ging nur äußerst selten mit, weil er die mit Zigarettenqualm geschwängerte Kneipenluft und die leise im Hintergrund dudelnde Quetschkastenmusik nicht mochte. Wenn er vom Training kam, war er gereinigt, von innen und von außen, und diesen Effekt wollte er sich so lange wie möglich bewahren. Thomas liebte diesen Zustand, er war wie ein leer geräumter, sauber gewischter Schrank, in dem wieder Platz geschaffen war für all die Alltagssorgen und den Ballast, der sich innerhalb kürzester Zeit ansammelt. Genau so wünschte er sich auch sein Zuhause, das Haus in Münsters Osten, in Mauritz in der Parkallee. Er wusste, dass das unmöglich war, aber am liebsten würde er dieses Haus gar nicht benutzen, nur ein für alle Mal aufräumen und reinigen, sich still in einen Sessel oder auf ein Sofa zurückziehen und in aller Ruhe seiner Frau und seiner Tochter zusehen, wie sie lautlos lachten, sich lautlos unterhielten, still und leise. Nichts dürfte ihn stören und aus seiner wohlverdienten Ruhe bringen. Er hatte sie sich verdient, diese Ruhe, seit jenem denkwürdigen Abend, als er für Stille gesorgt hatte. Und er würde mit allen ihm zur Verfügung stehenden Kräften gegen die Mächte ankämpfen, die ihm diese Ruhe rauben wollten.

Im Jahre 1980 hatte Thomas – er war längst in Amt und Würden – seine Frau kennen gelernt. Er hatte sich nie für Frauen interessiert, im Gegenteil, er mied Frauen, er wusste, sie würden ihn seiner Zeit, seiner Energie, vor allem seiner Ruhe berauben. Seine Arbeitskollegen und die paar Bekannten, die er hatte, hielten ihn für ein wenig seltsam, aber das war ihm egal. Zehn Jahre lang lebte er mutterseelenallein in einer adretten Zweizimmerwohnung im Kreuzviertel und widmete fast seine komplette Freizeit seiner Sammlung exquisiter Jazzaufnahmen. Über vierhundert Vinylplatten, die er auf einer Stereoanlage, die ihn einige Monatslöhne gekostet hatte, abspielte, nannte er sein eigen. So holte er sich die größten Jazzmusiker der Welt in seine kleine Wohnung, sie alle spielten für ihn, für Thomas Hindemith und niemand anders. Thomas hörte ihnen zu, und wenn er die Augen schloss, befand er sich auf der Bühne mitten zwischen ihnen, lebte mit ihnen, lachte und weinte mit ihnen. Er hatte sich ein Jazzlexikon zugelegt, und während er seinen Lieblingen zuhörte, las er in ihren Disco- und Biografien, wusste, wer mit wem schon einmal eine Platte aufgenommen, gemeinsam in einer Band gespielt oder einfach nur gejamt hatte. Thomas besaß zwar auch ein Radio, es lief aber nur selten, da er die meiste Musik, die aus dem Äther kam, nicht leiden konnte. Vor allem hasste er Beatmusik und die in den achtziger Jahren aufkommenden, mehr und mehr von Computern dominierten Musikstile.

Thomas Hindemith wurde am 16. Mai 1980 zweiunddreißig Jahre alt. Zur Feier des Tages hatte er sich vorgenommen, bei Cha-Cha, dem kleinen Plattenladen an der Rothenburg, ein paar audiophile Schätze zu heben. Als er gegen achtzehn Uhr aus seinem Plattenladen – er sagte immer „sein“ Plattenladen, weil er hier sehr viel Zeit verbrachte – auf die Straße trat, veränderte sich mit einem Schlag sein Leben. Eine junge Frau, die gerade ihren Käfer vor dem Plattengeschäft eingeparkt hatte, war soeben dabei, den Autoschlüssel in ihrer Handtasche zu verstauen, als Thomas ihr urplötzlich gegenüber stand. Hätte er sich darauf vorbereiten können, wäre er ihr vermutlich aus dem Wege gegangen, so aber schlug sie in sein Leben ein wie ein Blitz aus heiterem Himmel, und Thomas erstarrte, er spürte, wie ihm das Blut in den Magen sackte. Dieses Wesen kam aus einer anderen Welt, aus der Vergangenheit, wo es viele Jahre darauf gewartet hatte, hier und jetzt seinen Auftritt zu haben, einen Auftritt mit ungeahnten Folgen. Thomas kannte diese Frau, ihr Gesicht, jede Rundung ihres Körpers, jede Schattierung ihres langen, in weichen

Wellen über ihre Schultern fallenden dunklen Haares schien er wie im Schlaf zu kennen, obwohl er ihr nie zuvor begegnet war, und er war sicher, dass eine unbekannte Macht sie ihm in diesem Moment gesandt hatte.

Thomas reagierte, wie er es sich vorher nie zugetraut hätte. Mit der Präzision einer Schweizer Uhr entwickelte er in Sekundenbruchteilen einen Plan. Jeder voreilige Schritt könnte alles zerstören, ein falsches Wort zum falschen Zeitpunkt, und alles wäre vorbei, bevor es begonnen hätte. Er drehte sich um, betrat die Bäckerei neben dem Plattengeschäft und beobachtete vom Schaufenster aus, wie sie in der Masse der Menschen, die um diese Uhrzeit noch in Münsters Innenstadt unterwegs waren, um einzukaufen, ein Café aufzusuchen oder einfach nur über den Prinzipalmarkt zu flanieren, verschwand. Dann setzte er sich auf sein Fahrrad, näherte sich dem Käfer der schönen unbekannt Bekannten, und nachdem er sich versichert hatte, dass ihn niemand beobachtete, rutschte er scheinbar urplötzlich von einer seiner Fahrradpedalen ab, kam gekonnt ins Straucheln und verpasste dem Käfer eine kapitale Beule und einen langen Lackkratzer in der Beifahrertür. Beim Aufstehen gelang es ihm noch, den Außenspiegel abzubrechen. Ein Fußgänger eilte zu Hilfe. „Haben sie sich verletzt?"

„Nein, nein, vielen Dank, schon gut, mir ist nichts passiert. Aber der Käfer da, den hat es erwischt. Ich denke, da muss ich wohl meine Adresse hinterlassen."

„Na, das müssen sie wohl, aber seien sie froh, dass nicht mehr passiert ist."

„Das bin ich, in der Tat", bedankte sich Thomas bei dem Passanten und betrat dann wieder den Bäckerladen, kaufte eine Tafel Schokolade, lieh sich Stift und Papier und schrieb: „Lieber Unbekannter!" Um sich auf keinen Fall verdächtig zu machen, schrieb er selbstverständlich an einen Mann.

„Mir ist leider das Missgeschick widerfahren, ihnen eine Beule in die Tür gefahren zu haben. Und den Spiegel habe ich auch abgebrochen. Bitte melden sie sich bei mir, ich erwarte Ihren Anruf, selbstverständlich komme ich für den Schaden auf. Hochachtungsvoll, Thomas Hindemith."

Er unterschrieb fein säuberlich, fügte seine Telefonnummer und Adresse hinzu und klemmte das Zettelchen mitsamt der Schokolade hinter den Scheibenwischer. Er schwang sich auf seinen Holländer – in den 80er Jahren fuhr fast jeder Münsteraner ein Hollandrad –, trat in die Pedalen und flog förmlich ins Kreuzviertel. Worauf er sich da einließ, darüber dachte er gar nicht nach, das ganze System Thomas Hindemith wurde jäh einem nicht aufzuhaltenden Automatismus unterworfen. In diesem Moment zählte nur, so schnell wie möglich in die eigenen vier Wände zu gelangen, um auf das Klingeln des Telefons zu warten.

Mindestens zwei Stunden waren vergangen, und das Telefon hatte noch keinen Mucks von sich gegeben. Mindestens zweimal hatte Thomas kurz kontrolliert, ob der Hörer richtig auflag. Um sich zu entspannen, wählte er aus seiner Sammlung eine alte Platte des rauchig-süß singenden Nat King Cole. Für Thomas war Nat, der in den 30er und 40er Jahren eine großartige Karriere erlebt hatte, der größte unter den singenden Jazzmusikern. Aus seinem Jazzlexikon wusste er, dass Nat King Cole drei Kinder in die Welt gesetzt hatte, zunächst die Zwillinge Timolin und Casey, im Jahr 1950 dann die Tochter Nathalie Cole, die später als Jazzsängerin in seine Fußstapfen trat. „Mona Lisa" mit dem „mystic smile". Er lauschte den Worten des Jazzpianisten und Sängers, der im Alter von sechsundvierzig Jahren viel zu früh an Lungenkrebs gestorben war, und dachte an die schöne Unbekannte. War sie nur eine Erscheinung, oder gab es sie wirklich?

„Do you smile to tempt a lover, Mona Lisa?
Or is this your way to hide a broken heart?
Many dreams have been brought to your doorstep
They just lie there and they die there
Are you warm, are you real, Mona Lisa?
Or just a cold and lonely lovely work of art?"

Es gab sie wirklich. Thomas hatte schon gar nicht mehr damit gerechnet, noch an diesem Tag den heiß erwarteten Anruf zu erhalten, als plötzlich die Türklingel ertönte. Thomas schnellte hoch, das passte ihm gar nicht, er wollte auf den Anruf warten und dabei seiner Musik lauschen. Er drückte die Nase ans Küchenfenster, um herauszufinden, wer ihn um diese Uhrzeit noch besuchen – er dachte, eher ‚heimsuchen' – wollte, da entdeckte er den Käfer auf der gegenüberliegenden Straßenseite. Es war sie, die dort unten vor seiner Tür stand und um Einlass bat. Wie in Trance bewegte er sich zur Tür, öffnete in Lichtgeschwindigkeit das Wohnzimmerfenster sperrangelweit um mit frischer Luft die verbrauchte zu vertreiben, drückte den Summer, dimmte das Licht, trank rasch ein paar Schlucke Wasser, spritzte sich eine Handvoll Wasser ins Gesicht – er hätte gern mehr Zeit gehabt als die, die sie benötigte, um in den dritten Stock aufzusteigen –, stand dann aber rechtzeitig, wenigstens nach außen die Ruhe selbst, im Türrahmen, um seinen Besuch in Empfang zu nehmen.

„Guten Abend", sagte Thomas, es war schon etwa neun Uhr und

„Guten Abend", antwortete sie, „ich hoffe, ich störe nicht zu so später Stunde, aber ich wohne in Lünen, und da ich nicht oft in Münster bin, dachte ich, ich schaue heute noch vorbei."

Thomas spielte den Ahnungslosen:

„Ich verstehe nicht ganz, müsste ich sie kennen?"

„Oh, entschuldigen sie", lächelte sie, und Thomas dachte: „Mona Lisa!", und sie fuhr fort: „Ich habe eine Nachricht unter meinem Scheibenwischer gefunden, und ich dachte, das wären sie. Thomas Hindemith, Namensvetter des bekannten Komponisten."

„Aha", dachte Thomas, „sie kann also genauso witzig sein wie all die anderen, die den Namen des Komponisten schon einmal gehört haben. Ist mir ja noch nie passiert!", und laut fuhr er fort: „Sie haben natürlich recht, ich bin's. Kommen sie doch bitte herein. Mögen sie Nat King Cole? Der läuft gerade." Und in Gedanken: „Bitte sag' jetzt so etwas wie: ‚Kenn ich nicht, klingt aber gar nicht schlecht.'"

„Nat King Cole, ist das nicht der schwarze Sänger aus ‚Cat Ballou?'"

„Genau der, ‚Cat Ballou – Hängen sollst du in Wyoming', er ist aber eigentlich Jazzmusiker, Pianist und Sänger, als Sänger übrigens viel besser als als Schauspieler." Sie hatte sein kleines Wohnzimmer betreten und schien der Musik zu lauschen.

„Setzen sie sich doch."

Thomas schob einen Sessel zwischen die beiden Lautsprecherboxen. „Hier in der Mitte klingt es am besten."

„Gerne“, antwortete sie, „ich möchte sie aber nicht stören, vielleicht haben Sie ja noch etwas vor?“

„Nein, nein, sie stören nicht.“ Er wagte noch, ein „im Gegenteil“ hinterherzuschieben.

„Wissen sie, ich verstehe nicht viel von Musik, aber das hier gefällt mir. Wo hört man denn so etwas?“

„Bei mir“, lachte Thomas und deutete mit seiner Hand auf das Plattenregal, welches fast eine ganze Wand einnahm.

„Fast alles Jazz. Und die meisten meiner Platten sind vor 1960 aufgenommen, teilweise richtige Raritäten. Diese Art von Musik ist heute leider nicht mehr sehr populär, von Beatmusik in den 60ern und von Pop und Rock in den 70ern verdrängt.“ Er lachte wieder: „Und für die 80er sehe ich auch ein wenig schwarz.“

Thomas hatte eine Flasche Wein aus dem Vorratsschrank in der kleinen Küche geholt und sie unterhielten sich blendend, sie hatte ihm gesagt sie hieße Anna Rosinsky, und es dauerte nicht lange, bis sie sich gegenseitig eingestanden, dass es schön wäre, sich häufiger zum Musikhören zu treffen. Thomas erfuhr, dass sie Lehrerin an einem Lünener Gymnasium war, in Essen-Bredeney, einer idyllischen Kleinstadt inmitten des Ruhrgebiets, aufgewachsen war, in Köln Sport und Französisch studiert und in Dortmund ihren Referendardienst hinter sich gebracht hatte. Als es auf Mitternacht zuging und Anna aufbrechen wollte – sie sagte, sie müsse am nächsten Tag zur Schule –, schlug Thomas vor, sich zu duzen, er zögerte ihren Abschied noch eine halbe Stunde hinaus, und als sie ihn schließlich verließ, hatte sie ihre Adresse und Telefonnummer schon auf die Pinwand über dem kleinen weißen Küchentisch geschrieben. Dass ein Haken vom Schlüsselbrett neben der Pinwand leer war, bemerkte Thomas nicht. Er war rundum mit sich und der Welt zufrieden, und als er seine heiße Stirn an die kühle Küchenfensterscheibe drückte und Anna, die gerade in ihren Käfer steigen wollte, von oben zuwinkte, kramte Anna lachend den abgebrochenen Außenspiegel aus ihrer Handtasche hervor, deutete darauf, hielt ihn sich wie einen Telefonhörer ans Ohr, stieg ein, startete und fuhr davon.

Währen der Plattenspieler die letzte Scheibe des Abends zu Ende drehte und in der Auslaufrille zu einem rhythmischen Knacksen brachte, stand Thomas noch lange am Fenster seiner kleinen Küche und starrte in die dunkle Nacht. Er trank den in der Flasche verbliebenen letzten Schluck Rotwein und legte sich beseelt ins Bett. Seit langer Zeit hatte er zum ersten Mal nicht allein Geburtstag gefeiert.

Thomas fiel in einen unruhigen Schlaf. Er stand auf der Bühne des Café de la Paix in Paris, zupfte den Bass, zusammen mit Nat, der am Flügel saß und seine halbwüchsigen Zwillinge Timolin und Casey begleitete. Thomas war für Nats Bassisten Wesley Prince, der aus unerfindlichen Gründen nicht zum Auftritt erschienen war, eingesprungen. Oscar Moore spielte die Gitarre. Die kleine Bar war spärlich gefüllt mit eher uninteressierten Besuchern, die sich an ihren Drinks festhielten und eigentlich nur auf die Sperrstunde warteten, Nats Konzert interessierte sie nicht. Nur eine Zuhörerin, eine wunderschöne Fremde in der ersten Reihe, hing wie gebannt an den Lippen der Kleinen Coles. Der Schlagzeuger hatte gerade ein kurzes Solo beendet, Nat griff in die Tasten, präludierte, nur ein paar Akkorde, Arpeggien, und Thomas wusste, welchen Song sie singen würden: „Mona Lisa“. Thomas spielte diesen Song gerne, er liebte Nats warme, tiefe, ein wenig kehlige Stimme: „Mona Lisa“. Aber als die Zwillinge ihre Münder öffneten, entwich lediglich ein schnarrendes, schepperndes Geräusch, der blanke Horror für Thomas' Ohren: „Mona Lisa, Mina Losa, Salomina, Anna-Lisa, Lisa, Anna“. Die unbekannte Dame aber hing an den Lippen der beiden, schien sich jeden der blechernen Laute tief einzuatmen, sich daran zu berauschen; sie hatte sich erhoben, war an der Rand der winzigen Bühne getreten, das schwarze Hemd unter ihrem roten Kostüm bis zum Nabel geöffnet. Sich wie eine Kobra im Takt der Musik windend, himmelte sie die zwei Heulbojen an und schickte ihnen Kusshände die Bühne hinauf. Plötzlich waberten grüne, giftige Dämpfe wie Schlangen aus den weit aufgerissenen Mündern der Zwillinge. Sie ringelten sich zwischen den schwarzen Zähnen nach draußen und umgarnten die schöne Fremde, wanden sich in ihr langes dunkles Haar, entfachten viele kleine Feuer, und plötzlich brannte sie lichterloh. Wie flüssiges Wachs begann das zuvor ebenmäßige Gesicht aufzuplatzen, zu zerlaufen und die lodernden Flammen drohten sie mit Haut und Haaren zu verschlingen Tief im Inneren Thomas' schien plötzlich etwas zu detonieren. Er riss das Kabel aus seinem Bass, fasste ihn beim Hals, als wolle er ihn erwürgen, schwang ihn hoch über dem Kopf und ließ ihn mit aller Kraft auf die Zwillinge hinunterkrachen. Mit einem gigantischen Schlag streckte er sie nieder. „Zwei auf einen Streich!“, schrie er, und wieder holte er aus, zertrümmerte Schädel, Blut spritzte, Knochen splitterten, und er schlug zu, immer und immer wieder, Ströme von schwarzem Blut ergossen sich von der Bühne in das kleine Auditorium, eine blutige Flutwelle erfasste die Zuhörer und spülte sie nach draußen auf die Champs-Élysées. Nat und Oscar ließen sich nicht stören, sondern spielten weiter ungerührt „Mona Lisa“, als hätten sie nichts von all dem bemerkt.

Mit einem lupenreinen C-Dur riss die Decke über dem kleinen Konzertsaal auf, Sonne flutete hinein, und der ganze Spuk war mit einem Mal vorbei. Anna hatte mit elegantem Schwung die Rollläden hochgezogen und stand, eine Tüte Brötchen in der Hand, mitten in Thomas' Schlafgemach und rief lachend:

„Frühstück!“

„Aber was, wie bist du hereingekommen? “

Lachend hielt sie den Schlüssel, der eigentlich am Brett neben der Pinwand hängen sollte, hoch und sagte: „Den hast du noch gar nicht vermisst, oder?“

„Und was ist mit der Schule? Musstest du nicht in die Schule?“, fragte er.

„Weißt du, ich dachte, ich könnte heute ausnahmsweise einmal schön krank sein.“

„Eine ganz hervorragende Idee“, lachte Thomas völlig verdutzt, „dann wirf du doch die Koffeinmaschine an, der Kaffee steht im Schrank über dem Kühlschrank, und ich springe kurz unter die Dusche, in zwei Minuten bin ich fertig.“

Mit diesen Worten verschwand er in dem Minibadezimmer und schob den Duschvorhang, auf dem sich 204 – er hatte sie einmal gezählt – den Rüssel stolz nach oben reckende, in hohen Fontänen Wasser sprühende Benjamin Blümchen die Ehre gaben, zur Seite. Der Vorhang war noch vom Vormieter, und eigentlich hatte Thomas ihn längst ersetzen wollen. Während er darauf wartete, dass das Wasser warm wurde, realisierte er, dass Anna die Sache offensichtlich auf ihre Art regelte. Er stieg unter den heißen Wasserstrahl und genoss die wohlige Wärme, die Leben in seinen Körper brachte. Als Anna plötzlich den Duschvorhang zur Seite schob, sich lächelnd zu ihm gesellte und die Sache in die Hand nahm, sollten aus den versprochenen zwei Minuten zwanzig werden. Und 17 mal 12 – 17 in der Senkrechten und 12 in der Waagerechten, das waren 204 – den Rüssel stolz nach oben reckende, wasserspritzende Benjamin Blümchen lächelten ihnen zu und riefen: „Törröööööö!!!"

– 10 –

Es dauerte nicht lange, und Thomas und Anna zogen in eine gemeinsame Wohnung. Die erste Zeit hatten sie in Thomas' kleiner Zweizimmerwohnung verbracht, die aber schon bald aus allen Nähten platzte. Thomas schlug schließlich vor, eine größere Wohnung zu suchen für sich und ihre liebsten Besitztümer – bei Thomas waren es vor allem seine mehr als vierhundert LPs und seine Stereoanlage, bei Anna etwa zwei Kubikmeter Bücher, besonders aber eine Sammlung von über hundert Krimis – und den Start in eine gemeinsame Zukunft zu wagen. Es stellte sich heraus, dass die Wohnungssuche in Münster nicht ganz einfach war, vor allem, wenn die Wohnung einigermaßen zentral gelegen und nicht zu teuer sein sollte. Teure, so genannte luxusrenovierte Wohnungen wären über einen der zahlreichen in Münster ansässigen Immobilienmakler einfach zu bekommen gewesen, aber Anna weigerte sich strikt, einen Fuß in ein Maklerbüro zu setzen.

„Ich sehe nicht ein, dass ich mein mühsam verdientes Geld einem Immobilienhai in den Rachen werfen soll!" Sie lachte zwar ein wenig, aber sie meinte es ernst. Während ihres Studiums in Köln war sie zunächst in der Hausbesetzerszene aktiv, später dann Mitglied des Asta gewesen und hatte sich für die Interessen der Studenten und da besonders für den Erhalt günstigen Wohnraums eingesetzt. Inzwischen war sie Mitglied der Grünen und engagierte sich vor allem im Umweltschutz.

Thomas war eher unpolitisch. Er ging alle vier Jahre zur Wahl, und damit hatte es sich. Er war der Meinung, dass er als Steuerzahler verlangen konnte, dass die Politiker ihren Job taten, und sah nicht ein, sich in irgendeiner Form für die Interessen von irgend jemanden einzusetzen. Thomas hatte Verständnis, dass Anna sich für alle und alles Mögliche engagierte, aber das musste ja nicht bedeuten, dass er sie bei all ihren Aktivitäten begleitete. Er zog es vor, sich mit seiner Musik, seinen Schallplatten zu befassen. Wenn sich der Tonarm seines Plattenspielers senkte und die Nadel die Höhen und Tiefen des Vinyls abtastete, um längst vergangene Musik wieder zum

Leben zu erwecken, dann interessierten ihn weder Mietwucher noch Tiertransporte, weder Luftverschmutzung noch Waldsterben oder irgendetwas, wofür Anna meinte, eine oder mehrere Lanzen brechen zu müssen.

Die passende Wohnung fand sich schließlich ohne langes Suchen, weil Thomas' Nachbarn im Erdgeschoss ein Kind erwarteten. Thomas dachte mit Schaudern an sein erstes Zimmer in Münster zurück. Für Studenten oder alleinstehende Berufsanfänger war es zu der Zeit fast unmöglich, einen bezahlbaren Unterschlupf zu finden. So war es zu Semesterbeginn an der Tagesordnung, dass zimmerlose Studienanfänger auf dem Rasen vor dem Schloss am Hindenburgplatz zelteten, um auf die Misere aufmerksam zu machen. Die Studenten, vor allem Erstsemester, standen Schlange vor der studentischen Zimmervermittlung des Asta. Für Vermieter war der Wohnungsmarkt damals ein wahres Schlaraffenland. Umgebaute Garagen, Gartenhäuschen, feuchte oder nur schwer zu heizende Zimmer in Kellern oder unter schlecht isolierten Dächern der Stadt wurden zu horrenden Preisen an Studenten verschachert. Darüber hinaus standen haarsträubende Bedingungen in den Mietverträgen. Da waren männlichen Studenten Damenbesuche untersagt, Studentinnen mussten ihre Kommilitonen vor der Tür lassen, Wohnungen wurden ausschließlich an Nichtraucher oder an Wochenendfahrer vermietet, Haustiere aller Art waren verboten. Die Wohnungssuchenden waren gezwungen diese Kröten zu schlucken oder sie blieben auf der Straße. Thomas' erster Vermieter, Thomas hasste ihn wie die Pest, war Bäcker und das, was man im Volksmund einen Kotzbrocken nennt, als Vermieter jedoch besonders kreativ. Er vermietete Thomas das winzige Zimmer unter dem Dach zwar recht günstig, als Gegenleistung aber verlangte er von Thomas, von fünf bis sieben Uhr in der Frühe Brötchen auszutragen. Am liebsten hätte Thomas ihn in seiner Backstube erschlagen und in seinem Ofen geröstet.

Die Parterrewohnung war ein echter Glückstreffer. Anna hatte die Vormieter im Hausflur bei den Briefkästen getroffen, und dass sie bald Nachwuchs bekommen würden, war nicht zu übersehen.

„Wenn nicht alles täuscht", sagte Anna, „dann werden sie Weihnachten wohl zu dritt feiern!"

„Ja“, sagte sie, und er strahlte übers ganze Gesicht, „in einem Monat ist es soweit, wir ziehen wahrscheinlich noch vor Weihnachten nach Münster-Gievenbeck.“ Er ergänzte: „Meine Eltern besitzen da ein Haus. Apropos, wüssten sie vielleicht jemanden, der eine Wohnung sucht, unsere wird ja nun frei.“

„Wunderbar“, freute sich Anna, „das wäre etwas für uns! Zumindest solange wie wir noch keinen Nachwuchs haben“, und strich sich dabei über einen riesigen imaginären Neunmonatsbauch.

„Ach du Schreck“, dachte Thomas, bisher hatte er noch keinen Gedanken an Nachwuchs verschwendet, und im Moment lag ihm nichts ferner, als Vater zu werden.

„Um Gottes Willen, nein“, sagte er, „so weit sind wir noch nicht … wenn sie ein gutes Wort beim Vermieter einlegen würden? Wir könnten direkt einziehen.“

Die Wohnung im Erdgeschoss war schön, großzügig geschnitten, mit Zugang zum Garten, und ein Kellerraum gehörte auch dazu. Thomas hatte sein Zimmer mit der Stereoanlage und seinen Schallplatten, er nannte es den „Club“, und auch Anna hatte ihr Arbeitszimmer, wo sie Aktenordner und Bücher in bis an die Decke reichenden Regalen hortete und sich pädagogische Zeitschriften, Klassenarbeitshefte, französische Literatur und das Material für ihre Unterrichtvorbereitungen stapelten.

Mit der Zeit zog der Alltag ein, und während Thomas früh morgens die Wohnung verließ, um ins Stadthaus zu radeln, fuhr Anna – sie nannte inzwischen wie fast alle Junglehrerinnen einen anthrazitfarbenen Golf Diesel ihr eigen – in das fünfzig Kilometer entfernte Gymnasium in Lünen. Aus der Schule und dem Büro zurück zu Hause, waren beide, vor allem aber Thomas, nicht sehr unternehmungslustig. Während Anna, ihre politischen Aktivitäten ausgenommen, nur für ihren Job als Lehrerin zu leben schien, tauchte Thomas weiterhin in die Welt der Saxofonisten, Trompeter, Posaunisten, Pianisten sowie Schlagzeuger, Bassisten und Gitarristen ein und lebte mit ihnen beinahe ein zweites Leben. Manchmal sprachen sie mit ihm, fragten ihn, welches Instrument er spiele, ob er einsteigen, mitspielen wolle. Dann entschuldigte er sich, sagte, er habe sein Instrument nicht dabei.

An einem dunklen Winterabend – Anna war bei einer Sitzung der Grünen – fühlte Thomas, dass eine Grippe im Anmarsch war. Ihn fröstelte, und ein kalter Schauer fuhr ihm über den Rücken, als er spürte, wie ihn seine fiebrigen Gedanken in eine längst vergessen gehoffte Vergangenheit zu entführen versuchten. Als er plötzlich alt bekannte Dämonen an die Tür klopfen zu hören glaubte, hatte er sich in sein kleines privates Reich, zu seiner Stereoanlage in seinen Club geflüchtet. Heute Abend wollte er Coleman Hawkins, den ersten wirklich großen Tenorsaxofonisten des Jazz, einladen. Colemans kraftvoller Stil war seinerzeit bahnbrechend gewesen, und seine harmonischen Ideen beim Improvisieren hatten ihn zum Star des Orchesters von Fletcher Henderson gemacht, dem er von 1924 bis 1934 angehörte. Er hatte fünf Jahre lang erfolgreich in Europa als Solist gearbeitet und kurz nach seiner Rückkehr in die U.S.A. mit einem neunköpfigen Orchester das Meisterwerk „Body and Soul" für das Plattenlabel Bluebird eingespielt. Und Thomas hatte eben diese berühmte Aufnahme vom 11. Oktober 1939 im Fundus seiner Sammlung.

Thomas hatte Coleman und seine Band wie schon oft zuvor zum Auftritt auf die kleine Bühne des Café de la Paix in Paris gebeten. Vor den schweren, zur Seite gerafften blutroten Samtvorhängen stand ganz links mit aufgeklapptem Deckel ein schwarzer Flügel, in der Mitte hatte der Schlagzeuger Bassdrum, Snare, Trommeln und Becken aufgebaut, und auf der rechten Seite lehnte an der Wand der Kontrabass, ein wunderschönes, riesiges Instrument aus dunklem Holz. Vorn am Bühnenrand steckte auf einem ehemals verchromten, nach langen Jahren des Gebrauchs aber inzwischen leicht angerosteten Stativ mit einem schweren gusseisernen Sockel, an den drei Füße angeschraubt waren, ein einsames Shure-Mikrofon – das Mikrofon für den Meister.

Außer Thomas befand sich niemand in dem kleinen Saal, sie würden für ihn allein spielen, hinter verschlossenen Türen, exklusiv für Thomas Hindemith. Einer nach dem anderen betraten die Musiker die abgedunkelte Bühne. Nur schemenhaft nahm Thomas sie wahr, zunächst den Pianisten, dann den Drummer und schließlich den Kontrabassisten. Es dauerte noch einen Augenblick, bis ein

Scheinwerfer aufleuchtete und Coleman Hawkins mit seinem golden schimmernden Tenorsaxofon in der Hand die Szene betrat. Coleman trat an den Bühnenrand, neigte sich leicht zu dem Mikrofon, es war auf Saxofonhöhe eingestellt, hinunter und wandte sich an Thomas.

„Thomas" – es klang sehr amerikanisch: ‚Häreld' – „Thomas, which song do you want me to play for you?"

Thomas betätigte den kleinen Hebel an der rechten Seite seines Plattenspielers, der Tonarm senkte sich im Zeitlupentempo und bevor die Diamantnadel in der Rille des Vinyls aufsetzte, wünschte er sich „Body and Soul".

„Okay, Jungs, ihr habt es gehört. Genau wie immer, ich fange alleine an, sechzehn Takte, dann kommt ihr dazu, Thema, Chorusse, und dann schauen wir mal, was passiert!"

Er leckte am Blättchen seines Mundstückes und entlockte seinem Horn ein leises Rauschen, als er seinen Atem durch das Instrument schickte. Er ließ einen langen, tiefen, klagenden Ton erklingen, bevor er sacht die Melodie von „Body and Soul" anstimmte. Die anderen Musiker schienen den Atem anzuhalten und warteten geduldig auf ihren Einsatz. Coleman spielte das Thema, spielte seine ersten sechzehn Takte, gab dann jedoch zu verstehen, dass sein Solo noch nicht beendet war. Seine drei Bandkollegen verstanden ihn richtig, hielten sich zurück, lauschten weiterhin aufmerksam der Improvisation ihres Tenoristen, der ganz langsam die Intensität seines Spiels steigerte. Nach den leisen, verträumt langsamen Akkordfolgen spielte er nun schnellere Arpeggien; auf die zunächst sanften, gehauchten Töne folgten härtere, aggressivere. Coleman steigerte sich weiter, wurde von Phrase zu Phrase lauter, und was weich, einfühlsam und harmonisch begonnen hatte, wandelte sich von Phrase zu Phrase in ein mehr und mehr unharmonisches Inferno aus kratzenden, kreischenden, in immer höheren Falsetttönen quietschenden Freejazzeruptionen. Der tief in seinem Sessel versunkene Thomas wurde unruhig. So hatte er sich das nicht vorgestellt. Aus seiner Lieblingsballade wurde urplötzlich ein Höllenfeuer ätzender alles zerstörender Saxofontiraden. Er ballte ängstlich die Fäuste, saß nun stocksteif auf der vordersten Kante des Sessels, der unter ihm zu glühen begann, und verfolgte wie hypnotisiert das Geschehen auf der Bühne. Die drei Musiker, die verwundert die Verwandlung ihres Meisters verfolgt hatten, standen untätig neben ihren Instrumenten und starrten wie Thomas mit weit aufgerissenen Augen und Mündern auf das sich ihnen bietende Schauspiel.

„Come back!"

Wie ein Derwisch fegte Coleman über das Parkett, weißen, stinkenden Schaum vor dem Mund, die glühenden Augen schienen ihm aus dem Kopf springen zu wollen. Thomas sah, wie sich riesige Verstärkerwände wie von Geisterhand am Bühnenhintergrund auftürmten und sich aus einer Nebelmaschine rosa schimmernder Nebel auf die kleine Bühne ergoss. Coleman schüttelte sein bis zu den Füßen reichendes, schlohweißes Haar, fasste sein Saxofon mit beiden Fäusten, wirbelte es über den Kopf und zerschmetterte es auf dem Kopf seines Pianisten.

„Come back, baby come back!", bellte er ins Mikrofon.

Fast gleichzeitig stürmten vier weitere abenteuerlich aussehende Gestalten auf die Bühne, offensichtlich Musiker, denn zwei von ihnen ließen elektrische Gitarren aufschreien. Ein dritter hatte seinen Bass wie eine gigantische Axt über dem Kopf geschwungen und zuerst Colemans Schlagzeuger und dann dem Kontrabassisten den Schädel zertrümmert. Thomas hörte plötzlich wieder Musik von der Bühne donnern, Beatmusik, verhasste Beatmusik. Er kannte die Musiker, die da so urplötzlich das Podium okkupiert hatten, er hatte sie vor sehr langer Zeit schon einmal gehört. Sie hatten ihm damals nichts bedeutet, er hatte sie völlig vergessen. Doch jetzt waren sie wieder da, lauter als je zuvor. Und machten ihm Angst.

„Come back!" – Gitarrenriff – „Baby come back!"

Während die Equals ihren Song von der Bühne schmetterten, hatte Coleman das Mikrofonstativ gepackt, schwang es wild um sich und legte das komplette Inventar des kleinen Cafés in Trümmer. Wie berauscht schlug er auf Tische, Stühle, Lampen, Gläser und Flaschen ein. Als er mit einem seiner wuchtigen Schläge die Zapfanlage der kleinen Bar aus ihrer Halterung schlug, spritzte eine gigantische Fontäne aus Wasser und Bier aus den zerfetzten Rohren. Wasser und Bier ergossen sich in das kleine Auditorium, in kürzester Zeit schwoll die schäumende Brühe hüfthoch an, eine Flutwelle aus Wasser und Bier erfasste Thomas und spülte ihn nach draußen auf die Champs-Élysées. Verzweifelt versuchte er gegen die Flut anzuschwimmen, suchte nach etwas, um sich festzuhalten, aber die Welle trug ihn fort, immer weiter fort, und erst als die Musik hinter ihm langsam leiser wurde und schließlich erstarb, wurde er ruhiger und wehrte sich nicht länger. Als der Strom breiter wurde und er auf dem Rücken treibend in der Ferne eine kleine Gruppe singender Kinder hörte und über sich im sternenklaren Himmel den Großen Wagen und Cassiopeia erblickte, wusste er, er würde den Gespenstern niemals entkommen.

„Baby come back!“, dachte Thomas.

– 11 –

Es war noch sehr früh am Morgen, und nur vereinzelte Geräusche aus den oberen und unteren Stockwerken ließen ahnen, dass das Haus bald aus seinem Schlaf erwachen würde. Die frisch gebackenen Mütter lagen versunken in Morpheus Armen hinter den weiß gestrichenen Türen des langen, nach Desinfektionsmitteln riechenden Flures der Entbindungsstation des Clemenshospitals in Münster. Auch Anna und ihre Zimmergenossin schlummerten noch tief und fest.

Mit einem Schlag drang wieder das Geräusch, dieser plötzliche, die Ruhe störende Lärm an Annas Ohr. Sie erwachte ruckartig. In genau dem Moment, als die Schwestern vom Frühdienst den Wagen mit den rund dreißig Neugeborenen auf den Flur schoben, schienen Hunderte von Neugeborenen wie auf Kommando gleichzeitig loszuschreien, was die winzigen Lungen hergaben. Anna setzte sich langsam in ihrem Bett auf. Die Säuglingsschwestern hatten die kleinen Bündel auf die drei Etagen des Wagens, der aussah wie ein rollendes Bücherregal, der Reihe nach gelegt, und nicht einer der Säuglinge schien sein Schicksal stillschweigend erwarten zu wollen. Langsam, von Zimmer zu Zimmer, bewegten die Schwestern den edelstählernen Wagen von einem Ende des Flures zum anderen. Vor jeder Tür hielten sie und lieferten die kleinen Schreihälse bei ihren Müttern ab.

Die Frau im Bett neben Anna hatte ihren ersten Sohn Max zur Welt gebracht, war aber mit ihren einundzwanzig Jahren deutlich jünger, und auch sie wachte gerade mit einem leisen Seufzer auf.

Annas Schwangerschaft und die Geburt waren völlig problemlos verlaufen, der Stationsarzt und die Hebamme waren sich einig, dass es sich um eine Bilderbuchschwangerschaft handelte. Thomas war, entgegen dem allgemeinen Trend in den 80er Jahren, bei der Entbindung nicht mit dabei gewesen. Anna hatte den Wunsch geäußert, „es allein durchzuziehen“, ohne konkrete Gründe dafür zu nennen, und Thomas hatte auch nicht weiter gefragt. Ihm kam es gelegen, Anna war das, was man eine starke Frau nennt, er hingegen fühlte sich der, wie er glaubte, blutigen Situation in einem Kreissaal nicht gewachsen, und warum sollte er den Helden spielen. Thomas war ihr überaus dankbar, dass sie sich bereits um all die notwendigen Dinge wie die Erstausstattung für Säuglinge, den Autokindersitz und die Wickelkommode gekümmert hatte, ohne ihn damit zu behelligen.

„Du brauchst dich nicht darum zu kümmern, ich mach das schon“, hatte sie gesagt, und nachdem Thomas geantwortet hatte:

„Manchmal habe ich schon ein schlechtes Gewissen, wenn du das Kinderzimmer einrichtest, während ich in meinem Club sitze, um meinen Jazzern zuzuhören …“

„Macht nichts, mein Lieber. Wenn ich dich brauche, melde ich mich.“

Am Dienstag, den 2. Dezember 1986, war es dann soweit. Anna hatte eine gesunde kleine Tochter zur Welt gebracht. Die junge Mutter hatte den Namen Lisa vorgeschlagen und Thomas war einverstanden.

Das Säuglingsmobil hielt vor Annas Zimmer, es klopfte leise an der Tür, und die dicke koreanische Krankenschwester Kim trug die schreiende kleine Lisa an das Bett ihrer inzwischen hellwachen, strahlenden Mutter.

„Guten Morgen, Frau Hindemith“, grüßte die Schwester, „hören sie mal, wie laut sie nach ihrer Mama schreit! Ich glaube, ihre kleine Lisa hat tüchtig Hunger.“

„Ich weiß zwar nicht, wie Hunger tüchtig sein kann,“ dachte Anna, „aber recht hat sie wohl.“ Sie fügte laut hinzu:

„Das hört sich ganz so an, aber ich denke, der Dame kann geholfen werden.“

„Ich wünsche guten Appetit, du süßes Ding“, sagte die Koreanerin, reichte die kleine Lisa in die Arme ihrer Mutter und drehte sich um, um Annas Zimmergenossin ihr Kind zu bringen.

Sanft führte Anna ihre Tochter an die Brust, und die kleine Lisa begann kräftig nuckelnd die erste Mahlzeit des Tages einzunehmen. Anna lächelte.

„Meine Kleine …“ Während sie zart über das flaumbedeckte Köpfchen strich, sagte sie: „Lass es dir schmecken, mein kleines Lisachen, damit du schnell groß und stark wirst.“

Sie legte ihren Kopf zurück in das weiche weiße Kissen, schloss die Augen und glitt unmerklich hinüber in die Zeit, in der sie selbst noch ein kleines Mädchen war, ein Mädchen von vier Jahren. Die kleine Anna lebte noch gar nicht lange in dem großen, wunderschönen, weiß getünchten Haus mit der großen sich nach unten verbreiternden, steinernen Treppe, die auf den grünen Rasen und in den gepflegten Garten mit seinen Rosen, Rhododendronbüschen und der hoch in den Himmel ragenden Blutbuche hinunterführte. Am Ende des parkartigen Grundstücks führte eine schmale Holzbrücke über einen Seerosenteich zu dem Gewächshaus, in dem sich Mutter Rosinsky in ihrer knappen Freizeit um die Orchideensammlung kümmerte. Dort war der Garten weniger gepflegt und mit Obstbäumen bestanden. Das Anwesen war ringsum von einer undurchdringlichen Hibiskushecke umgeben, sodass Anna sich jederzeit sicher und geborgen fühlen konnte, niemand könnte kommen, um sie wieder von hier wegzubringen.

Der Gärtner Hans hatte die schmale Holzleiter am Stamm eines Kirschbaumes stehen lassen, und Anna war mutig bis zur obersten Sprosse hinaufgeklettert, um an die süßen Früchte zu gelangen. Während sie sich die prallen dunklen Kugeln in den Mund stopfte, lauschte sie der laut vor sich hinträllernden Haushälterin, die in der Küche damit beschäftigt war, einen Marmorkuchen in die Röhre zu schieben. Lisa hieß sie, kam aus dem Schwabenland, aus Rothenburg ob der Tauber. Seit mehr als einem Jahrzehnt führte sie den Haushalt der Rosinskys, die bereits seit drei Generationen die aus dem vergangenen Jahrhundert stammende Villa in Essen-Bredeney bewohnten. Während der Woche verließen Mutter und Vater Rosinsky stets sehr früh das Haus und fuhren in ihre Fabrik. Die Fabrik war ein riesiges Backsteingebäude, schrecklich laut ratternde, von Männern in blauen Arbeitsanzügen bediente Ungetüme ihre Arbeit verrichteten. Die Blaumänner mit ihren Maschinen stellten aus Metall irgendwelche Dinge her, von denen Anna keine Ahnung hatte. Sie mochte die Fabrik nicht, der Lärm und die großen Maschinen machten ihr Angst, und wenn ihre Eltern sie fragten:

„Möchtest du mitkommen, in die Fabrik?“, dann schüttelte sie den Kopf, sie blieb lieber mit Lisa in dem großen Haus mit dem großen Garten und der schützenden, dichten Hecke, ihrer Ritterburg.

„Auf der schwäbsche Eisenbahne,
Wollt a mal a Bäuerle fahre,
goht an Schalter, lüpft de Huet,
oi Biletle, send so gut!“

Von Weitem drang es aus dem geöffneten Küchenfenster an Annas Ohr. Es schien Lisas Lieblingslied zu sein, denn sie sang es fast täglich. Die Haushälterin kannte mehr als zwanzig verschiedene Strophen, und wenn sie es in ihrer schwäbischen Mundart sang, verstand Anna kein Wort, aber Anna liebte es genauso wie Lisa. Anna hatte die Kirschen, die sie von der obersten Sprosse der Leiter erreichen konnte schon verspeist, nur diese eine pralle Frucht, die schwarze, am weitesten entfernte, sie schien die dickste aller Kirschen der Welt zu sein, die hatte die kleine Anna sich für den Schluss aufbewahrt. Vorsichtig streckte sie ihren kleinen Kinderarm aus, um die süße Frucht zu ergreifen, aber als sich ihre kleine Faust um die kleine Kostbarkeit schloss, machte ihr die Schwerkraft einen Strich durch die Rechnung. Mit einem schrillen Schrei verlor sie ihr Gleichgewicht und riss die Leiter mit sich hinunter in das, Gott sei Dank, weiche Gras. Es schien nur einen winzigen Augenblick gedauert zu haben, bis Lisa, die Haushälterin, mit flatternder Schürze und wehenden Haaren über den Rasen und die kleine Holzbrücke geflogen war, um die vor Schreck schluchzende kleine Anna in ihre Arme zu schließen. Leise ihr Lied summend drückte Lisa ihre kleine Schutzbefohlene fest an ihre Brust, strich ihr sanft über das dunkle Haar und trug sie langsam zurück in die Küche. Anna weinte leise, aber als sie den Duft des Marmorkuchens im Backofen roch und das ruhige Pochen des Herzens in Lisas Brust spürte, waren es Tränen des Glücks und sie wusste, dass sie in Lisas Armen für immer sicher und unverwundbar sein würde. Sie öffnete ihre kleine Faust, nahm die süßeste aller Kirschen der Welt und schob sie Lisa sanft in den Mund.

„Wie sind Sie auf den Namen ihrer Tochter gekommen?“, fragte Annas Zimmergenossin. „Wissen Sie, bei uns lag das mit ‚Max‘ ja auf der Hand.“

„Warum?“, wollte Anna wissen.

„Weil unser Erstgeborener doch Moritz heißt. Mein Mann fand das witzig.'"

„Und wenn es ein Mädchen geworden wäre?"

„Dann wäre es eine Maria geworden. Passt dann auch gut zum Nachnamen."

„Entschuldigen Sie bitte, ich weiß ja noch gar nicht, wie Sie heißen?", fragte Anna interessiert.

„Moriz!", sagte die Nachbarin stolz, „Moriz, aber ohne ‚t' vor dem ‚z'."

Anna lachte schallend.

„Das scheint ja ein lustiger Verein zu sein bei Ihnen. Wie heißt denn Ihr Mann, vielleicht ‚Wilhelm'?"

„Sie meinen, wegen Wilhelm Busch, ich verstehe", sagte Frau Moriz ohne t vor dem z.

„Nun, der Name meines Mannes passt nicht so ganz, er heißt Günther. Ich heiße übrigens Elke, wir sollten uns duzen, oder nicht?"

„Fein", sagte Anna, „einverstanden, ich heiße Anna, Anna Hindemith."

Nach einer Weile hakte Elke nach: „Jetzt hast du mir aber immer noch nicht erzählt, warum Lisa Lisa heißt."

„Das ist eine lange Geschichte, ich erzähle sie dir gleich. Zunächst gehe ich mal eben hinunter zum Krankenhauskiosk, etwas zum Lesen kaufen. Meine kleine Lisa ist gerade eingeschlafen, pass gut auf sie auf. Bis gleich."

Anna strich noch einmal sanft über das zarte Köpfchen, zog ihren Bademantel über und verließ das Zimmer. Das Gehen fiel ihr noch ein wenig schwer, der menschenleere, nach Bohnerwachs riechende Flur mit den weißen Türen links und rechts erschien ihr sehr lang und er erinnerte Anna dunkel an die Zeit vor ihrem Leben in der Villa Rosinsky. Eine weiß gekleidete Krankenschwester kam ihr aus der Ferne entgegen und verschwand in einem der Zimmer.

„Mein Gott", dachte Anna, und ein Schauer lief ihr über den Rücken. „Es ist wie damals, nur waren sie damals schwarz gekleidet, mit ihren seltsamen weißen Hauben auf dem Kopf." Die Geräusche fielen ihr wieder ein, das von den nackten Wänden des großen Schlafsaales widerhallende Klacken des Lichtschalters und die schnarrende Stimme der frommen Schwester:

„Alle unsere Kinderlein,
sollen jetzt am Schlafen sein,
und Kinder, die nicht schlafen ein,
sollen morgen in der Hölle sein!
Gute Nacht, liebe Kinderlein!"

Totenstille lag über dem Saal, bis auf das Klopfen der zwanzig kleinen Herzen und das Knarren der Dielen unter Schwester Gertruds Füßen, wenn sie sich den weiß lackierten Eisenbetten näherte, um nachzusehen, ob die Mädchen auch brav schliefen. Und sie waren brav. Und sie schliefen. Sie hielten den Atem an, schlossen die kleinen Augen und hielten sie geschlossen, bis Schwester Gertrud den Saal wieder verlassen hatte. Niemand wollte in die Hölle kommen. Denn die Hölle, das war der Keller unter dem großen Haus, in den Schwester Gertrud mit unartigen Mädchen hinabstieg, um sie mit einer Weidenrute zu züchtigen. Wenn das große Haus eingeschlafen, kein Geräusch mehr zu hören und der Herzschlag zur Ruhe gekommen war, spitzte Anna die Ohren und wartete auf das Tapsen der kleinen Füße auf dem Weg an ihr kaltes, eisernes Bett. Dann hob sie die kratzige, graue Wolldecke, rutschte ein wenig zur Seite, um ihrer kleinen Begleiterin durch die langen, dunklen Nächte Platz zu machen, nahm sie fest in die Arme, trocknete ihre Tränen mit einem Zipfel des Kopfkissens und entschlummerte sanft.

Anna kehrte mit einer Tageszeitung unter dem Arm und einer Vierhundert-Gramm-Tafel Schokolade zurück in ihr Zimmer. Es war Besuch gekommen für Elke, und Anna musste innerlich schmunzeln. Da war sie nun versammelt, die Familie Moriz: Mutter Elke, Vater Günther und die beiden Söhne Max und Moritz Moriz, allesamt ohne „t" vor dem „z".

„Guten Morgen, Herr Moriz", begrüßte Anna den jungen Vater, „herzlichen Glückwunsch zu ihrem Max!"

Lisa schlummerte derweil in ihrem gläsernen Kasten am Fußende des Bettes ihrer Mutter. Den dunklen Flaum auf dem Kopf, die Form der Augenbrauen schien sie von ihrer Mutter zu haben. Irgendetwas, Anna hätte nicht genau sagen können was, erinnerte Anna auch an den Vater. Anna schlüpfte wieder unter die Decke und schloss die Augen. Die Worte der Morizs drangen an ihr Ohr, ohne sie zu erreichen. In Gedanken weilte Anna wieder in dem großen Schlafsaal des Kinderheims. Der Besuch war angekommen. Es war sehr selten, dass sich Besucher hierher verirrten, aber wenn, dann waren es meist sehr schick gekleidete Damen und Herren, die ihre großen, glänzenden Karossen vor den Toren des Kinderheims parkten.

„Liebe Kinder, es wird heute wieder Besuch kommen", hatte Schwester Gertrud mit ihrer schnarrenden Stimme verkündet.

„Seid brav, und vielleicht habt ihr Glück und werdet in eine neue Familie aufgenommen."

Die Kinder hatten gespannt auf die Ankunft des Besuchs gewartet und die kleinen Nasen an die kalten Fensterscheiben des großen Schlafsaals gepresst. Anna hatte Angst. Einerseits freute sie sich auf eine Familie, denn alle Schwestern hatten den Kindern erzählt, dass es das Beste sei, was einem Heimkind widerfahren könne. Andererseits wusste Anna gar nicht, was eine Familie war, und vielleicht war eine Familie noch viel, viel schlimmer als alles, was sie bisher erlebt hatte.

„Sie kommen!", rief eines der Mädchen, als eine große schwarze Limousine langsam vor dem Portal des Heimes hielt. Die Türen des Autos öffneten sich, und ein elegant beschuhter Fuß wurde sichtbar, bevor sich die Dame in ihrer ganzen Größe zeigte. Sie trug ein elegantes, hellgraues Kostüm, einen winzig kleinen Hut, der schräg auf ihrem Kopf saß, und um die Schultern hatte sie etwas fellartiges gewunden, was aussah wie ein toter Fuchs. Obwohl die Dame sehr schön aussah, schauderte Anna. Auf der anderen Seite der Karosse war ein großer, schlanker Mann in einem Anzug ausgestiegen, dessen Farbe der des Kostüms der Dame glich. Auf dem Kopf trug er einen breitkrempigen grauen Hut. Die Tür zum großen Schlafsaal öffnete sich, und Schwester Gertrud betrat den Raum:

„So, Kinder, jetzt seid einmal hübsch brav, und zeigt, was wir euch beigebracht haben."

Die Kinder waren wie verlangt angetreten. Anna gehörte zu den Kleineren, sie stand fast am Ende der langen Schlange. Die Spannung stieg, als der feine Herr und die feine Dame den Saal betraten.

„Guten Morgen, liebe Kinder!“, sagte die Dame mit einer freundlichen Stimme.

„Guten Morgen, alle zusammen“, wünschte der Herr ebenso freundlich. Schwester Gertrud erklärte den Kindern, dass Herr und Frau Rosinsky aus Essen in Nordrhein-Westfalen – keines der Kinder wusste, wo das war – die lange Reise ins Saarland gemacht hätten, um ein Kind zu adoptieren. Die Mädchen wussten weder, wo genau das Saarland war, noch was es bedeutete, adoptiert zu werden, aber alle sehnten sich danach, die Auserwählten des Tages zu sein.

„Und nun sagt brav guten Tag und nennt den Herrschaften eure Namen!“, befahl Schwester Gertrud.

Langsam, gemessenen Schrittes gingen der feine Herr und die feine Dame an der langen Reihe der Mädchen vorbei, beugten sich zu jeder hinunter, reichten jeder die behandschuhte Hand, worauf die Mädchen höflich einen Knicks machten und ihren Namen nannten. Als das feine Paar sich dem Ende der Schlange näherte, waren Annas Nerven bis zum Zerreißen gespannt. Die kleine Vierjährige wusste nicht, was sie tun sollte, aber irgendwie spürte sie, dass sie mehr tun musste, als nur ihren Namen zu nennen. Als Kurt Georg und Adelgund Rosinsky bei ihr Halt machten und sich zu ihr herunterbeugten, erblickte Anna plötzlich die Krallen der Pelzstola, die vor ihrem Gesicht baumelten und nach ihr zu greifen schienen, und fragte: „Was ist das für ein Tier, das Sie da auf ihren Schultern tragen?“

Schwester Gertrud blickte erzürnt auf Anna herab und wollte etwas sagen, aber der feine Herr winkte ab, zog die ledernen Handschuhe aus, reichte Anna die Hand.

„Ein Silberfuchs ist das. Es gibt viel weniger Silberfüchse hier bei uns als normale Rotfüchse. Diesen hier“, er wies auf die Schultern der feinen Dame, „habe ich selbst erlegt! Wie heißt du denn?“

„Das war aber ein schönes Tier“, antwortete Anna. „Anna, ich heiße Anna, mein Herr.“

„Vielen Dank, Anna und auf Wiedersehen!“

Schwester Gertrud warf vernichtende Blicke auf das Mädchen. Wären die Besucher nicht da gewesen, wäre sie wohl direkt mit Anna in die Hölle des Heims hinabgestiegen, um sie die Weidenrute spüren zu lassen. Nachdem sie alle Mädchen begutachtet hatten, verließen der feine Herr und die feine Dame den großen Schlafsaal und ließen die aufgeregten Mädchen allein. Wie wild plapperten sie alle durcheinander und liefen erneut zum Fenster, um die große Limousine zu bestaunen.

„Arme Anna“, sagten einige, „jetzt musst du in die Hölle, hast du Schwester Gertrud gesehen?“

„Warum hast du das gemacht?“, fragten andere. „Jetzt ist es aus mit dir, dumme Anna.“

Anna schwieg. Der feine Herr hatte seine Handschuhe ausgezogen, als er ihr die Hand gereicht hatte, sie hatte seine weiche Haut gespürt, die gepflegten Fingernägel gesehen. Die feine Dame hatte stolz auf die grauenvollen Krallen ihres Pelzes geblickt und Anna freundlich zugenickt. Es dauerte etwa eine Viertelstunde, bis Schwester Gertrud zurückkehrte und sich drohend vor den Kindern aufbaute.

„Jetzt ist es um mich geschehen, jetzt komme ich in die Hölle“, dachte Anna, und Schwester Gertrud sagte, „Anna, folge mir auf dem Fuße, aber bitte ohne Geplapper. Du hast nur zu antworten, wenn du gefragt wirst.“

Anna folgte ihr nach draußen. Doch zu ihrer Überraschung ging es nicht in die Hölle, sondern in Schwester Gertruds dunkel getäfeltes Büro, in das sie nur einmal, am Tage ihrer Ankunft vor etwa einem Jahr, den Fuß gesetzt hatte. Der schlanke Herr und die Dame mit dem Silberfuchs saßen in schweren ledernen Sesseln und lächelten Anna freundlich an.

„Komm her zu mir“, sagte die Dame, auch sie hatte ihre Lederhandschuhe ausgezogen und nahm Annas kleine Hände in ihre. Sie blickte Anna mit wundervoll freundlichen Augen an, duftete nach etwas, was Anna nie zuvor gerochen hatte, und sagte:

„Liebe Anna, wenn du einverstanden bist, wollen mein Mann und ich dich gerne adoptieren und mit in unser großes Haus nach Essen nehmen. Wir würden gerne deine neue Mutter und dein neuer Vater sein. Bist du auch einverstanden?“

Anna wusste nicht, was adoptieren ist, wusste noch immer nicht, wo Essen liegt, aber das mit dem großen Haus hörte sich gut an, und der feine Herr als Vater, die feine Dame als Mutter, das konnte nur besser sein, als in Schwester Gertruds Heim sein Leben zu fristen. Anna strahlte und nickte dem feinen Paar zu. Sie hatte es geschafft.

Gleichzeitig mit dem Klopfen öffnete sich die Zimmertür, und Kim, die koreanische Kinderkrankenschwester, betrat den Raum, um das Mittagessen zu servieren. Die beiden neugeborenen Erdenbürger schliefen friedlich, und Anna und Elke ließen es sich schmecken.

„Jetzt erzähl doch endlich", forderte Elke Anna auf, „wie seid ihr denn nun auf den Namen Lisa gekommen. Du sagtest vorhin, es sei eine lange Geschichte."

„Ja", sagte Anna, „in der Tat … Ich bin in Essen-Bredeney aufgewachsen. Meinem Vater gehört eine metallverarbeitende Fabrik am Stadtrand Essens, die sich in der dritten Generation im Familienbesitz der Rosinskys befindet. Als mein Vater Anfang der 50er Jahre meine Mutter geheiratet hat, müssen sie wohl die glücklichsten Menschen der Welt gewesen sein, denn es fehlte ihnen an gar nichts. Sie besaßen alles, was man sich für Geld kaufen kann, eine wundervolle Villa mit einem Park, mehrere Autos, und sie beschäftigten eine Haushälterin und einen Gärtner, die beide auf dem Anwesen wohnen durften, denn meine Eltern sind sehr großzügige Menschen." Anna hielt einen kleinen Moment inne und trank einen Schluck.

„Und warum heißt nun Lisa Lisa?", fragte Elke. Anna lehnte sich zurück in das große Kissen, verschränkte die Arme hinter dem Kopf.

„Meine Eltern hatten also eigentlich alles, was der Mensch braucht, um glücklich zu sein."

„Was willst du mir sagen mit ‚eigentlich'?", unterbrach Elke.

„Sie hatten Geld, viel Geld, den ganzen teueren Schnickschnack, aber sie hatten keine Familie. Meine Eltern konnten keine Kinder bekommen, und niemand weiß woran oder an wem es lag, aber die Ehe blieb kinderlos."

„Und wann und wo tauchst du in dieser Geschichte auf?"

„Ich bin als sehr kleines Mädchen – ich war damals etwa drei Jahre alt – in ein Kinderheim gekommen, und ich erinnere mich nicht mehr an sehr viel, ich weiß nur, ich habe, solange ich dort war, Tag und Nacht Angst gehabt."

„Das ist ja schrecklich, wie hast du es denn da herausgeschafft?"

„Eines Tages tauchten meine Eltern dort auf, um ein Kind zu adoptieren. Ich habe Glück gehabt, andere Kinder weniger. Erst Ende der 50er Jahre ist alles aufgeflogen: die Misshandlungen, die katastrophalen Zustände und so weiter. Ich weiß von meiner Mutter nur, dass das Heim geschlossen wurde, wo es lag, hat sie mir niemals verraten. Und so wurde ich eine Rosinsky."

„Und wer war nun Lisa?"

„Lisa", Anna seufzte, „Lisa war die Haushälterin der Rosinskys. Meine Eltern verbrachten ihr halbes Leben in der Fabrik, ich bekam sie nur selten zu Gesicht. Zeit für mich hatten sie eigentlich nur während der gemeinsamen Urlaubsreisen an die See oder in die Berge zum Skilaufen. Und selbst dorthin begleitete uns Lisa, unsere Haushälterin. Lisa war der erste und einzige Mensch, der immer für mich da war. Wenn ich krank war, saß Lisa an meinem Bett, sie brachte mich zur Schule und holte mich wieder ab, sie legte mich schlafen und weckte mich morgens auf. Lisa war mehr als eine Haushälterin, sie war meine Freundin und sogar noch mehr, sie war meine Mama. Ich bin meinen Eltern nicht böse, dass sie keine Zeit für mich hatten, sie waren es schließlich, die mich aus der Hölle befreit haben, aber meine Mama, der Mensch, der immer zur Stelle war, wenn ich jemanden brauchte, das war Lisa. Deshalb heißt Lisa Lisa."

Nur wenig später klopfte es an der Tür.

„Darf ich vorstellen", sagte Anna zu Elke, „mein Mann, Thomas Hindemith."

„Guten Tag", sagte Thomas, schüttelte Elke Moriz die Hand und drückte Anna einen flüchtigen Kuss auf die Wange.

„Was macht denn unsere Lisa?", fragte er. „Immer wenn ich komme, habe ich den Eindruck, schläft Madame." Im gleichen Moment öffnete die kleine Lisa ihre Augen, blinzelte in das von der Decke scheinende Licht und gab ein paar undefinierbare Säuglingslaute von sich.

„Na los", sagte Anna, „magst du sie mal auf den Arm nehmen, du bist schließlich der Vater."

Thomas wagte es. Er schob die aufgeplusterte Decke zum Fußende des gläsernen Bettchens und vorsichtig hob er Lisa hoch, so wie er es bei Anna beobachtet hatte. Thomas spürte die Wärme, er spürte den weichen Flaum auf dem kleinen Köpfchen und sog den von seiner kleinen Lisa ausgehenden zarten Babygeruch auf. Mit einem Mal trat der große Rest der Welt in den Hintergrund. Und nur noch er und sie, Thomas Hindemith und seine drei Tage alte kleine Tochter Lisa Hindemith, schienen zu existieren; die Stimmen seiner Frau und die ihrer Zimmergenossin drangen nur noch wie durch Watte an seine Ohren. Wohlige Wärme erfüllte ihn, und er spürte, wie seine Augen feucht wurden. Ganz leise, in Gedanken mehr zu sich selbst als zu ihr sprach er: „Meine liebe Lisa, du bist das erste Geschöpf auf dieser Welt, für das ich ähnliches empfinde wie damals für ..."

Thomas erschrak und schaute sich ängstlich um, aber niemand hatte ihn gehört.

„Was auch immer geschieht – so wie ich damals für sie da war, werde ich immer für dich da sein. Ich werde dich beschützen!" Er drückte seine kleine Tochter fest an sich.

„Ich werde dich verteidigen, gegen alles Böse in der Welt!

Gegen jeden, der es wagt..." Thomas drückte das kleine wehrlose Geschöpf immer fester an sich, er wollte sie schützen, vor allem Übel bewahren, doch ein schriller Schrei seiner Frau Anna riss ihn aus seinen Gedanken, sie stürzte zu ihm und entwand ihm das schreiende Bündel.

„Thomas, um Gottes Willen, lass sie los, sie erstickt ja!", schrie sie. „Was ist bloß los mit dir, bist du wahnsinnig?"

Weiß wie eine Wand, mit hängenden Armen und geröteten Augen stand Thomas vor seiner Frau, die die kleine Lisa in ihren Armen geborgen hielt.

„Ich ... weiß auch nicht", stammelte er, „ich weiß nicht, was passiert ist, ich wollte sie nur ..."

„Thomas ..." Sie hatte den Säugling in das Bettchen gelegt, ihren Mann an den Schultern gefasst.

„Was ist passiert?"

„Ich wollte sie doch nur beschützen", antwortete er. Anna nahm seine Hände in ihre.

„Du musst sehr vorsichtig sein, sie ist noch so winzig, so zerbrechlich."

Thomas nickte still. Eine einzelne Träne rann über seine Wange, tropfte auf seinen roten Pullover, war für einen kurzen Moment eine winzige blutig rot schimmernde Glaskugel. Sekunden später war sie verschwunden, aufgesogen vom gestrickten Dickicht des Pullovers.

Er ahnte nicht, dass der Tag tatsächlich kommen würde, an dem er sie beschützen würde, mit allen ihm zur Verfügung stehenden Kräften.

– 12 –

Durch die geschlossene Tür des Clubs drang flüsternd Jazzmusik. Bereits kurz nach Lisas Geburt hatte sie Thomas gebeten, das Musikzimmer zu isolieren. Am gleichen Tag noch hatte er sich nach geeigneten Maßnahmen erkundigt, um seinen Club vom Rest der Wohnung akustisch zu entkoppeln, wie er es nannte. Anna freilich hatte eher das Gefühl, er wolle sich vom Rest der Welt abkoppeln. Mehr und mehr schien es ihr, dass ihr Mann sich tatsächlich für einen Jazzclubbesitzer und Konzertveranstalter hielt, der dafür Sorge trug, die Anlieger nicht durch zu laute Musik zu stören. In den folgenden Wochen war die Wohnung in der Parkallee zu einer Baustelle geworden; Thomas hatte in seinem Club einen auf Gummisockeln gelagerten zweiten Raum aus Gipskartonplatten errichtet, und vor die Eingangstür hatte er eine zweite, mit Teppich beklebte Feuerschutztür gebaut.

„Gipskarton hat ein hohes spezifisches Gewicht“, sagte er, „das dämmt die tiefen Frequenzen von Bass und Bassdrum, und der Teppichboden filtert die hohen Töne weg.“

„Wunderbar, Thomas. Diese Maßnahmen werden das Renommee deines Clubs und vor allem die Akzeptanz in der Nachbarschaft sicher beträchtlich steigern.“ Der Clubbesitzer hatte stolz gelächelt, die Ironie, die in ihren Worten mitschwang, war ihm offensichtlich entgangen. Je mehr sie darüber nachdachte, kam Anna zu dem Schluss, dass sie und ihr Mann eigentlich kaum noch etwas miteinander zu tun hatten, und das seit geraumer Zeit. Thomas war entweder in seinem Büro beim Stadtplanungsamt oder in seinem Jazzclub. Es gab Tage, da bekam sie ihren Mann überhaupt nicht zu Gesicht. Und seit Lisas drittem Geburtstag schlief Thomas immer häufiger auf dem Sofa, das, von hunderten von Schallplatten umrahmt, an der Wand gegenüber der Stereoanlage stand. Zur Neueröffnung, nach Vollendung der Schallschutzmaßnahmen, hatte er Anna zu einem Konzert der Band Weather Report eingeladen.

„Heavy Weather heißt die Platte aus dem Jahre 1977 von der Band von Joe Zawinul und Wayne Shorter. Du kennst doch sicher ihren Hit ‚Birdland‘?“ Anna nickte. An ihrer Schule hatte ein engagierter Musiklehrer eine Schüler-Bigband aufgebaut, und die hatten das Stück im Programm.

„Zur Neueröffnung meines Clubs möchte ich Jaco Pastorius auf der Bühne haben.“

„Jaco, was bitte?“, unterbrach Anna ihn.

„Pastorius, er spielte Bass bei Weather Report und war einer der großartigsten Bassisten aller Zeiten, mit seinem bundlosen Elektrobass hatte er einen unverkennbaren Sound. Jaco starb vor zwei Jahren nach einer Schlägerei mit einem Kollegen.“

„Er hat sich mit einem seiner Musiker geschlagen?“

„Nein, mit einem Clubmanager, er stand wohl unter Drogen. Aber bitte tritt ein, nimm Platz, ich habe Champagner kalt gestellt.“

„Jetzt dreht er völlig durch“, hatte Anna gedacht, aber sie war seiner Einladung gefolgt, hatte in einem der beiden aus den sechziger Jahren stammenden Cocktailsesseln Platz genommen und ließ das Konzert über sich ergehen. Sie wusste nicht, wie es passiert war; ihr Mann war ihr im Laufe der Jahre immer fremder geworden, aber sie hatte ihn sich und damit ihr Leben genau so ausgesucht. Immer hatte sie sich nach einer Familie – Vater, Mutter, Kind – gesehnt. Thomas war Teil dieser Familie, und meistens war er ein liebevoller sanfter Vater. Anna war bereit ein paar Abstriche zu machen … „In guten wie in schlechten Zeiten“, hatten sie bei ihrer Hochzeit gelobt.

Die Nadel des Plattenspielers entlockte dem Vinyl die Musik von Weather Report. Die Musik war nicht nach Annas Geschmack, zu kompliziert und sowieso viel zu laut. Sie beobachtete ihren Mann aus den Augenwinkeln. Im Gegensatz zu ihr schien er das Konzert ausgesprochen zu genießen. Bereits nach ein paar Takten schloss er die Augen, seinen Kopf langsam hin und her wiegend.

„Unglaublich“, dachte Anna, „wie er sich in diese Musik hineinsteigern kann.“ Sie beobachtete, wie Thomas’ Füße rhythmisch den Takt mitstampften, wie seine Hände sich passend zum Crescendo der Musik mehr und mehr in dem grauen Stoff des Sessels verkrallten. Er begann von Minute zu Minute schwerer zu atmen und schien mit der imaginären Band eins zu werden. Alles um sich herum vergessend, befand er sich in diesem Moment in einer anderen

Welt als Anna. Leise erhob sie sich, und ohne dass Thomas Notiz davon nahm, verließ sie den Raum. Sacht zog sie die zwei Türen hinter sich zu und war in das wirkliche Leben zurückgekehrt.

Die Musik aus dem Zimmer ihres Mannes war nur noch zu erahnen, die Schallisolierung wirkte perfekt. Anna hatte die gläserne Schiebetür, die in den Garten führte, geöffnet, und das Zwitschern von ein paar Singvögeln drang lauter an ihr Ohr als der Jazzrock von Weather Report.

Mit einem Bleistift und einem Kreuzworträtsel bewaffnet saß Anna still an eine der Wohnzimmerwände gelehnt auf dem naturfarbenen Flokati und beobachtete ihre dreijährige Tochter, die unermüdlich versuchte, Bauklötze aufeinanderzutürmen. Blauer Klotz auf roten Klotz. Lisas dunkle Augen und ihr weiches dunkles Haar erinnerten sie an sich selbst, und Anna war glücklich, sich in diesem still und konzentriert spielenden Kind wiederzuentdecken. Ein weiterer blauer Klotz auf einen roten und einen blauen Klotz ... Plötzlich begann sich, verschwommen zunächst, ein anderes Bild vor ihrem inneren Auge abzuzeichnen. Sie schloss die Augen, um sich zu konzentrieren.

Winzige nackte Füßchen, spindeldürre Kinderbeinchen, die unter einem schmutzigweißen Nachthemd verschwanden, und weiche, dunkle Löckchen, die ein blasses Kindergesicht umrahmten. Die kleinen Füßchen bewegten sich auf sie zu, tapsten langsam näher, bis sie vor ihrem eisernen Bett stehen blieben. Anna ließ den kleinen Gast unter ihre Decke schlüpfen und spürte, wie sich das kleine Geschöpf dankbar an sie schmiegte. Wer war dieses kleine Mädchen? Anna wusste, dass sie im Alter von vier Jahren von ihren Eltern, den Rosinskys, adoptiert worden war. Die Erinnerung an das grauenvolle Heim, den dunklen, kalten Schlafsaal, die schwarzen Nonnen, Schwester Gertrud, all die hässlichen Bilder, die sie aus ihrem Gedächtnis hatte löschen wollen, waren wieder da. Aber auch das kleine Mädchen, das sie getröstet und gewärmt hatte, war wieder da. Wer war sie? Was war aus ihr geworden? Hatte sie wie Anna der Hölle entkommen können?

Ein vierter roter Klotz auf drei andere, rot, blau, rot, blau. Anna öffnete die Augen, erblickte ihre kleine, angestrengt mit Holzklötzen arbeitende Tochter und glaubte das Kind von damals vor sich zu sehen. Lisa strahlte ihre Mutter an, sie hatte es geschafft, vier der kleinen Bauklötze standen übereinandergestapelt vor ihr. In diesem Augenblick beschloss Anna, nach ihrer kleinen Freundin zu suchen, sie wusste nicht wie, aber sie würde alles versuchen, sie zu finden.

Plötzlich öffnete sich die Doppeltür des schallisolierten Zimmers mit einem lauten Knall, und ihr völlig verstörter Ehemann stürzte heraus in das Wohnzimmer, totenbleich, die Hände vor das Gesicht geschlagen. Ächzend sank Thomas zu Boden und begann laut schluchzend zu weinen. Lisa hatte sich in die schützenden Arme ihrer Mutter geflüchtet und starrte ängstlich auf ihren Vater. Anna brachte ihre kleine Tochter in Sicherheit und setzte sie hinter sich auf den Boden, um sich langsam auf Knien ihrem verzweifelten Mann zu nähern. Sanft legte sie ihren Arm um ihn, versuchte ihn zu beruhigen und wischte ihm vorsichtig die Tränen aus dem Gesicht. Wie ein bedrohtes Tier wandte er sich ab und hob schützend die Arme über den Kopf. Anna fasste seine Hände.

„Thomas, was ist geschehen? Warum weinst du?" Unter Tränen stammelnd antwortete er: „Er hat es wieder getan, er hat wieder zugeschlagen."

„Wer Thomas, wer hat was getan?"

Thomas sah seiner Frau in die Augen und flüsterte leise: „Luke, er hat ihn erschlagen!"

„Wer ist Luke, und wen hat er erschlagen?", fragte Anna leise. „Was war los in deinem Club?"

Thomas antwortete mit gebrochener Stimme: „Luke Havan, der Besitzer des Midnight Clubs, hat ihn wieder erschlagen. Jaco Pastorius, er ist tot. Wir können unserem Schicksal nicht entkommen. Verstehst du? Was geschehen ist, wird wieder geschehen." Thomas stöhnte laut auf und Anna strich ihm mit der Hand über das Haar.

„Armer Thomas, aber du brauchst nicht traurig zu sein. Jaco Pastorius, so heißt er doch?" Thomas nickte schluchzend und sie fuhr fort. „Er lebt auf deiner Schallplatte. Dreh sie einfach um und lass ihn weiter für dich spielen. Er wird immer für dich da sein – wenn du es nur willst."

Thomas sah ihr in die Augen und flüsterte, „Entschuldige bitte, ich bin ja völlig verrückt. Sei mir nicht böse, aber diese Musik, sie zieht mich manchmal fort, weit weg und dann …" Thomas hielt inne, als er fortfuhr, liefen ihm wieder ein paar Tränen aus den Augen. „Dann bin ich nicht mehr ich selbst. Ich gehöre zu ihnen, bin einer von ihnen. Nur heute war es anders. Es ist so, als hätte mein Club eine gute und eine böse, finstere Seite. Heute war ich auf der dunklen Seite. Es soll nicht wieder vorkommen, ich verspreche es dir."

Anna nickte langsam, bedächtig. Auch in ihrem Leben, das ahnte sie, hatte es eine dunkle Seite gegeben, vor langer Zeit.

Zwei Tage später saß Anna hinter dem Steuer ihres Golfs, auf dem Weg nach Essen-Bredeney. Sie hatte ihren Besuch telefonisch angekündigt, und ihre Mutter würde sie erwarten. Ihr Vater würde nicht zu Hause sein, er war auf einer Geschäftsreise in Belgien; inzwischen sechsundsechzig Jahre alt, ließ er es sich nicht nehmen, weiter in seiner geliebten Fabrik, seinem Lebenswerk, seine Pflicht zu erfüllen.

„Bringst du Lisa mit?", hatte ihre Mutter gefragt, aber Anna wollte sich nicht von der Anwesenheit des Kindes ablenken lassen, sie hatte einen Babysitter engagiert. Anna wollte Fragen stellen, unbequeme Fragen, und sie wollte Antworten. Diesmal würde sie darauf bestehen und sich nicht mit fadenscheinigen Ausflüchten ihrer Mutter abfinden lassen, wie so häufig in den Jahren zuvor. Anna steuerte den Golf in die großzügig gestaltete Einfahrt zum Grundstück ihres Elternhauses. Die Räder ihres Wagens knirschten leise in dem weißen Kies, als er neben dem eleganten Cabrio ihrer Mutter, einem Mercedes 280 SL aus dem Jahre 1985, ausrollte. Annas Mutter musste die Einfahrt beobachtet haben, denn als Anna die Tür ihres Golf zufallen ließ, öffnete sich bereits die schwere hölzerne Tür über der Freitreppe, die zur Villa Rosinsky hinaufführte.

„Wie schön, dich endlich einmal wieder hier zu haben, es ist lange her", begrüßte Vera Rosinsky sie, „nur schade, dass du meine kleine Lisa nicht mitgebracht hast."

„Nicht deine, meine Lisa", dachte Anna und registrierte, dass sie leicht gereizt war. Sie eilte die breite Treppe hinauf, nahm ihre Mutter in den Arm und gab ihr einen Begrüßungskuss auf die Wange.

„Hallo! Guten Tag", sagte Anna, „gut siehst du aus, schicke Frisur." Sie dachte: „Natürlich sieht sie gut aus, sie sieht immer gut aus, wie aus dem Ei gepellt." Laut fuhr sie fort, „Nicht ein graues Haar, Mutter, Chapeau, Chapeau."

„Ach, lass nur", antwortete Mutter Rosinsky, „dafür sorgt mein Frisör. Er war heute Morgen schon da. Aber komm herein, du möchtest doch sicher eine Tasse Kaffee."

„Danke, ich nehme gerne eine Tasse".

Die elegante Dame führte ihre Tochter in das ausgesprochen geschmackvoll, aber auch entsprechend teuer eingerichtete Wohnzimmer. Designer wie Le Corbusier, Wilhelm Wagenfeld und Mies van der Rohe schienen sich hier die Hand gegeben zu haben. Mutter und Tochter saßen sich in schwarzen, von verchromten Stahlrohren in Form gehaltenen Ledersesseln gegenüber.

„Erzähl, Anna, am Telefon hatte ich den Eindruck, es ist etwas Wichtiges."

„Dein Eindruck täuscht dich nicht, Mutter", sagte die Tochter mit fester Stimme, in der Entschlossenheit mitschwang. Adelgund Rosinsky spürte instinktiv, dass etwas in der Luft lag, sie richtete sich auf, sie war auf der Hut.

„Du hast recht, es ist wichtig. Und ich möchte, dass du offen und ehrlich zu mir bist."

„Ich ahne, worauf du hinaus willst", sagte die Mutter, „die Adoption …" Anna nickte.

„Die Adoption. Und diesmal lasse ich mich nicht mit Ausreden abspeisen, wie schon ein paar Mal in der Vergangenheit. Warum war ich in diesem Kinderheim, und wer waren meine Eltern, meine leiblichen Eltern?"

„Aber mein Kindchen …"

Anna unterbrach ihre Mutter. „Sag nicht Kindchen zu mir. Ich bin eine erwachsene berufstätige Frau und Mutter einer dreijährigen Tochter. Ich habe eine Frage gestellt und erwarte eine Antwort. Wer waren meine Eltern?“ Frau Rosinsky war eine wenig blasser geworden, holte tief Luft und sagte: „Liebe Anna, wir wissen es nicht.“

„Liebe Mutter, das glaube ich dir nicht. Ihr wolltet ein Kind, Vater und du, damals vor genau sechsunddreißig Jahren. Woher hattet ihr die Adresse des Kinderheims?“

„Sieh mal, Kindchen ...“

„Vergiss das Kindchen“, zischte Anna, „nimm mich bitte ernst!“

„Schon gut, schon gut, ein Geschäftspartner deines Vaters hat uns das Kinderheim empfohlen. Er hat uns erzählt, dass dort elternlose Kinder leben, die sich freuen würden, in ein ordentliches Elternhaus aufgenommen zu werden, und ich dachte immer, dass auch du dich gefreut hättest, aber ...“

„Komm mir nicht mit dieser Dankbarkeitsmasche“, unterbrach Anna sie heftig, „das eine hat mit dem anderen nichts zu tun. Natürlich bin ich Vater und dir dankbar, dass ihr mich aus diesem Loch herausgeholt habt. Aber jetzt sag mir endlich die Wahrheit, wie hieß mein Vater, wie hieß meine Mutter, leben sie noch?“

„Anna, sei mir bitte nicht böse, aber ich kenne ihren Namen nicht. Die Heimleitung hat großen Wert auf Diskretion und Anonymität gelegt. Wir mussten damals eine Einverständniserklärung unterschreiben. Das einzige, was ich weiß, ist, dass eure Eltern gestorben sind.“

Wie vom Blitz getroffen zuckte Anna zusammen. Sie war von ihrem ledernen Sitz aufgesprungen und hatte sich drohend vor ihrer Mutter aufgebaut.

„Eure, hast du etwa ‚eure‘ gesagt?“, schrie sie ihre Mutter an. „Was bedeutet das? Habe ich etwa noch einen Bruder oder eine Schwester? Und du und Vater, ihr wisst das? Und habt es mir verschwiegen?“ Die Mutter war leichenblass, ihre Augen füllten sich mit Tränen.

„Fang bloß nicht an zu heulen“, tobte Anna, „nach der Dankbarkeits- jetzt also die Mitleidsmasche. Raus mit der Sprache, rede, habe ich noch Geschwister?“

Annas Mutter war völlig in sich zusammengesunken, und fast hätte Anna tatsächlich so etwas wie Mitleid für sie empfunden. Aber sie bestand auf einer Antwort.

Frau Rosinsky blickte ihre Tochter traurig an, Tränen liefen ihr über das Gesicht und verschmierten das sorgsam aufgelegte Makeup, sie hatte die Hände über den Mund gelegt, als wollte sie ihn verschließen.

„Rede endlich“, schrie Anna unbeherrscht. Sie hatte sich auf ihre Mutter gestürzt, sie an ihrem eleganten Chanel-Pullover zu sich herangezogen und fauchte ihr ins Gesicht.

„Vater und du, ihr habt es nicht geschafft eigene Kinder in die Welt zu setzen. Seine Spermien taugten nichts, oder Madame produzierte keine oder nur untaugliche Eier für die Nachzucht kleiner Rosinskys. Vielleicht wolltest du ja auch ganz einfach keine Schwangerschaftsstreifen. Ist mir auch völlig Wurst. Es stellt sich lediglich die Frage: Was macht ein Rosinsky, wenn er keine Kinder zeugen kann?“

Ihre Mutter blickte sie mit schreckensstarr aufgerissenen Augen an; Anna stieß sie zurück auf ihren Designersessel.

„Ein Rosinsky kauft sich welche. Und da ist es einem Rosinsky scheißegal, ob Geschwister auseinandergerissen werden. Mit eurem Geld kauft ihr ein Kind, so wie ihr euch eine Luxuslimousine oder ein Flasche Champagner oder eine Packung Zigaretten kauft, ihr kauft euch einen namenlosen kleinen Wurm und macht ihn zu einem von euch, tauft ihn auf den Namen Rosinsky und die Welt ist in Ordnung.“

Mit letzter Kraftanstrengung schrillte sie ihrer Mutter ins Ohr, „Habe ich eine Schwester? Da war ein Kind in diesem Horrorhaus, ein wenig jünger als ich, das sich jede Nacht zu mir in mein Bett gerettet hat. Das kleine Mädchen unter meiner Decke, war das meine Schwester? Mutter, ich flehe dich an, wenn um alles in der Welt du eine Ahnung hast, wer dieses arme kleine Geschöpf war, sag es mir, sag es jetzt, ein für alle Mal!“

Die Mutter, die keine war, antwortete leise, „Ja, Anna, vergib mir“. Sie war in sich zusammengefallen.

„Wir dachten, es sei zu deinem Besten, dein Vater und ich. Dieses Mädchen war deine Schwester, sie war zwei Jahre jünger als du, mein liebes Kind.“

„Scheiß was auf dein liebes Kind", brach es aus Anna hervor. „Ich bin nicht dein liebes Kind, genauso wenig wie du meine liebe Mutter bist. Und von wegen ihr wolltet nur mein Bestes, ihr wolltet ein Kind ohne Vergangenheit, ihr wolltet eine geborene Rosinsky."

„Wir kennen euren Geburtsnamen nicht", schluchzte die Mutter, „und wir mussten unterschreiben, niemals Nachforschungen anzustellen." Resigniert fuhr sie fort: „Wir hätten alles unterschrieben, wir waren so froh, dich zu haben."

„Wo ist meine Schwester jetzt?"

Die ehemals feine und elegante Dame, stolze Gattin des angesehenen Industriellen Rosinsky, war nur noch ein Häuflein Elend. Sie flüsterte, „Sie ist von jemand anderem adoptiert worden."

„Von wem?"

„Wir wollten euch beide haben", antwortete sie, „aber sie war schon einer anderen Familie versprochen worden."

„Unterm Strich hat das wohl mehr eingebracht für Schwester Gertrud und ihrem frommen Verein. An zwei Einzelkindern kann man bestimmt mehr verdienen als an einem Geschwisterpärchen. So ist es doch, oder? Ihr habt diesen Verbrechern nicht genug geboten, zwei waren zu teuer! Was habe ich gekostet? Wie viel ist so ein armes Heimkind wert, eintausend, zweitausend oder zehntausend D-Mark?"

„Wir haben immer geglaubt", wimmerte Adelgund Rosinsky, „wir hätten etwas Gutes getan, hätten einem armen Heimkind einen Vater und einen Mutter gegeben."

„Verflixt noch mal: Ein Fabrikbesitzer und seine Mustergattin haben sich eine Vorzeigetochter gekauft. Aber tröste dich ...", murmelte Anna. Wie zu sich selbst fuhr sie fort: „Ihr habt mir in der Tat eine Mutter geschenkt." Als Adelgund Rosinsky fragend zu Anna aufblickte, fuhr diese leise fort, „In all den Jahren, die ich hier in Eurer Luxusvilla verbracht habe, hatte ich eine wirkliche Freundin, die mir mehr als alles andere bedeutete, das war Lisa."

„Unser Kindermädchen?" Anna nickte.

„Sie war meine Mama." Eine Zeit lang schwiegen sich die beiden Frauen an. Dann fragte Anna, „Sag mir nur noch eins: Wo finde ich diese andere Familie?"

Nach einer Weile antwortete die Mutter, „Sie lebten im Sauerland, in Schalksmühle, einem kleinen Dorf in der Nähe von Lüdenscheid."

Anna ließ sich ermattet in ihren Sessel sinken. Adelgund Rosinsky schaute sie angsterfüllt an, wartete auf irgendetwas, auf ein Zeichen ihrer Adoptivtochter. Es schien eine Ewigkeit zu dauern, bis Anna sich noch immer schweigend erhob und zum Gehen wandte. Sie sah ihrer Mutter in die verweinten Augen und sagte, „Du hast sie nicht einmal besucht."

„Wen?"

„Lisa, als der Krebs sie langsam von innen aufgefressen hat, im Krankenhaus, keinen Kilometer von hier entfernt. Du weißt es sicher nicht einmal, sie ist vor einem Jahr gestorben." Als sie, die Klinke in der Hand, gerade das Wohnzimmer verlassen wollte, winselte ihre Mutter, „Aber, Kind, du hast deinen Kaffee noch gar nicht getrunken."

Anna drehte sich noch einmal um.

„Er ist kalt geworden." Dann verließ sie die Frau, die niemals in ihrem Leben eine Mutter war.

– 13 –

Sie wusste nicht, ob sie lachen oder weinen sollte. Sie hatte eine Schwester, eine leibliche Schwester, und nichts auf der Welt hatte sie sich sehnlicher gewünscht. Und diese Schwester hatte ein Gesicht. Anna hatte ihr Bild so deutlich vor Augen, als stünde sie leibhaftig vor ihr. Kleine, dünne Beinchen ragten aus einem verwaschenen weißen Kleid. Oder war es ein Nachthemd? Dunkle, weiche Löckchen umrahmten das blasse Gesicht mit den dunklen Augen, und Anna glaubte sich an das Lachen des kleinen Mädchens erinnern zu können, als sie gemeinsam in dem großen Garten hinter dem schrecklichen Haus spielten, im taufrischen Gras unter der riesigen Eiche lagen und sich aus Gänseblümchen einen Kranz für ihr Haar flochten. Sie erinnerte sich an die einsame Träne, die ihrer kleinen Freundin aus dem Auge kullerte, als Schwester Gertrud ihnen den Blumenschmuck vom Kopf gerissen, auf den Boden geworfen und zertreten hatte.

„Kleinen Gören, die sich wie Christbäume herausputzen, wird von schwarzen Männern Böses getan!“, hatte die fromme Frau gegiftet. Die beiden Mädchen hatten weiterhin Haarkränze geflochten, aber sie hatten sich draußen in dem großen Garten versteckt, wo Schwester Gertrud sie nicht finden konnte.

Anna hatte eine Schwester, aber diese Schwester hatte keinen Namen. Das Einzige, was Anna wusste, war der Name der kleinen Ortschaft im Sauerland, Schalksmühle, wo die Adoptiveltern ihrer Schwester vor mehr als dreißig Jahren gewohnt hatten. Anna kannte Schalksmühle. Der kleine Ort hatte etwa 10000 Einwohner und lag gute zehn Kilometer von Lüdenscheid entfernt, der Heimatstadt ihres Mannes Thomas. Vor vielen Jahren, lange bevor sie geheiratet hatten, waren sie als junges Liebespaar ein paar Mal in Annas altem Käfer zum Schwimmen nach Schalksmühle an die Glörtalsperre gefahren.

„Nirgendwo auf der Welt kannst du so gut nackt baden wie an der Glör“, hatte Thomas schmunzelnd versprochen. Anna erinnerte sich, wie sie Stunden mit einem Picknickkorb voller Mettbrötchen, Marmorkuchen, Bier und Limonade auf Strandhandtüchern auf dem der Staumauer gegenüberliegenden Felsen verbracht und die Dämmerung herbeigewünscht hatten, um sich ungestört lieben zu können. Wehmütig dachte Anna an die längst vergangenen Zeiten zurück. Ihr letzter gemeinsamer Besuch im Sauerland war wohl zehn Jahre her. Auch Thomas hatte sich nur noch äußerst selten die Zeit genommen, in seine Heimatstadt zu fahren. Sie würde ihn bitten, Nachforschungen anzustellen; schließlich hatte er immer behauptet, seine alte Heimat wie seine Westentasche zu kennen.

„Thomas, mein lieber Dr. Jazz", sagte sie, „du musst etwas für mich tun." Immer wenn sie, was selten genug vorkam, etwas Wichtiges von ihrem Mann wollte, nannte sie ihn Dr. Jazz, und Thomas fühlte sich so geschmeichelt, dass sie ihn anschließend um ihren kleinen Finger wickeln konnte.

„Was darf es sein? Kann ich ein Konzert für dich anberaumen? Wen darf ich laden? Vielleicht Benny Goodman? Er ist gerade mit seiner Band auf Europatournee", lächelte er.

„Nein danke, Thomas, Scherz beiseite. Ich habe ein Problem."

„Na dann, vielleicht ein andermal. Wo drückt denn der Schuh, Madame Rosinsky?", fragte er charmant, den Namen seiner Frau mit leicht französischem Akzent aussprechend.

„Manchmal blitzt der alte Charme ja doch noch durch den Vorhang der Clubbühne", dachte Anna und sagte, „Ich habe eine Schwester." Thomas stutzte.

„Wie bitte?"

„Ich habe eine Schwester", wiederholte sie.

„Eine Schwester? Ich verstehe nicht ganz", fragte Thomas, „was heißt das, du hast eine Schwester?"

„Du weißt ja, dass ich keine geborene Rosinsky bin, ich bin adoptiert, aus einem Kinderheim. Und ich habe dir auch von dem kleinen Mädchen erzählt, das nachts regelmäßig zu mir unter die Decke gekrochen ist, du erinnerst Dich?" Thomas nickte.

„Ich war heute in Essen, bei meiner Mutter. Sie hat sich verplappert, es ist ihr einfach so herausgerutscht. Das kleine Mädchen war nicht irgendwer, sie ist vermutlich meine Schwester."

„Aber, dann ...", Thomas schien einen Moment nachzudenken, „dann haben die euch ja getrennt, so eine Sauerei. Es tut mir sehr leid, Anna." Er ging auf sie zu, aber Anna wehrte ab.

„Schon gut, schon gut", beteuerte sie, „geahnt habe ich so etwas schon lange. Lisa sieht ihr, denke ich, sehr ähnlich."

„Puh", Thomas atmete schwer aus, „das ist starker Tobak." Nach einer Weile fragte er nach, „Und womit kann Dr. Jazz nun helfen?"

„Ich weiß nicht, wie sie heißt, und ich weiß nicht, wo wir herkommen und wo dieses Kinderheim steht. Unseren Geburtsnamen kenne ich auch nicht. Das einzige, was ich weiß, ist, dass meine Schwester von einer Familie aus Schalksmühle adoptiert worden ist. Und da habe ich nun an dich gedacht."

„Ich ahne, worauf du hinaus willst", nickte Thomas. „Ich soll für dich Schalksmühle unsicher machen und Detektiv spielen." Jetzt nickte Anna dankbar.

„Genau. Du würdest mir jedenfalls einen Riesengefallen tun, wenn du dich mal ein wenig umhörst."

„Einverstanden, gleich morgen. Meine Kollegen fahren morgen nach Oelde, Betriebsausflug."

„Nach Oelde?"

„Ja, wir machen eine Brauereibesichtigung, Potts Bier. Da habe ich sowieso keine Lust drauf. Ich fahre gleich morgen früh, mal sehen, ob ich etwas in Erfahrung bringen kann. Mir ist allerdings noch nicht so ganz klar, wie ich es anpacken soll, aber mal sehen." Anna sah ihn dankbar an.

„Leihst du mir deinen rollenden Konzertsaal?", fragte er lächelnd.

„Selbstredend." Thomas lieh sich für längere Autofahrten gerne ihren Golf wegen des CD-Wechslers im Kofferraum. So wurde aus jeder Fahrt eine Konzertreise.

„Danke. Wann ist deine Schwester adoptiert worden?"

„Nach mir, aber vermutlich nur kurze Zeit später."

„Also 1953?" Anna nickte.

„1953 oder 54. Ich danke dir. Jetzt bist du nicht nur mein Dr. Jazz, jetzt bist du auch noch mein Sherlock Holmes."

„Nichts zu danken, ich werde mein Bestes geben. Morgen Abend wissen wir vielleicht schon mehr."

„Wunderbar, Thomas." Sie gab sich redlich Mühe, ihren Mann anzustrahlen.

„Hättest du jetzt vielleicht Lust auf Benny Goodman?", fragte Thomas.

„Nein danke, Thomas, heute nicht. Nach dem Besuch in Essen habe ich wirklich andere Sachen im Kopf."

„Bist du sicher? Wir hören den King of Swing, eine der ersten Aufnahmen in Stereo. Du wirst etwas Großartiges verpassen, befürchte ich."

„Ich muss auch noch zu diesem Eltern-Kind-Nachmittag in den Kindergarten. Wir sehen uns heute Abend."

„Na dann, bis später", sagte Thomas ein wenig enttäuscht und drehte sich um, um seinen Club aufzusuchen. Er schloss die zwei Türen hinter sich, und nur wenig später vernahm Anna leise, sehr leise den gedämpften Bigbandswing Benny Goodmans, Live aus Moskau, aus dem Frühsommer 1962.

Als Anna am Nachmittag des folgenden Tages aus der Schule nach Hause kam, hörte sie schon, als sie aus ihrem Auto stieg, schrilles Gitarrengejaule auf die Straße dringen. Gespannt auf das, was Thomas erfahren hatte, öffnete sie die schwere Haustür, schleuderte ihre Schultasche in eine Ecke des Flurs und eilte schnurstracks in das an den Club angrenzende Wohnzimmer. Eine einzelne rote Rose stand in einer schlanken Kristallvase auf dem Tisch, daneben lag ein Blatt Papier mit einer Nachricht für sie.

„Liebe Anna,
leider habe ich keine besonders guten Nachrichten aus Schalksmühle mitgebracht. Weder beim Einwohnermeldeamt in Schalksmühle noch in Lüdenscheid habe ich etwas in Erfahrung bringen können. Die Damen des Amtes haben keine Unterlagen über irgendwelche Adoptionen aus den Jahren 1953 bis 1955 gefunden. Offensichtlich wurde in diesen Jahren kein Kind von den Eltern einer Schalksmühler Familie adoptiert. Es tut mir leid.
Dein Thomas
P.S.: Falls Du Lust auf die „Birds of Fire" von John McLaughlins Mahavishnu Orchestra hast, bist Du herzlich eingeladen!"

Anna ballte die Fäuste und fluchte; sie war sauer auf Thomas, diesen bornierten Jazzidioten, der offensichtlich nichts anderes in seinem beschränkten Kopf hatte als seine unzähligen Platten zumeist verstorbener Musiker. Ihr Mann lebte in der Vergangenheit, aber auch Anna hatte eine. Sie wusste nicht warum, und vermutlich war es ungerecht, aber sie nahm es Thomas persönlich übel, dass er keine besseren Nachrichten aus Schalksmühle mitgebracht hatte. Tränen der Wut traten in ihre Augen, als sie die Rose aus der Kristallvase nahm, sie auf den Boden warf und zertrat. Wild entschlossen marschierte sie auf das Allerheiligste ihres verrückten Mannes zu. Die Musik wurde lauter, als sie die erste Tür öffnete. Sie riss auch die zweite der beiden Schallschutztüren auf, und der ohrenbetäubende Lärm verzerrter Gitarren und Geigen schlug ihr entgegen. Thomas stand mit verzücktem Gesicht vor den dröhnenden Lautsprecherboxen und spielte, mit der Linken ein imaginäres Geigengriffbrett abfingernd und mit der Rechten einen unsichtbaren Bogen führend, das kreischende Geigensolo mit.

„Ja, ja, ja", schrie Thomas, der nichts vom plötzlichen Eintreten seiner Frau mitbekommen hatte.

Wütend und mit einer blitzschnellen Handbewegung fegte Anna den Tonarm vom rotierenden Vinyl. Mit einem infernalischen Kratzen verstummte das Mahavishnu Orchestra. Stille, Totenstille. Wie versteinert hatte Thomas mitten in einer seiner grotesken Bewegungen innegehalten und stierte sein Frau an.

„Was hast du getan!", schrie er. „Bist du von allen guten Geistern verlassen?"

Rot vor Zorn, mit erhobener Faust stand er vor Anna und schien zu einem alles vernichtenden Schlag ausholen zu wollen. Als er in die vor Schreck weit aufgerissenen Augen seiner Frau blickte, ließ er den Arm sinken und flüsterte, „Wie kannst Du es wagen, einfach hereinzustürmen und derart hochkarätigen Musikern den Saft abzudrehen?" Thomas machte eine Pause, drehte sich wie in Zeitlupe einmal um sich selbst und sagte dann leise, sehr leise drohend, „Tu das nie wieder, sonst …"

„Nein", flüsterte Anna heiser, „bestimmt nicht, nie wieder." Auf leisen Sohlen verließ sie den Club und schloss die beiden Türen fest hinter sich. Am liebsten hätte sie ihn dort drinnen mit der gesamten erlesenen Schar seiner Jazzmusikanten für immer eingemauert.

Zusammengekauert hockte Anna auf dem Fußboden des Wohnzimmers und starrte durch die gläserne Schiebetür in den Garten. Sie dachte an das Kinderheim, an ihre Schwester, sie dachte an die große Villa in Essen-Bredeney und ihre Mutter, und sie dachte an den armen Irren: den kranken Thomas in seinem gottverdammten Musikzimmer. Tränen verschleierten ihren Blick und ließen die Bäume, Sträucher und Pflanzen draußen im Garten zu einem traurigen surrealistischen Bild verschwimmen. Lange hatte sie dort gekauert, als sie sich langsam erhob und leise zum Telefon schritt. Sie hatte die Nummer im Kopf, kannte sie auswendig. Es klingelte etliche Male, und Anna wollte gerade auflegen, als sich mit einem Klacken ein Anrufbeantworter einschaltete. „Guten Tag, Sie sind mit dem Anschluss von Heiner de la Croix verbunden. Im Moment bin ich leider nicht zu sprechen, Sie können aber nach dem Signalton eine hoffentlich gute Nachricht hinterlassen. Vielen Dank." Es piepste. Anna hielt den Hörer an ihr Ohr gepresst und lauschte in die Stille, so als wartete sie darauf, dass er sich meldete. Sie stand noch eine Zeit lang still so da, dann legte sie auf.

– 14 –

Heiner de la Croix lächelte. Eine Art Vorfreude versetzte ihn in die Stimmung, die er brauchte, um dieses Wochenende zu einem erfolgreichen zu machen. Er saß am Lenkrad seines alten blauen VW-Busses und zockelte gemächlich über die A 1 Richtung Norden. Nach einem ausgiebigen Frühstück in seiner großzügigen Fünfzimmerwohnung in Lüdenscheids Parkstraße hatte er frisches Bettzeug, ein wenig Proviant, zu dem auch ein paar Flaschen Rotwein, einige Dosen Bier und was man sonst noch für ein Campingwochenende brauchte, in den Bulli gepackt und war Richtung Münster aufgebrochen. Heiner liebte diese Stadt. Sie war einerseits nicht zu groß, sodass man sich immer schnell zurechtfand, andererseits groß genug, um nicht auf Schritt und Tritt einem Bekannten über den Weg zu laufen. 1971 hatte er zum ersten Mal seinen Fuß auf Münsteraner Boden gesetzt, um Sport und Französisch zu studieren und um, was viel wichtiger war, ein neues Leben zu beginnen.

Nach dem Abitur hatte er noch zwei Jahre als Zivildienstleistender in einem Völklinger Krankenhaus gearbeitet. Aber nach Jos Tod gab es nicht mehr viel, was ihn hielt, jeder Baum, jeder Strauch, jedes Haus – alles erinnerte ihn an die gemeinsame Zeit mit Jo. Alle Versuche, sich neue Freunde zu suchen, waren kläglich gescheitert, niemand schien mit Heinrich Müllers etwas zu tun haben zu wollen, alle ehemaligen Schulkameraden kannten ihn nur noch unter dem Namen „Bröselhein“: Er war für sie ein abgedrifteter, nichtsnutziger kleiner Drogendealer, den man zwar von früher kennt, dem man aber tunlichst aus dem Weg geht. Von Jo war ihm außer seinen Erinnerungen und ein paar alten Fotografien lediglich das „Büro“, Jos alte Kladde, geblieben. Sie war in der noch älteren Zigarrenkiste unter dem Fahrersitz verstaut, und in ihr waren die Namen und Adressen der jungen Leute verzeichnet, denen er seine Drogen weiterverkaufte. Mit alldem sollte nach dem Zivildienst Schluss sein. Heinrich hasste sein Heimatdorf wie die Pest, er hasste die Spießer, die auf die andere Straßenseite wechselten, wenn sie ihm begegneten, und die Köpfe tuschelnd zusammensteckten, wenn er ein Café oder die Dorfdisco betrat. Er hasste den alten Säufer, seinen Vater, für das, was er seiner Mutter antat. Und vor allem hasste Heinrich Müllers seinen Namen. Es hatte ihn dreihundert Deutsche Mark gekostet, sich einen neuen Namen zu kaufen: Heiner de la Croix. Seine Eltern hatten verständnislos den Kopf geschüttelt. Sie hatten immer die Augen vor der Realität verschlossen, stets versucht, nach außen den Schein zu wahren und ihren Sohn vor ihren Nachbarn und den wenigen Freunden und Bekannten als fleißigen und strebsamen Schüler darzustellen. Genau das würden sie auch weiterhin tun. Und stolz würden sie sein, stolz auf ihren Sohn Heiner de la Croix, den Studienrat in Lüdenscheid, der seinen neuen Namen aus Liebe zur französischen Sprache gewählt hatte und der eben diese Sprache nun den Schülern des renommierten, altehrwürdigen Lüdenscheider Zeppelin-Gymnasiums beibrachte.

Die Landschaft rechts und links der A 1 zog langsam vorbei, der Motor des alten VW-Busses verrichtete seine Arbeit, ohne zu murren. 1979, zu seinem Dienstantritt am Zeppelin-Gymnasium, hatte Heiner sich den T-3 gegönnt. Er hatte ihn als Jahreswagen günstig erstanden. Mit ein wenig handwerklichem Geschick hatte er den Wagen zu einem kleinen, aber sehr praktischen Campingmobil ausgebaut mit einem schmalen Bett, in dem zwei Personen so gerade Platz fanden. Heiner schmunzelte, als er an die Einweihung seines Wohnmobils dachte: Gerlinde, die Nummer 49 seiner Sammlung. Eigentlich war es ein Missgriff gewesen, als er die Blondine in einer Discothek im etwa fünfzehn Kilometer von Lüdenscheid entfernten Halver abgeschleppt hatte. Am Tresen des schummerigen Etablissements hatte die fast ein Meter neunzig große Basketballspielerin sehr attraktiv gewirkt, und er erinnerte sich noch gern an die sportliche Nacht auf der schmalen Pritsche seines Volkswagens. Am nächsten Morgen jedoch waren ihm beim Aufwachen Udo Lindenbergs Zeilen aus „Leider nur ein Vakuum“ von der Langspielplatte „Ball Pompös“ aus dem Jahr 1974 in den Sinn gekommen:

„Normalerweise läuft das sehr gut
doch manchmal gibt es auch ’ne Pleite
dann wacht er morgens auf und Lady Horror
liegt an seiner Seite

Ihr Make-up ist verschmiert
Die Sonne scheint ihr brutal ins Gesicht
Und dass ihm so was immer noch passiert,
das liegt am Suff und am dunklen Kneipenlicht …“

Außer dem Bett gab es noch einen kleinen Propangaskocher, eine elektrische Standheizung, eine Autostereoanlage mit Kassettenrekorder und natürlich die große Holzschublade mit zahlreichen Musikkassetten. Seitdem die am 23. August 1963 von Philips vorgestellte Kompaktkassette ihren Siegeszug durch die Welt angetreten hatte, legte Heiner nur noch sehr selten eine seiner wenigen Schallplatten auf. Stattdessen verfügte er inzwischen über eine Sammlung von mehr als zweihundert Kassetten. Sie waren nahezu unverwüstlich und, was das Beste war, er konnte sie zu Hause und im Auto abspielen.

Die Sonne schien, die Autobahn war nur wenig befahren, und Heiner sang im Duett mit seinem Rekorder.

„I'll light the fire, while you place the flowers
in the vase that you bought today,
Staring at the fire for hours and hours,
While I listen to you play your love songs
All night long for me, only for me …“

Er hatte eine seiner Lieblingskassetten eingelegt: „Déjà vu“ von Crosby, Stills Nash and Young.

„Our house is a very, very fine house
with two cats in the yard
life used to be so hard
now everything is easy
'cause of you …
and our … la, la, la, la …“

„Our house“ beschrieb die Idylle pur: ein romantisches Tête-à-Tête am flackernden Kaminfeuer, dazu Liebeslieder vom Plattenspieler. Der Refrain des Liedes drang aus den kleinen selbst gebauten Lautsprecherboxen an Heiners Ohr. Er wurde immer ein wenig sentimental, fast wehmütig, wenn er dem zuckersüßen Gesang lauschte. Er hätte es gerne gemeinsam mit Jo gehört, im warmen, gemütlichen Wohnzimmer des Waldschlösschens; er war sicher, sie hätte diese Band genau so geliebt wie er. Crosby, Stills, Nash and Young, die sich in den Jahren zuvor bei den Byrds, den Hollies und Buffalo Springfield ihre musikalischen Sporen verdient hatten, hatten ihren ersten großen Auftritt beim legendären Woodstockfestival im August 1969, als Jo bereits seit acht Monaten tot war, erschlagen von einem herabstürzenden Balken ihres brennenden Holzhauses. Das Leben war ungerecht. Als Heiner an Jo und an die Zeit im Waldschlösschen dachte, traten Tränen in seine Augen. Er schüttelte den Kopf, als wolle er die traurigen Gedanken verjagen. Er war gerade vierundvierzig Jahre alt, auf dem Weg nach Münster, und er wollte sich das Wochenende nicht von seinem hausgemachten Trübsinn verderben lassen.

Es war Zeit für einen Kassettenwechsel, Zeit für die „Zwillinge und die Blechgang", die diesen Samstagabend in Münster auf dem Stadtfest spielen würden. Heiner freute sich auf das bestimmt wieder sehr unterhaltsame Konzert und darauf, seine ehemaligen Kommilitonen wiederzusehen. Vielleicht könnten sie nach dem Konzert noch ein Bier aus seinem mit Dosen reichlich gefüllten Rucksack trinken. Heiner hatte die Zwillinge während des Sportstudiums kennen gelernt und war in den 70er Jahren ein paar Mal mit ihnen zum Skilaufen nach Österreich gefahren. Die Zwillinge waren nie Lehrer geworden wie er, sie gehörten zu der Generation Lehramtskandidaten, von denen kaum einer in den Schuldienst übernommen wurde. Sie tingelten als Berufsmusiker durch die Welt und verdienten so ihre Brötchen, was ganz gut zu klappen schien. Heiner schob die Zwillinge-Kassette in den Schlitz des Rekorders und gab Gas. Gute-Laune-Musik war das, und Heiner, der selbst niemals gelernt hatte, ein Instrument zu spielen, sang laut mit:

„Schicke meine Träume ins Exil,
spiel mit Gedanken viel zuviel!"

Je näher er Münster kam, desto besser wurde seine Stimmung. Es war noch früh am Tag, und als Erstes würde er sich ein wenig „Rauchkraut" beschaffen. Er kannte die einschlägigen Plätze in Münster, und hatte eine Telefonnummer, die Nummer von „Brösel-Johann". In der Erinnerung an seine Zeit als „Bröselhein" hatte er Johannes diesen Spitznamen verpasst, obwohl heute kaum noch jemand das Wort Brösel in den Mund nahm, heute kaufte man piece. Heiner grinste. Er, Heiner de la Croix, ging zu „Brösel-Johann“, um Rauchkraut einzukaufen. Er hatte sich mit ihm an den Aaseekugeln verabredet. Dort gab es alles, was der Markt an weichen und harten Drogen zu bieten hatte, und Johannes war sein Mann, er hatte immer korrekt geliefert, und Heiner hatte korrekt bezahlt. Nach dem Geschäftlichen wollte er sich ein wenig die Beine in Münsters Innenstadt vertreten und dann in einer der Szenekneipen einen Cappuccino trinken. Vielleicht ergäbe sich bereits dort die Gelegenheit, eine Vertreterin des anderen Geschlechts aufzugabeln.

Vielleicht hätte er danach noch ein wenig Zeit, um durch die Parkallee in Münsters Osten zu streifen, wo Anna mit ihrem Mann und ihrer Tochter wohnte. Er würde sie gerne wiedersehen, auskundschaften, wie sie lebte, von der Straße heimlich in ihr Wohnzimmer, ihre Küche sehen und sie beobachten, wie sie für ihre Tochter etwas zu essen bereitete oder der Kleinen vorlas – nur zusehen, aus der Ferne, unbemerkt. Den Schirm seiner Baseballkappe tief ins Gesicht gezogen, die Sonnebrille auf der Nase, so würde sie ihn niemals erkennen.

„Schon witzig“, dachte Heiner, „ich wohne in der Parkstraße, du in der Parkallee.“

Nach dem kurzen Abenteuer in Jochgrimm vor sieben Jahren hatte er von Anna weder etwas gehört noch gesehen. Er hatte gehofft, sie noch einmal in Jochgrimm zu treffen, aber sie war nie mehr dort aufgetaucht. Rüdiger, sein Freund vom Gymnasium in Lünen, hatte erzählt, sie habe kurz nach der Geburt ihrer Tochter die Schule gewechselt und unterrichte nun an einer Gesamtschule in Hamm. Heiner machte sich keine Hoffnungen mehr, doch die Nacht in Zimmer neun des ersten Stocks im Hotel Schwarzhorn hatte sich tief in sein Gedächtnis gegraben.

„Ich bau mir'n Traumhaus auf dem Mond,
ich räum 'ne Bank aus, die sich lohnt“,

trällerten die Zwillinge aus den Boxen. Heiner dachte, „Ziemlich leichtfüßig, wie die über verpasste Träume und Gelegenheiten singen!“

„Schicke meine Träume ins Exil,
spiel mit Gedanken viel zuviel!“

Er schüttelte seine Gedanken ab. Am frühen Abend würde er sich in die Innenstadt begeben, um den zahlreichen Bands, die zum Stadtfest eingeladen worden waren, zuzuhören, und um zehn Uhr stand dann das Konzert der Zwillinge vor der Lambertikirche auf dem Programm.

Heiner hatte die Autobahn verlassen und näherte sich der Stadt über die breite vierspurige Einfallstraße, vorbei an mehreren großen Glas-, Beton- und Edelstahlklötzen, die sich Banken und Versicherungen als Denkmäler gesetzt hatten. Seit seiner Studentenzeit waren hier einige Großprojekte aus dem Boden gestampft worden, Münster machte nicht den Eindruck einer armen Stadt. Versicherungen und Geldinstitute spielten eine bedeutende Rolle im Wirtschaftsleben der Stadt. Der alte Bischofssitz Münster mit seiner 1200-jährigen Geschichte war zu einer modernen Metropole mit mehr als 280.000 Einwohnern angewachsen. Was für Heiner de la Croix allerdings am interessantesten in dieser Stadt war, war die große Zahl der fast 50.000 Studenten und vor allem Studentinnen, die in Münster an der Universität und verschiedenen Fachhochschulen büffelten und die Kneipenszene entsprechend prägten.

Es herrschte dichter Verkehr, und die zahlreichen Ampeln schienen immer nur eine Handvoll Autos durchfahren zu lassen, ganz so, als sei die Stadt bereits bis zum Rand mit den in der Sonne glänzenden Karossen vollgestopft. Die unzähligen Radfahrer, die rechts und links der breiten Straße auf den schmalen, meist roten Radwegen stadtein- oder auswärts strampelten, kamen deutlich schneller voran als Heiner. Langsam näherte er sich dem Aasee, seinem Treffpunkt mit Brösel-Johann, und er setzte den Blinker, um die vierspurige Weseler Straße zu verlassen und in die Bismarckallee einzubiegen. An der roten Ampel musste er halten. Vor ihm am Wasser lagen die „Giant Pool Balls" des amerikanischen Künstlers Claes Oldenburg. Der Pop-Artist hatte die drei kolossalen Betonkugeln für die Kunstausstellung „Skulptur Projekte 1977" in die Wiese am Aasee gelegt und diese so zu einer überdimensionalen Billardspielfläche gemacht. In der ersten Zeit stießen die Kugeln auf heftige Ablehnung. Heiner musste grinsen, als er an eine Mensaparty dachte, auf der ein Student plötzlich zu skandieren begonnen hatte:

„Kugeln in den Aasee, Kugeln in den Aasee ...“ Fast alle Studenten fielen nach einiger Zeit mit ein, alle fühlten sich irgendwie sehr solidarisch, die Stimmung war großartig. Eine johlende Meute von Studenten, Heiner mitten unter ihnen, hatte schließlich versucht, einen der drei Betonkolosse in Bewegung zu versetzen und in den Aasee zu befördern.

„Kugeln in den Aasee, Kugeln in den Aasee!“ Am Ende waren sie doch zu schwer oder im Boden verankert.

„Schade eigentlich“, dachte er, „das hätte sicher nicht schlecht ausgesehen, zwei auf der Wiese und eine im Wasser. Zu guter Letzt sind sie nun sogar noch zu einem Wahrzeichen Münsters geworden.“

Die Ampel schaltete auf grün, Heiner bog ab und fand recht bald einen freien Parkplatz direkt vor der Mensa. Er war kaum ausgestiegen und hatte den Bulli abgeschlossen, als er seinen Lieferanten auch schon entdeckte. Er lehnte an der mittleren der drei Betonkugeln, ein Rucksack lag hinter ihm im Rasen. Heiner hatte ihn zum letzten Mal vor einem halben Jahr kontaktiert, und er erschrak ein wenig. Brösel-Johann war nur noch ein Schatten seiner selbst, und es war ihm deutlich anzusehen, dass er auf der langen Leiter hinab in die finsterste Drogenhölle auf einer der untersten Sprossen angelangt war. Er war unrasiert, die schmuddelige Jeans hing in Fetzen auf seinen mageren Hüften und der graue Pullover und die grüne Kappe hatten auch schon bessere Zeiten gesehen. Johann hatte Heiner kommen sehen und kam ihm ein paar Schritte entgegen.

„Hi Alter, ich habe dir was mitgebracht! Ist nur leider etwas teurer geworden.“

„Hallo Johann, lange nicht gesehen, wie geht's denn?“ Johann grinste und offenbarte Heiner eine Reihe lückenhafter gelber Zähne. Heiner schauderte.

„Wie du siehst, Alter. Ich sehe doch spitze aus, oder täusche ich mich?“ Johann schien auf Krawall gebürstet zu sein, und Heiner beschloss, sich in Acht zu nehmen. Er mochte es nicht, ständig Alter genannt zu werden, aber der Deal ginge hoffentlich zügig über die Bühne. „Was soll's“, dachte er.

„Also, Alter“, fing Johann wieder an, und Heiners Laune wurde zunehmend schlechter, „ich habe 10 Grämmchen dabei, aber dafür brauche ich einen Blauen von dir!"

Heiner bemühte sich, ruhig zu bleiben. „Hör zu, das war so nicht abgemacht! Für die 10 Gramm gebe ich dir 80 Mark und keinen Pfennig mehr."

„Eh Alter", grunzte Johann, und Heiner wurde nun wirklich sauer.

„Hör zu, Alter, Herr Studienrat gibt mir den Blauen, oder ich rufe meine Kumpels, verstanden?" Plötzlich, Heiner wusste gar nicht wie ihm geschah, war es mit seiner Beherrschung vorbei. Er griff sich Johanns Pullover an dem verschlissenen Ausschnitt, zog ihn blitzschnell zu sich heran und verpasste ihm mit seiner Stirn einen mächtigen Schlag auf die Nase, die erst ein knackendes Geräusch und dann frisches rotes Blut von sich gab. Als wäre es noch nicht genug, presste Heiner den völlig perplexen Brösel-Johann mit dem Rücken gegen die Riesenbillardkugel.

„Wenn Claes Oldenburg das sehen könnte ...", dachte er und schnürte ihm mit der freien Hand die Kehle zu.

„Jetzt hör mir mal gut zu", flüsterte er ganz leise in Johannes Ohr. „Du rückst jetzt in Windeseile das versprochene Rauchkraut raus, und dann, aber erst dann, sehen wir mal, wieviel ich dir dafür berappe. Ist das klar?" Und fügte hinzu, „Haben wir uns verstanden, Alter?"

Brösel-Johann wimmerte leise, hielt sich den Ärmel des Pullovers unter die blutende Nase und nickte.

„Also, wo ist das Zeug?" Johann zeigte auf einen verschlissenen grauen Rucksack am Fuße der gigantischen Kugel. Heiner ließ ihn zu Boden plumpsen, packte sich den Rucksack und förderte ein kleines Päckchen ans Tageslicht.

„Ist das für mich?" Johannes nickte ängstlich. „Aber nicht alles, das sind mindestens 20!"

„Na dann schauen wir mal", grinste Heiner hämisch.

„Ich gebe dir den gewünschten Blauen für dein Päckchen, und du sagst schön artig ‚danke, Herr Studienrat'! Wäre das okay für dich?"

„Ist okay. Danke, Herr Studienrat", presste Johannes heraus.

Heiner war schockiert und fasziniert zugleich von dem, was gerade geschehen war. So etwas hatte er sich gar nicht mehr zugetraut.

Am meisten wunderte es ihn, dass niemand zu Hilfe geeilt war. Zugegeben, es war alles sehr schnell gegangen, aber irgendjemand hätte diese Szene am helllichten Tage mitten in der Stadt doch mitbekommen müssen!

„Na dann“, verabschiedete sich Heiner, „würde ich mal sagen: bis zum nächsten Mal. Adios amigo!“

Heiner verstaute das kleine Päckchen, machte auf dem Absatz kehrt und spazierte in Richtung Innenstadt. Während er sich unter die Samstagseinkäufer mischte, schaute er sich noch einmal um. Den Bulli würde er später holen, wenn er sicher wäre, dass niemand, der ihm schaden könnte, ihn beobachtet hatte.

– 15 –

Je mehr er sich dem Prinzipalmarkt näherte, je mehr er von der in die Stadtmitte strebenden Menschenmenge aufgesogen wurde, desto ruhiger wurde er. Tausende Münsteraner und Besucher von auswärts tummelten sich in der Innenstadt, um an den unzähligen Ständen der fliegenden Händler vorbei durch Münsters City zu flanieren, und niemand schien von Heiner de la Croix Notiz zu nehmen. Er fühlte sich nun sicher, er war wieder der harmlose und unbescholtene Studienrat aus Lüdenscheid, unterwegs zu einem Wochenendausflug in die Domstadt. Heiner schmunzelte, er war wieder guter Dinge.

Er brauchte nicht lange um zum Prinzipalmarkt, Münsters „guter Stube" zu gelangen. Mit seinen charakteristischen Giebelhäusern und Bogengängen war der Prinzipalmarkt die älteste Marktstraße der Stadt, das Zentrum des münsterschen Geschäftslebens. Die aus dem 13. Jahrhundert stammenden Häuserzeilen waren im Zweiten Weltkrieg vernichtend getroffen und fast gänzlich zerstört worden, kaum ein Gebäude hatte die Bombenangriffe schadlos überstanden. Entgegen dem in den 50er Jahren herrschenden Zeitgeist war Münsters Innenstadt nach traditionellen Maßstäben wieder aufgebaut worden, und es war gelungen, das historische Ensemble wiederherzustellen. Unter den für Münsters Prachtstraße so charakteristischen Arkaden hatten im 12. Jahrhundert Kaufleute ihre Waren angeboten, wobei die Bogengänge Verkäufer und Käufer nicht nur vor Regen und Schnee schützten, die Kaufleute konnten so auch die nutzbare Grundstücksfläche vergrößern.

Während die große Masse der Stadtfestbesucher sich in der Mitte des gepflasterten Prinzipalmarktes zwischen den Ständen hindurchwälzte, bewegte sich Heiner unter den Bogengängen vorwärts; hier war er fast alleine. Nur eine paar Meter entfernt konnte er dem bunten Treiben von der Rückseite aus zusehen. Vor der großen Bühne am Fuß der Lambertikirche, auf der sich eine Bigband auf ihren Auftritt vorbereitete, blieb Heiner stehen. Etwa zwanzig junge Musikerinnen und Musiker standen sich auf der großen Bühne gegenseitig im Weg und störten zwei Bühnentechniker bei ihrer Arbeit.

Heiner liebte es, Musikern beim Aufbau ihrer Instrumente und dem anschließenden, überaus wichtigen, über Karrieren entscheidenden Soundcheck zu beobachten. Da gab es die ganz coolen Rockstars, die sich zunächst eine Zigarette in den Mundwinkel und eine Sonnebrille vor die Augen schoben, um relaxter zu wirken als sie waren. Es gab die vom Lampenfieber geplagten Schülerbandmusiker, die sich von Mama und Papa, die schon Stunden vor dem Auftritt vor der Bühne Stellung bezogen hatten, noch schnell ein paar Mark liehen, um sich eine Portion Pommes frites mit Majo einzuverleiben, schließlich mussten sie gestärkt die Bretter, die die Welt bedeuten, betreten. Und dann gab es noch die Nachspielbands, die ständig beim Aufbau gestört wurden, weil ein ebenso der lokalen Szene angehörender Coverbandkollege auftauchte, um über den neuen Gitarrenverstärker oder das ultimative Keyboard-Klangmodul für den Introsound von Eddie Van Halens „Jump" zu fachsimpeln oder um einfach zu fragen, „Eh Alter, haste mal 'ne Marke für mich?"

Neben der Gage wurden Getränkemarken an die Musiker ausgeteilt, und die Frage nach der Marke machte neben dem Hinweis auf den Durst deutlich, dass man aus dem gleichen Business kam, und als Covermusiker musste man schließlich zusammenhalten, wer weiß, ob man nicht irgendwann einmal als Ersatzmann gebraucht würde. Vielleicht gäbe es ja auch mal ein Jobangebot, wenn sich das Musikerkarussell wieder drehte. Das Karussell drehte sich immer dann, wenn aus einer der zahlreichen lokalen Coverbands einer der Musiker ausstieg, um in einer anderen – natürlich wieder einer Nachspielband – einzusteigen. Die Schnittmenge der einstudierten Stücke war überschaubar, alle Bands spielten die gleichen Lieder, Hits bekannter Rockgrößen. Heiner machte einen großen Bogen um die Bühnen, auf denen sich Coverbands feierten, als wären sie selbst die Helden, deren Songs sie abkupferten. Er bevorzugte es, Bands zuzuhören, die etwas Eigenes zu bieten hatten.

Der Aufbau der Bigband nahm gehörig Zeit in Anspruch. Das lief vermutlich darauf hinaus, die Hälfte des Programms zu streichen. Der Schlagzeuger jedenfalls schien schon geraume Zeit fertig zu sein, denn während seine Freunde noch ihre Notenständer aufzuklappen versuchten, zeigte er schon lautstark, was er konnte: „Bum, Klatsch, Bum Bum, Klatsch!"

Auf dem weißen Bassdrumfell prangte in schwarzen Runen der Name „Trust In Beer", und Heiner vermutete, dass sich hinter dem Namen wohl eher die Punkband des Schlagzeugers verbarg. Seine Vermutung bestätigte sich, als er hörte, dass es sich bei dem wilden Haufen um die Bigband einer Musikschule eines der in der Nähe Münsters liegenden Dörfer handelte. Der Notenständer eines der vier Trompeter kippte auf das Schlagzeug, etwa dreißig Notenblätter verteilten sich auf der Bühne, der Wind griff sich die Blätter und wirbelte sie umher wie welkes Laub. Der Bassist hatte sich überlegt, seinen bereits aufgebauten Verstärker wieder abzubauen und von der linken auf die rechte Bühnenseite zu wuchten, weil das Publikum ihn dort besser sehen würde und stieß dabei einen Beckenständer des Schlagzeugers von „Trust In Beer" um, der laut scheppernd in das berstende Snarefell krachte. Der langhaarige, lederbehoste Gitarrist hatte in Panik die Bühne verlassen, um sich irgendwo eine Batterie für sein Stimmgerät zu organisieren. Die vier Posaunisten, die sich wohl in der Woche zuvor getroffen hatten, um vier identische Hawaihemden für ihren Auftritt zu kaufen, hatten unter lautstarkem Protest die Bühne verlassen und lungerten am nächsten Bierstand herum, nachdem sie von einem der Roadies erfahren hatten, dass es für vier Posaunen nur ein Mikrofon geben würde, der Schlagzeuger aber allein schon fünf hatte. Der Klavierspieler thronte in einem schwarzen Anzug hinter seiner Tastatur und testete lautstark seine Keyboardsounds, während der Baritonsaxofonist ein Glas Altbierbowle in seinen Instrumentenkoffer gekippt hatte und nun damit beschäftigt war, das Malheur mit der Jacke seines Konfirmationsanzuges zu beseitigen. Der Leiter der Band, ein kleiner, ein wenig dicklicher Jazz-Karajan mit runder Nickelbrille, stand wild mit den Armen in der Luft fuchtelnd inmitten seiner Musiker und versuchte verzweifelt, aber vergeblich sich Gehör zu verschaffen. Nur die vier Saxofonistinnen schienen sich ordentlich auf ihren Auftritt vorzubereiten, denn sie scharten sich um jemanden, der offensichtlich ihr Lehrer war. Intensiv redete er auf seine Schützlinge ein, und sie hingen wie gebannt an seinen Lippen. Er drehte Heiner den Rücken zu, aber als der Münsterländer Landwind eines der durch die Luft wirbelnden Notenblätter ins Publikum flattern ließ und der Saxofontrainer sich umdrehte, um es zu schnappen, entpuppte er sich als einer der Zwillinge. Es musste Richi sein, denn Gerd war Bassist und hatte mit Saxofonen nichts am Hut. Heiner ging auf die am Bühnenrand versammelte kleine Gruppe zu und rief freudig:

„Na, wenn das nicht einer der Zwillinge ist!"

Richi drehte sich um, blickte erstaunt, und als er Heiner erkannte, antwortete er gleichermaßen erfreut:

„Wenn das nicht Heiner ist! Hört zu, Mädels", er drehte sich kurz zu den vier jungen Damen um, „eigentlich ist ja für den Auftritt alles klar. Nur noch eins", und Richi hob belehrend den Zeigefinger der rechten Hand, „wenn ihr spielt, dann spielt laut, und wenn ihr einen Fehler macht, dann macht ihn richtig! Also macht mir keine Schande und volles Rohr!"

„Herr Pastor", ergänzte Heiner lachend, „lange nicht gesehen. Wie geht's denn?"

„Alles in bester Ordnung Heiner. Und bei dir?"

„Danke der Nachfrage, mir könnte es nicht besser gehen."

„Was treibst du in Münster?", fragte der Zwilling.

„Das ist doch klar, ich bin hier, um euer Konzert zu sehen, findet doch statt, oder?"

„Na logisch, pünktlich um zehn! Und ich denke mal", Richi lachte, „das mit dem Soundcheck klappt dann auch, wir wollen ja schließlich zwei Stunden spielen und nicht aufbauen! Mann, was für ein Chaotenverein!" Richi deutete auf die Bühne.

„Ist nicht meine Band, aber die vier Mädchen sind meine Schülerinnen, ich habe sie bei meinem Kollegen, dem kleinen Chaoten mit Nickelbrille, untergekriegt. Wer übt, muss auch auftreten, ist doch klar, oder?"

„Völlig klar. Finde ich gut", sagte Heiner, „aber ich will dich jetzt nicht weiter stören, kümmere du dich nur um deine Mädchen. Ich ziehe jetzt weiter, wir sehen uns heute Abend. Und nach dem Konzert nehmen wir ein Bier zusammen, oder?"

„Geht klar, bis heute Abend."

Heiner lehnte sich an einen der Pfeiler der Bogengänge, um in Ruhe noch ein wenig das Bigbandkonzert zu verfolgen. Von den zwei Stunden, die die Veranstalter für die Band eingeplant hatten, waren bereits mehr als anderthalb Stunden vergangen, aber langsam zog so etwas wie Ordnung ein. Der Dirigent gab noch ein paar letzte Anweisungen:

„Leute, wir spielen die drei letzten Stücke vom Programm, der Rest ist gestrichen." Er deutete mit seinem Taktstock auf den nächsten Programmpunkt, der hinter der Bühne aufgetaucht war. Eine Handvoll Musiker war dabei, ihre Instrumente hinter der Bühne zu stapeln.

„Doc Heyne mit seiner Band. Die wollen pünktlich anfangen. Also, wir spielen nur drei Swingtitel ‚Satin Doll', ‚Stomping at the Savoy' und ‚Do nothing'." Womit „Do nothing till you hear from me" von Duke Ellington gemeint war.

Irgendwie hatte es die Nickelbrille geschafft, das erste Stück anzuzählen, und die Band rockte los, als ginge es ums nackte Überleben. Das hatte zwar nichts mit Swing zu tun, schien den Musikern aber jede Menge Spaß zu machen. Der Schlagzeuger von „Trust In Beer" drosch wie ein Berseker auf die Trommeln ein, und alle Versuche seines Chefs, ihn zu dezenterem Spielen zu bewegen, fruchteten nichts. Heiner hörte eigentlich nur das allerdings vortrefflich klingende Schlagzeug und ein klein wenig von dem sich redlich abmühenden Bassisten. Von all den zahlreich auf der Bühne versammelten Blasinstrumenten waren lediglich Richis Saxofonschülerinnen wenn auch leise, so doch immerhin zu erahnen. Sie befolgten den Rat ihres Saxofontrainers und bliesen, so laut sie nur konnten. Mit einer Punkabilly-Version des Ellington-Klassikers schepperten die letzten Schlagzeugwirbel aus, und der nickelbebrillte Bigbandleader schien äußerst erleichtert zu sei, dass nun doch noch alles geklappt hatte. Strahlend stand er am Bühnenrand und ließ seine sich dankend vor dem Publikum verneigenden Musikerinnen und Musiker beklatschen.

Der Nachmittag neigte sich dem Ende zu, und nachdem Heiner noch etwa eine halbe Stunde den virtuos vorgetragenen Stücken des Münsteraner Gitarristen Doc Heyne gelauscht hatte, beschloss er, den VW-Bus abzuholen, um einen Parkplatz für die Nacht zu suchen. Brösel-Johann war nirgends zu entdecken, vereinzelte Jogger zogen ihre Runden um den See, ein paar Jugendliche lungerten in der Nähe der großen Betonkugeln herum, und Rentner und Liebespärchen hatten auf den Parkbänken Platz genommen, um die letzten Sonnenstrahlen des Mainachmittages zu genießen. Heiner dachte an Brösel-Johann und die urplötzlich in ihm hochkommende Wut. Er erinnerte sich, wie ihm das vor vielen Jahren zum ersten Mal passiert war. Er hatte nicht vorgehabt, ihn zu schlagen, diesen geschniegelten, einem brandneuen, von Papa finanzierten roten Porsche entstiegenen Lackaffen in seinem schicken Designeranzug. Der Schnösel hatte nur ein paar Gramm kaufen wollen, aber den Fehler begangen, Heiner de la Croix, damals noch Heinrich Müllers, herunterhandeln zu wollen.

„Es war seine eigene Schuld", dachte Heiner, „hätte er nicht tun sollen, der kleine Wichser. Hat Geld wie Heu und gönnt mir die paar Kröten nicht!"

Wie ein Blitz aus heiterem Himmel war Heiners Faust in dem teigigen Gesicht des Unsympathen gelandet, drei, vier, fünf Mal hintereinander, und nachdem dieser vor ihm zusammengebrochen war, hatte er ihn mit seinen Füßen weiter malträtiert. Wie im Rausch hatte er auf den reglos am Boden Liegenden eingetreten. Aus der Zeitung hatte Heiner am nächsten Tag erfahren, dass ein junger Porschefahrer, Sohn eines Völklinger Industriellen, am helllichten Tage von einem Unbekannten überfallen, misshandelt und schwer verletzt worden war. Die Polizei hatte um sachdienliche Hinweise gebeten, da es aber keine Zeugen gab und der Verletzte selbst keine Angaben machen konnte oder wollte, wurden die Ermittlungen bald eingestellt.

„Nicht auszudenken, wenn die mich erwischt hätten!", dachte Heiner. Exakt fünf Mal war es mit ihm durchgegangen in den vergangenen fünfundzwanzig Jahren, plötzlich und unvorhersehbar, nichts und niemand war in der Lage gewesen, die tief in seinem Inneren schlummernde und urplötzlich explodierende zerstörerische Macht aufzuhalten. Gott sei Dank hatte niemand einen bleibenden Schaden davongetragen, aber das war reiner Zufall, Glück im Unglück. All dies war Jahrzehnte her, Heiner hatte geglaubt, der Sturm hätte sich gelegt und der Albtraum sei vorbei. Die Geschichte mit Brösel-Johann machte ihm Angst. Die Tatsache, dass er irgendwann wieder zu diesem wilden Tier mutieren könnte, machte ihm Angst. Und er fürchtete sich vor dieser Angst. Er dachte an seine verkorkste Vergangenheit, seine Familie, die nie eine war, und an die viel zu kurze Zeit ungetrübten Glücks mit Jo.

Mit festem Griff umklammerte er das Lenkrad seines Campingbusses.

„Sieh die Welt mit Sonnenaugen,
und die Welt wird sonnig sein!"

Er lauschte den Zwillingen und der Blechgang, die ihm ihre Botschaft aus den kleinen schwarzen Lautsprecherboxen schickten.

„Die haben gut reden", dachte Heiner. Er lenkte seinen Bus unter die Bäume am Rande des Schlossplatzes und war froh, dass er nicht eines dieser riesigen Wohnmobile besaß, die schon aus der Ferne als solche zu erkennen waren. Seinen kleinen VW-Bus würde niemand beachten. Er füllte seinen Rucksack mit einer stattlichen Anzahl von Bierdosen, verschloss den Bulli und machte sich wieder auf den Weg zum Prinzipalmarkt, wo in wenigen Stunden die Zwillinge ihren Auftritt haben würden.

– 16 –

Es war etwa halb zehn Uhr am Abend, langsam wurde es dunkel. Ich stand hinter der großen Bühne am Fuß der Lambertikirche und hörte der Band zu, die wir in einer halben Stunde ablösen würden. Ich hoffte, dass es bald vorbei wäre, denn die Band war das Grauen.

Die Zwillinge und die Blechgang, für die ich seit dem Ableben unserer Lüdenscheider Band Hi-You-There Anfang der 70er mein Musikerherzblut gab, war keine Feld-Wald-und-Wiesen-Combo, die irgendwelche abgedroschenen Gassenhauer reproduzierte. Meine Band, die Zwillinge und die Blechgang, war das Beste, was die Welt an deutschsprachiger Rockmusik jemals gehört hatte. Es gab, da waren wir uns alle einig, keine Band auf Gottes Erde, die uns das Wasser reichen konnte. Mit unseren acht gestandenen Musikern allererster Liga, unseren eigenen Kompositionen und Texten waren wir unschlagbar. Schade nur, dass das bislang so wenige Menschen mitbekommen hatten. Aber wir arbeiteten hart, und wir würden weiter hart arbeiten, auch am heutigen Abend auf dem großen Podium vor der Lambertikirche.

Nach einem jämmerlichen Abklatsch von Gary Moores „Still got the blues", einem Song, der an diesem Wochenende bereits von mindestens vier unterschiedlichen Coverbands ins Publikum geschleudert worden war, verabschiedeten sich die fünf Rockstars und machten die Bühne für die acht Blechgang-Musiker frei. Der Platz vor der Lambertikirche füllte sich, und ich entdeckte etliche Bekannte, unsere Frauen und Freundinnen unter den Zuschauern. Für meine drei Töchter und Richis Sohn waren unsere Konzerte grundsätzlich Pflichtveranstaltungen, und wer nicht vor der Bühne für Stimmung sorgte, bekam eine Woche Hausarrest. Jahre später würden wir sie dann mit Biermarken und einem Platz auf der Gästeliste ködern.

„Hast du schon gesehen, da vorn in der fünften oder sechsten Reihe?", fragte mich Richi.

„Nee, wen denn?"

„Heiner, du weißt schon, der vor Urzeiten mit uns auf dem Berg war“, schrie Richi gerade laut genug, um sich gegen das Getöse des Schlagzeugsoundchecks durchzusetzen.

„De la Croix?“, schrie ich fragend zurück.

Richi nickte, machte sich an dem Mikrofonstativ zu schaffen und winkte mich zu sich. Das Stativ stand krumm und schief, und das geziemte sich nicht für einen Sänger von Richis Kaliber.

„Scheißdinger sind das, diese modernen Ständer!“, rief ich. „Die alten mit Schraubfuß aus Hi-You-There-Zeiten, das waren noch Stative, die ihrem Namen alle Ehre machten. Wenn die einmal standen, dann standen sie.“

„Red keinen Blödsinn, die gibt's nicht mehr. Was machen wir jetzt mit diesem Ding hier?“

„Lass mich mal machen“, sagte ich. Wenn irgendwas Technisches zum Problem wurde, musste ich ran. Ich nahm den wackeligen Ständer, warf ihn dem Bühnenhelfer in seine Kiste und besorgte einen neuen.

„So einfach geht das“, sagte ich zu Richi, „klapp auf und stell hin!“

Ich wandte mich zu meinen Kollegen.

„Alles klar?“, fragte ich, und die Kollegen hoben bestätigend die Daumen. Also runter von der Bühne, Bühnenklamotten an und dann ab die Post.

„Wir sind brachtvoll, wir sind gefragt,
Männer mit Glatze sind angesagt,
Zwilling am Saxofon, Zwilling am Bass,
wir heben ab, und die Szene wird blass!“

Unser Eröffnungslied ging ab wie die Feuerwehr. Unser Sound stand zwar noch nicht hundertprozentig, aber das Publikum ging mit. „Brachtvoll“, „Lisa“, „Sonnenaugen“, das war die Reihenfolge der ersten drei Stücke, sie hatte sich bewährt, und es gab keinen Grund, irgendetwas daran zu ändern. Es folgte unsere Ballade „Wir bleiben im Bett“, eine unserer Schmusenummern, und ich hatte ein wenig Zeit, mich auf unser Publikum zu konzentrieren. Eine harmonisch im langsamen Rhythmus hin und her wogende, singende Menschenmenge, strahlende Gesichter, so weit das Auge reichte, eine große solidarische Zwillinge-Gemeinde, ich war glücklich. In einiger Entfernung entdeckte ich endlich den von Richi angekündigten Heiner. Er sang wie alle anderen lauthals mit. Ich wusste, dass er an Richis und meinem alten Lüdenscheider Zeppelin-Gymnasium Sport und Französisch unterrichtete, er war also das geworden, was wir vor langer Zeit auch einmal hatten werden wollen, er war in Amt und Würden. Ich freute mich, dass er da war.

„Wir bleiben im Bett, nur noch im Bett,
nie wieder aufstehen, nie wieder anziehen ..."

Der Gesang unserer Fans erstarb, als Matze Marzinkowski, unser platinblonder langmähniger Gitarrist, sein Solo abfeuerte. Er improvisierte nicht, er spielte genau wie auf unserer ersten Langspielplatte „Beide oder keinen" aus dem Jahr 1986. Alle Gitarristen, die jemals in der Blechgang ihren Dienst verrichteten, hatten diese Melodie von der Platte übernommen und interpretiert, einer schöner und geschmackvoller als der andere. Matze war ein Meister seines Faches, die Augen der Zuschauer hingen an unserem solierenden Rauschgoldengel, und als sich die letzten Töne mit der von den Scheinwerfern in Gold getauchten, sich wie ein Wasserfall über die Saiten ergießenden Haarpracht vereinigten, brandete tosender Applaus auf.

Ich ließ meinen Blick über die zahllosen Köpfe schweifen und blieb wieder bei Heiner de la Croix hängen. Doch während unsere Zuhörer gebannt, wie es sich gehört, auf die Bühne blickten und immer wieder: „Wir bleiben im Bett, nur noch im Bett, nie wieder aufstehen, nie wieder anziehen" skandierten, starrte Heiner auf irgendetwas oder irgendjemanden vor ihm. Ich folgte seinem Blick, um herauszubekommen, wer oder was in der Lage sein konnte, Heiner von unserem Konzert abzulenken, und sah, wie sich ein paar Meter vor ihm eine Frau mit dunklen langen Haaren zu ihm umwandte und sich daraufhin schlagartig in Bewegung setzte. So schnell es ihr möglich war, bahnte sie sich einen Weg durch die Menge, und ich konnte gerade noch erkennen, wie Heiner ihr zu folgen versuchte, als ich mich wieder auf meine Kollegen und unser Konzert konzentrieren musste.

Ich nagelte mein kurzes Basssolo im Intro zum „Rosenkavalier" – das erste und letzte Solo übrigens, das ich jemals seit dem Bassolo in Jethro Tulls „Bourrée“ zu Hi-You-There-Zeiten gespielt hatte – in den Applaus. Die Bassdrum hämmerte Viertel, und hunderte von Armen flogen in die Höhe.

„Tausend Rosen warten vor Deiner Tür,
ich bin Dein Rosenkavalier!“

Wieder tobte unser Publikum, und wie nach vielen unserer Auftritte war ich sicher, dieser Abend war der Beginn einer großartigen Rockmusikerkarriere.

Unsere zwei Stunden vergingen, als wären es zwei Minuten, und kurz vor Mitternacht beendeten wir unser Konzert mit „Richi im Radio“, dem Zwillinge-Song, mit dem wir seit nunmehr zehn Jahren jedes unserer Konzerte beendeten. Noch einmal konnten unsere Fans beweisen, wie textsicher sie waren, und ein letztes Mal bedankten sie sich mit ihrem Applaus bei den Musikern, nachdem ich jeden einzeln vorgestellt und in den höchsten Tönen gelobt hatte. Ich stellte auch Richi vor, lobte ihn gleichermaßen, und Richi stellte mich vor. Er lobte mich zwar nicht, sondern präsentierte mich lediglich als die wortgewaltige, telefonierende dicke Variante seiner selbst, aber der Jubel des Publikums war auch mir sicher. Natürlich gab es eine Zugabe, zwei sogar, und wenn es nach unseren Fans gegangen wäre, hätten wir vermutlich noch einmal von vorn angefangen.

„Wenn's am schönsten ist,
wenn's am schönsten ist,
wenn's am schönsten ist,
muss man gehen!“

Das war eindeutig. Mit diesen Zeilen entließen wir unser Publikum. Wesentlich ausgeschlafener als beim Aufbau, rundum glücklich und zufrieden mit unserem Auftritt packten wir unsere Equipment wieder zusammen. Alle acht Musiker waren dabei, Instrumente, Gitarren, Bass, Keyboard und Schlagzeugteile in den alten Bandbus zu hieven – alle bis auf Richi. Er ließ sich von seinen vier Saxofonistinnen feiern, war halt ihr Saxofonmessias und wenn man der Messias ist, schleppt man nicht, man lässt schleppen.

„So ist das, so war das, und wenn sich das nicht ändert, dann bleibt das auch so“, dachte ich.

Dann entdeckte ich Heiner. Er lehnte an unserem Zwillinge-Bus und hatte uns offensichtlich beim Einladen zugesehen. Jetzt winkte er und kam, einen Rucksack auf dem Rücken und eine Bierdose in der Hand, auf mich zu.

„Gerd, ich bin begeistert, euer Konzert war mal wieder klasse."

„Danke, Heiner", antwortete ich stolz wie Oskar, „ist aber doch klar, bei dem Publikum!"

„Na ja, die sind ja nicht umsonst so drauf", lobte er.

„Okay, okay, aber jetzt genug des Weihrauchs. Sag mal, was war denn mit dir los, so zwischendurch?"

„Wieso? Was denn?"

„Ja, als wir ‚Wir bleiben im Bett' spielten."

„Was meinst du? Jetzt komm und nimm erst mal eine Stärkung!" Er griff in seinen Rucksack und kredenzte mir eine seiner Bierdosen. Täuschte ich mich, oder war ihm meine Fragerei unangenehm? Ich beschloss, nicht locker zu lassen.

„Also, als wir gerade ‚Wir bleiben im Bett' spielten" – ich beobachtete aus den Augenwinkeln, wie er unsicher wurde – „da hatte ich den Eindruck, du stellst plötzlich einer jungen Dame nach."

„Und ich dachte immer, wenn man auf der Bühne steht und spielt, hat man nur Augen und Ohren für die Musik."

„Nein, nein, da kriegst du eine ganz schöne Menge mit von dem, was da unten passiert." Ich hakte nach, „Was war denn jetzt mit der Dunkelhaarigen?"

„Eine alte Bekannte, die ich auf einer Klassenfahrt nach Jochgrimm kennen gelernt habe."

„Jochgrimm?", unterbrach ich ihn.

„Ja, in Italien. Wir waren da mit einer Schulklasse zum Skilaufen. Apropos, fahrt ihr wieder zum Krippenstein?"

„Logisch, wo sollen wir denn sonst hin? Aber jetzt lenk mal nicht ab! Hast du es denn noch erwischt, das flüchtige Reh, die Dame aus ...", und ich sah ihn fragend an, „wo war das noch?"

„Jochgrimm, Tirol", antwortete er. „Nein, leider nicht. Sie war plötzlich verschwunden." Er schien ernsthaft enttäuscht zu sein.

„Na ja, macht ja nichts", sagte ich „es gibt vermutlich Schlimmeres. Bist du denn immer noch solo? Oder gibt es inzwischen eine Lady in deinem Leben?"

„Immer noch solo“, antwortete er achselzuckend, „aber ansonsten, mit dem Job am Zepp, alles in bester Ordnung. Ich will nicht klagen.“

Mir viel auf, dass er „Ich will nicht klagen“ an Stelle von „Ich kann nicht klagen“ gesagt hatte. Abermals zuckte er die Achseln und sagte, „Man kann nicht alles haben. Jetzt sag aber, ihr fahrt also immer noch auf euren Berg. Vielleicht sollte ich mich mal wieder anmelden, ihr nehmt doch immer noch Leute mit, oder?“

„Klar, ruf Richi an, der führt die Liste. Und dann schauen wir mal, vielleicht finden wir etwas Solides für dich, für die Zukunft, meine ich.“ Indem ich auf meine Musikerkollegen deutete, sagte ich, „Mir scheint, die Jungs warten.“

Im gleichen Moment hörte ich von meinen Kollegen ein unmissverständliches „Bus fährt!“

„Du siehst, wir müssen los“, schmunzelte ich. „Die Kollegen, müssen in die Heia!“ Ich nahm ihn in den Arm, meinen alten Kumpel. „Ruf mich an, und dann fahren wir wieder einmal schön ins Gelände.“

„Wie hieß das doch noch gleich“, grinste er, „Isenburg oder Isegrimm?“

„Fast“, sagte ich „Imisl! Mit großer und kleiner Eisgrube!“

„Genau. Ist, glaube ich, keine schlechte Idee. Schließlich ist die letzte Tour lange genug her, 1983, das macht jetzt genau zehn Jahre. Sag mal“, fragte er, „gibt es eigentlich Ulrike noch, die große Blondine, die noch besser aussah, als sie Ski fuhr?“

Ich lachte, denn ich erinnerte mich noch gut an sie. Sehr hübsch, sehr sexy und überaus charmant, etliche unserer Skifahrer waren sich da sehr einig gewesen und hatten verschärftes Balzverhalten an den Tag gelegt. Heiner war schließlich der Glückliche gewesen.

„Nein, ich habe sie nie wieder gesehen, aber an diese Aktion kann ich mich noch sehr gut erinnern. War das eigentlich von langer Hand geplant, oder habt ihr die Gondel damals wirklich verpasst?“

„Es gibt Dinge im Leben“, lächelte er tiefsinnig, „die klären sich nie auf …“ Und er schob nach, „Pass auf, ich fahre nach Weihnachten wieder mit, dann machen wir beide eine Gipfelkonferenz und klären alles, was zu klären ist, einverstanden?“

„Einverstanden."

„Ich melde mich."

„Na denn mach's gut und bis die Tage!" Ich wandte mich zu meinen Kollegen.

„Mach's besser!", rief er mir nach und winkte mit seiner Bierdose.

„Bus fährt!", hörte ich inzwischen zum wiederholten Mal. Ich klemmte mich hinter das Lenkrad unseres Busses, und die beste Band der Welt fuhr schlafen.

– 17 –

Er hatte beschlossen, es dabei bewenden zu lassen. Er glaubte nicht mehr daran, jetzt noch eine Frau für eine ereignisreiche Nacht in seinem Bulli zu finden. Er ließ seinen Blick die Lambertikirche hinaufwandern. Hoch oben, fast an der Spitze hingen die drei mannsgroßen Käfige, in die man die Leichen der drei Wiedertäufer nach ihrer Hinrichtung am 22. Januar 1536 auf dem Prinzipalmarkt gesteckt hatte. Jan van Leiden war der Anführer gewesen. Heiner grinste. Als brutaler Despot über die Stadt Münster hatte er während seiner grausamen und grotesken Herrschaft zahlreiche sakrale Kunstwerke zerstört, Geld als Zahlungsmittel abgeschafft, und etwaige Abtrünnige hatten nichts zu lachen gehabt.

„Aber das mit der Vielweiberei", dachte Heiner, „das hätte ich mir schon gefallen lassen. Gleich einen ganzen Harem auf einmal, und ich armer Kerl habe nicht einmal eine Einzige, nicht mal für diese Nacht, geschweige denn etwas Solides."

Eigentlich war es ja ein schöner Abend gewesen mit dem Konzert der Zwillinge. Aber dann war plötzlich Anna aufgetaucht. Obwohl er sich in den vergangenen Jahren immer und immer wieder vorgestellt hatte, wie sie ihm über den Weg lief, wie er sie in seine Arme schloss und alles andere um sich herum für immer vergaß, war er bei ihrem Anblick wie vom Blitz gerührt. Sekunden später war sie schon auf der Flucht, und es war ihm nicht gelungen, sie einzuholen; sie hatte sich in der Menge der Zwillinge-Fans in Luft aufgelöst.

Deprimiert folgte Heiner dem Prinzipalmarkt in Richtung Kiepenkerlviertel und bog durch die schmale Domgasse auf den Domplatz ab. Es war nicht zu übersehen, dass in Münsters Innenstadt ein großes Fest stattgefunden hatte. Etliche Pfandflaschen sammelnde Gestalten, die am kommenden Montag den Müll der besser Betuchten zu Geld machen würden, kreuzten Heiners Weg; Betrunkene torkelten mit glasigem Blick an ihm vorbei, ein einsamer Saxofonist hatte sein Horn auf den Rücken geschnallt und schob sein Fahrrad in Richtung Innenstadt, ein Stadtwerker lenkte einen Müllwagen über den Domplatz und kehrte mit einer mächtigen Bürstenwalze den auf dem Straßenpflaster verteilten Unrat in seinen stählernen Bauch.

Kurz bevor Heiner seinen Campingbus auf dem Schlossplatz erreichte, kam ihm plötzlich in der menschenleeren Frauenstraße ein offensichtlich betrunkener Radfahrer entgegen. Bei dem Versuch, Heiner in letzter Sekunde auszuweichen, stürzte er, aber als Heiner sich zu ihm herunterbeugte, um ihm aufzuhelfen, meckerte er lauthals, „Pack mich nicht an, du Penner! Kannst du nicht aufpassen, wo du her latschst? Sieh zu, dass du Land gewinnst!"

Mit einem lauten Paukenschlag war das Tier wieder da, der heiß glühende, alles versengende Zorn, diese Wut, die mit blitzartiger Geschwindigkeit in ihm hochschoss. Wie von einer fremden Macht ferngesteuert trat er auf den vor ihm liegenden Betrunkenen ein, immer und immer wieder, bis dieser keinen Mucks mehr von sich gab. Dann schwang sich Heiner auf dessen Fahrrad und jagte davon. Schneller, immer schneller trat er in die Pedalen, wohin, das war egal, nur weg von hier. Vor seinem inneren Auge sah er die Schlagzeilen auftauchen: „Nach Stadtfest: Schwere Körperverletzung und Fahrraddiebstahl in der Frauenstraße." Und im Anschluss würde wieder diskutiert werden: „Wie sicher sind unsere Innenstädte?"

Er wusste nicht, wie lange er gefahren war, er wusste nicht, wohin ihn sein Weg geführt hatte, aber es musste, und Heiner lächelte, so etwas wie therapeutisches Radeln gewesen sein. Der Druck in seinem Kopf und die mörderische Hitze waren verraucht, einfach weggestrampelt. Nach einem letzten kräftigen Tritt in die Pedale ließ Heiner das gestohlene Rad ausrollen und sah sich um, entdeckte ein Straßenschild.

„Was in Teufels Namen …", murmelte er. Was, wer, welche Macht oder welches überirdische Wesen, hatte ihn in diese Gegend der Domstadt gelenkt? Die Mondstraße lag in Münsters Osten, in Mauritz. Heiner war abgestiegen und schob das Rad neben sich her. Es war eine laue Nacht, die Stadt schlief, und nur hinter sehr wenigen Fenstern brannte noch Licht. Meistens war es das bläuliche, flackernd wabernde Leuchten, was nach außen dringt, wenn innen der Fernsehapparat läuft. Heiner dachte zurück, sehr weit zurück an die

Zeit, als er nachts durch die schmalen Straßen seines Heimatdorfes gezogen war. Er fragte sich, was hinter den Fenstern vor sich ging. Saßen sie da zu zweit, Hand in Hand, ein Glas Rotwein auf dem kleinen Wohnzimmertischchen mit der Schale Salzgebäck, um sich zum hundertsten Mal Casablanca mit Humphrey Bogart und Ingrid Bergmann anzuschauen? Lagen sie vielleicht in tiefen Schlaf versunken nackt auf dem durchkämpften Laken, während sich nach einer Comedyshow Nachrichtensendungen und politische Talkshows abwechselten, bis einer von beiden sich endlich erhob, um das Gerät abzuschalten und sich anschließend glücklich wieder an den warmen Partner anzuschmiegen. Oder hockte dort vor dem Fernsehapparat ein armer, allein gebliebener Mensch bei dem verzweifelten Versuch, sich die große weite Welt in das kalte Zimmer zu holen, um die bleierne Einsamkeit zu vertreiben? Er folgte der Mondstraße weiter bis zu dem Abzweig, der zur Pleistermühle führte, und parkte das Rad in einem der Fahrradständer vor Bramlage, dem kleinen Supermarkt Ecke Mondstraße / Pleistermühlenweg.

Heiner hielt den Atem an, nur ein paar Meter weiter führte ihn sein leiser Schritt in die Parkallee, wo Anna, ihr Mann und ihre kleine Tochter ein Einfamilienhaus bewohnten. Obwohl es nicht stockfinster war – der fast volle Mond tauchte die Welt in sein fahles Licht –, waren die Hausnummern der kleinen Häuser nicht zu entziffern. Langsam, sich eng an die den Bürgersteig säumende Ligusterhecke anschmiegend, schlich er vorwärts und blieb schließlich vor einem der Häuser stehen. Obwohl auch dieses Haus auf den ersten Blick zu schlafen schien, wusste Heiner, dass er angekommen war, irgendetwas sagte ihm, dass er hier richtig war. Er schlüpfte durch die das Grundstück umgrenzende Hecke und kauerte sich in den Schatten eines winzigen, aus rohen Brettern zusammengenagelten Schuppens, in dem die Hindemiths vermutlich Rasenmäher und Gartengeräte abstellten. Langsam wurde er ruhiger, die anfängliche Aufregung wich einer seltsamen, fast friedlichen Gelassenheit. Er saß, die Beine weit von sich gestreckt, den kleinen grauen Rucksack mit dem Biervorrat auf dem Schoß und eine geöffnete Dose in der Hand, entspannt auf dem Rasen. Der Mond warf sein Licht auf das Haus, einen Bungalow, und den gepflegten Garten mit einer Schaukel und einem kleinen Sandkasten. Heiner stellte sich vor, wie hier Kindergeburtstage gefeiert wurden, mit Topfschlagen, Eierlaufen und Sackhüpfen und anschließendem Kuchenessen. Er sah die Kinder vor sich auf dem Rasen herumtollen, singend, laut lachend, und schließlich mitten unter ihnen die Mutter der kleinen Gastgeberin in Jeans, rotem T-Shirt und den zu einem dicken Pferdeschwanz gebundenen dunklen Haaren, immer für Nachschub sorgend, wenn die Getränke oder Süßigkeiten ausgingen. Der Vater war nicht unter ihnen, vermutlich bei der Arbeit oder sonst wo, Heiner war es egal, er vermisste ihn nicht.

Als Heiners Kopf gerade auf seine Brust sacken wollte und er kurz davor war einzunicken, vollzog sich eine Veränderung. Während die verglaste Terrassentür zuvor eine große schwarze Fläche war, zeichnete sich plötzlich im Inneren des Hauses ein schemenhafter Umriss ab, der sich in Zeitlupe auf die große Scheibe zu bewegte. Auf einmal war Heiner hellwach, alle seine Sinne richteten sich auf den weißen Fleck, der mehr und mehr Konturen annahm. Heiner erstarrte. Sein Gehirn arbeitete auf Hochtouren. Sollte er es wagen?

„Warum nicht? Ich habe doch nichts zu verlieren,“ dachte er.

Er stellte die Bierdose zur Seite und tastete in seinem Rucksack nach dem Feuerzeug, das er eigentlich für die Kerzenbeleuchtung in seinem Bulli, für die Realisierung seines Projektes 91, eingesteckt hatte.

„Alles oder nichts?“, murmelte er leise fragend und hob das Feuerzeug in die Höhe, weit genug entfernt von seinem Gesicht, um sich nicht selbst zu blenden, und tastete mit dem Daumen nach dem Zündrädchen.

„D'accord, Monsieur de la Croix, alles oder nichts!“

Nur für die Dauer eines Wimpernschlages züngelte die winzige Flamme empor und sandte ihre Botschaft an das weiß hinter der Glasscheibe schimmernde Wesen. Das Gespenst zuckte zusammen, fast unmerklich, aber Heiner war sicher, dass seine Botschaft angekommen war. Minutenlang verharrte er, ohne sich zu rühren. Und dann glitt plötzlich die gläserne Tür wie von Geisterhand zur Seite und das Gespenst schwebte langsam über den Rasen auf ihn zu.

„Es hat lange dauert", flüsterte Anna heiser, „ich habe früher mit dir gerechnet." Sie reichte ihm die Hand, um ihn in die Höhe zu ziehen.

„Lass uns hineingehen", fuhr sie leise fort und tastete den Balken über der schmalen Schuppentür ab, um den Schlüssel zu finden. Jedes Geräusch vermeidend, öffnete sie den kleinen Schuppen, schob Heiner vor sich her, hinein in die winzige, stockdunkle Kammer, zog die Tür hinter sich zu und flüsterte, „Dein Feuerzeug, gib mir bitte dein Feuerzeug!"

Zum zweiten Mal blitzte die kleine Flamme auf, Anna zündete eine Kerze an, die sie aus der Brusttasche ihres weißen Nachthemdes hervorzauberte, und Heiner wurde schlagartig klar, dass sie nichts dem Zufall überlassen hatte und das wohl auch nie täte. Im Schein der Kerze entdeckte Heiner, wie er vermutet hatte, Gartengeräte, einen Rasenmäher, mehrere Paar Skier, einen Grill mit einem Sack Holzkohle und in einer Ecke des Raums etliche Stangen aus Holz und Metall, vielleicht Rankhilfen für Kletterpflanzen. Auf dem Boden gegenüber der Tür lag eine großzügig bemessene, rund einen Meter breite, verschließbare Skibox, wie man sie vor einem Skiurlaub auf das Autodach schraubt, um Skier, Stöcke, Schuhe und Schlafsäcke zu verstauen.

„Du hast bestimmt unzählige Fragen, aber ich bitte dich, warte auf den Tag, an dem ich bereit bin, sie zu beantworten; noch bin ich nicht so weit. Noch lange nicht …"

Heiner nickte und nahm sie fest in seine Arme. Keine Minute später befreite sie sich aus seiner Umarmung und griff nach einer alten Keksdose, aus der sie einen kleinen Schlüssel ans spärliche Kerzenlicht beförderte.

„Schließ auf!", sagte sie und deutete auf die Skibox. Heiner fragte sich, wie viele Überraschungen sie wohl noch parat hatte, nahm den Schlüssel und öffnete die Skibox. Als er den Deckel nach oben klappte, erblickten seine überraschten Augen ein schmales, aber für zwei Liebende völlig ausreichendes, weich gepolstertes Lager. Anna war offensichtlich bestens vorbereitet, denn sie hakte den Deckel der Skibox mit einem metallenen Ring an einem in den Bretterverschlag geschlagenen Nagel fest, sodass der Deckel wie ein Baldachin über der Bettstatt schwebte. Vorsichtig zog sie ihm den Pullover über den Kopf, befreite ihn vom Rest seiner Kleidung, ließ ihr weißes Nachthemd zu Boden gleiten, deutete auf das schmale Lager und flüsterte, „Es ist angerichtet!"

Als der frühe Morgen sein erstes schwaches Licht durch einen schmalen Spalt über der kleinen Holztür hineinschickte, sagte sie zu ihm, „Mein lieber Freund, es ist Zeit für dich zu gehen."

„Was ich noch zu sagen hätte" – Heiner dachte schmunzelnd an den Hit von Reinhard Mey aus dem Jahr 1974 – „dauerte eine Zigarette und ein letztes Glas im Stehen!"

„Mein Mann oder Lisa könnten jederzeit wach werden, und dann bist du besser über alle Berge."

„Ist in Ordnung, ich bin schon weg." Während er sich langsam wieder anzog, fragte er leise, „Darf ich dich anrufen?"

„Nein, darfst du nicht. Aber vertrau mir, ich melde mich bei dir, ganz sicher. Zwei Fragen möchte ich dir noch beantworten, bevor du sie stellst. Ob das ein Hobby von mir ist? Nein, ist es nicht, und ja, du bist der Erste." Sie drückte ihn fest an sich und schien für einen Moment die Zeit still stehen lassen zu wollen. Eine kleine Ewigkeit verging. Dann zog sie sein Gesicht zu sich heran und küsste ihn auf die Wangen, links, rechts und wieder links.

„So wie es die Franzosen tun! Ich verstehe." Mit sanfter Gewalt fasste sie Heiner bei den Schultern, schob ihn, wie sie ihn hineingeschoben hatte, wieder hinaus, und Heiner verschwand durch die Hecke, wie er gekommen war.

Heiner machte sich zu Fuß auf den Rückweg, das Fahrrad ließ er vor dem Supermarkt stehen. Er hatte Zeit genug, zum Schlossplatz, zu seinem VW Bus zurückzulaufen. Er ließ die vergangenen Stunden Revue passieren und kam, je mehr er darüber nachdachte, zu der festen Überzeugung, dass Anna alles, was geschehen war, minutiös geplant hatte. Sie hatte gewusst, dass er es war, der im Schatten des Geräteschuppens kauerte, sie hatte sogar eine Kerze mitgebracht. Und das Liebeslager in der Skibox? Vermutlich seit langer Zeit vorbereitet, verschlossen, der Schlüssel gut versteckt vor Mann und Kind hinter allem möglichen Gerümpel. Wie viel Phantasie benötigt man, um so detailgenau ein Liebesabenteuer vorauszuplanen?

Welche Rolle spielte Thomas Hindemith, ihr Ehemann, in diesem Spiel? War es ein Spiel? Und wenn nicht, was war es dann? Auf alle Fälle hatte Heiner das unbestimmte Gefühl, dass es noch nicht zu Ende war, noch lange nicht.

„Zeig mir die Farben deiner Seele,
ich kenn nur die Schatten deiner Haut …"

Die Zeilen aus einer Schnulze der Zwillinge kamen ihm in den Sinn. Leise pfiff er die Melodie vor sich hin, während sein Weg ihn zum zweiten Mal in dieser Nacht durch Münsters ausgestorbene City führte – Prinzipalmarkt, Domgasse, Domplatz. Mit Beklemmung nahm er in der Frauenstraße, kurz bevor er seinen auf dem Schlossplatz geparkten VW Bus erreichte, das Absperrband und den direkt daneben geparkten Streifenwagen wahr. Ein Passant war in der Nacht brutal zusammengetreten worden. Heiner lief ein Schauder über den Rücken, doch eine Stimme tief in seinem Inneren beruhigte ihn, es war das letzte Mal, es würde nie wieder geschehen. Heiner überquerte den Hindenburgplatz, schloss sein Auto auf, und bevor er in seinen Schlafsack kroch, um ein paar kurze Stündchen Schlaf nachzuholen, griffelte er die alte Kladde unter dem Fahrersitz hervor und blätterte zurück in das Jahr 1986, bis er die Nummer 68 gefunden hatte. Hinter dem Datum befanden sich ein einzelner senkrechter Strich und fünf kleine Sternchen, und Heiner dachte an damals. Dann dachte er an die zurückliegenden Stunden und fügte einen zweiten, kräftigen Strich sowie abermals fünf Sternchen hinzu. Bevor er in einen traumlosen Schlaf fiel, fragte er sich kurz, warum die 68 die einzige Nummer war, für die er eine Doppelseite in der Kladde freigelassen hatte.

– 18 –

Wer im Jahr 2003 in Münster Drogen benötigte, wurde am Bremer Platz fündig. Der Bremer Platz liegt auf der Rückseite des Münsteraner Bahnhofs, am Osteingang, hier versammelten sich die ausgebrannten Freaks, die Ärmsten der Armen, die auf der untersten Sprosse der gesellschaftlichen Leiter angekommen waren. Er verstand nicht, warum die Polizei nicht kurzen Prozess machte. Wäre er an der Stelle der Verantwortlichen gewesen, der Platz wäre sauber, und er hätte nicht selbst in Aktion treten müssen. Es wäre ein Platz, auf dem sich die Rentner des Viertels treffen könnten, um eine Partie Boule zu spielen oder um auf einer der Parkbänke ein Schwätzchen zu halten, kleine Kinder in Begleitung ihrer Mütter könnten sich an Spielgeräten auslassen, schaukeln, klettern oder im Sandkasten spielen. Die zahlreichen kleinen und großen Dealer, die Drogenabhängigen, all den ganzen Abschaum, würde er allesamt ohne Gnade verhaften und abführen lassen. Aus dem Verkehr ziehen, wegsperren, egal wohin, Hauptsache weg mit ihnen, sie waren eine Schande und eine große Gefahr für die Stadt. So aber, wie es auf dem Bremer Platz jetzt aussah, machte jeder normale Bürger der Stadt einen großen Bogen um den berüchtigten Drogenumschlagplatz.

Der Mann hatte sich verkleidet. Unbemerkt von seinen Nachbarn, Bekannten und Freunden hatte er sich selbst zu einer dieser armseligen Kreaturen umgestaltet. Den Plan hatte er bereits seit mehreren Wochen im Kopf gewälzt. Er hatte ihn unzählige Male modifiziert, verfeinert und perfektioniert, jetzt war er so weit. Der Plan stand fest, und nichts auf der Welt könnte ihn davon abhalten, ihn in die Tat umzusetzen. Damals, beim ersten Mal, war alles viel einfacher gewesen, binnen weniger Minuten hatte er einen Entschluss gefällt, und nur kurze Zeit später war alles erledigt. Dieses Mal würde er wesentlich vorsichtiger sein müssen, er würde Risiken eingehen, aber diese Risiken mussten kalkulierbar sein. Dieses Mal brauchte er einen Plan. Weil alles vor ihren Augen passieren sollte, war die Verkleidung ein wesentlicher Teil des Plans, der Rest war Handwerk.

Auf dem ehemaligen Industriegelände am Hawerkamp hatte er sein Basislager aufgeschlagen, von hier aus würde er sein Unternehmen starten. Unter einem Haufen Schrott, verdeckt von einer rostigen Badewanne und den Teilen eines ausgeschlachteten Golf 1, hatte er seine Utensilien versteckt. Niemand käme auf den Gedanken, dass es sich dabei um die für ein detailliert geplantes Verbrechen versteckte Verkleidung sowie eine Mordwaffe handelte. Am Hawerkamp gab es etliche Ateliers und Künstlerbüros, einige Discos und Clubs, in denen Jugendliche am Wochenende, ungestört von Ordnungshütern, Eltern oder Lehrern, Partys feierten. Einige Autoschrauber hatten hier ihre Klitschen, es gab eine alternative Fahrradwerkstatt und einen Musikladen, in dem der Chef Rudi vor allem gebrauchte Gitarren, Bässe und entsprechende Verstärker an- und wieder verkaufte. Der Mann hasste den Hawerkamp, alles war irgendwie schmuddelig, es gab keine Wand, die nicht mit Grafitti besprüht gewesen wäre, und die, die im Hawerkamp einen morbiden Charme erkannten, waren vermutlich genau die guten Bürger, die in Münsters Kreuzviertel eine wie aus dem Ei gepellte Eigentumswohnung mit einem eigens für sie reservierten Einstellplatz für den mattschwarzen Familienkombi bewohnten und die manchmal, wenn die Kinder schon im Bett lagen, selbst zum Joint griffen und von der ach so schönen Studentenzeit schwafelten.

Hätte er etwas zu sagen, dann würde alles dem Erdboden gleich gemacht, ein paar Tage Bagger, Abrissbirne und Bulldozer, und diese verhasste Keimzelle von Drogen und Verbrechen gehörte der Vergangenheit an. Hier, am Hawerkamp, war es auch, wo sich seine Vermutung zum ersten Mal bestätigt hatte. Mit eigenen Augen hatte er mitverfolgt, wie sie gemeinsam dieses Teufelszeug geraucht hatten, um anschließend völlig bedröhnt in die Disco zu wanken. Nur ein paar Meter entfernt waren sie an ihm vorbeigestolpert, ohne ihn zu erkennen. Mit dem Feldstecher hatte er kurz zuvor auf der Lauer gelegen, um sich Klarheit zu verschaffen, und nur wenig später hatten sich alle seine Befürchtungen bewahrheitet. Schlagartig war ihm klar geworden, dass Handlungsbedarf herrschte. Kurz war der Gedanke Selbstjustiz in seinem Kopf herumgespukt, und ihm war klar, was er da geplant hatte, war böse, sehr böse, aber es gab keine

Alternative, er würde ihn aus dem Verkehr ziehen, kalt stellen, ausschalten.

Er schob einen rosafarbenen, völlig verschlissenen Kinderwagen, aus dem zahlreiche Flaschen und Plastiktüten hervorschauten, vor sich her. Seine Verkleidung war perfekt und erfüllte unterschiedliche Funktionen, sie war Tarnung und Transportmittel für seine normale Alltagskleidung, den Akkuschrauber und für die Tatwaffe zugleich. Und man würde einen großen Bogen um ihn machen, denn so gehörte er zu der Kaste, mit der niemand etwas zu tun haben wollte. Bei der Waffe war er sich zunächst nicht sicher gewesen, ob er dieselbe wie beim ersten Mal verwenden sollte. Zugegeben, sie barg ein gewisses Risiko, aber er fühlte, er war es ihr, für die er beim ersten Mal bis zum Äußersten gegangen war, schuldig. Er fühlte, er war es auch ihr, für die er dieses Mal bis zum Äußersten gehen würde, schuldig. Er war es allen beiden schuldig – und schließlich, wofür hatte er die Waffe sonst all die Jahre aufbewahrt?

Nach der Tat würde er verschwinden, wie er gekommen war, und niemand würde Notiz nehmen von einem alten besoffenen Penner. Zu seiner Verkleidung gehörte eine Perücke mit halblangem strohigblondem Harr, das in Fransen unter einer alten, schäbigen Bommelmütze ohne Bommel hervorlugte. Unter der Nase klebte ein dichter, in Richtung Mundwinkel gebogener Schnurrbart, und auf der Nase trug er eine große Hornbrille mit Gläsern aus Fensterglas. Ein alter grauer Tweedmantel mit Fischgrätmuster und eine fadenscheinige Jeans würden ihn vor der Dezemberkälte schützen. In die linke Innenseite des schweren Mantels hatte er eine Lederschlaufe eingenäht, in der die schwere Waffe hing; von außen war sie nicht zu sehen. Ein aufmerksamer Beobachter hätte höchstens eine in der Mantelinnentasche versteckte Rotwein- oder Schnapsflasche vermutet. Der kompakte Akkuschrauber steckte in der rechten Außentasche. Die schwarzen Lederhandschuhe und die Joggingschuhe waren fast neu, die Handschuhe waren wichtig für einen guten festen Griff. Und die Schuhe, man konnte nie wissen, vielleicht würde er die Beine in die Hand nehmen müssen.

„Ich geh dann jetzt!“, hatte er früh morgens gesagt, „bis heute Abend!“

„Ciao, und einen erfolgreichen Tag!", hatten sie geantwortet. Er hoffte in der Tat, der Tag wäre am Ende von Erfolg gekrönt. Zu Fuß war er bis zum Hawerkamp gelaufen und hatte sich schon unterwegs die große Brille und eine Schlägermütze aufgesetzt, um nicht erkannt zu werden. Unter dem Schrotthaufen hatte er den Kinderwagen hervorgezogen, sich ein paar Mal umgesehen, aber es war niemand in Sicht. Er hatte Mantel, Perücke, Schnurrbart und Mütze angezogen und den Kinderwagen in Richtung Bremer Platz geschoben. Als ihm auf dem Albersloher Weg zwei seiner Arbeitskollegen begegneten, bestand seine Verkleidung einen ersten wichtigen Test. Auch als er den beiden Kollegen direkt ins Gesicht sah, entdeckte er nicht die Spur eines Erkennens, er hörte nur noch, wie einer zum anderen sagte, „Du, und wenn alle Stricke reißen, dann sammele ich Pfandflaschen!" Beide lachten. Sie lachten hämisch, voller Verachtung für den verkommenen, seine ganze Habe in einem Kinderwagen vor sich her schiebenden Penner, und er dachte, „Es ist nicht euer Verdienst, dass es euch besser geht als diesen armen Schweinen!"

Der Mann bewegte ihn langsam, seinen Kinderwagen mit den Pfandflaschen und der Waffe, er hatte alle Zeit der Welt. Gegen achtzehn Uhr war er am Bremer Platz angekommen, und er schlurfte einmal quer hinüber. Er fügte sich perfekt in das Bild, welches die versammelte Garde der armen Teufel hier abgab. Er hatte sein Opfer noch nicht entdeckt, aber er war sicher, dass er kommen würde, er kam jeden Tag, darauf war Verlass. Auf Drogenlieferanten muss man sich verlassen können, sonst machten sie keine Geschäfte. Eigentlich hatte er ihm direkt am vorgesehenen Tatort auflauern wollen, aber er musste sicher sein, welche Hose und welche Schuhe er tragen würde. Von seinem Versteck aus, unter der Toilettentür hindurch, würde er ihn nur bis zu den Knien sehen können. In den vergangenen zwei Wochen hatte er den Kinderwagen schon ein paar Mal über den Platz geschoben, und niemand registrierte ihn. Die Penner, die immer hier waren, kannten ihn bereits, dafür hatte er gesorgt. Am Anfang hatten sie ein paar Mal versucht ihn anzusprechen, aber er hatte ihnen unmissverständlich klar gemacht, dass er seine Ruhe haben wollte.

Er hatte sich auf einer der Bänke niedergelassen und wartete. Er würde hier auftauchen, es war lediglich eine Frage der Zeit, und davon hatte er reichlich. Er beobachtete die Abhängigen, die um ein wenig Glück bettelten, die Händler, die Obdachlosen, die Penner, alles arme Kreaturen, aber die armseligsten unter ihnen waren die Süchtigen. Sie taten ihm leid, und zugleich hasste er die, die aus ihrer Sucht Profit schlugen.

Zwei Stunden hatte er auf seiner Bank gesessen und an einer Lambruscoflasche genuckelt, die er am Vormittag zu Hause mit Tee befüllt hatte, als der Erwartete vom Ostausgang des Bahnhofs auf den Platz geschlendert kam. Das Spiel konnte beginnen, die Partie war eröffnet. Mit einem Schlag war er hellwach. Er hasste ihn, eiskalt, emotionslos. Als der erste Verdacht in ihm aufkeimte, war der Hass wie glühend heiße Lava unaufhaltsam in ihm hochgekrochen, es hatte ihn fast unmenschliche Kraft gekostet, ihm nicht direkt das Leben aus seiner irdischen Hülle zu prügeln. Und er hasste ihn noch mehr dafür, dass dieser ihn zwang, das zu tun, was er jetzt tun musste. Jetzt lächelte der Mann mit der Bommelmütze überlegen, er war ganz Herr seiner selbst. Die ganze Angelegenheit war zu einem Spiel, einem Wettkampf geworden, er gegen ihn, aber der andere hatte keine Chance.

„Du hast noch maximal drei Stunden", dachte er, „dann bist du tot, mein Freund, mausetot!"

Er beobachtete, wie sich die jugendlichen Süchtigen, fast noch Kinder, um den Dealer drängten. Es dauerte nicht lange, und er hatte seine schmutzigen Geschäfte abgewickelt und die Taschen voll mit großen und kleinen Scheinen. Das würde er ihm später abnehmen müssen, um einen Raubmord vorzutäuschen. Der Drogenverkäufer hatte sich umgewandt und sah für einen Moment direkt zu dem Mann mit dem Kinderwagen, zeigte aber keinerlei Regung, er hatte ihn nicht erkannt. Wenig später verließ er den Platz in Richtung Wolbecker Straße. Der Mann folgte ihm mit großem Abstand, denn es machte nichts, wenn er ihn aus den Augen verlieren würde, er kannte sein Ziel, und genau dort würde er ihn erwarten. Er wusste jetzt, dass er ausgelatschte schwarze Chucks und eine nicht mehr wirklich schwarze, weit ausgestellte Cordjeans trug. Das reichte. Er grinste, alle Chucks- und Schwarze-Cordjeansträger sollten sich heute Abend besser in Acht nehmen.

Er wartete noch eine Viertelstunde, es war etwa halb zehn, als er die Straße überquerte und das Midi betrat. Wie er erwartet hatte, war der Raum gut mit Gästen gefüllt, die gerade dem Gesang des alten Geigers und Sängers der Band lauschten, der einen alten im Jahre 1956 von Cole Porter veröffentlichten Hit zum Besten gab:

„I love Paris in the spring time
I love Paris in the fall,..“

Er hatte sie entdeckt, sie saßen alle drei an einem der kleinen runden Tischchen, den Blick zur Band gewand. Es war eng, auf seinem Weg zur Toilette würde er sich direkt an ihnen vorbei schlängeln müssen, er würde sie um Verzeihung bitten, für die Störung, und dann würde der Tweedmantel mit der Mordwaffe vielleicht ganz sacht und zart den Rücken seines Opfers streifen. Wie wohlig wärmende Sonnenstrahlen kroch die Mordlust seinen Nacken hinab.

„I love Paris in the summer, when it sizzles
I love Paris in the winter, when it drizzles“

Als er den Raum betrat, hatten sich die Köpfe der Gäste kurz in seine Richtung gedreht, um zu sehen, wer der neue Gast war, der da die Kneipe betrat und für den Bruchteil einer Sekunde fühlte er sich erkannt, aber dann wandten sich alle wieder dem Rentnertrio in der Ecke zu und nichts deutete darauf hin, dass irgendjemand Notiz von dem alten Penner nahm, der sich leicht vornübergebeugt langsam zwischen den Tischchen hindurch, irgendetwas wie „Klo benutzen..“ murmelnd, auf die Toiletten zusteuerte.

„I love Paris every moment
Every moment of the year“.

Vor der Tür, die zu den Toiletten führte, hielt er kurz inne und drehte sich um, um die Szenerie zu betrachten. Er spürte den Puls in sämtlichen Fasern seines angespannten Körpers und fühlte wie sich ein paar Schweißperlen unter dem angeklebten Schnurrbart sammelten. Es war heiß in der Kneipe, Zigaretterauch waberte durch den Raum, die Kerzen auf den Tischchen und die Musik tauchten den Raum in eine friedliche vorweihnachtliche Stimmung.

„Nicht mehr lange,“ dachte er, „dann ist hier drinnen der Teufel los!“

„Guten Abend, möchten sie etwas trinken?“ fragte ihn der Student der hinter den Tresen am Zapfhahn stand.

Der Mann zuckte zusammen.

„Gerne, ich hätte gerne ein Bier.“ Der Mann deutete auf das Kopfende des uralten Tresens, wo ein großer gläserner Flaschenöffner mit dem Aufdruck Afri-Cola angeschraubt war.

„Stellen Sie es dort hin. Ich verschwinde nur kurz zur Toilette, bin gleich zurück, vielen Dank.“

„I love Paris, why oh why do I love Paris
Because my love is here!“

Der Mann drehte sich um, trat durch die Pendeltür der Herrentoilette und handelte von nun mit der Präzision eines HighTech-Computers. Jeder Schritt war geplant. Er lehnte die Waffe in die Ecke direkt neben dem kleinen Spülstein, niemand würde sie registrieren, dann holte er den Akkuschrauber und die drei langen Spaxschrauben aus der Manteltasche, verschwand damit in der den drei Pissoirs gegenüberliegenden Toilettenkabine und verschloss die Tür. Jetzt hieß es nur noch warten. Von seinem Beobachtungsposten aus konnte er die Gäste nur bis etwa Kniehöhe sehen, links sah er einen Teil der Mordwaffe an das Waschbecken gelehnt und rechts, vor dem dritten Pissoir, sah er die hölzernen Füße der Guillotine, das Penisschafott. Er grinste, Kardinal Richelieu hätte seine helle Freude an dem Ding gehabt. Nach ein paar Minuten war es soweit. Er beugte sich tief hinunter und erblickte schwarze verschlissene Chucks, die aus einer schwarzen Cordhose herauswuchsen. Sein Herz blieb einen Moment lang stehen, er zauderte für einen Sekundenbruchteil, aber dann gab er sich einen Ruck, an ein Zurück war nicht mehr zu denken. Er betätigte die Toilettenspülung, trat aus der Tür und öffnete den Wasserhahn des Spülbeckens, ließ das Wasser laufen, um von seinen unvermeidlichen Geräuschen abzulenken. Blitzschnell nahm er den Akkuschrauber zur Hand und drehte zwei der dicken Spaxschrauben durch die Pendeltür in ihren Rahmen, um sie zu blockieren. Das Ganze hatte nicht weniger als ein paar Sekunden gedauert, der junge Mann stand noch immer vor dem Pissoir und die Geräusche ließen erahnen, dass er noch eine Zeit lang benötigen würde. Er griff nach der Waffe neben dem Waschbecken.

Jagdfieber, brennende alles versengende Hitze, er trat dicht an sein Opfer heran und den Augenblick voll auskostend, nahm er die Brille ab.

„Na, meine Junge erkennst du mich?“

„Aber das ist, Sie sind ja ... Aber warum ....“

Er beendete den Satz nicht mehr. Mit voller Wucht krachte der kalte Stahl auf seinen Schädel nieder, und er glitt zu Boden. Um sicher zu gehen führte der Mann noch einen zweiten gezielten Schlag gegen den vor ihm auf den Fliesen liegenden Drogendealer, er schwang die Waffe wie ein Golfspieler genau auf den Punkt, an dem die Wirbelsäule im Schädel verschwindet. Ein Griff an die Halsschlagader bestätigte dem Mann, dass er gute Arbeit geleistet hatte. Wie in Zeitlupe kroch das Blut aus dem zerschmetterten Schädel von einem der kleinen grauen Fliesenquadrate zum nächsten. Er packte den mit schwarzem Blut überströmten Körper mit der linken am Kragen und mit der rechten Hand am Hosenbund und rammte den Kopf mit bestialischer Wucht durch die Guillotine in das rechte der drei Pissoirs, welches sich direkt tiefrot färbte. Dann tauchte der schwer atmende Mann seinen lederbehandschuhten Zeigefinger in den weit aufklaffenden blutigen Krater an Kopf des Dealers und murmelte:

„Soviel Zeit muss sein!“

Denen, für die er das alles hier tat, hinterließ er seine blutige Nachricht, in großen Lettern, rot auf weißen Wandfliesen.

Leise gedämpft drang die Musik aus der Kneipe an sein Ohr.

„On the sunny side of the street.“

Rückzug, er ließ die Waffe wieder unter dem alten Mantel verschwinden, drehte blitzschnell die Spaxschrauben aus der Tür heraus, verließ den nach Blut und Urin stinkenden Tatort und genau wie wenige Augenblicke zuvor von innen, verschraubte er die Pendeltür von außen.

Er betrat den Schankraum, in dem die Zuschauer gerade dabei waren, sich mit kräftigem Applaus bei der Band zu bedanken. Der Student deutete auf ein frisch gezapftes Bier und rief dem Mann durch den Kneipenlärm zu:

„Ich hab's gerade noch einmal frisch gezapft. Hat wohl etwas länger gedauert, wie?"

„Na ja, ich bin ja auch nicht mehr gerade der Jüngste", grinste der Mann und fuhr fort, „Vielen Dank auf jeden Fall, sehr freundlich und dann möchte ich auch gleich ..."

Und er vollführte mit Daumen und Zeigefinger das Geldzählzeichen.

„Das macht zwei Euro zehn!"

Er nahm einen Schluck von dem Bier und legte drei Euro auf den Tresen: „Stimmt so!"

„Vielen Dank!"

Niemand fielen die schwarzen Lederhandschuhe des Mannes auf. Als er das Glas wieder auf dem Tresen abstellte, hatte es rote Flecken, ganz so, als ob sich jemand in den Finger geschnitten hätte. Langsam, fast in Zeitlupe schlurfte er auf den Ausgang zu, vorbei an dem kleinen runden Tischchen, auf dem drei Gläser standen, an dem aber nur noch zwei Personen saßen. Er trat auf den Bürgersteig. Es nieselte und ein schlecht beleuchtetes altes Auto rumpelte an ihm vorbei. Der Bohlweg war wie ausgestorben, nur aus der Kneipe drang ein gelbliches Licht und gedämpfte Musik in die feucht kalte Dezembernacht. Nachdem er sich überzeugt hatte, dass er unbeobachtet war, nahm er den Akkuschrauber noch einmal zur Hand und verschraubte mit der letzten ihm verbleibenden Spaxschraube die Eingangstür des Midi. Das würde ihm noch einen kleinen Vorsprung verschaffen.

Niemand beobachtete den Mann im Tweedmantel, der seinen Kinderwagen den Bohlweg entlang schob und langsam in Richtung Hawerkamp verschwand. Er war sehr mit sich und der Welt zufrieden. Er hatte das notwendige, wohl verdiente Quäntchen Glück gehabt und alles richtig gemacht, schnell, unauffällig, präzise. Perfekt.

Der Mann lächelte. Leise sang er einen im Jahre 1930 von Jimmy McHugh komponierten Jazzstandard, der von Myriaden bekannter und unbekannter Jazzgrößen wie Louis Armstrong, Benny Goodman, Lionel Hampton, Dizzy Gillespie und Count Basie aufgeführt worden war vor sich hin:

„Grab your coat and get your hat
Leave your worries on the doorstep
Life can be so sweet
On the sunny side of the street

Can't you hear the pitter-pat
And that happy tune is your step
Life can be complete
On the sunny side of the street"

– 19 –

Es war kurz vor Weihnachten, der 2. Dezember des sich langsam dem Ende nähernden Jahres 2003, der erste Dienstag im Monat und, das sollte sich später am Abend herausstellen, der blutigste Dienstag, den das Midi jemals gesehen hatte. Der erste Dienstag im Monat, das bedeutete, meine Rentnerband Unisono spielte im Midi, in Wollis französischer Kneipe. Wir hatten das, was man unter Musikern einen Steady Job nennt, einen regelmäßigen Auftritt zu einem festen Termin an einem festen Ort. Die Dienstagsroutine war für mich so etwas geworden wie der Kaffe zum Frühstück oder die Tageszeitung, erfrischend und immer wieder gut. Unisono, das war ganz sicher die mit Abstand beste Rentnerband der Welt. Wir waren zu dritt, alle drei Berufsmusiker, wobei meine Kollegen deutlich länger im Geschäft waren als ich. Gerd, der Gitarrist, ging stramm auf die siebzig, Hans der Geiger stramm auf die achtzig zu. Gitarren-Gerd hatte mich ein paar Jahre zuvor als Kontrabassist in die Band geholt.

„Aber, Gerd“, sagte ich, „ich kenne doch kaum eines der Lieder, die ihr im Programm habt.“

„Macht nichts“, antwortete Gerd, „das kriegst du hin, ich bringe die Akkorde mit, und du mogelst dich schon dadurch.“

„Wenn du meinst!“, sagte ich, und ein paar Tage später war es schon soweit, Gerd brachte die handschriftlich notierten Harmonien für die Lieder mit, und es konnte losgehen: mein Steady Job im Midi.

Ein paar Mal hatte ich bereits mit Richi, Quetschkasten-Martin und Matthias, dem besten Posaunisten der Welt, bei Wolli musiziert, zuletzt am 14. Juli, an dem sich der die französische Revolution einläutende Sturm auf die Bastille zum 214. Male gejährt hatte. Es war ein wundervoller Abend, dieser Abend des 14. Juli. Wir hatten Rotwein in rauen Mengen getrunken, die Marseillaise gespielt, und Wirt Wolli war begeistert. Dann hatten wir noch Carachillo con Anis getrunken, diese unglaubliche Mischung aus Espresso und Anisschnaps, die Internationale intoniert, und Wirt Wolli war noch begeisterter. Er schwebte vor Enthusiasmus auf einer sozialistischen Solidaritätswolke, fühlte sich an seine Studentenzeit erinnert, in der er am liebsten als Revolutionär in den bolivianischen Busch ausgewandert wäre, um die Unterdrücker von Unterdrückten zu bekämpfen.

Wollis Kneipe war für meinen Geschmack eine der charmantesten in ganz Münster. Das Midi war französischer, als Frankreich es jemals sein kann, aber es war genau das, was Besucher von Wollis Kneipe so schätzten. Wohin das frankophile Auge schaute, überall entdeckte es eine Auswahl der Souvenirs, die der Wirt von seinen ungezählten Reisen in den Süden mit nach Münster gebracht hatte, vor allem Schilder, Straßenschilder, Werbetafeln, die er irgendwo günstig auf Flohmärkten aufgetrieben hatte. Bei allen seinen Fahrten ins benachbarte Frankreich lagen ein Schraubenzieher, eine Zange und diverse Maulschlüssel im Handschuhfach seiner Ente. Schon draußen, auf der Terrasse vor dem Eingang, begrüßten zu Tischen umfunktionierte Verkehrsschilder den nach Rotwein und Pastis lechzenden Gast, auf den Tischen standen Wasserkaraffen von Ricard und Aschenbecher von Gauloises, und die Lautsprecher berieselten die Zuhörer mit Chansons von Charles Aznavour, Charles Trenet oder Edith Piaf. Der uralte dunkle Eichentresen stammte noch aus dem Jahre 1906, als die Kneipe unter dem Namen „Zur guten Quelle“ Premiere hatte, unter dem sie sich mehr schlecht als recht gehalten hatte, bis Wolli sie schließlich zu seinem florierenden Café-Bistro umfunktioniert und „Midi“ getauft hatte. Die Wand dem Tresen gegenüber schmückte eine Fototapete, die ein typisch französisches Straßencafé mit dem auf einem Fahrrad durch das Bild strampelnden Wolli zeigte. Auf den Höhepunkt frankophiler Dekorierkunst stieß der männliche Gast auf der Herrentoilette. Nach dem Öffnen der Toilettentür, was durch Drücken passierte, – ‚poussez‘ stand auf einem kleinen, runden, an der Tür angebrachten Aluminiumschildchen –, offenbarte sich dem Blick des eigentlich nur seine Notdurft verrichten wollenden Gastes eine Batterie von drei Pissoirs. Das wäre nichts Besonderes gewesen, hätte nicht vor dem rechten der drei Keramikbecken eine vom grau gefliesten Boden bis zur Decke reichende, bis auf das blecherne Fallbeilmesser, hölzerne Guillotine gestanden, offensichtlich dazu gedacht, Wasser lassende Kneipengäste kurzfristig zu entmannen.

Links vom Eingang, wo in einer Nische bis zu acht Gäste an zwei kleinen Tischen Platz nehmen konnten, befanden sich die zwei Quadratmeter, die der Wirt der Band zur Verfügung stellte, in diesem Fall meiner Rentnerband Unisono. Nachdem meine Musikerkollegen mich als ihren Bassisten eingestellt hatten, hatte es nicht lange gedauert, bis ich mich in die altmodischen Melodien verliebt hatte. Mit zartem Schmelz fiedelte oder sang Hans die Lieder aus den 20er und 30er, auch 40er und 50er Jahren, während Gitarren-Gerd wie kein zweiter den Rhythmus dazu lieferte. Gerds rechte Hand mochte ich am liebsten. Er begleitete Walzer, Tangos und Rumbas, da würde so mancher moderne Flitzefinger vor Neid erblassen.

Der Job an jenem blutigen zweiten Dezember hatte begonnen wie alle unsere Auftritte im Midi. Ich hatte mein Bassverstärkerchen – es war kleiner als eine Kiste Bier – rechts auf der Bank hinter uns platziert, das ältere Rotwein trinkende Pärchen links neben mir war netterweise ein wenig zur Seite gerückt, um Platz für meinen dicken Kontrabass zu schaffen. Gerds Gitarrenverstärker, auch ein eher schlankes Modell, verrichtete seinen Dienst in der Mitte. Hans' Gerät ganz links war nichts besonderes. Für ihn war es am wichtigsten, dass der Verstärker nicht zu schwer war und zusammen mit Geige, Mikrofon und Stativ in den Kofferraum seines Opel Corsa passte.

„Was schmust der Osning?“, fragte Gerd. Das war Masematte, eine zu Beginn des 19. Jahrhunderts entstandene Sprache der Arbeiter und fliegenden Händler, der Gauner und Vagabunden in und um Münster. Als mich Gerd ein paar Jahre vorher das Gleiche zum ersten Mal gefragt hatte, hatte ich ihn verständnislos angesehen:

„Wie bitte?“

„Was schmust der Osning?“, wiederholte er, „Wie spät? Ist Masematte.“

Gerd und Hans waren peinlich darauf bedacht, auf keinen Fall zu spät anzufangen.

„Wir haben noch genau sieben Minuten“, hatte Hans geantwortet, für mich das Zeichen, mir noch einen Espresso an der Bar zu genehmigen. Hinter der Bar erblickte ich ein mir unbekanntes Gesicht, ein Student, so vermutete ich, von höchstens vierundzwanzig oder fünfundzwanzig Jahren. Wollis Belegschaft bestand in der Regel aus ausgesprochen freundlichen jungen Studenten und Studentinnen.

„Hallo“, begrüßte ich ihn, „du bist wohl neu. Ich bin von der Band und hätte gern einen Espresso und dann noch eine Flasche Wasser mit drei Gläsern für die Kollegen.“

„Hallo“, antwortete er mit französischem Akzent, „ich bin Jean Claude, seit drei Wochen hier. Gehen die Getränke aufs Haus?“

„Natürlich“, antwortete ich, „bei der Gage müssten wir ja sonst noch draufzahlen!“

Jean Claude lachte, betätigte die Espressomaschine und griff unter den Tresen, um eine Flasche Mineralwasser nach oben zu befördern.

„Bitte sehr.“ Er reichte mir ein kleines rundes Tablett mit den Getränken.

„Und bist du waschechter Franzose, comme il faut, ich meine, wie es sich für einen Zapfer im Midi gehört?“

„Oui, oui, je suis ein waschechter Français.“

Ich lachte, typisch Wolli, wenn sich fünftausend Zapfer auf den Posten hinter dem Midi-Tresen bewarben und nur einer von ihnen Franzose war, dann war klar, wer den Job bekam. Mich erinnerte das ein wenig an die österreichischen Skiverkäufer in den großen deutschen Warenhäusern. Die wenigsten von ihnen hatten jemals auf Skiern gestanden, aber ihr österreichischer Akzent machte sie für die meisten Kunden zu Fachleuten.

„Wann geht's denn los? Ich bin sehr gespannt, habe schon viel von euch gehört!“, lächelte Jean Claude. Ich nahm das Tablett und machte mich auf den Weg in unsere kleine Nische.

„Ich hoffe, nur Gutes!“, rief ich ihm zu.

„Selbstredend!“, rief er lachend zurück.

„Na, wenn das so ist, dann können wir ja loslegen. Wenn du so nett wärest, kurz noch die Musik aus der Konserve abzustellen, dann sind wir soweit!“ Die Musik aus der Stereoanlage verstummte. Ich klemmte mich hinter meinen Kontrabass, Gerd und Hans warteten schon und Gerd fragte: „Kann's los gehen?“

„Ich bin soweit“, nickte ich, „womit beginnen wir?“ Als Antwort tippte Gerd mit dem Finger auf das Notenblatt vor ihm. Walzer

Nummer zwei. Ein Walzer des am 9. August 1975 in Moskau gestorbenen sowjetrussischen Komponisten und Pianisten Dmitri Dmitrijewitsch Schostakowitsch. Als alter Kulturbanause in Sachen klassischer Musik waren mir die Kompositionen des neben Strawinsky und Prokowjef bedeutendsten Komponisten Russlands im 20. Jahrhundert bis zu meinem Debüt bei Unisono völlig unbekannt gewesen. Inzwischen kannte ich zumindest schon mal diesen sogenannten Walzer Nummer zwei. Gerd sah mich an. Meist zählte ein Musiker, üblicherweise der Schlagzeuger, einen Song an, in der Regel die Voraussetzung für gemeinsames Tempo. Gerd zählte nicht, das war nicht nötig. Er sah mich nur an, nickte kurz, und mit einem lang gezogenen „Uuuuund!“ ging es los, acht Takte Vorspiel von Bass und Gitarre, dann der Einsatz der Geige. Wie gewohnt hoben die Gäste des gut gefüllten Midi bei den ersten Klängen kurz die Augen, lächelten uns wohlwollend zu, als wollten sie sagen, „Ihr macht eure Sache gut, Jungs, weiter so!“

Es folgten der Klassiker „C'est ci bon“ und der „Chianti-Wein“. Nach einem Stück unterbrachen die Gäste bereitwillig ihre Gespräche, um sich mit artigem Applaus bei uns zu bedanken, und von Zeit zu Zeit trat jemand an die kleine Bühne, um sich ein Lied zu wünschen. Gitarren-Gerd und Hans der Geiger kannten alles, was in der ersten Hälfte des 20. Jahrhunderts jemals an Jazz oder Popmusik komponiert worden ist. Von Cole Porter über Armstrong zu Duke Ellington, von Rumba und Twist über Tango zu Walzer und Swing, es gab nichts, was die beiden nicht auf Zuruf spielen konnten. Mir blieb dann nichts anderes übrig, als Gitarren-Gerd auf die Finger zu schauen und mich geschickt durchs Programm zu lavieren.

Wir hatten soeben unser Potpourri aus den drei langsamen Walzern „Charmaine“, „Moon River“ und „Ramona“ beendet, als sich von einem der kleinen runden Bistrotische eine Frau erhob und an unsere kleine Bühne herantrat. Sie kam mir bekannt vor, ich konnte mich aber nicht erinnern, wo ich sie schon einmal gesehen hatte. Da mir das häufiger passierte, machte ich mir keine Gedanken darüber. Erst zwei Jahre später sollte der Groschen fallen.

„Guten Abend“, begrüßte uns die dunkelhaarige, attraktive Dame. Hans der Geiger, der es selbst mit seinen fast achtzig Jahren immer noch liebte, von einer Dame egal welchen Alters angesprochen zu werden, war ganz Ohr.

„Meine Herren", begann sie, „meine Tochter und ihr Freund", und dabei deutete sie auf den Tisch, „und selbstverständlich auch ich, wir sind begeistert. Also, wie sie die Geige spielen, das ist schon etwas ganz Besonderes!"

„Ach nein", unterbrach sie Hans, „ich bin doch nur ein alter Schmiergeiger, das bisschen Fideln, das kann jeder!" Das war natürlich fishing for compliments, und wie immer hatte er Erfolg damit, denn sie fuhr fort, „Auf keinen Fall, ich verstehe etwas davon, meine Mann ist ein großer Musikliebhaber, er hat sechshundert Schallplatten in seinem Club stehen, und da bekomme ich so einiges mit."

„Er hat einen Club?", hakte ich nach.

„Nein nein, sein „Club", das ist sein Musikzimmer. Da hört er von morgens bis abends Jazzmusik. Also, wie gesagt, sie spielen wunderbar! Und das Repertoire – so etwas hört man heute doch gar nicht mehr!"

„Danke, danke, das freut uns", bedankte sich Hans, und auch Gerd und ich nickten.

„Vielen Dank für die Blumen, junge Frau", sagte ich.

„Vielen Dank für die ‚junge Frau', Sie Charmeur", gab sie zurück. „Aber was ich eigentlich fragen wollte: Meine Tochter, dort drüben am Tisch …", und sie zeigte mit dem Finger auf den Tisch, von dem sie sich kurz zuvor erhoben hatte.

„Lassen Sie mich raten", unterbrach Hans, „Ihre Tochter hat heute Geburtstag, und Sie wünschen sich Happy Birthday für sie. Das machen wir gern! Wie heißt sie denn?"

„Vielen Dank, das ist ganz wunderbar, Lisa heißt sie, und sie ist heute siebzehn geworden!"

Wir nickten, und schon ging die Geburtstagsserie los.

„Verehrte Gäste", hob Hans an, „wir haben ein Geburtstagskind unter uns. Die junge Dame heißt Lisa, und ist seit heute siebzehn Jahre jung." Lisa im Publikum errötete unübersehbar. Wir spielten „Happy Birthday" und anschließend noch ein „Hoch soll sie leben". Die etwas mutigeren aus dem Auditorium stimmten mit ein, und nicht nur aus diesem Grund würde Lisa ihren siebzehnten Geburtstag wohl niemals in ihrem Leben vergessen. Anschließend spielten wir noch eine kurze Version von „Congratulations", dem Song, mit dem Cliff Richard am 6. April 1968 für England am Eurovision Song Contest teilgenommen hatte. Damals schrammte er zwar mit nur einem Punkt am Sieg vorbei, aber das Lied war danach in ganz Europa ein Superhit. Für uns war es immer der Abschluss unseres Geburtstagspotpourris. Lisa, ihre Mutter und der junge Mann winkten uns noch einmal dankend zu als Gerd sagte:

„So, jetzt schnell noch ‚I love Paris', und dann machen wir erst mal eine kurze Pause, einverstanden?"

„Sehr gut," grinste ich, „wird auch Zeit, Alarmstufe rot. Ich muss dringend mal an die Guillotine."

Hans nickte, drehte sich zum Mikro und sagte, „Verehrte Gäste" – er sagte immer „verehrte Gäste", wenn er sich an das Publikum richtete – „wir machen nach dem nächsten Stück eine kleine Pause."

Diesmal zählte Hans an, Gerd und ich begannen mit unserem kurzen Vorspiel, und Hans fiedelte das Thema, wohl zum fünfzigtausendsten Mal in seinem fast achtzigjährigen Geigerleben. Eigentlich geschah nichts Besonderes, während wir den Song von Cole Porter aus dem Jahr 1953 spielten – dachten wir. Er fiel mir zwar auf, der etwas seltsam gekleidete Gast, der auf eigentümliche Art und Weise vorn übergebeugt das Midi betreten hatte. Er trug einen gammeligen, viel zu weiten Tweedmantel, eine Bommelmütze ohne Bommel, die er nicht absetzte, nachdem er die Kneipe betreten hatte, er zog auch seine Lederhandschuhe nicht aus, die Brille passte nicht in das Gesicht. Aber ich maß dem wie ein Obdachloser wirkenden Mann keine Bedeutung zu … Ich sah noch aus dem Augenwinkel, wie er etwas zu trinken bestellte, dann verschwand er durch die Tür zur Toilette. Hans beendete das Lied mit einem lupenreinen C-Dur Akkord, und wir entließen uns in die Pause.

„Zehn Minuten", verabschiedete sich Hans, „dann sind wir wieder da!"

Das Publikum applaudierte, und ich trat meinen Weg zur Toilette an. Es wurde höchste Zeit, in Windeseile stürmte ich bis vor das mittlere der drei Pissoirs. Die Spannung ließ nach und ich meinen Blick durch den kleinen nach Beckensteinen mit Erdbeergeschmack riechenden Raum schweifen. Hier hatte ich in den vergangenen Jahren regelmäßig an jedem ersten Dienstag des Monats gestanden, und ich kann sagen, der Platz war mir vertraut. Doch an diesem 2. Dezember 2003 war etwas anders als sonst. Ich runzelte die Stirn. Was war hier los? Erst ein paar Jahre später sollte ich mich an das Bild erinnern, welches sich in diesen wenigen Minuten vor Wollis Pissoir unbemerkt in einer entlegenen Ecke meines Gehirns eingenistet hatte.

Nach einer kurzen Pause ging es weiter mit Nat King Coles „Mona Lisa" von 1950.

„Hans", rief einer der männlichen Gäste quer durch den Raum, „wie sieht's denn aus mit ‚On the sunny side'? Habt ihr den drauf?"

„Na klar doch", antwortete Hans, „kommt sofort, aber vorher noch ein Titel für die etwas älteren Semester: ‚Im Prater blühen wieder die Bäume'". Wir spielten den Walzer von Robert Stolz aus dem Jahre 1929, um anschließend den letzten Hörerwunsch zu erfüllen. Hans zog gerade seine Fans mit einem hingebungsvollen Geigensolo in seinen Bann, als der Tweedmantel von der Toilette zurückkehrte. Von unserem Platz in der Nische neben der Tür hatte ich einen guten Überblick über die gesamte Kneipe, und während wir musizierten, konnte ich verfolgen, was im Publikum vor sich ging. Der Mann mit der komischen Bommelmütze ließ seinen Blick durch den verrauchten Raum schweifen, nippte an seinem frisch gezapften Bier, bezahlte, leerte dann sein Glas fast in einem Zug, um sofort danach das Midi zu verlassen.

„Der scheint nur zum Pinkeln gekommen zu sein," dachte ich, „er hätte sich doch wenigstens unseren Song bis zu Ende anhören können. Und dann das seltsame Outfit."

Auch Gitarren-Gerd hatte den Mann bemerkt. Er grinste.

„Hast du Helge Schneider gesehen?"

„Ja, aber der echte Helge hätte mit Sicherheit noch ein wenig zugehört!", lachte ich zurück.

„Und die Band auf ein Bier eingeladen."

Gerd spielte noch ein Gitarrensolo, Hans sang noch eine Strophe, und wir kamen zum Ende des Songs und zur nächsten Pause.

Gerd spielte seine eintaktige Pausenmelodie, und mir gelang es, zur Feier des Tages seinen letzten Akkord zu treffen. Das war nicht einfach, weil Gerd seine Pausenmelodie in allen möglichen und unmöglichen Tonarten zum Klingen brachte. Für mich war es immer eine musikalisch-sportliche Höchstleistung, Gerds letzten Ton zu treffen. Diesmal hatte ich Glück, mein Grundton passte zu seinem sechsten und letzten Ton. Die Gäste applaudierten, und die beste Rentnerband der Welt mischte sich unters Volk. Ich ging zum Tresen, wo Wolli seinen Kellnerinnen gerade mal wieder im Weg stand und gestresst wirkte. Wolli wirkte eigentlich immer gestresst. War die Kneipe leer, befürchtete er, am nächsten Tag einen Insolvenzantrag stellen zu müssen, war sie voll, dann stöhnte er über die viele Arbeit. Er hatte es nicht leicht, der arme Kerl, und obendrein musste er die Band noch bezahlen. Ein paar Minuten später sollte es noch viel schlimmer kommen und Wolli endlich einen wirklichen Grund zum Stöhnen haben …

– 20 –

„Jean Claude, ich hätte gern noch einen Espresso!" Der Student nickte und machte sich an der Maschine zu schaffen, als einer der Gäste von der Herrentoilette kam und Wolli ansprach:

„Entschuldigen Sie bitte, könnten Sie einmal nach der Toilettentür sehen, die klemmt, man kommt da irgendwie nicht hinein!"

Der Wirt blickte den Gast wie ein gehetztes Tier an und dachte wohl, „So ein Idiot, zu blöd, eine simple Tür aufzustoßen."

„Sieh doch mal eben kurz nach", mischte ich mich ein, „kann doch nichts Großartiges sein. Du kannst deine Gäste schließlich nicht zum Pinkeln nach draußen auf die Straße schicken!" Wolli verzog sein Gesicht und sagte: „Okay, okay, ist ja schon gut", und fügte auf perfektem Französisch hinzu: „J'arrive."

Wolli verschwand für ein paar Sekunden, dann war er schon wieder zurück und sagte zu mir, „Gerd, du bist doch der Heimwerker von uns beiden, kannst du mal bitte kurz kommen und nachsehen. Die Tür klemmt tatsächlich."

„Ich habe zwar Pause", lachte ich, „aber na ja, kann ja nichts Wildes sein." Ich folgte Wolli. Dann standen wir beide vor der Lokuspendeltür, die nicht mehr pendelte, und in dem schmalen Gang vor der Herrentoilette begann es eng zu werden.

„Verdammt", sagte ich, „das Ding klemmt!"

„Aber wie kann das denn sein?", fragte Wolli. „Das hat sie ja noch nie getan."

„Alles gibt es irgendwann einmal zum ersten Mal, Wolli", bemerkte ich schlau. Ich hatte mich gebückt und untersuchte die Tür.

„He Wolli, alter Junge", lachte ich laut, „da hat sich einer einen Scherz erlaubt. Echt witzig!"

„Wieso denn, was ist los?"

„Zugeschraubt!" Ich lachte immer noch: ein Pennälerscherz in der Kneipe!

„Wolli, da hat dir einer eine Schraube durch die Tür in den alten Holzrahmen gedreht – saubere Schreinerarbeit!"

„Aber warum denn das?", fragte Wolli.

„Soll wohl ein Scherz sein", antwortete ich. „Sei mal ehrlich, denk doch mal fünfunddreißig Jahre zurück: wir beide am Zepp! Wenn ich damals einen Akkuschrauber und eine fette Spaxschraube zur Hand gehabt hätte, dann hätten wir unsere alten Pauker, den dicken Knobel oder den Wegerhoff, auch einfach eingeschraubt!" Wolli lachte jetzt auch, besann sich dann aber wieder auf seine Gastwirtspflichten.

„Okay, hast ja recht, aber lass uns die Tür jetzt aufmachen! Es gibt hier Leute, die pinkeln wollen!" Wir drehten uns um und stellten fest, dass der kleine schmale Flur inzwischen gut mit Gästen gefüllt war, die entweder zur Toilette mussten oder einfach nur zusehen wollten, was hier vor sich ging.

„Leute", rief Wolli, „ich hole eben einen Schraubenzieher aus der Küche und dann: Wasser marsch!"

„Kreuzschlitz, Wolli", rief ich ihm nach.

Er verschwand in der Küche und kam einen kleinen Moment später mit einem Schraubenzieher zurück. Er drückte mir das Werkzeug in die Hand.

„Ach ja, ich bin ja der Heimwerker. Beschwer dich nur hinterher nicht, dass die Band zu lange pausiert hat! Na denn, dann wollen wir mal." Wolli lachte. An diesem Abend sollte es das letzte Mal sein, dass Wolli lachte.

Ich kniete mich auf den Boden, setzte das Werkzeug an und drehte die Schraube langsam heraus. Es dauerte nicht lange, und die Pendeltür gab dem Druck nach und schwang nach innen auf, ein kurzes Stück nur, dann sie wurde von irgendetwas dahinter blockiert.

„Poussez", rief laut lachend irgendeiner der in dem kleinen Flur versammelten Möchtegernfranzosen, und die anderen fielen freudig mit ein: „Poussez, poussez, poussez!"

Ich drückte kräftig gegen die Tür und schob das, was hinter der Tür lag, zur Seite, sodass wir hineinsehen konnten. Mit einem Schlag verstummten die Stimmen. Totenstille. Man hätte eine Stecknadel fallen hören können, wenn nicht im gleichen Augenblick eine der Frauen, die wenige Minuten zuvor noch Hans dem Geiger zugejubelt hatte und aus der Damentoilette zu uns auf den kleinen Gang gestoßen war, wie am Spieß losgeschrieen hätte. Ich traute meinen Augen nicht. Zwischen den beiden hölzernen Pfosten der Guillotine, vor dem Pissoir Nummer drei lag ein Mann, ein toter Mann. Ich hatte noch nie in meinem Leben einen Toten gesehen, aber mir war sofort klar, dass man toter nicht sein konnte, und ich musste mich beherrschen, um mich nicht direkt zu übergeben. Der Mann steckte mit seinem zerschmetterten Schädel in der Keramikschüssel. Dabei stand der Kopf schräg ab, als ob er gar nicht zum Körper gehörte. Die schwarze Cordhose war geöffnet, und das nackte Hinterteil des Toten war genauso blutverschmiert wie die Hose und die schwarzen Turnschuhe. Der Fußboden vor den Urinalen war über und über mit dem schwarzen Blut des Toten bedeckt. Und als wäre all das noch nicht grauenvoll genug, stand quer über die ganze Wand, über den drei Becken, in dunkelrot verschmierten Lettern gekrakelt:

„Am Morgen ein Joint und der Tag ist ein Freund."

Ich sah Wolli an, der starr vor Schrecken auf den toten Mann schaute. Hinter ihm hatte sich der kleine Flur mit immer mehr Gästen gefüllt, die versuchten, einen Blick auf die Horrorszene zu erhaschen. Irgendwie schaffte ich es, die Pendeltür wieder zu schließen. Ich wunderte mich selbst, wie ich auf den Gedanken kam, die Tür wieder mit der Schraube zu blockieren, aber die Idee war gut, wie mir ein Polizeibeamter wenig später bestätigte.

„Ruf die Polizei an, 110!", rief ich Wolli zu, drückte ihm mein Handy – Wolli besaß selbst keins, er war konsequenter Handyverweigerer – in die Hand und drängte die Gäste zurück aus dem Flur in die Kneipe. Wolli nickte, verschwand mit dem Telefon, und ich sah, wie er leichenblass den Anruf bei der Polizei tätigte. Im gleichen Moment versuchte das Geburtstagskind Lisa plötzlich, sich in den kleinen Flur zu drängen.

„Marco! Mein Gott, Marco! Wo bist du?" Blankes Entsetzen war ihr ins Gesicht geschrieben, ich hielt sie fest.

„Beruhige dich doch erst mal. Wer ist Marco?"

Sie schluchzte und jammerte von Weinkrämpfen geschüttelt. „Er ist noch da drin!"

„Wer?"

„Marco, er ist nur kurz zur Toilette gegangen und noch nicht wieder herausgekommen. Er steckt noch da drin!“ Sie sah mich mit angsterfüllten Augen an.

„Ist es Marco?“

„Ich weiß es nicht, Lisa.“ Ich fasste ihre Hände, sah ihr in die verweinten Augen und fragte, „Trägt er Chucks? Schwarze Chucks und eine schwarze Cordjeans?“

Anstatt zu antworten, stieß sie einen schrillen Schrei aus und stürzte in die Arme ihrer Mutter.

„Herzlichen Glückwunsch zum Geburtstag“, dachte ich bitter, „das Leben ist ungerecht, arme Lisa.“

An diesem blutigen Dienstag spielten wir natürlich nicht weiter. Mir war schlecht, und ein Blick zu Gerd und Hans bestätigte mir, dass es den beiden nicht besser ging. Ein junger Mann war ermordet worden, brutal und gnadenlos, in Wollis Midi war der Krieg ausgebrochen. Es herrschte das blanke Chaos in der sonst so gemütlichen Kneipe, kein Gast saß mehr auf seinem Platz, alle standen herum und redeten wirr durcheinander, und plötzlich schrie einer der Gäste, der versucht hatte, auf die Straße zu treten: „Wir sind eingesperrt! Der Ausgang ist verbarrikadiert!“

Ich hörte eine weibliche Stimme hysterisch kreischen: „Wir werden alle sterben!“

Als ein älterer Herr, schon reichlich angetrunken, etwas rief, was sich anhörte wie: „Terroristen!“ und „Selbstmordanschlag!“, flog ein Stuhl durch das große Fenster in der Nische, in der der Sänger der besten Rentnerband der Welt jetzt eigentlich „True love“ singen sollte. Ein Knäuel von in Panik geratenen Midi-Gästen versuchte gleichzeitig aus dem Fenster ins Freie zu klettern, als plötzlich zwei Streifenwagen der Polizei mit leuchtendem Blaulicht und lautem Motorengeheul vor der Kneipe anhielten. Aus jedem der beiden Streifenwagen waren zwei Beamte gestiegen, und nun stürzten die vier Uniformierten an die Tür und versuchten sie zu öffnen. Als das nicht gelang, hatten sie in Windeseile, vermutlich aus dem Terroristenbekämpfungsset aus dem Kofferraum ihres Streifenwagens, eine Brechstange hervorgezaubert und die Tür aufgebrochen.

„Niemand verlässt den Raum!“, rief einer der Beamten, und seinen Kollegen gab er den Hinweis, den Tatort zu sichern.

„Hier darf keiner mehr rein und keiner mehr raus!“, rief er noch einmal seinen Kollegen zu.

„Wer ist hier verantwortlich, was ist passiert, was ist hier los?“

Etwa sechzig Gäste redeten gleichzeitig auf die Beamten ein. Ich packte mir den völlig verstörten Wolli und bedeutete einem der Polizisten, uns in den kleinen Flur zur Toilette zu folgen.

„Sie sind doch einer von den Zwillingen, was machen Sie denn hier?“, fragte der Beamte.

„Ich spiele hier heute Abend mit meiner Rentnerband.“

„Mit Hans dem Geiger?“, fragte er und ich nickte. „Ja, mit Unisono.“

„Ich darf mich kurz vorstellen, mein Name ist Heiko Funke, Polizeikommissar, und dummerweise habe ich heute Abend Spätdienst, verdammte Hacke. Aber jetzt schießen Sie mal los. Unsere Leitstelle hat uns etwas von Mord durchgegeben.“

Irgendwie war ich der Meinung, dass es nicht mein Problem war, dass Herr Funke an diesem Abend Spätdienst hatte, den Job hatte er sich schließlich selbst ausgesucht. In kurzen knappen Worten schilderte ich ihm, was passiert war, und als er einen Blick hinter die Pendeltür geworfen hatte, stammelte er, „Verdammte Hacke, das ist ja wie im Fernsehen, in einem drittklassigen Thriller. Und ich dachte immer, so etwas gibt es gar nicht.“

„Zumindest nicht in Münster und schon gar nicht im Midi.“

Der Beamte hatte sich nach dem ersten Schock ziemlich schnell wieder im Griff und sagte, „Zuschrauben, schrauben Sie sie wieder zu! Das war eine gute Idee von Ihnen. Da muss der Erkennungsdienst her. Bis die hier sind bleibt die Tür zu.“ Er langte in eine seine Uniformtaschen, brachte ein Mobiltelefon zum Vorschein.

„PK Funke hier, schicken Sie uns bitte sofort die Kripo, Spurensicherung, Gerichtsmediziner und so weiter: das volle Programm. Hier liegt eine Leiche!“ Er wurde offensichtlich unterbrochen, denn er hörte für einen Moment konzentriert zu.

„Nein, kein Problem, es sind vier Uniformierte vor Ort, alles unter Kontrolle.“ Polizeikommissar Funke beendete das Gespräch und wandte sich wieder Wolli und mir zu.

„Sagen Sie“, und er sah uns fragend an, „gibt es schon eine Antwort auf die Frage, wer das Opfer ist?“

„Ich glaube ja, es ist entweder der Freund oder der Bruder dieses Mädchens dort drüben.“ Ich deutete auf die schluchzende Lisa und ihre Mutter.

„Sie haben zu dritt Lisas Geburtstag gefeiert“, ergänzte Wolli.

„Dann ist dieser Marco zur Toilette, aber hinaus hat er es dann wohl nicht mehr geschafft.“

„Verdammte Hacke,“ murmelte der Beamte, für meinen Geschmack sagte er ein wenig zu oft „verdammte Hacke“, ich hörte es in der kurzen Zeit bereits zum dritten Mal. Vermutlich half dem Beamten das Fluchen, den Horror zu vertreiben.

Auf dem Bürgersteig vor dem Midi parkten inzwischen fünf blaulichtblinkende Polizeifahrzeuge. Kommissar Funke gab den neu eingetroffenen Kollegen einen kurzen Bericht und führte sie in den Flur zur Toilette. Wenig später kamen drei der Beamten wieder heraus und verließen den Schankraum, um kurz darauf mit Kisten, Koffern und etlichen Lampenstativen wieder im Toilettenflur zu verschwinden.

Ich beobachtete, wie die verstörten Gäste einer nach dem anderen bei einem der Beamten ihre Namen, Adressen und Telefonnummern hinterließen. Das Geburtstagskind und seine Mutter hatten zwei Stühle zusammengeschoben und hielten sich im Arm. Kommissar Funke war zu den beiden getreten und hatte sich vorgestellt.

„Ich heiße Anna Hindemith“, sagte die ältere der beiden Frauen, „und das hier“, sie deutete auf die Jüngere an ihrer Seite, „ist Lisa, meine Tochter. Sagen Sie mir bitte, was ist da drin passiert?“

„Wir tappen zurzeit noch völlig im Dunkeln. Das Einzige, was einigermaßen klar ist, ist leider, dass der Tote höchstwahrscheinlich Lisas Freund ist. Marco, so heißt er doch, oder?“

Frau Hindemith nickte.

„Warum tut jemand so etwas?“, weinte Lisa verzweifelt, „Marco hat doch niemandem etwas getan!“

„Wir wissen es noch nicht. Wir stehen ja erst ganz am Anfang der Ermittlungen, und bis auf Weiteres können Sie uns jetzt auch gar nicht helfen. Ich werde einen meiner Kollegen bitten, Sie nach Hause zu bringen, und ich würde gerne Ihren Hausarzt bitten, nach Ihnen zu sehen."

Lisas Mutter nickte dankbar, und er führte die beiden aus der Kneipe, sie stiegen in einen der vor der Tür geparkten Streifenwagen, der sein rotierendes Blaulicht gespenstisch in die nebelige Dezembernacht sandte, und fuhren davon.

Mitternacht war längst vorbei, und das Midi hatte sich langsam geleert. Vor der Tür zum Flur hatten die Beamten ein weißrotes Absperrband gespannt, außer den vier mit der Spurensuche beschäftigten Spezialisten hatte niemand Zutritt zum Tatort. Ich hatte mich mit Hans dem Geiger und Gitarren-Gerd in unsere Nische zurückgezogen, und wir waren dabei, unsere Instrumente einzupacken. Vereinzelte Nebelschwaden schwappten durch das zerstörte Fenster in die Kneipe und brachten mich zum Frösteln, während Wolli und der französische Zapfer damit beschäftigt waren, die Scherben zusammenzukehren und das Loch im Fenster mit einer Wolldecke provisorisch zu verhängen. Ich stülpte gerade die schwarze Vinylhülle über meinen Kontrabass, als sich Kommissar Funke mit einem Kollegen in Zivil zu uns gesellte. Funke trug einen Espresso vor sich her und ließ sich auf einem der alten hölzernen Stühle nieder.

„Darf ich vorstellen", sagte er, „mein Kollege, Kriminalhauptkommissar Frost, die Herren Jaeschke, Geerken und Bracht." Der Kriminalbeamte grüßte mit einem Kopfnicken,

„Guten Abend, meine Herren. Sie waren also die Band heute Abend."

„Ja", nickte Hans der Geiger, „leider nur für eine gute Stunde, dann war der Spaß vorbei."

„Eine gute Stunde?", fragte Kommissar Frost, „dann wissen Sie vermutlich sogar ziemlich genau, wann es passiert ist?"

„Ja", sagte Gitarren-Gerd, „wir machten gerade die zweite Pause, ich war dabei, meine Gitarre zu stimmen, Gerd holte sich seinen zweiten Espresso ab und Hans – na ja", Gerd warf mir einen kurzen Blick zu, „wie immer, oder?"

Ich bestätigte: „Ja, wie immer."

„Und was heißt ‚wie immer'?", fragte Frost. Jetzt musste ich schmunzeln, obwohl mir eigentlich nicht nach Schmunzeln zumute war.

„Es ist so: Gerd kümmert sich zu Beginn einer jeden Pause zunächst mal um sein Instrument, so wie ein guter Cowboy immer zuerst sein Pferd versorgt, bevor er den Saloon betritt. Ich gehe meist direkt zum Tresen und lasse mir einen Espresso oder Minnewasser einschenken."

„Mineralwasser?", unterbrach mich Frost. Ich nickte.

„Und unser Hans kümmert sich in der Regel um die Fans, vor allem um die weiblichen, die in Scharen vor der Bühne versammelt sind."

„Na, na, na", rief Hans, „so schlimm war es doch wohl nicht, oder?"

„Nein, nein, überhaupt nicht", entgegnete ich, und Gerd sagte, „Das ist doch eine wichtige Aufgabe, und Hans macht das gerne, sehr gerne und sehr gut!"

„Also, meine Herren", Kriminalkommissar Frost nahm den Faden wieder auf, „wie viel Uhr war es denn etwa?"

„Also ich schätze mal", antwortete ich, „es war etwa halb elf, nicht wesentlich später."

„Und die verschraubte Tür, wann hat sich der Gast gemeldet?"

„Wie gesagt, direkt nach der Pause. Ich hatte gerade einen Espresso bestellt, als dieser Typ aus dem Flur trat und sagte, dass die Tür klemmt."

„Wunderbar, da sind wir ja dann schon ein klein wenig weiter." Frost hielt einen Moment inne.

„Ist Ihnen denn sonst noch irgendetwas aufgefallen? Haben Sie eventuell gesehen, wer als Letzter von der Toilette gekommen ist?" Gerd sah mich verdutzt an, ich sah Gerd verdutzt an, und Gerd nickte dem Beamten zu.

„Helge Schneider!"

„Helge Schneider?", fragte der Kommissar nun seinerseits verdutzt.

„Ja, Helge Schneider", nickte ich, etwas gequält lächelnd.

„Natürlich nicht der echte, aber er sah so aus", sagte Gitarren-Gerd.

„Wie wer?“, fragte der Kommissar.

„Na, wie Helge Schneider!“, sagte ich nun und musste trotz der Leiche im Raum nebenan lachen.

„Wir spielten gerade ‚On the sunny side of the street‘, als dieser Kerl im Tweedmantel von der Toilette kam. Und Gerd hat mich angestoßen und auf ihn aufmerksam gemacht.“

„Und er war der Letzte, der vom Klo kam?“, fragte Funke, „war er noch unter den Gästen, als wir ankamen?“

„Nein“, sagte Gerd, „er war schon weg.“ Ich ergänzte, „Hans fiedelte gerade sein Geigenthema, als er von der Toilette kam. Dann habe ich noch gesehen, wie er sein Bier getrunken und anschließend sofort verschwunden ist.“

„Verdammte Hacke, das kann er gewesen sein …“, sagte Funke, und ich dachte, „Jetzt sagt er es zum vierten Mal, dieses Wort.“

Immerhin lieferten wir noch eine ziemlich genaue Personenbeschreibung, und Kommissar Frost machte sich eifrig Notizen in sein kleines Büchlein.

„Ihre Personalien haben wir aufgenommen, wir werden uns mit Sicherheit noch einmal an Sie wenden, aber ich denke für heute Abend lassen wir es gut sein. Traurig jedenfalls, Sie so und nicht über ihre Musik kennen zu lernen.“

„In der Tat, eine traurige Angelegenheit“, sagte ich, „und dann dieser Spruch, ganz schön makaber.“

„Ja“, sagte Kommissar Funke, „wenn ich nur schon mal wüßte, woher dieser Spruch stammt.“

„Das kann ich Ihnen wohl sagen“, warf ich ein.

„Der Spruch stammt aus Easy Rider.“

„Sie meinen, aus diesem Bikerfilm aus den achtziger Jahren? Den mit „Born to be wild?“, fragte Funke.

„Ja genau“, sagte ich, „er ist aber aus dem Jahr 1969, und ein reiner Motorradfilm war das eigentlich nicht, sondern das, was man ein Road Movie nennt. ‚Born to be wild‘ von Steppenwolf war natürlich einer der wichtigsten Songs aus dem Film.“ Ich fühlte mich verpflichtet, Kommissar Funke aufzuklären, schließlich war der Film mit Peter Fonda und Dennis Hopper damals für mich genau wie für viele andere ein Kultfilm gewesen.

„In dem Streifen wird gut und häufig gekifft, das war die Zeit damals, Sie verstehen?“ Funke nickte.

„Auf der Suche nach so etwas wie Freiheit fahren Wyatt und Billy mit ihren Harleys durch die unendlichen Weiten der USA – alles wunderschöne Aufnahmen – und müssen so langsam, aber sicher feststellen, dass sie das, was sie in ihrem Amerika suchen, nicht finden werden. Auch abseits der Großstädte ist Amerika nicht mehr das unberührte Paradies, für das es die Hippies hielten. Je weiter sie in den Süden kommen, desto mehr bekommen sie den Hass jener zu spüren, die zwar ständig von Freiheit reden, aber aggressiv auf alle reagieren, die sie sich nehmen. Und am Ende sind alle tot.“

„Also eigentlich ein trauriger Streifen ... Und was ist jetzt mit dem Spruch?“, fragte Kommissar Frost. „Am Morgen ein Joint und der Tag ist ein Freund – damit wollte der Mörder doch etwas mitteilen. Das an die Toilettenwand zu schmieren hat Zeit gekostet, warum hat er das riskiert?“

„Der Spruch“, erläuterte ich weiter, „stammt aus einer Szene im Film. Bevor die Hauptdarsteller morgens auf ihre Maschinen steigen, um weiterzufahren, drehen sie sich einen Joint, quasi zum Frühstück. Ansonsten kann ich bei dieser schrecklichen Geschichte leider nicht weiterhelfen.“

„Vermutlich sind in irgendeiner Form Drogen mit im Spiel“, mutmaßte Kommissar Frost, und ich sagte, „Wer kifft, kennt auch den Spruch, aber ich glaube, dass die wenigsten wissen, wo er herkommt.“

„Im Zweifelsfall ist es bittere Ironie“, meinte Gerd, indem er die Schlösser seines Gitarrenkoffers zuklickte. Ich nickte.

„Genau das vermute ich auch, bitterste Ironie.“

– 21 –

Zweieinhalb Wochen waren seit dem brutalen Mord an Marco Fratello ins Land gegangen. Die Kripo Münster hatte noch keinerlei Ermittlungsergebnisse vorzuweisen, und die Aufklärung des Falls lag in weiter Ferne. Die Obduktion der Leiche hatte bestätigt, was bereits am Tatort festgestellt worden war. Marco Fratello war an seiner schweren Schädelverletzung gestorben, die ihm von dem bisher Unbekannten etwa gegen zweiundzwanzig Uhr dreißig auf der Toilette des Midi zugefügt worden war. Mit dem zweiten Schlag hatte der Täter dem Opfer das Genick gebrochen, und jede Verletzung für sich hätte ausgereicht, Marcos Leben zu beenden. Darüber hinaus waren sich die Ermittlungsbeamten einig, dass die Tat vorsätzlich geplant war und es sich nicht etwa um Totschlag handelte. Die Polizei nahm an, dass es sich bei dem Täter um den von den Midi-Gästen und vor allem von den Musikern des Trio Unisono beschriebenen „Helge Schneider“ handelte. Im Münsteraner Drogendezernat war Marco kein Unbekannter gewesen. Die Ermittler wussten, dass der arbeitslose Marco Fratello mit Drogen gehandelt hatte. Zum Zeitpunkt seines Todes war er zwanzig Jahre und drei Monate alt, und die Liste seiner Straftaten war für sein Alter nicht unerheblich: mehrere Ladendiebstähle, drei Verurteilungen wegen Verstößen gegen das Betäubungsmittelgesetz, Fahrraddiebstahl, Trunkenheit am Steuer und nächtliche Ruhestörung. Die mit den Ermittlungen im Fall Fratello befassten Kollegen der Kriminalpolizei Münster hatten sich in Kriminalkommissar Frosts viel zu kleinem Büro zu einer Besprechung versammelt. Es befanden sich sechs Beamte im Raum, zwei Frauen, der Rest Männer.

„Ich habe“, begann Kommissar Frost, „den Kollegen Funke von der Schutzpolizei zu dieser Besprechung gebeten, er war schließlich in der Mordnacht als erster vor Ort. Also, meine Herren, irgendwelche Fragen?“

„Ja“, meldete sich Polizeikommissar Funke zu Wort, „was gibt es über das Opfer Marco Fratello zu sagen?“

„Ein typischer Kleinkrimineller, aber nichts, was auf einen Zusammenhang mit diesem kapitalen Verbrechen hinweisen würde", sagte Kommissar Frost.

„Ein armer Kerl, dieser Marco, vom Leben sträflich benachteiligt. Er war der Sohn eines sizilianischen Vaters und einer medikamentenabhängigen deutschen Mutter."

„Gastarbeiter?", fragte einer der Beamten.

„Nein, soweit wir wissen, war es eine Urlaubsbekanntschaft. Der Vater Luigi Fratello hat die deutsche Studentin geschwängert, als sie gerade einmal neunzehn Jahre alt war."

„Auf Sizilien?", unterbrach der Kollege.

„Nein, das ist wohl hier in Münster passiert. Dieser Fratello, Marcos Vater, war zu Besuch bei seinem Onkel, einem Pizzabäcker, der einen Laden auf der Hammer Straße betrieb. Luigi muss wohl schwer verliebt gewesen sein, hat seine Studentin sofort geheiratet, sich dann aber knapp zwei Jahre später aus dem Staub gemacht, ab in den sonnigen Süden."

„Und der Rest", fragte der Kollege „wie er im Lehrbuch steht?"

„Genau: Vater weg, die junge Mutter allein mit dem kleinen Marco, Studium abgebrochen, Sozialhilfe, Medikamentenmissbrauch, das ganze Programm. Als Marco zwölf oder dreizehn war, hat die Mutter zum zweiten Mal geheiratet, einen Fleischer und Bodybuilder. Marco kam mit dem Neuen nicht klar, und das Drama nahm seinen Lauf, er hat die Schule abgebrochen, zwei Lehren geschmissen."

„Die ersten Drogen?"

„Ja, vermutlich mit vierzehn, fünfzehn, aber alles nur Kleinigkeiten. Mit sechzehn dann der erste Ladendiebstahl, das erste Mal mit ein paar Gramm Stoff in der Tasche erwischt, wie gesagt, alles nichts Weltbewegendes, aber so fängt das eben manchmal an."

„Aber warum wird man dann ermordet? Obendrein auf diese brutale Art?", fragte Frosts Kollege. „Ich sehe da kein Motiv. Wenn Marco seinem Mafiaboss einige Kilo Heroin unterschlagen hätte, dann wäre das ein Motiv. Aber dieses bisschen Dealen ... Wo kommen wir denn da hin, wenn man deshalb schon abgemurkst wird!" Kommissar Frost zuckte die Achseln.

„Du hast recht. Das Einzige, was wir haben, ist die Leiche. Alles andere, was wir gerne hätten, Motiv, Mordwaffe, aussagekräftige Zeugen und so weiter, fehlt uns."

„Bis auf das Phantom", bemerkte einer der Beamten.

„Ja, das Phantom", nickte Frost. „Leider eben nur ein Phantom. Überlegt doch mal: So wie die beiden Musiker und dieser Krause, der Wirt vom Midi, den Typen beschrieben haben – diese seltsam große Brille, die auffällig strohigen Haare, der Schnurrbart und dann die Kleidung: alter, zu großer Tweedmantel, Bommelmütze –, finde ich, das hört sich doch an wie eine Verkleidung."

„Aber", wandte ein jüngerer Beamter ein, „wir waren am Bremer Platz. Der Typ ist da mehrfach gesehen worden, mit seinem Kinderwagen voller Leergut."

„Gut, gut", sinnierte der Kriminalkommissar, „es wäre doch möglich, dass er sich schon Tage, vielleicht Wochen vorher immer mal wieder verkleidet hat. Dann hat er sich, seinen Kinderwagen vor sich her schiebend, auf dem Bremer Platz blicken lassen, alles nur, um uns in die Irre zu führen!"

„Du meinst also, das war von langer Hand vorbereitet?", fragte Funke.

„Es wäre doch möglich. Der Kinderwagen hat draußen vor dem Midi gestanden, das haben zwei Gäste erzählt, die zum Rauchen auf die Straße getreten sind, während der Täter wohl auf der Toilette sein Werk verrichtet hat."

„Je mehr ich darüber nachdenke", stellte Kommissar Frost fest, „desto überzeugter bin ich, dass unser Helge Schneider verkleidet war. Vielleicht verbirgt sich dahinter ein ganz normaler Bürger. Und er ist uns auf jeden Fall mehrere Schritte voraus."

„Wenn es denn so war, haben wir also immer noch nichts, bis auf die Erkenntnis, dass unser Mörder ein cleveres Kerlchen ist."

„Na ja", antwortete Frost, „mühsam nährt sich das Eichhörnchen. Wenn wir seine Scharade als solche erkannt haben, dann geht ein Punkt an uns, meine Herren. Vorausgesetzt, wir haben Recht mit unserer Vermutung, dann hat das ganze Theater nur einen Sinn und Zweck."

„Und der wäre?"

„Uns von seinem Motiv abzulenken. Der Typ legt eine Spur ins Drogenmilieu zu den Kleinkriminellen, um von sich, von seiner eigentlichen Identität abzulenken. Und ich muss sagen, das macht er sehr geschickt."

„Wenn er es denn macht", wandte einer der Kollegen ein, und Frost pflichtete ihm bei.

„In der Tat, wenn er es macht. Im Grunde genommen sind wir mit dieser vagen Erkenntnis keinen Schritt weiter. Aber, meine Herren", schloss er, „wir bleiben am Ball, die Hoffnung stirbt zuletzt!"

Ein Beamter, der sich bisher zurückgehalten hatte, ergriff das Wort und fragte, „Was gibt es über das Mädchen zu berichten, die Freundin des Opfers, Lisa Hindemith?"

„Ein völlig unbeschriebenes Blatt, Tochter von Thomas und Anna Hindemith, mittelmäßige Schülerin am Münsteraner Ratsgymnasium, nie auffällig geworden. Sie sieht wilder aus, als sie ist, hat ein Piercing in der Nase und ein paar Punkersträhnchen im Haar, ist aber ein ganz braves Mädchen. Seit etwa einem halben Jahr war sie mit Marco Fratello zusammen. Nach unseren bisherigen Erkenntnissen hat sie aber nicht einmal regelmäßig gekifft."

„Was ist mit den Eltern?"

„Unbescholtene Bürger. Sie ist Lehrerin an einem Gymnasium in Hamm, und er ist beim Stadtplanungsamt. Ich glaube nicht, dass es da einen Ansatzpunkt gibt."

„Ganz schön attraktiv die Dame des Hauses Hindemith", ergänzte Kommissar Funke, „perfekt vom Scheitel bis zur Sohle. Wie ist denn ihr Mann?"

„Thomas Hindemith ist die Langeweile in Person; ich kann nicht nachvollziehen, wie so eine taube Nuss so eine tolle Frau abgekriegt hat. Bei den beiden scheint auch nicht mehr so viel zu laufen."

„Wie meinst du das?", fragte Funke.

„Berufskrankheit", erklärte Frost, „man bekommt ein Gefühl für die Leute und ihr Leben, ihr kennt das ja." Alle nickten verständnisvoll.

„Also", fuhr der Kriminalkommissar fort, „mit dem Fall hat es ja eigentlich nichts zu tun, aber wo wir gerade dabei sind … Als ich die Hindmiths besucht habe, hatte ich den Eindruck, dass die beiden sich eigentlich fremd sind. Er lebt offensichtlich nur für seinen Job und seine Platten."

„Was für Platten?" unterbrach einer der Beamten.

„Schallplatten, Herr Kollege", lachte einer der älteren Kollegen, „diese alten Dinger aus Vinyl, mit Knistern und Kratzen in der Musik."

„Thomas Hindemith", fuhr Frost fort, „hat zu mir gesagt: ‚Wissen Sie, Herr Kommissar, wenn ich abends von der Arbeit nach Hause komme, dann ziehe ich mich in meinen Club zurück und engagiere einen eventuell schon längst verstorbenen Musiker, der spielt dann nur für mich, verstehen Sie das?' Er lebt ganz offensichtlich in einer Parallelwelt." Die im Raum versammelten Beamten grinsten.

Frost ergänzte, „Die Anlage, mit der er die Musik hört, kostet ein kleines Vermögen, mit Lautsprecherboxen so groß wie Kühlschränke."

„Und seine Frau?"

„Madame lässt ihn gewähren. Ich glaube, sie ist froh, wenn sie nichts mit dem Spinner zu tun hat. Meine Frau hätte mich längst zum Mond geschossen."

„Aber nun zurück zu unserem Fall. Gibt es denn überhaupt irgendwelche losen Fäden, an denen man ziehen könnte?", fragte Funke, und Frost antwortete, „Leider nicht, wir müssen passen."

„Nun", Frost blickte in die Runde, „dann ist die Besprechung beendet, und wir beide", er nickte Funke zu, „wir sehen uns am Freitagvormittag um elf Uhr."

„Wo denn?"

„Waldfriedhof Lauheide, bei der Beerdigung von Marco Fratello."

– 22 –

Dieser verdammte Anruf. Er hatte ihn völlig aus der Bahn geworfen. Heiner wusste nicht mehr, wo ihm der Kopf stand. Seit vier Tagen, nach dem Skiurlaub über Weihnachten und Neujahr am Krippenstein, hatte er schlecht geschlafen und seine paar Schulstunden mehr schlecht als recht vorbereitet. Der Montagvormittag im Zeppelingymnasium hatte sich zäh dahingeschleppt, und auch die paar Stunden am Dienstag hatten nicht enden wollen. Heiner hatte dem Ende der fünften Stunde entgegengefiebert, um sich direkt danach hinter das Steuer seines Bullis zu klemmen und nach Münster aufzubrechen.

Am vorletzten Abend des Urlaubs, es war der Neujahrstag 2004, hatten sie auf der Hütte angerufen, genau in dem Moment, als Heiner in der Schlange vor der Durchreiche zur Küche der Almhütte stand, um sich bei Edda, der Wirtin und guten Seele des Schilcherhauses, sein karges Abendessen abzuholen. Er hatte neben Hans, dem österreichischen Hüttenwirt, gestanden, sodass er jedes Wort verstehen konnte.

„Zwilling, geh her da", hatte Hans gerufen und Richi, einem der Zwillinge, grinsend das Telefon in die Hand gedrückt.

„Na, was hast du denn jetzt schon wieder angestellt?"

„Wieso, was ist passiert?", hatte Richi zurückgefragt.

„Ich glaube, hier ist ein Gendarm aus Münster." Heiner zuckte unmerklich zusammen und fuhr alle seine Antennen aus. Der Hüttenwirt fuhr fort, „Habt ihr einen ‚Dellakro' unter euren Leuten?" Heiner verging schlagartig der Appetit.

„Dellakro?", fragte Richi nach, „gib mir das Telefon!" Er hatte sich den Hörer ans Ohr gedrückt. „Hallo, Richi hier am Apparat, wer spricht?" Er schwieg einen Moment.

„Nein, nein, das ist mein Bruder Gerd, ich bin Richi." Er hörte aufmerksam zu.

„Wir laufen von morgens um acht bis abends um sechs Uhr Ski", lachte er, „was dachten Sie denn?" Und wieder dauerte es eine Zeit lang.

„Nein, kein Problem, wir sind zwar gerade beim Abendessen, aber das macht nichts!" Pause.

„Nein, wirklich nicht." Wieder Pause.

„Dellakro?" Richi nickte. In Heiners Kopf traten zwanzig Spielmannszüge gegeneinander an, um sich gegenseitig in Grund und Boden zu musizieren.

„Hör zu, du brauchst nicht zu nicken, das sieht der nicht." Richi blickte ihn entgeistert an, und Heiner wiederholte seine Worte. „Ich meine, wenn Du nickst, der Typ am anderen Ende der Leitung kann das doch nicht sehen. Und Dellakro, das bin vermutlich ich, gib mir mal den Hörer!"

„De la Croix am Apparat, wollten Sie mich sprechen?"

„Ja. Kommissar Frost hier am Apparat, aus Münster, guten Abend und entschuldigen Sie bitte die Störung. Ja, wir sind auf der Suche nach Ihnen. Sie fahren einen VW-Bus mit dem Kennzeichen LS-D 270?"

„Ja", hatte Heiner geantwortet, „das ist meiner. Was gibt es denn Wichtiges, dass Sie mich am Neujahrsabend hier auf dem Berg anrufen?"

„Auf dem Berg? Genau, Sie sind ja beim Skilaufen." Dann kam der Beamte zur Sache.

„Herr de la Croix, wir haben da nur ein paar Fragen, es handelt sich um reine Routine. Wir ermitteln in einem Mordfall, Ihr Auto wurde zum Zeitpunkt der Beerdigung des Mordopfers auf dem Parkplatz des Waldfriedhofes Lauheide zwischen Münster und Telgte gesehen. Wir sind gezwungen, jedem noch so kleinen Hinweis nachzugehen, und da sind wir nun auf Sie gestoßen. Wie lange bleiben Sie noch in Österreich?"

„Bis übermorgen", antwortete Heiner, „ich bin am Samstagabend wieder in Lüdenscheid."

„Könnten wir dann eventuell nochmals telefonieren, oder besser noch …", Kommissar Frost machte eine kurze Pause, er schien nachzudenken.

„Sind Sie vielleicht irgendwann in nächster Zeit zufällig in Münster?"

Heiner wurde heiß, der Puls klopfte in seinen Schläfen. Was steckte hinter dieser scheinheiligen Frage? Was wusste dieser Frost? War er so etwas wie Inspektor Columbo, dem am Ende eines Gespräches stets eine scheinbar nebensächliche, in Wahrheit aber eine alles entscheidende Frage einfiel?

„Zufällig in Münster?“ Heiner dachte an Brösel-Johann, den er vor ein paar Jahren brutal zusammengeschlagen hatte. Dann war da dieser Betrunkene, den er noch am gleichen Abend vom Fahrrad geholt und zusammengetreten hatte. Nein, das konnte nicht sein. Vermutlich hing es tatsächlich mit Anna zusammen, mit dem Mord an Lisas Freund? Innerhalb von Sekunden sah Heiner seine ganze Welt zusammenbrechen.

„Lassen Sie mich kurz nachdenken“, murmelte Heiner bewusst langsam in die Muschel. Seine Gedanken rasten und ließen die vergangen zehn Jahre im Zeitraffer vorbeifliegen. Die Nacht im Gartenhaus der Hindemiths hatte sein Leben schlagartig auf den Kopf gestellt. Sie hatte ihn tatsächlich angerufen. Drei Wochen und zwei Tage hatte er gewartet, bis Anna sich gemeldet hatte. Sie hatten sich verabredet, getroffen und geliebt. Als sie sich zum Abschied in den Armen gelegen hatten, hatte sie ihm tief in die Augen geschaut, ihren Zeigefinger auf seine Lippen gelegt und gesagt, „Kein Wort! Zu niemandem, zu keinem Menschen, verstanden?“ Er hatte stumm genickt.

„Sonst, das verspreche ich dir, ist alles genau so schnell vorbei, wie es angefangen hat.“ Sehr viel liebevoller hatte sie lächelnd hinzugefügt, „Und das, mein Geliebter, möchte ich um alles in der Welt vermeiden.“ Mit ihren Augen hatte sie ihn angefleht, ihr Geheimnis, das kleine bisschen gemeinsame Glück, das sie seit einem Jahrzehnt in aller Heimlichkeit teilten, nicht aufs Spiel zu setzen. Heiner kniff die Lippen zusammen. Niemals dürfte ein Kommissar Frost oder wer auch immer sich in sein und Annas Universum drängen.

„Ich habe keinen Kalender bei mir, aber ich glaube, der nächste Dienstag ist der erste Dienstag im Monat.“

„Ja und?“, fragte Frost nach.

„Da bin ich in Münster. Kennen Sie die Zwillinge?“ Frost unterbrach ihn.

„Ja, na klar, die kennt man in Münster, was ist mit denen?"
„Der eine von den beiden spielt jeden ersten Dienstag in einer Kneipe am Bohlweg."
„Ah", schob der Kommissar nach, als könne er kein Wässerchen trüben, „das wusste ich gar nicht. Die Zwillinge im Midi?"
„Nein, nicht die zwei, nur der eine von beiden, der Basszwilling mit seiner Rentnerband Unisono."
„Das trifft sich ja bestens", sagte Frost am anderen Ende, „dann schauen Sie doch vorher bei uns rein. Um wie viel Uhr könnte es denn passen?"
„Gegen sechzehn Uhr vielleicht?"
„Das passt."
„Am Friesenring?"
„Sie kennen sich aus?"
„Na klar, ich habe in Münster studiert und damals diverse Male eine abgestempelte Mängelkarte bei Ihnen abgeben müssen. Mein alter T2, verstehen Sie? Als Student hat man eben nur das Allernötigste an seinem Auto gemacht."
„Oh, das tut mir leid", sagte Frost, „dann bis Dienstag. Gute Heimfahrt wünsche ich. Auf Wiederhören, Herr de la Croix."
„Auf Wiedersehen, wohl eher." Heiner legte auf.

Die A 1 Richtung Norden war dicht befahren. Klack, klack, klack, seit Beginn der Fahrt in Lüdenscheid hatte der Scheibenwischer keine Pause gehabt. Schneematsch lag auf der Fahrbahn, und Heiner dachte an die legendäre Fahrt nach Münster an jenem sonnigen Maiwochenende vor zehn Jahren, das Wochenende, an dem sein Leben zum dritten Mal eine Wende erfuhr. Beim ersten Mal war Jocelyn Perrier, seine geliebte Jo, in sein Leben getreten. Sie hatte ihm all das gegeben, wozu seine Eltern nicht in der Lage waren, sie war seine Freundin, seine Geliebte, seine Familie gewesen. Aber das Glück mit Jo hatte nicht lange gehalten. Klack, klack, klack, der Scheibenwischer verrichtete seine monotone Arbeit. Es folgten die öden Jahre, in denen Heiner in der Hoffnung auf ein paar kurze Stunden irdischen Glücks in billigen Spelunken Jagd auf einsame Frauen gemacht hatte. Mit dem, was er eigentlich suchte, hatte das nicht das Geringste zu tun. Erst die Nacht in der ersten Etage des Hotels Schwarzhorn, in der Anna ihn aus seinen Träumen geweckt hatte, um ihn zu lieben, wie er es zuvor nur mit seiner geliebten Jo erlebt hatte, ließ ihn Hoffnung schöpfen. Es sollte allerdings sieben Jahre dauern, bis sich diese erfüllte.

„Wenn das mal gut geht", stöhnte Heiner. Tief in seinem Inneren brodelte etwas. Es war Dienstag, der 6. Januar des noch jungen Jahres, „Heilige drei Könige" stand in seinem Lehrerkalender. Eigentlich hatte er sich schon lange auf diesen Tag gefreut. Bereits vor Weihnachten hatten Heiner und Anna sich für diesen Nachmittag verabredet, um vierzehn Uhr, wie schon so oft auf dem Park-and-Ride-Parkplatz an der Ausfahrt Ascheberg. Am Abend wollte er ins Midi, um sich Unisono anzuhören. Alles war bestens geplant, perfekt. Wäre perfekt gewesen, aber da war diese dumpfe Drohung tief in ihm, wie ein seit langer Zeit eingesperrtes Tier, das nur auf eine passende Gelegenheit zum Ausbrechen lauerte. Seit dem Anruf dieses Kommissars im Schilcherhaus sah alles ganz anders aus. Aus dem grauen Münsterländer Himmel sprühte Nieselregen gegen die Windschutzscheibe des Bullis, der Scheibenwischer klackerte seinen traurigen Rhythmus. Langsam schob sich der blaue Wagen an der endlosen Schlange, die auf der rechten Spur Richtung Norden kroch, vorbei. Heiner dachte an Annas Worte von damals, nach der Wiedersehensfeier in dem Gartenhäuschen an der Parkallee. „Sonst, das verspreche ich dir, ist alles genau so schnell vorbei, wie es angefangen hat."

„Pass doch auf, du Idiot!", schrie Heiner, plötzlich außer sich vor Wut, als ein schwarzer Mercedes direkt auf die linke Fahrbahn vor ihm ausscherte, um den gischtsprühenden Lastwagen zu überholen, und Heiner registrierte, dass es wieder da war. Es meldete sich zurück, war wieder zum Leben erwacht, und wie eine eiserne Faust machte es sich auf den Weg direkt in Heiners glühendes Gehirn.

„Ich schieß dich ab, du Penner!" Anstatt den Fuß vom Gaspedal zu nehmen, um den Abstand zu vergrößern, streckte er sein rechtes Bein mit aller Kraft, schien das Bodenblech seines alten Bullis durchtreten zu wollen, während seine Faust die Hupe aufschreien ließ. Der blaue Bus schoss auf die schwarze Luxuskarosse zu, die LKWs auf der rechten Spur wirbelten Wassernebel auf, der Scheibenwischer kämpfte sich ab, um klare Sicht zu schaffen, während Heiner aus Leibeskräften schrie, „Weg da, aus dem Weg, verpiss dich!"

Doch kurz bevor sich die beiden Autos tatsächlich ineinanderbohren konnten, schreckte Heiner zurück; er wollte bremsen, aber sein Bein gehorchte ihm nicht mehr, das Etwas tief in seinem Inneren hatte die Macht übernommen, und der Bulli sauste weiter auf das Heck des schwarzen Mercedes zu. Starr vor Schreck sah Heiner das Unheil auf sich zurasen. Erst in der letzten Millisekunde, als die zwei Nummernschilder sich bereits sachte berührten, schoss der Mercedes zurück auf die rechte Seite und machte die Bahn frei für den wie entfesselt schreienden Heiner de la Croix.

„Ich hab dich geschafft, Heinrich Müllers hat dich von der Bahn gefegt!" Eingehüllt in eine Wolke aus aufgewirbeltem Regen, brauste er an seinem schwarzen Gegner vorbei, um gleich darauf seinen Bus durch die schmale Lücke zwischen der Limousine und dem LKW hindurch auf die Abbiegespur der Ausfahrt Ascheberg zu katapultieren. Unter Triumphgeschrei zwang Heiner den von links nach rechts schlingernden Bulli in die lang gezogene Rechtskurve. Als er den Wagen wenig später in der entlegensten Ecke des Parkplatzes unter einer mächtigen Buche abgestellt hatte, zitterten seine Knie, kleine Schweißperlen hatten sich auf seiner Stirn angesammelt.

„Born to be wild", fluchte er, „er hat mich wieder gepackt, dieser Wahnsinn." Seinen Kopf in den von Wind und Wetter zerfetzten Himmel hebend, schleuderte er seine verzweifelten Worte in den nicht enden wollenden Regen, „Heinrich Müllers ist tot! Lass mich in Frieden!" Wie ein gehetztes Tier sah er sich um. Gott sei Dank, der Parkplatz lag verwaist vor ihm.

„Beruhige dich, Heiner", sagte er zu sich selbst. Er fröstelte. Eine Stunde blieb ihm, bis Anna kommen würde, eine Stunde, um runterzukommen. Er schob den Fahrersitz nach vorn, um an die alte Zigarrenkiste zu gelangen, in der er noch zwei Joints aufbewahrte, und wenn Anna käme, wäre er wieder der Alte. Als das Streichholz aufflammte und er den heißen Rauch tief in seine Lungen sog, spürte er, wie er ruhiger wurde. Eine Kerze tauchte die kleine Kammer in warmes, flackerndes Licht, die Standheizung verbreitete wohlige

Wärme, und das Rauchen tat seine Wirkung. Fast war er auf dem schmalen Bett eingedämmert, da erblickte er in der Ferne seine Geliebte, die in nichts als in ihre wehenden langen schwarzen Haare gehüllt auf ihn zuschwebte, um ihn in seinen Träumen zu begleiten.

Eine Windböe ließ die Kerze beinahe erlöschen, als Anna sich mit einem kräftigen Satz durch die Schiebetür vor dem Trommelfeuer des gerade einsetzenden Gewitters in den Bulli rettete.

„Überraschung!“, rief sie und strahlte ihn an. Sie zog die Tür in dem Moment zu, als ein gewaltiger, die Szene in gleißendes Licht tauchender Blitz nicht weit entfernt von dem kleinen Wohnmobil einschlug. Mit einem gewaltigen Krachen brachte der folgende Donner den Bulli zum Beben, Heiner zuckte vor Schreck zusammen und dachte: „Erbarmen!“, aber Anna kannte kein Erbarmen. Ihre Augen sprühten Funken, als sie sich auf Heiner stürzte, um ihm Pullover, Hemd und Hose vom Körper zu reißen. Blitze zuckten und warfen ihr grelles Stroboskoplicht durch die Fenster, und ganze Sturzbäche von Regenwasser wollten den kleinen Bus fortspülen wie ein Spielzeugauto. Begleitet vom naturgewaltigen Inferno des sich direkt über ihnen entladenden Gewitters, ließ Anna sich adlergleich auf ihrem Geliebten nieder, und wie schon einmal schlug sie ihre Krallen in seine Brust.

Die Scheiben des Bullis waren beschlagen, nur von Zeit zu Zeit hinterließ ein Wassertropfen auf seinem Weg hinab für einen kurzen Augenblick einen dünnen, klaren Streifen. Heiner und Anna lagen auf der schmalen Pritsche des von der Standheizung angenehm erwärmten Campingmobils eng aneinandergeschmiegt in Heiners dunkelblauem Daunenschlafsack und lauschten dem Wind in den Bäumen und dem Geräusch der nur noch vereinzelt auf das Blechdach platschenden Regentropfen.

„Wahnsinn“, flüsterte Heiner, Anna seufzte. „Ja, heller Wahnsinn.“

Sie hörten dem Rauschen eines auf der regennassen Straße vorbeifahrenden Autos zu. Nur noch selten verirrte sich ein einsamer Wassertropfen auf das Dach.

„Ich habe einen Termin“, sagte Heiner.

„Ich weiß“, antwortete Anna, „er hat es mir gesagt.“

„Wer?“

„Dieser Frost.“ Sie schwiegen einen Moment.

„Hör zu Heiner. Wir können es nicht verheimlichen, nicht vor der Polizei.“

„Aber …“, wendete Heiner ein.

„Nichts aber. Wenn wir den Beamten nicht die Wahrheit erzählen, machen wir uns verdächtig.“

„Frost weiß alles?“ Anna nickte.

„Er ist im Bilde. Ich habe ihn gebeten, es für sich zu behalten, damit Thomas und Lisa nichts erfahren.“ Schweigen.

„Er wird nichts sagen.“ Schweigen.

„Es wird Zeit!“

„Noch fünf Minuten.“ Sie nickte seufzend.

„Wolltest du mich fragen, wann wir uns wiedersehen?“, lächelte sie. Heiner lächelte zurück und sagte resigniert, „Wie immer, du rufst mich an.“

„Genau, ich melde mich.“ Heiner sah ihr zu, wie sie sich wortlos anzog. Dann küsste sie ihn zum Abschied auf die Wangen, links, rechts, links, schob die Wagentür hinter sich zu und war verschwunden, als wäre sie niemals da gewesen. Heiner hielt den Atem an, um das Tuckern des in der Ferne entschwindenen Diesels hören zu können. Dann war Stille.

Eine knappe Stunde später hatte Heiner seinen Bulli auf dem Parkstreifen vor Münsters Polizeipräsidium abgestellt und an der Pforte nach Kriminalkommissar Frost gefragt. Es hatte nicht lange gedauert, und zwei Beamte hatten ihn in Empfang genommen.

„Schön, dass Sie da sind, Herr de la Croix, ich bin Kommissar Frost, wir haben telefoniert, und dieser charmante Herr in Uniform“, die beiden lachten, „ist Kommissar Funke.“

„Guten Tag“, grüßte Heiner seinerseits und folgte den beiden Kommissaren einen langen nach Bohnerwachs riechenden Flur entlang bis in ein kleines Büro. Er war gespannt, aber er fühlte sich sicher. Sie könnten ihm nichts anhaben.

„Bitte nehmen Sie Platz“, sagte Frost und lachte.

„Klein, aber fein.“ Es war in der Tat kein besonders großes, geschweige denn repräsentatives Büro: ein Aktenschrank, auf dem eine verstaubte Schreibmaschine stand, vermutlich ein Relikt aus vergangenen Zeiten, ein Computer, ein Telefon, ein Schreibtischstuhl und zwei Besuchersessel. An einer Wand hing ein großformatiger Kalender mit Motiven der Stadt Münster. Das Januarblatt zeigte eine auffällig rot gekleidete Dame, die vor den Aaseekugeln posierte. An einer der anderen Wände klebten ein paar Buntstiftzeichnungen.

„Von ihren Kindern?", fragte Heiner, um sich ein paar Pluspunkte zu verschaffen, und deutete auf die kleinen Kunstwerke.

„Ja", antwortete Frost, „ich habe drei, zwei Jungs, ein Mädchen. Sie sind unglaublich kreativ, ich könnte mein komplettes Büro mit der Kunst meiner Kinder tapezieren." Alle lachten.

„In medias res?", fragte Frost, und Heiner nickte. Die Spannung stieg.

„Sie wissen ja bereits, warum Sie hier sind?"

„Ja. Und ich möchte Ihnen reinen Wein einschenken. Frau Hindemith und ich haben ein Verhältnis, und das seit etwa zehn Jahren. Mein Auto stand auf dem Friedhofsparkplatz in Lauheide, weil ich ihr, ich meine Frau Hindemith, nahe sein wollte." Frost und Funke nickten beifällig.

„Wir wären Ihnen nur dankbar, wenn Sie so diskret wie irgend möglich vorgehen würden. Frau Hindemith zuliebe. Sie verstehen?"

„Nein", antwortete Funke, „eigentlich verstehe ich das nicht. Mir ist nicht ganz klar, wie man eine Liebesbeziehung über eine so lange Zeit geheim halten kann."

„Und vor allem: will", ergänzte Frost. Heiner fühlte sich unwohl.

„Ich möchte den schwarzen Peter jetzt ungern weiterreichen, aber was das angeht, da kann nur Frau Hindemith eine Entscheidung treffen." Die Beamten mimten Verständnis.

„Ich kann für mich nur feststellen: Ich stehe zu Anna, und das wird auch so bleiben", Heiner lächelte, ein wenig resigniert zwar, aber er lächelte, „bis dass der Tod uns scheidet."

„Jeder ist seines Glückes Schmied …", sagte Frost, und Kommissar Funke fügte hinzu, „Wirklich verstehen kann ich es nicht, aber soweit, wie das nicht unseren Fall Fratello betrifft, soll das auch nicht unser Problem sein." Kommissar Frost richtete sich ein wenig in seinem Stuhl auf, unmerklich, aber Heiner hatte es registriert.

„Herr de la Croix", sagte Frost scheinbar beiläufig, „wir müssen Sie noch etwas fragen. Wo waren Sie am Abend des 2. Dezember?" Heiner spürte, wie sich eine unangenehme Hitze in seinem Kopf ausbreitete.

„Stehe ich etwa unter Verdacht?"

„Solange wir noch keinen Täter gefasst haben, Herr de la Croix, steht jeder unter Verdacht. Also bitte, wo waren Sie am Abend des Mordes?"

„Ich war zu Hause, in Lüdenscheid." Heiner wusste, dass das sehr schwach war, aber er hatte nicht mehr zu bieten.

„Kann das jemand bezeugen?"

„Ich vermute, leider nein."

„Dann haben Sie ein Problem." Heiner fuhr aus der Haut.

„Entschuldigen Sie bitte, ich habe überhaupt kein Problem", knurrte er unwirsch.

„Ich habe mit dem Mord bis auf die Tatsache, dass ich Frau Hindemith kenne …"

„Sehr gut kennen", unterbrach ihn Frost.

„Von mir aus", fauchte Heiner zurück, „aber mit dieser Geschichte im Midi haben weder ich noch Anna auch nur das Geringste zu tun. Hätten Sie mir einen Tag vor dem Mord Bescheid gesagt, dann hätte ich mich um Zeugen für mein Alibi gekümmert."

„Warum so echauffiert? Es ist doch gar nichts passiert, oder?" Kommissar Funke mischte sich ein, er schien die Wogen ein wenig glätten zu wollen.

„Dann ist ja eigentlich auch schon alles gesagt, was gesagt werden muss. Haben Sie vielleicht irgendeine Vorstellung davon, wie es zu dem Mord im Midi hat kommen können, und sei sie auch noch so vage?" Heiner schüttelte den Kopf.

„Ich habe keinen blassen Schimmer. Beim besten Willen nicht." Kommissar Frost erhob sich von seinem Schreibtischstuhl.

„Das wär's dann, würde ich sagen. Wir danken für Ihre Bereitschaft auszusagen. Auch wenn es uns nicht wirklich weitergebracht hat: trotzdem noch einmal vielen Dank."

„Selbstverständlich!"

„Ach, was ich noch fragen wollte“, schob Frost hinterher, „bevor Sie uns verlassen, Herr de la Croix, wie kommen Sie eigentlich zu Ihrem Namen?“

Da war es, es war also noch nicht vorbei. Dieser scheinheilige Columbo, die letzte Frage vor dem Verlassen des Raumes. Heiner wurde nervös, sein Herz klopfte, und seine Zunge klebte plötzlich am Gaumen.

„De la Croix?“, fragte Heiner zurück, „ist das nicht ein Name wie jeder andere?“

„Klingt sehr französisch, meinen Sie nicht auch?“

„Ich lebe zwar seit 1979 in Lüdenscheid, geboren bin ich aber im Saarland bei Völklingen, nahe der französischen Grenze, da ist das fast normal. Da wohnen die Schmidts neben den Dubois und die Meiers neben den Perriers.“ Das mit den Perriers war ihm so herausgerutscht, und er hätte sich am liebsten die Zunge abgebissen, aber die zwei Beamten waren mit seiner Antwort zufrieden.

Frost nickte und reichte Heiner die Hand. In diesem Moment klopfte es, und eine junge, blonde, hübsch anzuschauende Uniformierte drückte dem Kriminalkommissar einen kleinen Zettel durch die einen Spalt weit geöffnete Bürotür in die Hand. Frost blickte auf das Stück Papier, offenbar überrascht über die Nachricht.

„Herr de la Croix“, sagte Frost lächelnd und sah Heiner fest in die Augen.

„Nehmen Sie eigentlich Drogen?“ Plötzlich spürte Heiner wieder diese Faust in seinem Magen, das Tier, das tief unten in seinen Eingeweiden auf der Lauer lag, war wieder erwacht. Er schaffte es mit Mühe, sich zu beherrschen, rang sich ein Lächeln ab, sah seinerseits Frost fest in die Augen und fragte:

„Wie kommen Sie denn auf das schmale Brett?“

„Wir haben gerade eine Meldung hereinbekommen von einem Zwischenfall auf der A 1 in Richtung Norden, gegen ein Uhr heute Mittag. Ein Mercedesfahrer hat eine Anzeige gegen den Fahrer eines VW-Busses mit dem Kennzeichen LS-D 270 erstattet: Nötigung und Gefährdung anderer Verkehrsteilnehmer. Ich nehme an, das waren Sie?“

„Schwachsinn“, geiferte Heiner. „Dieser Typ ist mit seiner Bonzenkarre kurz vor Ascheberg direkt vor mir ausgeschert, er kann froh sein, dass wir beide überhaupt noch leben.“ Grinsend setzte er nach, „Hat er denn Zeugen, dieser Mercedesfahrer?“

„Nein, er war allein.“

„Nun, Herr Kommissar, dann haben Sie ein Problem.“ Mit einem noch breiteren Grinsen machte Heiner auf dem Absatz kehrt und verabschiedete sich, „Ich wünsche frohes Schaffen, meine Herren, auf Wiedersehen.“

Frost und Funke sahen sich verdutzt an und rangen sich dann ebenfalls ein zerknirschtes „Auf Wiedersehen“ ab.

– 23 –

„Was haben wir?“, fragte Kriminalkommissar Frost in die Runde der ziemlich belämmert dreinschauenden Beamten der Sonderkommission Fratello. Sie hatten hart gearbeitet, jede Menge Überstunden geleistet, aber von einem durchschlagenden Erfolg der Ermittlungen konnte nicht die Rede sein. In einem kleinen Konferenzsaal des Polizeipräsidiums am Friesenring hörten sie ihrem Chef aufmerksam zu.

„Also, meine Herren, seit dem zweiten Dezember sind fast zwei Monate vergangen. Ich frage noch einmal. Wo stehen wir? Wir haben einen Verdächtigen, von dem wir vermuten, dass er sich verkleidet hat. Wir unterstellen mal, er hat seine Tat von langer Hand geplant. Wenn er Fehler gemacht hat, dann haben wir sie nicht bemerkt. Ich halte fest: Er ist besser als wir.“ Der Kommissar blickte seine Kollegen fragend an.

„So weit, so gut?“ Ein Raunen der Kollegen war zu hören.

„Wenn das gut ist“, warf Polizeikommissar Funke ein, „dann fresse ich einen Besen. Bis auf das Phantom mit dem Künstlernamen Helge Schneider haben wir nicht einen einzigen wirklich Verdächtigen. Und das nach fast zwei Monaten.“

„Keinen einzigen wirklich Verdächtigen, sagst du. Haben wir denn eventuell unwirkliche Verdächtige?“, grinste Frost.

„Wenn Du mich so fragst, dann haben wir mindestens zwei wirklich sehr seltsame Vögel, die in irgendeiner Form in die Angelegenheit involviert sein könnten.“

„Auf alle Fälle“, fuhr er fort, „haben wir da zunächst mal diesen Hindemith. Der lebt nur noch für den Jazz, und wir können davon ausgehen, dass er seinen ehelichen Pflichten nicht mehr nachkommt; dafür hat sich Madame den schmucken Oberstudienrat aus dem Sauerland geangelt.“

„Meiner Ansicht nach ist Hindemith eher ein Fall für den Psychiater als für uns“, bemerkte Frost.

„Zugegeben. Ich sagte ja auch, er ist eher einer der unwirklichen Verdächtigen.“

„Und der andere unwirkliche Verdächtige, wen hättest du da noch im Angebot?", fragte Frost. „Denkst du da an den Sauerländer?

„An genau den", bestätigte Funke. „De la Croix alias Heinrich Müllers aus Differten. Da staunt ihr was?" Als Funke in die Runde schaute, entdeckte er in den Gesichtern seiner Kollegen nichts als Fragezeichen. Er wedelt mit einem Blatt Papier in der Luft herum.

„Dieses Fax habe ich vor einer halben Stunde von einer netten jungen Dame aus Differten erhalten."

„Differten, wo zum Teufel ist denn das?", fragte einer der Beamten. Sich seiner Wichtigkeit durchaus bewusst, holte Funke zu einer opulenten Antwort aus.

„Meine Herren, ich darf Ihnen berichten, dass ich vor ein paar Tagen auf die, ich muss sagen, glorreiche Idee gekommen bin, in des Herrn Oberstudienrats Vergangenheit zu forschen. Und es gibt Neuigkeiten. Zunächst einmal zu ihrer Frage", und er nickte dem Beamten, der wissen wollte, wo zum Teufel denn Differten läge, wohlwollend zu, „Differten ist ein Dreieinhalbtausend-Seelen-Kaff im Landkreis Saarlouis, und in diesem Kaff hat de la Croix bis Anfang der 70er Jahre gelebt."

„Und was", unterbrach Frost, „hat das mit diesem alias Heinrich Müllers auf sich?"

„Heiner de la Croix", erklärte Kommissar Funke, „existiert erst seit 1971. Ich habe ein längeres Telefongespräch mit einer Dame im Einwohnermeldeamt von Völklingen geführt. Sie hat sich sehr viel Mühe gegeben, das herauszubekommen. Es gibt in ganz Völklingen nicht einen de la Croix. Die nette Dame ist erst im Einwohnermeldeamt einer Nachbargemeinde, in Wadgassen, fündig geworden, und Differten gehört zu Wadgassen."

Frost fluchte, „Und ich habe ihn noch nach seinem Namen gefragt." Funke nickte.

„Also ein Allerweltsname, wie er uns glauben machen wollte, ist das nicht. Ich habe nämlich de la Croix ins Internettelefonbuch eingegeben, und es gab keinen einzigen Eintrag."

„Warum hat er damit hinter dem Berg gehalten, dass er eigentlich ein ganz normaler Heinrich Müller ist?"

„Ich habe keinen blassen Dunst. Müllers heißt er übrigens, mit ‚s' am Ende", korrigierte Funke seinen Chef.

„Von mir aus auch Müllers. Warum er seinen Namen geändert hat, hat dir die Dame wohl nicht verraten können?", fragte Frost.

„Nein, leider nicht", fuhr Funke fort. „Das alles macht unseren Studienrat natürlich noch nicht zum Mörder, aber ich denke wir sollten ihm noch einmal auf den Zahn fühlen." Alle nickten.

„Gute Arbeit", sagte Frost, und die übrigen Beamten applaudierten.

„Ja, verdammte Hacke", bestätigte Funke stolz und als die Beamten ihn fragend ansahen sagte er grinsend, „Musste ja mal gesagt werden, denke ich." Alle lachten. Frost meldete sich zu Wort.

„Okay, ich habe einen Vorschlag. Wir nehmen uns jetzt alle zwei Stunden Zeit und stürzen uns gemeinsam auf Heinrich Müllers aus Differten. Es gibt verschiedene Fragen zu klären. Erstens: Gibt es Verwandte, Eltern dort unten, die noch leben und die uns etwas mitteilen könnten? Wer übernimmt das?" Zwei Arme schnellten in die Höhe.

„Einverstanden, Kaminski und Jimi." Der Beamte Jimi spielte in seiner Freizeit in einer Jimi-Hendrix-Coverband, deshalb nannten ihn seine Kollegen nach dem Vornamen des Gitarrengottes.

Frost fuhr fort, „Schule. Der Typ muss ja zur Schule gegangen sein, vermutlich Abitur, sonst hätte er nicht studieren können. Wer kümmert sich darum?"

„Hier, Schnake", meldete sich ein Beamter. Frost verteilte noch ein paar ähnliche Aufgaben und sagte schließlich, „Meine Herren, meine Damen, wir wissen nicht, ob das was bringt, aber erstens: Versuch macht klug, zweitens: Also ran an den Speck und drittens: Es gibt nichts Gutes, außer man tut es. In zwei Stunden treffen wir uns wieder hier. Ich wünsche uns allen viel Erfolg."

„Hört, hört, gleich drei ausgesprochen exquisite Sprüche in Folge," lachte Funke und applaudierte.

Nach zwei Stunden Recherche im Vorleben von Heiner de la Croix alias Heinrich Müllers waren alle wieder im Konferenzsaal versammelt.

„Heinrichs Eltern sind beide nicht mehr am Leben“, fing Kaminski seinen Bericht an. „Georg Müllers, der Vater, war Verwaltungsangestellter, er ist schon 1985 im Alter von zweiundsechzig Jahren wegen seines Alkoholismus an Leberzirrhose gestorben. Die leidtragende muss wohl Heinrichs Mutter gewesen sein, sie war nur Hausfrau.“

„Was heißt hier ‚nur‘?“, unterbrach ihn eine der zwei weiblichen Polizistinnen.

„Ist schon gut,“ beruhigte Kaminski, „ich weiß, dass das ein Full-Time-Job sein kann. Für uns spielt das aber jetzt keine Geige. Auf alle Fälle ist Frau Müllers“, an dieser Stelle nickte Kaminski seiner Kollegin beschwichtigend zu, während ein paar der Beamten hämisch grinsten, „außer zu Hause, keiner regelmäßigen Beschäftigung nachgegangen. Ihr einziger Lebensinhalt war nach Aussage der Nachbarn der Sohn, ein ganz passabler Schüler, auf alle Fälle Mutter Müllers ganzer Stolz. Frau Müllers lebte sehr zurückgezogen und verließ nur zum Einkaufen das Eigenheim. Wie gesagt ihr Lebensinhalt war Heinrich. Und als der zum Studium nach Münster ging, brach für die arme Frau ihre kleine Welt vollends zusammen. Den Nachbarn gegenüber hat sie versucht, die Zustände zu Hause zu vertuschen, hat immer nur von ihrem erfolgreichen Studienrat in Lüdenscheid geschwärmt. 1987 ist sie dann an Krebs gestorben. Das war's zur Familie Müllers, sofern man unter diesen Umständen überhaupt von einer Familie sprechen kann.“

„Vielen Dank“, sagte Frost. „Was ist mit dem Haus? Ihr sagtet, das sei ein Eigenheim gewesen?“

„Der Sohn, also Heinrich alias Heiner, hat es nach dem Tod seiner Mutter verkauft.“

„Dann ist er ja wohl ein betuchter Mann. Zunächst hat er sein Lehrergehalt und dann den Erlös vom Haus. So gut hätte ich es auch gern“, bemerkte Funke.

„Vergiss es. Auf die Kohle alleine kommt es doch gar nicht an“, sagte Jimi. „Der Typ ist doch eine ganz arme Wurst. Beschissene Kindheit und Jugend, wie wir gerade erfahren haben, und so etwas, wie du und ich haben“, er deutete auf Funke und sich selbst, „eine Familie mit Frau und einem Stall von Kindern, da träumt der doch nur von. Seit zehn Jahren trifft er sich heimlich mit dieser Hindemith in seinem alten gammeligen Bulli und hockt anschließend wieder mutterseelenallein in seiner armseligen Eigentumswohnung."

„Hey, Mr. Hendrix, da solltest Du mal einen Blues drüber schreiben, ‚Rocking in my old Volkswagen', das wird ein Hit!", rief einer der Beamten, und der Rest der anwesenden Ermittler lachte.

„Alles klar, meine Herren, zur Sache", rief Frost die Truppe zur Ordnung, „was gibt es sonst noch? Schnake, haben Sie an der Schule etwas erfahren können?"

„Na ja," stöhnte der Beamte, „es war nicht einfach, die Schule herauszubekommen."

„Gejammert wird später, mein lieber Herr Schnake," schnauzte Frost, „Sie haben sich diesen Job ausgesucht; dass er einfach ist, hat niemand behauptet. Also zur Sache."

„Entschuldigung. Heinrich ist nicht besonders aufgefallen, so die damals noch blutjunge Sekretärin des Gymnasiums in Völklingen, zumindest nicht mehr als jeder andere Schüler. Was mich ein wenig stutzig gemacht hat, war, dass Müllers wohl schon zu Schulzeiten ein eigenes Auto besessen hat, einen VW-Bus."

„Das ist in der Tat auffällig", sagte Funke, „so etwas kostete ja schließlich eine Stange Geld. Gibt es da Hinweise?"

Schnake zuckte mit den Schultern. „Keine Ahnung."

Ein kleiner, recht rundlicher Beamter mit einem sorgfältig nach oben gezwirbelten Schnurrbart, der von seinen Kollegen frei nach Agatha Christie „Hercule Poirot" genannt wurde, meldete sich zu Wort.

„Vor zwei Stunden habe ich mit einem Kollegen in Wadgassen telefoniert. Spontan hatten die nichts, zumindest nichts im Computer, sie hinken computertechnisch noch ein paar Jahre hinterher, die 60er haben sie noch nicht eingegeben. Der Kollege hat mir aber versprochen, im Keller nachzusehen, die haben wohl alles Mögliche ab 1950 in alten Aktenordnern dort unten gelagert." In diesem Moment öffnete sich die verglaste Tür des Konferenzraumes, und eine Beamtin rief in den Raum, „Poirot, zum Telefon!"

„Das werden die Wadgassener sein, ich bin gleich zurück", sagte Poirot und rollte hinaus.

„Wir genehmigen uns inzwischen eine kurze Pause", meinte Frost, und allgemeines Palaver setzte ein.

„Muss ja ein richtiger Bulli-Fan sein, dieser de la Croix", sagte Frost zu Funke, „wenn der schon seit Jugendtagen so eine Karre fährt."

Funke entgegnete, „so eine Kiste ist nicht schlecht, kannst dann immer mal schnell in den Urlaub oder in ein verlängertes Wochenende durchstarten."

„Oder zum Schäferstündchen mit Frau Hindemith in die Domstadt. Parken, Vorhänge zu und ab geht die Post." Frost schüttelte erstaunt den Kopf.

„Und das treiben die so bereits seit zehn Jahren, unglaublich."

„Vielleicht hält das ja jung", grinste Funke. In diesem Augenblick öffnete sich die Tür, und der Polizist, der Poirot genannt wurde, kehrte zurück in die Runde, ein Stück Papier durch die schlechte Luft schwenkend. Die Privatgespräche erstarben.

„Also, die haben tatsächlich etwas gefunden, da unten in Differten oder Wadgassen. Ob es wichtig ist", er zuckte die Achseln, „das möge die Allgemeinheit beurteilen."

„Schieß los und spann uns nicht auf die Folter!", rief Jimi, der Möchte-gern-Hendrix, und Poirot blickte auf seinen kleinen Zettel und fuhr fort, „Heinrich Müllers ist am 5. August 1968 mit seinem Bulli in eine Alkoholkontrolle gekommen, er musste blasen, Blutprobe, 1,3 Promille, Lappen weg, zwölf Monate."

„Das heißt doch gar nichts", unterbrach ein junger Beamter.

„Na wart's doch erst mal ab, ich bin ja noch gar nicht fertig. Als die Kollegen dann noch einen Blick in den Bulli geworfen haben, sind sie fündig geworden."

„Drogen", brummte Frost.

„Genau", fuhr Poirot fort, „zwar keine Riesenmenge, gerade soviel, dass Müllers sich mit Eigenbedarf rausreden konnte, aber es hat gereicht, dass er aktenkundig wurde. Die vom Drogendezernat dort unten haben ihm dann in der folgenden Zeit verschärft auf die Finger geschaut, konnten ihm aber nie etwas nachweisen. Von 1969 an hat er dann zwei Jahre Zivildienst geleistet, ist jedoch nicht mehr aufgefallen, und ab 1971 war er in Münster."

„Von da an war er de la Croix, und Müllers existierte nicht mehr“, sagte Frost.

„Sieht ganz danach aus, als ob er ein neues Leben anfangen wollte“, nickte Funke, „und ein Leben im Saarland gegen ein neues im Sauerland getauscht hat.“

„Wie sieht dieses neue Leben im Sauerland aus? Gibt es da Nennenswertes?“

„Nichts, er ist ein unbeschriebenes Blatt“, sagte Funke. „Er ist ein angesehener Pauker, sehr beliebt an seinem Gymnasium, geht ins Theater, in den Jazzclub, also ein ganz normaler Mensch.“

„Bis auf die Geschichte mit der Hindemith.“

„Also, ich habe das Gefühl“, sagte Funke, „und mein Gefühl täuscht mich selten, dass wir, was unseren Fall Fratello angeht, beim Herrn Studienrat nicht weiterkommen.“

„Nun denn“, schloss Frost, „ich glaube auch mich zu erinnern, dass du von nicht wirklich Verdächtigen gesprochen hast. Ich schlage vor, diese beiden nicht wirklich Verdächtigen, also die Herren Hindemith und de la Croix, vorerst beiseite zu lassen und die Suche nach unserem Phantom zu intensivieren. Noch Fragen?“

Es gab keine Fragen, und so entließ Kriminalkommissar Frost seine Kollegen ins Wochenende.

– 24 –

Adelgund Rosinsky, geborene von Rebelmann, war einundachtzig Jahre alt und stand am Fenster ihres Appartements in der Wohnanlage für gut betuchte Senioren, um ihrer Tochter zum Abschied zuzuwinken. Bevor Anna in ihren Wagen stieg, drehte sie sich noch einmal um und winkte zurück. Anna war hin und her gerissen, sie wusste nicht, ob ihr ihre Mutter leid tun sollte oder nicht. Als ihr Vater, der Essener Industrielle Kurt Georg Rosinsky, vor vier Jahren gestorben war, hatte sich Anna über ihre eigene Gefühlskälte gewundert. Sie hatte sich zeitlebens auf eine emotionale Katastrophe eingestellt für den Fall, dass sich ihre Eltern für immer aus ihrem Leben verabschieden würden. Dann musste Anna mit Verwunderung feststellen, dass sich für sie nichts geändert hatte.

Mehrere Jahre hatte Funkstille geherrscht, nachdem Anna von der Existenz ihrer Schwester im Sauerland erfahren hatte. Erst anlässlich des siebzigsten Geburtstages ihres Vaters hatte Anna behutsam wieder Kontakt aufgenommen. Sehr sporadisch hatte sie ihre Eltern in ihrer Villa in Essen-Bredeney seitdem besucht. Aber viel häufiger als zu den Geburtstagen ihrer Eltern, die meist in großem Stil gefeiert wurden, ließ sie sich nicht in Essen blicken. Die Geburtstagsempfänge der Rosinskys waren erstklassig organisierte Feiern, der Champagner floss in Strömen, und unter der Last der von einer Cateringfirma angekarrten Köstlichkeiten bogen sich die Tische. Zur Unterhaltung der zahlreichen Gäste spielte üblicherweise die Hausband der Rosinskys, die „Original Bredeney Dixie Cats“. Anna mochte die Band nicht, die etwa siebzig Jahre alten Hobbymusiker spielten zickigen und viel zu lauten Dixieland-Jazz auf ihren schlecht gestimmten Instrumenten. Musiker waren sie eigentlich nur, um sich an den Buffets reicher Gastgeber die fetten Bäuche vollzuschlagen und sich edle Tropfen gratis einzuverleiben. Sie vermutete, dass ihr Vater die Band immer wieder engagierte, weil es sich bei dem Trompeter um den Prokuristen der Firma Rosinsky handelte, der noch schlechter sang, als er trompetete. Anna ging vor allem das schrille Geschreppel des Banjos und das piepsige Gedudel der Klarinette auf die Nerven. Die meisten Gäste allerdings honorierten das vermeintlich witzige Outfit der sechs Rentner, die in Knickerbockern, dunkelbraunen Lederwesten und Strohhüten auftraten und waren zufrieden, wenn sie einzelne Titel wie „Icecream", „Sweet Georgia brown" oder den „Tiger Rag" gerade noch erkennen konnten. Mit steigendem Alkoholkonsum sank die musikalische Qualität stets noch mehr, die Band kam aber immer mehr in Schwung und entsprechend beim Publikum an, ein Tuba-Solo jagte das nächste, und gegen Ende des Festes wurden sie bereits für das nächste Jahr verpflichtet. Als kleines Kind hatte sich Anna während der Feiern oft in die Küche geflüchtet, um der Haushälterin Lisa Gesellschaft zu leisten. In den vergangenen Jahren kam ihr die vergleichsweise anonyme Atmosphäre der großen Partys gerade recht, so war sie nicht gezwungen, sich intensiv mit ihrer Mutter oder ihrem Vater unterhalten zu müssen.

Doch seitdem ihr Vater gestorben war, war die Zeit der großen Geburtstagsfeste vorbei. Die ehemals elegante Industriellengattin alterte zusehends, und es war nur eine Frage der Zeit, bis sie sich in ihrer riesigen Villa einsam und verloren fühlen würde. Als Anna bei einer Stippvisite in Essen zufällig den Prospekt eines Seniorenstifts auf dem Wohnzimmertisch entdeckte, schlug sie ihrer Mutter vor, sich nach einem Platz in einer Münsteraner Seniorenresidenz umzusehen. Es hatte nicht lange gedauert, und sie hatte in Münsters Innenstadt eine entsprechende Bleibe für ihre Mutter gefunden. Die Wohnung war sündhaft teuer, aber Geld hatte für die Rosinskys noch nie eine Rolle gespielt. Die riesige Essener Villa mit ihren fast zwanzig Zimmern, vier Bädern, Wirtschaftsräumen, den drei Garagen und dem parkähnlichen Garten stand seitdem leer. Anna hatte Pläne mit dem Haus, aber die konnten warten. Sie hatte die wertvollen Möbel mit Laken abgedeckt, die Rollläden heruntergelassen, die Haustüren fest verschlossen und alles hinter sich gelassen, ohne sich noch einmal umzuschauen.

Das Handy klingelte, Anna lenkte ihren Golf an den Straßenrand und stellte den Motor ab. Das Display meldete einen Anruf von Lisa.

„Hallo meine Liebe", meldete sich Anna, „wo steckst du? Und wie ist es gelaufen?"

Ihre Tochter hatte am Abend zuvor Münster mit dem Zug in Richtung Hamburg verlassen, um an den Aufnahmeprüfungen für das Studium der visuellen Kommunikation teilzunehmen. Wochen vorher hatte sie eine Mappe mit Fotos, Zeichnungen und Skizzen an die Hochschule für angewandte Wissenschaften geschickt, und sie gehörte zu dem kleinen Kreis der Auserwählten, die nach Hamburg eingeladen worden waren.

„Ich bin noch in Hamburg, und jippiiih, rate mal, ob ich bestanden habe!"

„Natürlich hast du bestanden, so wie du dich anhörst, Glückwunsch, Glückwunsch, ich freue mich für dich!"

„Danke, Mama. Du, ich muss jetzt aber schon Schluss machen, da warten ein paar Erstis auf mich, wir wollen noch in eine Kneipe, den Erfolg begießen."

„Erstis, wer ist denn das?", fragte Anna voller Sorge um ihre Tochter.

„Erstsemester, wir fangen alle gemeinsam an, am zehnten geht es los!"

„November?"

„Nein, Oktober."

„Aber das ist ja schon in sechs Wochen!", rief Anna besorgt.

„Ja klar, aber ich muss jetzt Schluss machen, ich bin morgen Abend wieder zu Hause und erzähle dir alles, Mama, bis Morgen. Und grüß Papa von mir!"

„Aber wo schläfst du denn?", wollte Anna noch fragen, aber Lisa hatte schon aufgelegt.

Anna sackte in sich zusammen, senkte ihre Stirn auf das Lenkrad ihres Golfs und fühlte sich plötzlich sehr einsam. Es war so weit. Der Tag war da, der Tag, den sie seit der Geburt ihrer Tochter hatte kommen sehen. In den ersten Jahren lag er noch in weiter Ferne, dann aber war er immer näher und näher gerückt. Abschied. Sechs Wochen also noch, und ihre kleine Tochter Lisa würde ihr Zuhause in Münster verlassen, nach Hamburg umziehen und studieren, ein neues Leben beginnen. Tränen traten in ihre Augen. Ihr eigenes, Anna Hindemiths Leben, lag plötzlich wie auf einem Reißbrett vorgezeichnet vor ihr. Wie an einer Richtschnur ausgerichtet, warteten links und rechts vom Wegesrand die immer wiederkehrenden Begebenheiten ihres eintönigen Alltags.

„Nein, um Gottes Willen", stöhnte sie, „nicht mehr. So nicht mehr." Sie wollte nicht in die Parkallee, nicht heute Abend. Sie griff zu ihrem Telefon und wählte die Nummer in Lüdenscheid. Nach dreimaligem Klingeln hob Heiner ab. „De la Croix!"

„Ich bin's. Gut, dass du zu Hause bist. Beweg dich nicht von der Stelle und warte auf mich, in einer Stunde bin ich da." Ohne auf eine Antwort zu warten, hatte sie aufgelegt. Sie drehte den Schlüssel, der Motor sprang an, sie setzte den Blinker, wendete den Wagen und machte sich auf den Weg.

Die Augustsonne stand noch hoch am Himmel, es war sommerlich warm, Anna hatte die Scheiben heruntergekurbelt, das Gaspedal durchgetreten und badete im Fahrtwind. Ihre Tränen waren längst getrocknet, und das kleine Auto gab sich jede erdenkliche Mühe, seine Fahrerin flott in Richtung Süden zu bringen. Heiner hatte auf einem niedrigen Bruchsteinmäuerchen an der Straße vor seiner Wohnung gesessen und auf Anna gewartet. Als er sie erblickte, lief er auf sie zu und schloss sie in seine Arme.

„Was ist passiert?", fragte er.

„Lisa hat die Prüfung bestanden."

„Und deshalb bist du hier?" Anna blickte ihn an und nickte. Tränen schossen in ihre Augen, als sie sagte, „Sie zieht nach Hamburg, in sechs Wochen."

Heiner zog sie in seine Arme und sagte nichts.

„Sie kommt erst morgen wieder zurück." Pause. Anna atmete tief ein, seufzte und lächelte, als sie Heiner ansah.

„Ich wollte nicht nach Hause zurück. Nicht heute."

Heiner nickte, er glaubte zu verstehen.

„Würdest du mit mir nach Essen fahren?", fragte sie. Er blickte verwundert.

„Nach Essen?"

„Ja, in mein Elternhaus."

„Ich verstehe nicht, was willst du denn jetzt bei deiner Mutter? Und vor allem", Heiner hob ungläubig die Arme, „ich soll mitkommen? Das glaube ich nicht. Nach dem jahrelangen Versteckspiel soll ich jetzt plötzlich …" Anna hatte ihren Zeigefinger auf seine Lippen gelegt und unterbrach ihn.

„Entschuldige, wenn ich dich unterbreche. Aber heute ist viel passiert. Ich habe meine Mutter ins Seniorenheim gebracht, sie wohnt seit heute Nachmittag dort."

„Das tut mir leid."

„Das braucht es nicht. Es geht ihr gut dort. Die tun alles für sie, es ist schließlich kein Arme-Leute-Heim. Und das Beste dabei ist, Madame ist nur von Gleichgesinnten umgeben, in dem Heim leben ausschließlich Vertreter der oberen Zehntausend. Gleich und gleich gesellt sich eben gern."

„Also gut", sagte Heiner, „dann verrat mir doch, was wir dann in Essen sollen."

„Ich will jetzt endlich alles wissen."

„Ich verstehe dich nicht ganz, was willst du wissen?" Anna sah ihn an und fragte, „Also raus jetzt mit der Sprache, hast du Zeit? Dann steig in mein Auto, wir fahren nach Essen, und ich erzähle dir alles auf dem Weg dorthin. Alles klar?"

„Alles klar. Willst du vielleicht kurz mit reinkommen, ich meine jetzt, wo du schon einmal hier bist." Anna nickte.

„Ja, ich bin sehr gespannt auf dein kleines Reich", antwortete sie. Heiner öffnete die Tür zu seiner Wohnung, ließ Anna den Vortritt, und Anna war überrascht. Es war anders, als sie es sich vorgestellt hatte: Die Wohnung war in angenehmes warmes Licht getaucht und mit Antiquitäten aller Art eingerichtet. Da stand ein altes Regal mit Büchern jeden Alters neben einem eichenen Kleiderschrank, der in seiner Vergangenheit mehrere Lackierungen über sich hatte ergehen lassen müssen, bis ihn zu guter Letzt jemand wieder abgebeizt und glatt geschliffen hatte. Zwei mit dunklem Stoff bezogene Sessel standen vor einer alten Weinkiste, die als Tisch diente, und an den Wänden hingen verschiedene Bilder, Druckgrafiken und große Abzüge von Landschaftsbildern.

„Handelst du mit Antiquitäten?", fragte Anna schmunzelnd.

„Was sich in einem Vierteljahrhundert alles so ansammelt … Die Fotos habe ich selbst gemacht, es sind Nachtaufnahmen, draußen geschossen mit einer speziellen Optik – ein Hobby von mir noch aus

Studententagen. Die Grafiken sind von einem befreundeten Künstler. Das meiste aber stammt noch aus meiner aktiven Sperrmüllzeit, wie dieses gute Stück zum Beispiel“, und Heiner deutete auf den Eichenschrank.

„Ich habe mich an das alte Zeug gewöhnt und kann mich schlecht davon trennen.“ Anna strich mit der Hand über ein altes schwarzes Klavier.

„Ich wusste gar nicht, dass du spielst“, sagte sie.

„Tu ich auch nicht. Ich hatte als Junge mal ein paar Stunden, es ist aber nichts draus geworden.“

„Und hier?“, fragte Anna und blieb vor einer schlanken Kommode stehen, über der ein Sammelsurium von Fotografien in unterschiedlichen Rahmen an der Wand hing.

„An dieser Wand hängt meine Vergangenheit“, entgegnete Heiner und gesellte sich zu ihr.

„Bist das etwa du, dieser Hippie vor dem VW Bus?“ fragte Anna.

„Ja, das war mein erster Bulli, mein ganzer Stolz. Und das hier“, Heiner zeigte auf ein altes Schwarz-Weiß-Foto, „das waren meine Eltern, vor unserem Haus in Differten. Na ja, das Kapitel ist abgeschlossen.“ Heiner erläuterte noch einige andere Schnappschüsse, ein Porträt seiner Großeltern und ein Foto, das den Wintersportler Heiner im Kreise fünf weiterer Skifahrer zeigte.

„Und wo ist das?“ Anna zeigte auf ein vergilbtes Schwarz-Weiß-Foto. Es zeigte ein Holzhaus in einem verwilderten Garten mit uralten Obstbäumen. Zwei Mädchen winkten lachend in die Kamera, die eine vielleicht siebzehn Jahre alt, die andere etwa zehn Jahre älter.

„Das ist Jo.“ Thomas lächelte, „Sie war einmal meine große Liebe.“

„Die Jüngere?“

„Nein, die Ältere. Die andere kenne ich nicht, sie war mal zu Besuch bei Jo.“

„Was ist aus Jo geworden?“, wollte Anna wissen.

„Sie lebt nicht mehr. Sie ist Silvester 1967 in ihrem brennenden Holzhaus umgekommen.“

„Das tut mir leid. Heiner, entschuldige, ich hatte ja keine Ahnung …“

„Schon gut, das konntest du ja nicht wissen. Die Geschichte liegt inzwischen fast vierzig Jahre zurück."

Anna ging in die kleine, vom Wohnzimmer abgehende Küche, die mit modernen Einbaugeräten ausgestattet war.

„Aha", lachte sie, „hier befinden wir uns also in der Neuzeit." Heiner lachte, trat neben den Kühlschrank und nahm eine Flasche Mineralwasser heraus.

„Die nehmen wir mit auf die Reise in deine Vergangenheit", sagte er, „jetzt fahren wir zwei mal los nach Essen und stellen die Villa Rosinsky auf den Kopf."

Nach einer knapp einstündigen Fahrt Richtung Ruhrgebiet auf der A 45 und ein paar Kilometern Stadtautobahn hielten sie vor einer hochherrschaftlichen Villa, wie sie in Essen-Bredeney ihresgleichen suchte.

„Das ist dein Elternhaus, dieser Prachtbau?", fragte Heiner, und Anna nickte nur.

„Wo fangen wir an?", fragte sie.

„Keine Ahnung, das weißt du am besten. Gibt es einen Safe?"

„Ja, aber der ist bereits geleert."

Heiner ließ seinen Blick durch die große Eingangshalle und über die mit weißen Laken abgedeckten Möbel schweifen. „Der Schreibtisch deines Vaters oder deiner Mutter?"

Anna führte Heiner in einen dunkel getäfelten Saal und zog ein Bettlaken von einem schweren, aus dem 19. Jahrhundert stammenden Schreibtisch aus westindischem Mahagoni. Ehrfürchtig schritt Heiner um das edle Stück herum und zögerte, ihn zu berühren.

„Tu dir bloß keinen Zwang an, es ist nur ein Schreibtisch. Was wir hier suchen, ist wesentlich bedeutungsvoller als dieses blöde Protzding."

„Schon gut, Madame. Ich mache mich gleich an die Arbeit." Er zog die Schubladen auf der rechten Seite auf, während Anna sich an die linke Seite machte. In den oberen Schubladen fanden sie außer ein paar Schreibutensilien, Briefpapier, Umschlägen aller Größen und ein paar Telefonbüchern nichts.

„Sehr aufgeräumt", bemerkte Heiner, während er versuchte die unterste Schublade herauszuziehen. Sie klemmte, und als sie plötzlich ihren Widerstand aufgab, rutschte sie gänzlich aus ihrer Halterung heraus, Heiner hielt sie in der Hand, und ein zuvor unter der Schublade verstecktes Fach wurde sichtbar.

„Verdammt“, rutschte es ihm heraus, „ich habe etwas.“ Ein einzelner, ehemals weißer, aber nach vielen Jahren in seinem Versteck vergilbter Umschlag lag vor ihnen. In großen, sorgfältig gemalten Druckbuchstaben stand ihr Name auf dem Umschlag: Anna. Sie nickte Heiner zu.

„Soll ich etwa?“, fragte er, und wieder nickte sie.

„Hilf mir“, bat sie, „ich schaffe es nicht allein.“ Heiner nahm vorsichtig den Umschlag aus seinem Versteck und setzte sich auf den schweren Schreibtischsessel, während Anna sich hinter ihn stellte und jede seiner Bewegungen aufmerksam beobachtete. Heiner klappte den papierenen Verschluss des Umschlages auf und ließ den Inhalt auf die blank polierte Schreibtischplatte gleiten. Vor ihnen lagen zwei kleinere Umschläge, einer davon ein Briefumschlag, abgestempelt im Mai 1953, der Ort war nicht zu entziffern. Der Brief war adressiert an Herrn Kurt Georg Rosinsky. Heiner drehte sich zu Anna um und las vor.

Sehr geehrter Herr Rosinsky,
ich freue mich, Ihnen heute die freudige Mitteilung machen zu können, dass der Adoption der kleinen Anna Perrier, die wir Ihnen am vergangenen Sonntag angeboten haben, nichts mehr im Wege steht.

Heiner hörte für einen Moment auf zu lesen, drehte sich zu Anna um und sagte, „Welch ein Zufall“, und als Anna fragend zu ihm hinunterschaute, fuhr er fort, „weißt du, das Mädchen auf dem Foto bei mir zu Hause …“

„Deine große Liebe?“, unterbrach Anna ihn, und er nickte.

„Sie hieß auch Perrier.“

„So heißt auch ein bekanntes französisches Mineralwasser“, sagte Anna.

„So heißen viele dort unten …“

„Lies bitte weiter.“

Wir möchten Sie hiermit bitten, das Kind am kommenden Wochenende bei uns im Heim abzuholen und die Summe von 20.000,- DM in bar mitzubringen. Wir möchten Ihnen nochmals für ihre Güte danken, der kleinen Anna ein neues zu Hause schenken zu wollen.
Hochachtungsvoll
Schwester Gertrud

P.S.: Nochmals möchten wir Sie darauf hinweisen, dass wir Ihnen Annas jüngere Schwester Simone zu einem Aufpreis von weiteren 10.000,- DM ebenfalls zur Adoption anbieten können.

Es herrschte Totenstille in dem altehrwürdigen Saal, in dem der angesehene Industrielle Rosinsky, Fabrikbesitzer und Annas Vater, einst seine Geschäfte erledigt hatte. Heiner hörte Annas Herz ganz nah an seinem Ohr klopfen.

„Diese Schweine!", flüsterte sie.

„Ich hätte eine Schwester gehabt, meine Schwester. Simone." Anna hatte sich auf eines der eleganten Sofas gesetzt und ließ ihren Tränen freien Lauf. Heiner kniete vor ihr und hielt ihre Hände in seinen.

„Wir werden sie finden, Anna, ich verspreche es dir. Wir werden sie suchen, und wir werden sie finden." Anna sah ihn mit von Tränen verschleierten Augen an und schluchzte:

„Das ist lieb von dir, aber wir wissen nicht, wo sie lebt, wir haben einen Namen und mehr nicht. Sieh bitte nach, was in dem anderen Umschlag steckt." Heiner öffnete das zweite Couvert, holte eine Ansichtskarte hervor und reichte sie Anna. Die alte Aufnahme zeigte ein großes weißes Gebäude, das von hohen Bäumen umgeben war. Etwa zwanzig Nonnen hatten sich in ihrer Tracht – weißen Hauben und bodenlangen schwarzen Kleidern – auf der Freitreppe für ein Gemeinschaftsfoto gruppiert. Über der Eingangstür stand in altdeutschen Lettern: „Lasset die Kinder zu mir kommen und wehret ihnen nicht!"

„Die Hölle!", flüsterte Anna.

„Wie bitte?", fragte Heiner.

„Die Hölle, das ist das Kinderheim, aus dem sie mich herausgeholt haben. Und die frommen Damen, waren fast ausnahmslos sadistische Monster, die die ihnen anvertrauten Kinder brutal misshandelt haben." Stille.

„Was steht hinten drauf?", fragte Heiner nach einiger Zeit. Anna drehte die Karte um. Auf der Rückseite befand sich ein Stempelabdruck: „Haus der barmherzigen Schwestern", Saarbrücken.

In dem feudalen Saal mit dem großen Mahagonischreibtisch herrschte wieder Stille, die Zeit schien angehalten zu haben. Ab und zu war das Seufzen Annas zu hören, und nur von Zeit zu Zeit erinnerte Motorengeräusch auf der Straße daran, dass das Leben außerhalb der Villa Rosinsky weiterging. Schließlich brach Anna das Schweigen.

„Sie ist unsere Tochter."

„Wie bitte?"

„Lisa, sie ist unsere Tochter."

„Entschuldige bitte, ich verstehe nicht!", fragte Heiner wie vor den Kopf geschlagen.

„Sprichst du von deiner Tochter Lisa?"

Anna nickte.

„Ja, von unserer Lisa. Sie ist unsere Tochter."

„Willst du damit sagen, dass ich ...?" Heiner war aufgesprungen und starrte Anna ungläubig an. Sie nickte erneut.

„Heiner de la Croix, du bist Lisas Vater, der Vater meiner Tochter. Bitte verzeih mir." Heiner stieß einen verzweifelten Schrei aus und stürzte durch die Vorhalle der noblen Villa nach draußen auf die Straße. Als die Haustür laut krachend hinter ihm ins Schloss fiel, senkte sich wieder Totenstille über das Arbeitszimmer. Wie zäher, klebriger Brei floss die Zeit langsam schleppend dahin.

Minuten, Stunden, Tage schienen vergangen zu sein, als sich mit leisem Knarren die Tür wieder öffnete.

„Jochgrimm, Zimmer neun im ersten Stock?", fragte er vorsichtig lächelnd, und durch einen Vorhang von Tränen lächelte sie zurück.

„Ja, Jochgrimm, halb vier in der Frühe, Samstag, 15. Februar 1986."

– 25 –

Anfangs hatte ich mich ein wenig gewundert, dass die beiden sich kannten, aber nach ein paar Minuten Grübeln erinnerte ich mich, wo ich die Frau zum ersten Mal gesehen hatte.

Anna Hindemith stand mit Heiner de la Croix in der schmalen Einfahrt zur großen Eisgrube. Anna war zum ersten Mal auf unserem Berg, und Heiner war offensichtlich gerade dabei, mit seinen Geländekenntnissen zu glänzen.

Das Skigebiet am Krippenstein mit seiner zwölf Kilometer langen Piste war auf den ersten Blick nichts Besonderes. Skitouristen, die es gewohnt waren, in schier endlosen Gebieten mit mehreren hunderten von präparierten Pistenkilometern unterwegs zu sein, wunderten sich in der Regel, dass uns diese eine Piste genügte. Wer aber das Glück hatte, eine Führung von Meister Richi oder meiner Wenigkeit in das Gelände abseits der von den Bill, Lazy, Titan oder Gerd König in Schuss gehaltenen Pisten zu erleben, der verstand, warum uns dieses skisportliche Kleinod so sehr ans Herz gewachsen war. Die Imisl, eine wilde, naturbelassene Abfahrt, zweigte knapp zwei Kilometer nach dem Start am Krippensteinhotel von der von Pistenraupen glatt gebügelten Piste ab und führte, vorbei an steil vom Krippenstein herabstürzenden Felswänden, über meist schmale, sich eng an den Berg schmiegende Hänge. Auf einer Höhe von etwa 1700 Metern nahm die Zahl der dem Skifahrer die Richtung weisenden Lerchen zu. Eng am Berg schlängelte sich die Abfahrt durch die große Eisgrube, einen steilen, für Krippensteinverhältnisse breiten Hang. Ihren Namen hatte die große Eisgrube wegen des gigantischen, gefrorenen, bei Eiskletterern aus der ganzen Welt beliebten Wasserfalls, der an den senkrecht abfallenden Felsen am rechten Pistenrand klebte. Wie alle Geländeabfahrten war die Eisgrube nie gleich. Nach einer Nacht mit frischem Neuschnee bedeckt, ließ sie sich mit geschlossenen Augen fahren, entwickelte sich dann aber nach und nach, je nach Wetter und Anzahl der sie durchquerenden Skifahrer, zu einer anspruchsvollen Buckelpiste. Unterhalb der großen Eisgrube führte der Weg entweder direkt hinein in einen Fichtenwald oder durch eine vierzig

Meter breite Schneise durch den Wald hindurch. Nach dem Wald ging es durch die kleine Eisgrube mit ihren rund ausgefahrenen Buckeln in den Weihnachtshang, der seinen Namen von einem unserer Skifahrer erhalten hatte, den die tief ausgefahrenen Rinnen zwischen den verschneiten Baumresten zur Verzweiflung brachten.

„Verdammter Weihnachtshang!“, hatte er geflucht.

„Wieso Weihnachtshang?“, fragte ich.

„Den kannst du dir schenken!“

Nach dem Weihnachtshang mäanderte sich die immer schmaler werdende, selbst dem versierten Fahrer alles abverlangende schönste Geländeabfahrt der Welt talwärts bis zum Ahornboden, wo sie wieder in die präparierte Piste mündete.

Seit unserem ersten Urlaub am Krippenstein im Jahr 1974 war viel Wasser den Berg hinuntergeflossen, Regierungen und Kriegsschauplätze hatten gewechselt, die Amerikaner trieben ihr Unwesen nicht mehr in Vietnam, sondern im Irak. Es gab keine zwei Deutschlands mehr, und es wurde nicht mehr mit Mark und Pfennig, sondern mit Euro und Cent und das sogar in Österreich bezahlt. Am Stammtisch sprach man nicht mehr über Imperialismus, stattdessen über Globalisierung und im gleichen Atemzug über die globale Erwärmung. An uns selbst waren die letzten dreißig Jahre natürlich auch nicht spurlos vorbeigegangen, einige hatten Haare gelassen, andere dafür an Gewicht zugelegt. Was sich aber in der ganzen Zeit nicht geändert hatte, waren die festen Termine zu Weihnachten, im Februar und zu Ostern, an denen es uns an den Krippenstein zog. Und wir konnten uns auf ihn verlassen, trotz aller politischen, wirtschaftlichen oder familiären Umwälzungen – unser Berg rührte sich nicht von der Stelle. Geändert hatte sich für uns über die Jahre lediglich die Unterkunft. Wir wohnten nicht mehr im malerisch auf 1630 Metern gelegenen ehemaligen Militärlager Krippenbrunn, sondern in dem von den Wirtsleuten Hans und Edda geführten Schilcherhaus, das mit seinen auf 1740 Metern über NN fast exakt einhundert Höhenmeter mehr zu bieten hatte, wir waren aufgestiegen.

Vor dreißig Jahren war Heiner de la Croix, unser ehemaliger Kommilitone, einer der ersten gewesen, die mit Richi und mir zum Skilaufen am Krippenstein aufgebrochen waren. Wir hatten uns für ein paar Jahre aus den Augen verloren, aber bei einem unserer Konzerte auf dem Stadtfest in Münster hatten sich unsere Wege wieder gekreuzt, und Heiner gehörte von Stund an wieder zu den Stammgästen im Schilcherhaus. Ich erinnerte mich an den Moment, in dem ich Anna zum ersten Mal sah. In der Masse der vor der Bühne versammelten Zwillinge-Fans hatte sie vor Heiner Reißaus genommen. Meine zweite Begegnung mit Anna viele Jahre später hatte sich tief in mein Gedächtnis eingegraben: Während eines Konzertes unserer Rentnerband Unisono im Midi war der Freund von Annas Tochter Lisa brutal ermordet worden. Seitdem hatte ich sie nicht mehr gesehen, und als mir Heiner gegen Ende der 90er Jahre unter dem Siegel der Verschwiegenheit von seinem Verhältnis mit einer verheirateten Sportlehrerin aus Münster berichtete, hatte ich keine Ahnung, dass er von Anna Hindemith sprach.

Aber als ich Heiner und Anna mutterseelenallein in der großen Eisgrube stehen sah, fiel es mir wie Schuppen von den Augen. Anna Hindemith, die zum ersten Mal mit ihrer Tochter ins Schilcherhaus gekommen war, war die Traumfrau, von der Heiner mir in den vergangenen Jahren immer wieder vorgeschwärmt hatte.

Ich hielt neben dem Pärchen an und sagte, kein Blatt vor den Mund nehmend: „Mensch, Heiner, jetzt weiß ich, wer der Traum deiner schlaflosen Nächte ist!“

Die beiden lächelten entschuldigend, um sich dann aber verliebt in die Augen zu sehen. Heiner nickte.

„Aber bitte, ich hoffe, du kannst schweigen wie ein Grab. Lisa weiß es noch nicht, und sie soll es auf keinen Fall erfahren, vor allem nicht von jemand anderem als von Anna. Und die Skigruppe muss es auch nicht wissen. Noch nicht.“ Anna ergänzte, „Es ist noch zu früh, aber bald wird sich einiges ändern, verstehst du?“

Ich hatte zwar nur eine sehr vage Vorstellung davon, was sich nach so vielen Jahren Versteckspiel ändern sollte, aber ich nickte verständnisvoll, „Klar doch, verstehe. Also mein Name ist Hase, ich weiß von nix, ich werde schweigen wie ein Grab.“

„Danke“, sagte Anna, und Heiner nickte.

„Keine Ursache. Aber eine Frage hätte ich noch. Du bist doch mit dem Bulli gekommen.“ Ich grinste.

„Wirst du vielleicht rein zufällig einmal die letzte Gondel verpassen? Nur damit ich Bescheid weiß und nicht die Bergrettung informiere.“ Auch Heiner grinste, während Anna ihn verständnislos anschaute.

„Erklär es ihr“, sagte ich, „aber wenn ihr die Gondel verpassen wollt, dann bitte nicht heute, denn um sechs Uhr gibt's Glühwein.“

„Ich erzähle es ihr. Aber den Glühwein müsst ihr ohne mich trinken. Heute Nacht gehe ich auf den Krippenstein, um zu fotografieren. Stellt mir einen Becher warm.“

Ich deutete mit dem Daumen hinter mich auf meinen Rucksack und erklärte, „Ich fahr dann mal, muss noch den Wein aus dem Auto holen. Bis später dann, ihr zwei!“ Mit diesen Worten stürzte ich mich in die weichen runden Buckel der großen Eisgrube und versuchte mit dem schönsten Berg der Welt eins zu werden. Bevor ich am unteren Ende des Hanges in eine Wolke von aufwirbelndem Pulverschnee gehüllt im Wald verschwinden konnte, um den dicht an dicht gedrängten Tannen meine Kunst vorzuführen, spielte mir einer der Buckel einen Streich und machte mir unmissverständlich klar, wer hier am Berg das Sagen hatte. Er riss mir zunächst den Linken, bei meinem ersten Bodenkontakt auch noch den rechten Ski vom Schuh. Ich wirbelte durch die Luft, erblickte abwechselnd in den blauen Himmel spießende Tannenspitzen, weiße Buckel und Fragmente einer sich selbstständig machenden Skiausrüstung, touchierte einen Komplizen des vermaledeiten Buckels, hob abermals ab und kam vor dem mich unverschämt angrinsenden Buckel Nummer drei zum Liegen, wobei sich der vordere Bindungskopf meines linken Ski in meinen rechten Oberschenkel bohrte. In dieser Situation war es tröstlich, mir die zweite der vom Meister aufgestellten goldenen Skifahrerregeln zu vergegenwärtigen: „Wer nicht fällt, lernt nichts dazu!“ Nachdem ich mich davon überzeugt hatte, dass meine Extremitäten sich noch da befanden, wo sie hin gehörten, raffte ich mich auf, um meine über den ganzen Hang verteilte Ausrüstung zusammenzusuchen. Die Brille saß wieder auf der Nase, die Mütze auf dem Kopf, und ich machte mich gerade daran, meine Schuhsohlen vom Schnee zu befreien, um in die Bindungen zu steigen, als ich nicht weit von mir entfernt ein paar Skier entdeckte, die an die Leiter des sich am Waldrand erhebenden Hochsitzes gelehnt waren. Mein Blick kletterte die Sprossen hinauf und entdeckte oben auf dem Hochsitz ein grinsendes Gesicht.

„Shit happens!“, rief ich dem Gesicht zu. Denn mehr als ein Gesicht war nicht zu sehen, der Rest des dort oben hockenden Wesens wurde von einer hölzernen Balustrade verdeckt. Es hatte eine riesige, vermutlich aus den 80er Jahren stammende Sonnenbrille mit verspiegelten und in verblichenes rosa Plastik gefassten Gläsern auf der Nase. Den Kopf zierte eine quittegelbe Bommelmütze, unter der sich schwarze Löckchen ans Tageslicht ringelten. Ein sauber gestutzter schwarzer Vollbart versteckte Mund, Backen und Kinn. Das Gesicht grinste weiter.

„Hat sie dir gefallen, meine kleine Vorführung?“, rief ich lachend hinauf.

„I don't understand!“, entgegnete das Gesicht mit einem Akzent, der nach Ostblock klang.

„I come from Prag! Tschechia!“, rief es hinunter.

„Oh, I understand!“, antwortete ich und versuchte den Akzent nachzuahmen, in der Hoffnung, dass das Gesicht mich besser verstehen würde, aber es bewies mir nur, dass es offensichtlich auch über Hände verfügte, die es fragend über die Brüstung hob.

„I understand!“, sagte ich noch einmal, zeigte auf mich, deutete mit dem behandschuhten Zeigefinger in Richtung Tal und stieg vollends in die Bindungen, und ein deutliches Klacken teilte mir mit, dass meine Skier wieder bereit waren. Einen Moment blieb ich noch stehen und drehte mich um. Eng umschlungen standen Heiner und Anna in der großen Eisgrube und winkten mir zu. Ich winkte zurück. Bevor ich meinen zweiten Versuch startete, eins mit dem Berg zu werden, blickte ich noch einmal den Hochsitz hinauf. Das Gesicht hatte sich noch ein wenig weiter zurückgezogen, nur noch die gelbe Bommelmütze und ein von Handschuhhänden vor die rosa Brille gehaltenes Fernglas waren zu sehen.

„Bye, bye!“, rief ich hinauf.

„Bye, bye!“, echote es zurück, und ich machte mich auf den Weg ins Tal. Der zweite Teil der Abfahrt verlief ohne weitere Zwischenfälle; ich fand eine passable Linie zwischen Buckeln, Bäumen und Felsen hindurch und befand mich wenig später auf dem großen Parkplatz an der Talstation der Krippensteinbahn. Richi wartete schon auf mich und half mir, den Zehnlitercontainer Rotwein in meinen Rucksack zu zwängen.

„Bist du Imisl gefahren?“, fragte er. Ich nickte,

„Natürlich, bei den Schneeverhältnissen, besser geht's nicht.“

„Und, hast du den Spanner gesehen?“

„Meinst du diesen Typen mit Fernglas im Hochsitz nach der großen Eisgrube?“

„Genau den.“

„Habe ich. Habe mich direkt vor seiner Nase lang gemacht. Wieso fragst du?“

„Kam mir seltsam vor. Was macht denn so einer mit einem Fernglas in der Eisgrube?“

„Da ist doch nichts Besonderes dran“, sagte ich, „vielleicht beobachtet er Vögel – Schneefinken, Dohlen oder was weiß ich. Lass ihn doch.“

„Ich lass ihn ja. Er wirkte nur reichlich seltsam, dieser Vogel. Es gibt schon sonderbare Menschen ...“

Wir packten die Rucksäcke mit dem Rotwein auf den Rücken, nahmen unsere Skier und Stöcke und betraten die große Halle der Talstation, um auf die nächste Gondel, die uns auf den 2100 Meter hohen Krippenstein befördern sollte, zu warten. Es war kurz vor vier Uhr am Nachmittag, und es warteten nur wenige Skifahrer, die um diese Uhrzeit noch nach oben wollten, aber alle, die da waren, gehörten auch zu unserer Gruppe: Elke und Steiger Dirk, die jede auch noch so kurze Pause nutzten, sich eine Zigarette zu drehen, Yogi, der genau so intensiv, wie er versuchte seine Skitechnik zu verfeinern, abends am Kamin seine zwölfsaitige Gitarre bearbeitete, und einige Lehrerinnen und Lehrer, die sorgsam darauf bedacht waren, ihren Kindern neben dem Skifahren Umweltbewusstsein und das richtige Sozialverhalten zu vermitteln. Anna und Heiner waren inzwischen eingetrudelt und hatten sich unter die Wartenden gemischt. Das Paar hielt reichlich Abstand voneinander. Wenn ich die beiden nicht kurz zuvor eng umschlungen in flagranti überrascht hätte, hätte ich sie nie und nimmer für ein Paar gehalten. Ich war mir ziemlich sicher, dass ich der Einzige war, der wusste, wo der Hase lang lief. Heiner kam breit grinsend auf mich zu.

„Na, da hast du dich ja nach allen Regeln der Kunst zerlegt." Er lachte. „Ich war schon drauf und dran, die Bergrettung anzurufen."

„Unkraut vergeht nicht", sagte ich, dachte an Richis goldene Pistenregel Nummer zwei und ergänzte grinsend, „Du weißt doch: Wer nicht fällt, lernt nichts dazu!"

„Ich erinnere mich", schmunzelte Heiner, „Regel Nummer zwei. Und Regel Nummer eins: Immer lächeln!"

Der Zeiger der Uhr über dem Eingang zur Gondel rückte auf vier Uhr. Pünktlich wie immer erschien der Gondoliere, um die in der Halle versammelten Skifahrer zur Bergfahrt zu bitten. Wir formierten uns zu einer doppelten Schlange, passierten einer nach dem anderen das Drehkreuz und suchten uns einen Platz in der inzwischen museumsreifen, vierzig Skiläufer fassenden Gondel. Jetzt, mit etwa zwanzig Personen, war die Bahn höchstens zur Hälfte gefüllt, was aber, wenn die Sonne nicht schon am frühen Morgen ihr Gesicht zeigte, häufig vorkam. Manchmal hatte es den Anschein, dass die Betriebsgesellschaft DAG den Gondelbetrieb nur für uns Münsteraner und eine Handvoll einheimischer Geländefahrer aufrechterhielt.

„Auf geht's, foa ma", sagte der Gondoliere, schob die beiden Schiebetüren zu, klinkte einen vorsintflutlichen schwarzen Telefonhörer aus seiner ebenso vorsintflutlichen schwarzen Plastikhalterung und meldete dem Fahrdienstleiter irgendetwas, das sich anhörte wie „Achtzehn!" Im gleichen Moment klopfte es an der bereits geschlossenen Gondeltür, und ein Kollege unseres Gondolieres schob die Türen ein Stück weit wieder auf. „Franz, woart ma no a bisserl, da kimmt no oana!"

In der Tat tauchte plötzlich noch ein weiterer Fahrgast auf dem Bahnsteig auf und drängte sich durch die schmale Türöffnung.

„Das Gesicht", dachte ich.

„Der Spanner", sagte Richi.

„Nun mach mal halb lang", antwortete ich, „du kennst den doch gar nicht!"

„Schon gut, schon gut, sollte ein Scherz sein. Aber sei doch mal ehrlich, er sieht doch komisch aus, dieser Vogel." Der Vogel oder das Gesicht machte in der Tat einen seltsamen Eindruck, und diesen Eindruck hatten nicht nur der Meister und ich, denn für einen kurzen Moment verstummte das allgemeine Gemurmel.

„Good afternoon", murmelte der Nachzügler mit Akzent und verdrückte sich in eine freie Ecke der Gondel, kehrte uns seinen Rücken zu und schaute nach draußen. Die quittengelbe Bommelmütze saß noch auf seinem Kopf, die überdimensionale Sonnenbrille auf seiner Nase. Er trug eine knallrote, dick wattierte Daunenjacke, die in den späten 70ern vermutlich sehr viel Geld gekostet hatte. Die schwarze Skihose schien aus der gleichen Zeit zu stammen. Auf den Rücken hatte er sich einen voll gestopften Leinenrucksack geschnallt, den er von seinem Ururgroßvater geerbt haben musste. Aus der mit einem Band nicht völlig verschlossenen Klappe des Rucksackes ragte das Ende eines Fotostativs heraus, und an der Seite des Rucksackes baumelte ein etwa achtzig Zentimeter langes, verschlissenes Futteral aus grauem Leinen mit einem länglichen Gegenstand, ich vermutete ein noch größeres Stativ darin. Aufnäher zierten den Rucksack und den Ärmel der Daunenjacke. Sie stellten die Silhouetten von Vögeln dar, und auf einem der Aufnäher glaubte ich, etwas entziffern zu können, was übersetzt vielleicht „Club der tschechischen Ornithologen in Prag" bedeuten mochte.

„Das ist kein Spanner", sagte ich zu Richi, „der Typ ist hier, um Vögel zu beobachten. Sieh dir die Aufnäher an." Richi nickte. Nachdem wir nun klargestellt hatten, dass es sich bei dem Gesicht um einen harmlosen Vogelkundler handelte, ließ unser Interesse an dem seltsamen Fahrgast nach, und ich wandte mich an unsere Leute.

„Wer kommt noch kurz mit aufs Schutzhaus?", fragte ich in die Runde. Vor einem Jahr war das ehemalige Schutzhaus von Grund auf renoviert und deutlich vergrößert worden. Mit Toni, Moni und ihrer Tochter Monika waren neue Wirtsleute für das Wohl der Gäste verantwortlich, und seitdem hieß das Schutzhaus „Krippenstein Lodge".

„Ich komm noch auf ein Bier mit", sagte Richi. Auch Heiner und die meisten anderen nickten.

„Tut mir leid", sagte Anna, „ich fahre direkt zur Hütte, Lisa und eine heiße Dusche warten auf mich. Wir sehen uns ja dann beim Glühwein."

„Wie sieht's mit dir aus?", fragte ich Werner, eines unserer Urgesteine. Werner war freischaffender Journalist und engagierte sich an dreihunderteinundfünfzig Tagen im Jahr für den Regenwald. An den vierzehn verbleibenden Tagen aber machte er mit uns das Gelände am Krippenstein unsicher.

„Was soll die Frage?", schmunzelte er.

„Entschuldige, schon klar", lachte ich. Er war einer der wenigen, die niemals einen Besuch im Schutzhaus ausließen.

Die Gondel zwängte sich langsam in die Einfahrt der Bergstation, Franz entließ uns „Vorsicht bei der Tür!" murmelnd aus der Kabine, und dann rumpelten wir mit unseren schweren Skischuhen durch die Halle des Krippensteinhotels und die lange, verzinkte Stahltreppe zum Skianschnallplatz hinunter. Von da war es nicht weit bis zur Lodge, wo wir zu acht einen der großen Tische in Beschlag nahmen. Unser Tisch stand direkt an der breiten, verglasten Terrassenfront, und wir genossen den Ausblick auf das langsam im Dunkel der Nacht versinkende Dachsteinpanorama. Ein, zwei Stunden noch, und der klare Sternenhimmel würde die schneebedeckte Alpenlandschaft in ein dezentes Nachtlicht tauchen. Außer uns saßen noch ein paar Stammgäste in einer Ecke hinter dampfenden Germknödeln. Am Nachbartisch hatte sich das Gesicht, die Sonnenbrille immer noch auf der Nase, niedergelassen und vertilgte eine Portion Apfelstrudel mit Vanillesoße.

„Du scheinst Glück zu haben", sagte ich zu Heiner, „es wird eine sternenklare Nacht. Da kannst du sicher weit bis nach Bad Goisern fotografieren."

„Ich hoffe", antwortete Heiner, „es sieht gut aus. Das sind die Nächte, von denen ein Nachtfotograf träumt." Heiner war Hobbyfotograf und seine Spezialität war es, Fotos in der Dunkelheit zu schießen. An diesem Abend wollte er zu den „Five Fingers" laufen, einer stählernen Aussichtsplattform, die acht Meter weit über die schroffen, senkrecht abfallenden Felsen unterhalb des Krippensteingipfelkreuzes hinausragte. Wie eine stählerne Hand reckte sie sich mit ihren fünf Stegen über die vierhundert Meter in der Tiefe liegende große Eisgrube.

Während wir uns weiter über Gott und die Welt unterhielten, nahm ich wahr, dass das Gesicht am Nachbartisch zu Ende gespeist hatte. Der Vogelkundler packte seinen Rucksack mit den Stativen auf den Rücken, nickte uns zu, murmelte ein „Good bye“ und verließ die Lodge.

„Wird eine schöne Abfahrt haben, unser Ornithologe“, sagte Richi, und Regenwaldexperte Werner ergänzte, „Bei dem Sternenhimmel.“ Zwölfsaiten-Yogi meldete sich zu Wort.

„Wie sieht's denn aus? Mein Glas ist leer, und auf der Hütte wartet der Glühwein.“

„Und die Band!“, betonte Richi.

„Heute Abend gibt es also wieder kulturelles Rahmenprogramm? The same procedure as last year?“

„The same procedure as every year“, antwortete ich.

„Aber hallo!“, antwortete Yogi, der aus Vorfreude auf das Konzert strahlte wie ein Honigkuchenpferd. Richi grinste, während wir uns erhoben, um zur Hütte zu fahren.

„Ich will nur hoffen, dass ihr anständig bechert, damit euch die Musik auch gefällt.“

Bevor wir in unsere Skibindungen traten, um die vom sternenklaren Himmel hell erleuchtete Piste zum Schilcherhaus hinunterzuschwingen, verabschiedeten wir uns von Heiner. Er hatte seine Fotoausrüstung auf den Rücken geschnallt und war startklar für den Weg zu den Five Fingers.

„Bis heute Abend dann. Wann bist du zurück?“

„Ich schätze, so gegen zehn Uhr. Bis später und viel Spaß beim Glühwein!“ Heiner stapfte durch den in den Schnee getretenen Pfad, den Touristen am Nachmittag bereits gespurt hatten. Wir sahen ihm hinterher, bis er sich noch einmal umdrehte und uns zuwinkte. Dann wurde er von der Nacht aufgesogen.

– 26 –

Die schockierende Nachricht erreichte ihn an seinem Diensttelefon. Zwei Wochen zuvor hatte er im Internet geforscht und gleich eine ganze Reihe von Labors gefunden. Die Preise variierten zwischen achtzig und dreihundertfünfzig Euro, und alle Labors versprachen eine 99-prozentige Zuverlässigkeit. Was aber für ihn besonders wichtig war, war die Tatsache, dass alle Anbieter 100-prozentige Diskretion zusicherten. Er hatte ein Labor ausgewählt, das nach Überweisung des Rechnungsbetrages bei Nennung eines Codewortes bereit war, telefonisch Auskunft zu geben. Für die Analyse benötigte das Labor eine Probe von ihm als potentiellem Vater und eine Probe seiner Tochter. Der Vergleich würde ergeben, dass Lisa entweder seine neunzehnjährige Tochter oder ein ihm von seiner treulosen Ehefrau Anna untergeschobenes Kuckuckskind war. Neben seinem eigenen Probestäbchen und ein paar Haaren aus der Bürste seiner Tochter hatte er noch die Zahnbürste seines Nebenbuhlers eingeschickt, einhundertachtzig Euro nach Polen überwiesen und etwa vierzehn Tage gewartet, als das Telefon klingelte.

„Stadtplanungsamt Münster, Hindemith am Apparat", meldete er sich, und eine Stimme mit polnischem Akzent forderte ihn auf, das zwei Wochen zuvor vereinbarte Codewort zu nennen.

„Professor Longhair", antwortete Thomas, worauf ihm die Stimme am anderen Ende die Hiobsbotschaft übermittelte.

„Herr Hindemith, zwischen den Personen, von denen Sie uns die Speichelprobe und die Kopfhaare zugeschickt haben, besteht kein verwandtschaftliches Verhältnis."

„Sind Sie sicher?"

„Selbstverständlich. Ihre Vaterschaft können wir ausschließen."

„Und die Zahnbürste?"

„Ich kann Ihnen mitteilen, dass mit 99,999-prozentiger Wahrscheinlichkeit der Benutzer der Zahnbürste der Vater der Person ist, deren Haare Sie uns zugeschickt haben."

Stille.

„Hallo, Herr Hindemith, sind Sie noch am Apparat?"

„Ich danke Ihnen, auf Wiederhören." Er hängte auf und blieb wie vom Donner gerührt auf seinem Bürostuhl sitzen. Wie so oft starrte er aus dem Fenster auf den Albersloher Weg und sah den zahllosen Autos zu, die scheinbar spielerisch von ein paar Ampeln in einem regelmäßigen Rhythmus gestoppt und wieder angestoßen wurden, willenlose kleine blecherne Wesen, wie von einer fremden Macht ferngesteuert. Seit neunzehn Jahren war er einem Betrug aufgesessen, belogen worden, schamlos, skrupellos, seine Tochter war nicht seine Tochter. Anna hatte den Bastard neun Monate unter ihrem Herzen getragen, sie hatte das Kind zur Welt gebracht und ihm die Brust gegeben, sie hatte das Kind in den Kindergarten, später in die Schule gebracht und Kindergeburtstage organisiert. Und immer hatte sie gewusst, dass Lisas leiblicher Vater „Heiner de la Croix" hieß. Brennende Eifersucht loderte in Thomas, er ballte die Fäuste, die Fingernägel bohrten sich in seine Handflächen, während er seine heiße Stirn an der Scheibe seines Bürofensters kühlte. Er hasste diesen Menschen, und er schwor, ihn diesen Hass spüren zu lassen, er würde ihn vernichten, in den Boden treten wie einen Wurm, er würde wieder in den Ring steigen, er würde kämpfen, und am Ende würde er gewinnen.

Zu Anfang hatte er noch mit dem Gedanken gespielt, zu kapitulieren, Anna und ihrem Casanova das Terrain kampflos zu überlassen, wenn auch mit einem spektakulären Abgang. Sie sollte am eigenen Leib spüren, wozu sie ihn getrieben hatte, und sie sollte es bereuen, zutiefst bereuen, was sie ihm angetan hatte, den Schmerz hundertfach zurückbekommen. Sein Tod, drastisch und grausam, sollte sie treffen wie ein Faustschlag ins Gesicht, ihr die eigene Verderbtheit gnadenlos und unerbittlich vor Augen führen; für den Rest ihres armseligen Lebens sollte sie unter den Schlechtigkeiten leiden, die sie ihrem treuen Ehemann zugefügt hatte. Er sah seinen selbst inszenierten Tod glasklar vor Augen, diesen finalen Abgang von der Bühne des Lebens, der nur das eine Ziel hatte, seine Frau bis zum Ende ihrer Tage unter einem schlechten Gewissen leiden zu lassen. Wenn sie eines Nachmittags aus der Schule nach Hause käme, in ihr gemeinsames zu Hause, würde er sie mit einem Strick um den Hals, an der Decke des Eingangs baumelnd, empfangen. Sie würde den Golf vor dem Haus abstellen, wie immer ihre Schultasche vom Beifahrersitz greifen, den Haustürschlüssel zücken, sich auf einen entspannten Nachmittag auf der Gartenliege freuen und die schwere Eingangstür aufschieben, um plötzlich auf Augenhöhe die im Todeskampf mit seinen Exkrementen besudelte Jeans hängen zu sehen. Ihr schockierter Blick würde seinen leblosen Körper hinaufklettern und an den Blut unterlaufenen, aus ihren Höhlen getretenen Augen und der aus dem Mund zwischen schaumigem Speichel und Erbrochenem herausquellenden Zunge hängen bleiben. Ein unmerklicher Windhauch ließ seinen leblosen Körper ganz sacht hin und her schwingen, ab und zu klatschte ein Tropfen Urin in die bereits auf den Fliesen liegende Lache. Und dieses Bild würde sich unauslöschbar in die Windungen ihres Gehirns eingraben, sie bis an ihr Lebensende verfolgen und nicht mehr ruhig schlafen lassen, schuldig, schuldig, schuldig.

Je mehr er sich aber mit der konkreten Planung seines Abgangs auseinandersetzte, desto ungerechter erschien ihm sein Vorhaben. Er wollte sich nicht feige aus dem Leben stehlen. Der wahre Schuldige hatte den Tod verdient, nicht er. Am Ende würde die Gerechtigkeit siegen. Tief in seinem Inneren glaubte er an das Gute, wenn er auch manchmal Böses tun musste, um das Gute ans Tageslicht zu fördern.

Alles hatte in jener Nacht im August angefangen, in der Anna nicht nach Hause gekommen war. Er hatte sie erst wiedergesehen, als sie am nächsten Tag aus der Schule zurückkehrte. Zuvor hatte er stundenlang an der Fensterscheibe seines Clubs gestanden und darauf gewartet, den schwarzen Golf in die Parkallee einbiegen zu sehen. Hinter seiner Stirn war es zugegangen wie auf einem Parteitag, auf dem die unterschiedlichsten Strategien diskutiert wurden. Da gab es den radikalen Flügel, der die Meinung vertrat, das Problem ohne Umschweife anzusprechen und Anna die Pistole auf die Brust zu setzen. Es gab den moderaten Flügel, der es für unklug hielt, plump mit der Tür ins Haus zu fallen. Die gemäßigten Stimmen schlugen vor, sich taktisch zu verhalten, zunächst im Vorfeld mehr Informationen einzuholen und sich nicht durch blinden Aktionismus unterschiedliche Optionen zu verbauen. Im Verlauf der hitzigen Diskussion tendierte Thomas mehr und mehr dazu, sich für den moderaten

Weg zu entscheiden. Er beschloss, scheinheilig den besorgten Ehemann zu spielen und aus der Deckung heraus zu agieren.

„Was ist passiert, wo bist du gewesen, ich habe mir Sorgen gemacht?“, war er ihr entgegengeeilt, als sie den Hausflur betrat. Er spürte ihre Verunsicherung, als sie antwortete.

„Ich habe bei einer Kollegin übernachtet. Sie hatte nach der sechsten Stunde spontan zu einer Geburtstagsfeier zu sich nach Hause eingeladen, es gab ein, zwei Sekt, dann noch ein Bier, und schwupps, konnte ich nicht mehr fahren.“ Sie korrigierte sich: „Durfte ich nicht mehr fahren. Ich habe angerufen, hast du den Anrufbeantworter nicht abgehört?“

„Nein“, log er. Schließlich konnte sie wer weiß was auf die kleine Maschine quatschen. Was der Wahrheit entsprach und was nicht, das würde er später entscheiden.

Nach diesem kurzen Gespräch waren sie zur Tagesordnung übergegangen, Thomas hatte sich in seinen Club zurückgezogen und eine Platte aufgelegt. Doch seine Bedenken waren nicht zerstreut worden. Dieses hässliche Gefühl tief in ihm drin, das langsam aufkeimende Samenkorn der Eifersucht musste bekämpft werden, er, Thomas Hindemith, verlangte nach Genugtuung, und dazu benötigte er Informationen. Er war Anna gefolgt, wenn sie zu einer Sitzung der Grünen fuhr, wenn sie, wie sie behauptete, auf eine Schul- oder Klassenkonferenz musste, und es hatte nicht länger als vier Wochen gedauert, bis er das ganze widerliche Puzzle zusammensetzen konnte. Er hatte seine Frau verfolgt und mit ansehen müssen, wie sie den Park-and-Ride-Parkplatz an der Ausfahrt Ascheberg ansteuerte und in einem VW-Bus mit dem Nummernschild LS-D 270 verschwand. Es schmerzte, als hätte ihm jemand einen rostigen Nagel ins Herz getrieben, als er zusah, wie die Fensterscheiben des Wagens nach und nach beschlugen, Wassertropfen, schmale Spuren hinterlassend auf der Innenseite des undurchsichtigen Glases hinunterliefen. Als er sich vorsichtig, geduckt hinter den Büschen am Parkplatzrand, an den blauen Bulli herangeschlichen hatte, hörte er sie lachen und stellte sich vor wie sie, nackt und eng umschlungen, über ihn, ihren treuen Ehemann, ihre Witzchen rissen. Wie eine giftige Schlange war die von ätzender Eifersucht genährte Wut in ihm hoch geschossen, und am liebsten hätte er die beiden auf der Stelle mit den bloßen Händen erwürgt. Nur dem plötzlichen Auftauchen eines Autos auf dem Parkplatz hatten die Ehebrecher ihr Leben zu verdanken.

Thomas hatte noch eine Zeit lang weiter geforscht und die Identität seines Nebenbuhlers aufgedeckt. Das Ausmaß dieses gigantischen Komplotts, die ganze Tragweite des schamlosen Betruges trat aber erst zutage, als Thomas herausfand, dass das böse Spiel bereits vor neunzehn Jahren während einer Klassenfahrt seinen Anfang genommen hatte. Annas damalige Schülerinnen hatten ihrer Lehrerin als Erinnerung während ihrer Abiturfeier im Hansesaal der Stadt Lünen ein Fotoalbum überreicht. Es stand neben den Alben mit den Familienfotos der Hindemiths im Wohnzimmer des Hauses in der Parkallee. Das kompromittierende Bild hatte er schnell entdeckt. Es zeigte seine Frau Anna mit dunkelrotem Anorak und schwarzer Skihose, das lange schwarze Haar zu einem dicken Zopf zusammengebunden, auf einem aus groben Fichtenstämmen zusammengenagelten Zaun sitzend, neben sich den verhassten Heiner de la Croix. Unter dem Foto stand in einer Schrift, der man ansah, dass der Schreiber sich sehr viel Mühe gegeben hatte: „Klassenfahrt nach Jochgrimm, Februar 1986“. Wie eine schwarze Wand schob sich das Gefühl einer dumpfen Vorahnung in Thomas' zermartertes Gehirn. Lisa war neunzehn Jahre alt, geboren am 2. Dezember des gleichen Jahres, in dem sich Anna und ihr Französischlehrer kennen gelernt hatten. Zwischen dieser Klassenfahrt lag genau die Zeitspanne, die ein Kind benötigte, um in der Geborgenheit des mütterlichen Leibes heranzuwachsen. Thomas wusste, dass ihm Gewissheit sein gequältes Herz zerreißen würde, doch er brauchte diese Gewissheit, weil der unbestätigte Verdacht ihn langsam, aber sicher in den Wahnsinn treiben würde. Nur kurze Zeit später hatte er in der Suchmaschine seines Dienstcomputers „Gentest“ eingegeben und sich über Vaterschaftsanalysen informiert.

An Heiner de la Croixs Zahnbürste zu gelangen stellte sich als Kinderspiel heraus. Als er Anna zum zweiten Mal auf den Parkplatz gefolgt war, hatte es nicht länger als zwanzig Minuten gedauert, bis sich die Schiebetür des Bullis wieder öffnete und das verliebte, verhasste Pärchen sich eng umschlungen zu einem Spaziergang durch die angrenzenden Felder und Wiesen aufmachte. Sie hatten sich nicht einmal die Mühe gemacht, das fahrbare Liebesnest abzuschließen. Als er die zerwühlte Pritsche im Inneren des Bullis sah, krampfte sich sein Magen zusammen, aber dann siegte seine Selbstbeherrschung, er war hier, um der Wahrheit zu ihrem Recht zu verhelfen. Die Zahnbürste fand er in einem Schubfach, er nahm sie an sich, schob die Tür wieder zu und verschwand von der Bildfläche.

Doch nun brauchte er einen Plan. Einen todsicheren Plan. In Gedanken hatte er Heiner de la Croix bereits etliche Male ermordet, vergiftet, erschossen, erwürgt oder ertränkt, einmal sogar bei lebendigem Leibe verbrannt. Aber all diese Hirngespinste waren nicht in die Tat umzusetzen, wenn er nicht zwei Tage später hinter Gitter sitzen wollte. Die Lösung für sein Problem wurde ihm eines Novemberabends von Anna höchstpersönlich präsentiert, als sie ihm vorschlug, die Weihnachtsferien beim Skilaufen in den österreichischen Alpen zu verbringen. In diesem Moment begann sein Plan Gestalt anzunehmen.

– 27 –

Es war kurz vor Mittag am ersten Weihnachtstag, als er seinen Wagen auf dem Parkplatz neben der Talstation abstellte. Der tschechische Vogelkundler hatte seine Skier geschultert, sich den Rucksack mit den Fotoapparaten und den Stativen auf den Rücken gepackt und sich in die kurze Schlange vor der Gondel – nur drei Skifahrer standen vor ihm – eingereiht.

Herrlichstes Skifahrerwetter, blauer Himmel und strahlender Sonnenschein empfingen den Ornithologen auf dem Gipfel. Schmunzelnd nahm er wahr, dass etliche der Sportler ihn mehr oder minder verhohlen angafften. Er fiel auf in der großen Runde der mit moderner Kleidung und Skiern ausgerüsteten Skitouristen. Um sich mit dem Skifahren wieder vertraut zu machen, wollte er zunächst die zwölf Kilometer lange, als Familienabfahrt bezeichnete Piste ausprobieren. Auf einem langen und flachen, zur Schussfahrt einladenden Ziehweg führte die Abfahrt durch Krippenbrunn, ein aus ein paar wenigen Hütten bestehendes ehemaliges Militärlager. Ab hier wurde die Piste steiler und breiter, schlängelte sich in großen Bögen hinunter bis ins Tal und endete wieder auf dem großen Parkplatz.

Seine zweite Abfahrt führte ihn durch die Imisl. Eine deutlich ausgefahrene Spur führte in das ansonsten unberührte Gelände unterhalb des majestätisch zur Rechten liegenden Felsriesen. Azurblau war der Himmel über dem Schnee bedeckten Gipfel des Krippensteins, die in der glänzendweißen Eisgrube stehenden Lerchen trugen weiße Kappen und weit oben am Rande der steil abfallenden Felsen hatte er drei Gämsen entdeckt, die zu ihm hinüberschauten.

Inzwischen war es fast vier Uhr, der Tag für Skifahrer neigte sich dem Ende zu, und er überlegte kurz, ob sich eine weitere Bergfahrt noch lohnte, aber irgendetwas in seinem Innern riet ihm, noch einmal sein Glück zu versuchen.

„Eine Gondelfahrt noch, dann bist du am Ziel“, flüsterte die Stimme in ihm. Kurz entschlossen packte er seine Skier und eilte durch die Halle, wo die letzte Gondel gerade abfahren wollte. Er rief dem Gondelführer hinterher.

„Hello Mister, Krippenstein!“ Und der Gondoliere öffnete noch einmal die Schiebetür zum Bahnsteig.

„Thank you! Thank you!“ Der tschechische Vogelkundler aus Münster mit dem Namen Thomas Hindemith gesellte sich zu den Skifahrern, die schon in der Gondel versammelt waren. Den Blicken war zu entnehmen, dass sie über ihn, den seltsamen Vogel, sprachen. Mit Genugtuung vernahm er, dass der größte Teil der Gruppe, unter ihnen Heiner de la Croix, vorhatte, vor der Abfahrt zum Schilcherhaus noch in die Krippenstein Lodge am Gipfel einzukehren.

Einen Apfelstrudel später schulterte er draußen vor der Lodge seine Skier und machte sich auf den Weg zu den „Five Fingers“. Die Sonne war dabei unterzugehen, und er war allein. Der Pfad führte oberhalb des alten Schutzhauses in Richtung Gipfelkreuz durch den Schnee. Er hatte es nicht eilig, sein Vorsprung betrug etwa zehn Minuten, und die würden reichen, um die wenigen Vorbereitungen zu treffen. Es war inzwischen dunkel geworden, aber der Mond und ein paar Sterne zeigten ihm den Weg, der sich als schmales dunkles Band durch den weißen Schnee zog. Er benötigte etwa zwanzig Minuten bis zu dem Aussichtspunkt, dessen Silhouette sich im Dunkeln schemenhaft abzuzeichnen begann. Noch war er der Einzige hier, und ein leichter Schauer fuhr über seinen Rücken, als er den mittleren Finger der Plattform betrat und das Geländer viel kräftiger als nötig umklammerte. Schwarze Nacht tat sich in der nicht enden wollenden Unendlichkeit unter ihm auf, ein leichter Windhauch stieg von der in der Tiefe liegenden Imisl nach oben. Das Gelände weit unter ihm war bei Dunkelheit nicht zu erkennen, dafür eröffnete sich ein grandioser Weitblick über das von einer Vielzahl winziger Lichtpunkte erleuchtete Hallstatt und das sich fast bis zum Horizont erstreckende Bad Goisern. Hoch über ihm hatten sich zu den zunächst nur vereinzelten Sternen die abermillionen Lichter der Milchstraße gesellt, und Thomas konnte die wenigen Sternzeichen, die er kannte, ausmachen. Sie wären die einzigen Zeugen, wenn Heiner de la Croix seinen letzten Weg zurücklegen würde. Er verließ die Plattform und lief noch ein paar Meter weiter, bis er das verzinkte Geländer nur noch mit Mühe wahrnehmen konnte, und kauerte sich hinter einen kleinen Schneehaufen. Von hier aus hätte er einen guten Überblick.

Die Waffe hatte er aus ihrem Futteral gezogen und hielt sie fest in seiner Faust. Mit äußerster Konzentration fixierte er die Stelle in der Finsternis, an der der schmale Weg im dunklen Nichts verschwand. Er wartete fast seit einer Stunde, und seine Nerven waren zum Zerreißen gespannt, als er seinen Gegner zunächst noch schemenhaft, dann immer deutlicher auftauchen sah.

„Wer sagt's denn", murmelte Thomas zu sich selbst, „da bist du ja, hast dir ja reichlich Zeit genommen. Aber jetzt mach dein Testament, du hast nur noch ein paar Minuten, mein Freund."

Er hielt den Atem an. Heiner hatte den Mittelsteg der Plattform betreten und schien überwältigt von dem gigantischen Ausblick, regungslos stand er an dem Geländer und schaute in die unendliche Weite. Thomas wartete. Er wartete auf den Moment, in dem der Fotograf mit seiner Kamera beschäftigt war. Leise, die Waffe fest umklammert, erhob er sich und bewegte sich Schritt für Schritt auf die Plattform zu. Der Schnee knirschte leise unter seinen Skischuhen, aber der Fotograf war zu vertieft in die Suche nach dem richtigen Bildausschnitt, um die Geräusche wahrzunehmen. Zwei Meter hinter seinem Opfer blieb Thomas stehen und wartete, diabolisch den Anblick genießend, der sich ihm bot. Die Millionen Lichter des strahlenden Sternenhimmels verschmolzen mit der Flut der von Menschenhand entzündeten Lichter im Tal, und einen Moment lang dachte der Mörder an die unzähligen Schicksale und Tragödien, die sich in der Vergangenheit zwischen den Menschen dort unten ereignet haben mochten. Wie viele Väter waren wohl von ihren Frauen schamlos hintergangen, wie viele Kinder von fremden Männern gezeugt und treu sorgenden Familienvätern untergeschoben worden.

Plötzlich vernahm Thomas ein deutliches Klacken, in der nächtlichen Stille wirkte es wie ein Pistolenschuss. Heiner hatte den Auslöser betätigt, der Verschluss der Kamera hatte sich geöffnet und würde nun für etwa fünfundzwanzig Sekunden Licht auf das Celluloid im Inneren des Apparates auftreffen lassen, eine kleine Ewigkeit. Dann würde sich der Verschluss wieder genauso geräuschvoll schließen, Heiners vermutlich letztes Bild. Im gleichen Moment drehte sich der Fotograf langsam um und erstarrte vor Schreck, als er direkt vor sich den tschechischen Ornithologen sah.

„Was wollen Sie?", stammelte Heiner.

„I don't understand", antwortete Thomas und zog mit einem genüsslichen Grinsen den angeklebten Bart von seinem Gesicht. Langsam hob er die Waffe, wartete, jedoch nicht lange genug, dass der andere noch reagieren könnte. Heiner war durchtrainiert, sportlich und vermutlich viel kräftiger als Thomas, aber er starrte seinen Mörder regungslos an, paralysiert, willenlos.

„Aber …", hob Heiner an, als das schwere Metall seinen Schädel zertrümmerte. Seine Knie knickten weg wie Streichhölzer, und er fiel, das Stativ samt Kamera mit sich reißend, wie ein nasser Sack zu Boden. In den wenigen, langen Sekunden, die ihm noch blieben, erblickte er ein letztes Mal den sich um sich selbst drehenden Sternenhimmel, und als er endlich am Boden lag, den Großen Wagen über der grinsenden Visage seines Mörders. Die Beine weit auseinandergespreizt ragte das letzte lebendige Wesen, das der Sterbende erblicken würde, wie eine in Bronze gegossene Statue über ihm auf und sog die Qual des Erkennens, des Verstehens in den brechenden Augen seines Opfers lustvoll in sich auf. In ihrem letzten, alles entscheidenden Kampf bohrten sich die Blicke der beiden zu einer skurrilen Skulptur erstarrten Gegner ineinander. Ein paar Spritzer von Heiners Blut klebten auf Thomas' Stirn. Eine Ewigkeit schien zu vergehen, in der die Augen des Sterbenden zu sagen schienen: „Warte noch, warte." Und Thomas wartete, rührte sich nicht, weidete sich an den letzten unendlichen Sekunden vor dem Ende, während er die letzten Lebensfunken in Heiners Augen verglimmen sah. Er wartete auf den perfekten Augenblick für das Finale. Plötzlich kam Bewegung in das Standbild. In dem Moment, als Thomas die mit beiden Fäusten umklammerte Waffe in das Blut überströmte Gesicht seines Opfers rammte, vernahm Heiner noch das Klacken des sich schließenden Kameraverschlusses, dann erlosch das Licht. Heiner war tot.

Bis zum Ende der Plattform war es nicht weit. Thomas wuchtete den leblosen Körper bis an den Rand und schob ihn, alle seine Kräfte mobilisierend, auf das Geländer. Während die Füße mit den schweren Skischuhen noch auf der Plattform hingen, baumelten die leblosen Arme bereits über der Imisl, und Heiners Blut tropfte aus den klaffenden Wunden seines zermalmten Schädels in den Abgrund.

Die umgestürzte Kamera blickte Thomas aus ihrem toten Auge anklagend an. Er stellte sie wieder auf ihr Stativ, wählte seinen, des Fotokünstlers Thomas Hindemith persönlichen Bildausschnitt und lichtete den jämmerlich über dem Geländer hängenden Heiner vor der nächtlichen Kulisse der verschneiten Alpen ab. Es dauerte etwa fünfundzwanzig Sekunden vom Klacken des sich öffnenden bis zum Klacken des sich schließenden Verschlusses. Dann begann der vierhundert Meter tiefe freie Fall des Heiner de la Croix.

Er hatte es geschafft. Schneller als erhofft hatte sich ihm die Gelegenheit geboten zuzuschlagen, er hatte sie genutzt und seinen Plan in die Tat umgesetzt. Ab jetzt würde sich alles zum Guten wenden, Anna wäre wieder bei ihm, die Familie wieder vereint, sie würden zusammenstehen in guten wie in schlechten Zeiten. Die Nachtabfahrt vom Krippenstein über die zwölf Kilometer lange Familienpiste war gut verlaufen, nachdem bereits der Rückmarsch von den „Five Fingers" sich als Kinderspiel herausgestellt hatte. Der schmale, vom klaren Sternenhimmel beinahe taghell erleuchtete Pfad hatte sich deutlich vor ihm abgezeichnet. Kurz oberhalb der Krippenstein Lodge hatte er seine Skier angeschnallt und war durch die kalte klare Nachtluft hinuntergefahren. Auf dem Parkplatz im Tal angekommen, hatte er zunächst seine Skier und seine Skistöcke in einen riesigen Müllcontainer unter einem Haufen Hausmüll verschwinden lassen. Es war erst kurz nach zweiundzwanzig Uhr, als er die lange Rückfahrt nach Münster antrat. Er war glücklich und klopfte sich in Gedanken auf die Schulter.

„Gut gemacht", dachte er zufrieden schmunzelnd, „Herr Hindemith, Sie können stolz auf sich sein." Auch die Autofahrt verlief problemlos; nach Überqueren der österreichisch-deutschen Grenze bei Passau steuerte er den Rasthof Donautal an und verteilte die Relikte des tschechischen Ornithologen auf unterschiedliche Mülltonnen. In den frühen Morgenstunden würde er in Osnabrück den Mietwagen zurückgeben, den Zug nach Münster nehmen und irgendwann am Vormittag zu Hause eintreffen, sich in seinen Club zurückziehen, das tragbare Telefon neben sich auf den Ledersessel legen, seine

Lieblingsschallplatte von Nat King Cole abspielen und auf den Anruf warten. Seit er sich auf der deutschen Autobahn befand, pendelte die Nadel des Tachometers zwischen 120 und 150 Stundenkilometern. Die A 3 war fast leer, die Fahrbahn trocken, und die klare Nacht sorgte für perfekte Sicht. Thomas hatte genügend Muße, die vergangenen Stunden an seinem inneren Auge vorbeiziehen zu lassen: das strahlende Winterwetter, die Gondelfahrten zum Krippenstein, die kurze Rast in der Lodge und schließlich der Showdown auf den „Five Fingers". Auf einmal mischte sich eine Stimme, die sich anhörte wie die seines vernichteten Rivalen, in das sonore Brummen des Diesels und die Windgeräusche.

„Perfekt!", rief sie.

„Thomas, du bist der Größte!" Thomas lachte und rief:

„Ich weiß!"

„Thomas, du bist ein Held!", rief die Stimme.

„Ich weiß", lachte Thomas zurück, „ich bin der Größte!"

„Aber Thomas, hast du nicht etwas vergessen?", fragte die Stimme.

„Nein, es ist alles perfekt, du weißt doch, ich bin der Größte!"

„Thomas!", rief die Stimme jetzt lauter.

„Denk nach, Thomas, denk nach!" Er wurde unruhig, nervös rutschte er auf dem Fahrersitz hin und her. Was sollte das heißen? Das Schwein war tot, das Kapitel Heiner de la Croix endgültig abgeschlossen.

„Nein, nein!", rief Thomas heftiger. „Alles ist perfekt! Bleib, wo du bist, und lass mich in Frieden!"

„Denk nach", lachte die Stimme jetzt hämisch.

„Thomas Hindemith, du bist ein Versager!"

„Halt dein blödes Maul, du bist tot. Tot, verstehst du, du Scheißkerl!" Thomas' Hände umkrampften das Lenkrad, sein rechtes Bein schien ihm nicht mehr zu gehorchen, das Pedal berührte das Bodenblech, und die Tachonadel kletterte weiter in Richtung Höchstgeschwindigkeit.

„Versager!", lachte die Stimme erneut.

„Du bist eine Null!" In der gleichen Sekunde feuerte jemand eine glühende Salve auf die Windschutzscheibe des kleinen Mietwagens ab. Thomas zuckte zusammen, stieg auf die Bremse und drosselte das Tempo mit quietschenden Reifen. Er war soeben mit etwa 150km/h in die Radarfalle einer Autobahnbaustelle gerast, unbarmherzig hatte der Blitz sein Konterfei in den grauen Kasten am Straßenrand gebannt, sein Alibi war in dieser Sekunde geplatzt, hatte sich in nichts aufgelöst.

„Versager!", rief die Stimme wieder, hämisch kichernd.

„Ha, ha, aber denk nach, Thomas, es kommt noch besser, noch viel besser!" Kalter Schweiß trat auf sein Gesicht, als ihm die Erkenntnis wie kochende Lava ins Hirn schoss.

„Klack!" Laut wie ein Donnerschlag klang plötzlich das Klacken der Kamera in Thomas' Ohren, das Klacken, welches den Verschluss der Kamera für etwa fünfundzwanzig Sekunden öffnete. Dann das hässliche Geräusch splitternder Schädelknochen, der im Sturz die Kamera mitreißende Sterbende, der seinen Mörder in seinem letzten Kampf erstarren, verharren ließ, um einige Sekunden Zeit zu schinden – gerade soviel Zeit, wie ein paar wenige matte Lichtstrahlen benötigten, um das Gesicht eines Mörders im Augenblick seiner Tat auf Celluloid zu bannen. Und ein paar Sekunden lang hatte ihn das geöffnete schwarze Auge der Höllenmaschine angesehen; er hatte das zweite Klacken in dem Moment gehört, als der kalte Stahl das Gesicht des ehemals schmucken Französischlehrers zu einem blutigen Klumpen verwandelte.

„Siehst du Thomas", lachte die Stimme, „du hast versagt! Ha, ha, ha …" Leiser werdend verschwand die Stimme in einem nicht enden wollenden Echo.

„Ha, ha, Versager! Ha, ha, ha, Versager …"

Langsamer setzte Thomas seinen Weg fort. Er war der Verzweiflung nahe. Sein Plan war perfekt gewesen, aber wenn die Ermittler nicht total versagten, dann würde es nicht lange dauern, zwei, vielleicht drei Wochen, und er würde für den ganzen Rest seines Lebens in einer grauen Gefängniszelle dahinvegetieren. Das wäre das Ende. Je länger er fuhr, je mehr er nachdachte, nach einem Ausweg suchte, desto klarer wurde ihm, was er zu tun hatte. Und langsam, ganz langsam stellte er um auf Plan B.

– 28 –

Es war sechs Uhr abends, alle waren da, die Kinder, für die ein Fünfliterbottich mit alkoholfreiem Glühwein bereit stand, und die Erwachsenen – Lehrer, Maurer, Architekten, Anwälte, Ärzte, Klempner, Bauern oder Studenten –, denen man in ihrer Skiausrüstung nicht ansehen konnte, dass sie Lehrer, Maurer, Architekten, Anwälte, Ärzte, Klempner, Bauern oder Studenten waren. Sie alle freuten sich auf einen feuchtfröhlichen Abend mit dem versprochenen Rahmenprogramm.

Die Glühweinparty war eine kulturelle Veranstaltung, die wir gewöhnlich am dritten oder vierten Abend organisierten, und zwar nicht in der warmen Gaststube, sondern draußen im großen, zugigen Vorraum des Schilcherhauses, in dem wir unsere Bretter und Stöcke abstellten. Warum wir unser heißes Getränk in der Eiseskälte des Skistalls trinken sollten, war uns nicht klar, aber was unsere Wirtsleute Hans und Edda festlegten, war Gesetz: Berggesetz. Und Berggesetze sind nicht da, um hinterfragt zu werden. Nach jahrelangen Erfahrungen wussten wir, was zu tun war: Skiklamotten und Handschuhe an, Mütze auf, ausgiebig dem glühenden Wein zusprechen und kräftig mitsingen. Wer diese Regel befolgte, dem wurde bereits nach kürzester Zeit warm, das war kein Berggesetz, das war ein Naturgesetz. Das kulturelle Rahmenprogramm bestritt die Band: Zwölfsaiten-Yogi, Richi und meine Wenigkeit. Das Trio saß etwas erhöht auf einem Tisch und schmetterte seine Lieder in die Runde. Am Beliebtesten waren die Songs der Beatles. Die Liste der Beatleslieder, die von fast jedem durchschnittlichen Mitteleuropäer mitgeträllert werden können, ist schier endlos, und ich pflegte mich regelmäßig in aller Öffentlichkeit bei John, Paul, George und Ringo für ihre Schaffenskraft zu bedanken. Gerade hatten wir „I saw her standing there" hinter uns gebracht, als Richi sich auf den Tisch stellte und rief:

„Was wollt ihr hören?" Als hätten sie es abgesprochen, riefen alle unisono: „Alpenglühn! Alpenglühn!"

Also spielten wir unseren Skiurlaubsklassiker, das Zwillinge-Lied, welches das Schicksal eines armen einsamen Bergbauern besingt, der von seiner Liebsten wegen eines schnöden Plattenproduzenten verlassen wird.

„Nun steigt Dein zarter Fuß zum letzten Mal den Pfad,
von der Alm ins tiefe Tal hinab,
sagst ‚Ade' dem Fuchs, zum Auerhahn ‚bye, bye',
gehst mit ihm fort von diesem Ort, bleibst mir nicht treu!
Ein letzter Kuss auf der Berge weißer Höh'n,
ich weiß genau, ich wird Dich nie mehr wiedersehn,
ich schau Dir nach, I see you walking down the street,
I've got a hammer, doch ich hämmer nicht damit!"

Die letzte Zeile war eine Anspielung auf den Song von Lee Hayes und Pete Seeger, der die Gruppe Peter, Paul & Mary über Nacht zu einer der bekanntesten Folkgruppen Amerikas gemacht hatte, und hatte es mir besonders angetan. Peter, Paul & Mary schworen damals, wenn sie denn einen Hammer hätten, diesen für Gerechtigkeit, Frieden und vor allem für die Liebe zwischen ihren Brüdern und Schwestern einzusetzen. In unserem Lied besaß der arme verlassene Almbauer zwar einen Hammer, geriet aber wegen der fehlenden Gelegenheit, diesen auch einsetzen zu können, an den Rand der Verzweiflung. Es folgte der Refrain, bei dem Zwölfsaiten-Yogi nur mit äußerster Anstrengung die erforderliche Tonhöhe erreichte und mit leicht verzerrtem Gesicht seine Stimmbänder bis fast zum Zerreißen forderte.

„So wie Schneeflocken auf ihrem Weg zur Sonne,
beim Alpenglühn hast Du mein Herz entfacht,
mein Herze brennt, ich steh im Qualm auf der Alm,
und nur der Südwind weht und Regen rinnt, wie Tränen in
der Nacht ..."

Tosender Applaus brandete auf. Als einige der Skifahrer „Alkohol!" riefen, fielen nach und nach alle ein und skandierten:

„Alkohol, Alkohol, du bist mein Feind das weiß ich wohl!" griffen wir unseren Hit aus dem Jahr 1995 auf.

„Schon in der Bibel steht geschrieben,
Du sollst auch Deine Feinde lieben!"

Zwölfsaitenyogi gab alles. Er schien kurz vor einem dramatischen medizinischen Zwischenfall zu stehen, sein schmerzverzerrtes Gesicht legte die Vermutung nahe, dass ein Abgesandter des Leibhaftigen ihn von hinten mit glühenden Zangen an den Genitalien gepackt hatte, um ihn zum Aufgeben zu zwingen. Aber Yogi gab nicht auf, mit fest zusammengekniffenen Augen quetsche er sich die zahlreichen „Alkohol, Alkohol," aus der gepeinigten Sängerlunge und schlug, wie Udo Lindenberg sagen würde „wie ein vom Jenseits Geschickter" auf seine Zwölfsaitige ein. Als er meinen sorgenvollen Blick wahrnahm, unterbrach er kurz sein Gitarrenspiel, seinen Gesang, griff sich den Glühweinbecher, schwang ihn hoch über sein Haupt und rief: „So jung kommen wir nicht mehr zusammen, zum Wohle!"

Mir fiel ein Stein vom Herzen, er war wohlauf. Für einen Moment war ich der festen Überzeugung, dass Alkohol glücklich macht.

Der Abend sollte noch lange dauern, unser Repertoire war schier unerschöpflich – im Gegensatz zu dem großen Glühweintopf, der sich gegen zehn Uhr am Abend leerte. Dann allerdings leerte sich auch der Skiraum sehr schnell, nur ein kleines Häuflein – die, die immer zu den letzten gehörten – zogen in die warme Schankstube um, bestellten sich ein Bier und hockten sich an den Kamin, um sich Geschichten von früher zu erzählen. In einer Ecke entdeckte ich Anna, die mich besorgt ansah und auf ihre Armbanduhr deutete. Ich hatte Heiner völlig vergessen.

„Mach dir keine Sorgen", sagte ich.

„Aber es ist schon nach zehn Uhr", raunte Anna mir zu.

„Ich verstehe dich ja, aber Heiner kennt sich gut aus hier, er ist ein exzellenter Skiläufer, und ich glaube, er nutzt die sternenklare Nacht aus. Wer weiß, wie das Wetter in den nächsten Tagen wird. Er jagt vermutlich alle seine Filme durch die Kamera." Anna nickte.

„Du hast wahrscheinlich recht. Er wird schon wieder auftauchen. Ich ziehe mich jetzt zurück, bis morgen früh!" Anna verabschiedete sich und verließ uns. Als nur noch Zwölfsaiten-Yogi und Regenwald-Werner übrig waren und so unerschütterlich an der Steigerung des Getränkeumsatzes arbeiteten, als gäbe es die Aufteilung der seit Menschengedenken üblichen vierundzwanzig Stunden in Tag und Nacht nicht, verabschiedete auch ich mich. Es war Punkt halb acht in der Frühe, als Richi und ich mit Saxofon und Gitarre bewaffnet durch die langen Flure des Schilcherhauses zogen, um unsere Skifahrer mit „Sweet Georgia Brown“ aus ihrem verdienten Urlaubsschlaf zu reißen und daran zu erinnern, dass um neun Uhr Skifahren auf dem Programm stand. Ich warf einen Blick in Heiners Koje, entdeckte aber nur einen leeren Schlafsack.

„Hast du Heiner gesehen?“, fragte ich seinen Bettnachbarn, der verschlafen seinen Kopf schüttelte.

Jetzt begann auch ich mir Sorgen zu machen. Ich ging auf den Flur, um Anna Bescheid zu sagen.

„Er ist nicht gekommen, aber mach dir nicht zu viele Gedanken, Es wäre nicht das erste Mal, dass er in seinem Bulli übernachtet. Um neun treffen wir uns zum Skifahren, dann wissen wir bestimmt mehr.“

Etwa eine halbe Stunde später, nach einer traumhaften Talabfahrt durch die große und kleine Eisgrube, erreichten Richi und ich den Parkplatz an der Krippensteinbahn. Auf dem normalerweise um diese Uhrzeit menschenleeren Platz tummelten sich zahlreiche Leute, darunter ein paar uniformierte Beamte der österreichischen Gendarmerie, und direkt vor dem Eingang zur Talstation parkte ein Krankenwagen. Lazy, der Pistenchef, winkte uns zu sich heran und fragte:

„Geht aich vleicht oana o?“

„Wie bitte?“, fragte Richi.

„Ob uns einer fehlt, einer aus unserer Gruppe“, übersetzte ich für Richi, und Lazy nickte.

„Wieso“, fragte ich, „was ist passiert?“

„Da ist oana von der Plattform obi ghupft“, klärte uns Lazy auf. Ich sah Richi entsetzt an, und meine Knie wurden weich.

„Ich hoffe, dass das nicht Heiner ist!“, rief ich und lief, so schnell es mir meine schweren Skischuhe erlaubten, die Treppe zum unteren Teil des Parkplatzes hinunter, wo Heiner seinen blauen Campingbus geparkt hatte.

„Schöner Mist, er ist nicht da!“, rief ich Richi und Lazy schon von Weitem entgegen.

„Einer von unseren Leuten“, erklärte ich Lazy die Lage, „der Heiner, fehlt seit gestern Abend.“

„Stimmt nicht“, beeilte sich Richi zu korrigieren, „der ist nur fotografieren gegangen, zu den Five Fingers, um Nachtaufnahmen zu machen.“

„Sakra!“, fluchte nun auch Lazy. „Das wird er sein. Die haben dort oben eine Kamera auf einem Stativ gefunden, völlig blutverschmiert. Überhaupt war die ganze Plattform voll Blut, da muss ein Schlachtfest stattgefunden haben. Und unterhalb der Plattform, hoch oben im Steilhang, liegt etwas, das aus der Höhe wie eine Leiche aussieht.“

„Eine Leiche? Vielleicht lebt er noch!“, stöhnte Richi.

„Spinnst du, das sind vierhundert Meter, so etwas überlebt man nicht“, bemerkte ich bitter. Lazy nickte, und begleitete Richi und mich zu einem der Gendarmen.

„Hey Luis“, sprach er ihn an, „die zwei wissen etwas.“

„Grüß Gott“, der Beamte gab uns die Hand, „Hinteregger mein Name, von der Kriminalpolizei Obertraun.“

Wir trugen ihm unsere Befürchtungen vor.

„Erlauben Sie mir nur eine kurze Frage. Könnte es sein, dass er sich umgebracht hat?“

„Heiner?“ fragte ich, „Freiwillig da runter springen?“ Ich schüttelte heftig den Kopf:

„Nicht Heiner. Nie im Leben. Da ist er nicht der Typ für.“

„Ist dieser Herr de la, wie heißt er noch?“

„De la Croix,“ sagte ich, „Heiner de la Croix,“ und der Gendarm fuhr fort, „Ist er allein hier, oder hat er Familie?“

Richi antwortete, „Nein, nein, er ist allein hier. Er hat keine Familie, ist allein stehend.“ Ich nickte bestätigend.

„Sollte es sich tatsächlich um Herrn de la Croix handeln, werden wir einiges zu klären haben. Bitte seien Sie so nett, uns zur Verfügung zu stehen“, bat der Mann in Uniform.

„Selbstverständlich“, entgegnete ich, „aber wir müssen jetzt zunächst zur Hütte, unsere Leute warten auf uns.“

Der Gendarm drückte mir noch eine Karte mit seiner Telefonnummer in die Hand, dann machten wir uns auf den Weg nach oben. Die erste Gondel war schon weg, und als wir endlich ankamen, standen bereits alle draußen vor der Skihütte und warteten auf uns. Wir standen in kleinen Grüppchen zusammen, diskutierten, tranken heißen Tee und ergingen uns in wilden Spekulationen, bis nach ein paar Stunden endlich der Gendarm eintraf und uns ins Bild setzte.

„Wir haben ihn identifiziert", sagte Luis Hinteregger. „Er hatte einen Personalausweis und den Skipass in seiner Jacke."

„Und was passiert jetzt?", fragte ich.

„Wir können im Moment nichts weiter unternehmen. Jetzt heißt es, zunächst abzuwarten, was die Spurensicherung ergibt."

Die Ermittlungen ergaben, dass Heiner nicht freiwillig von der Plattform der Five Fingers in den Tod gesprungen war. Alles deutete darauf hin, dass es dort oben zu einer tätlichen Auseinandersetzung gekommen war. Der Leichnam, oder das, was von ihm übrig war, befand sich auf dem Weg zur Gerichtsmedizin in Salzburg. Weitere Erkenntnisse erhofften sich die Ermittler von der Obduktion und von der Untersuchung der Kamera, die die Beamten auf der Plattform gefunden hatten. Für uns war der Tag, und wie sich herausstellen sollte, der gesamte Skiurlaub gelaufen.

Zwei Tage später stattete uns der Gendarm aus Obertraun seinen zweiten Besuch ab. Er war auf Skiern zum Schilcherhaus abgefahren, wir hatten zu fünft – außer Richi und mir waren noch Regenwald-Werner und Zwölfsaiten-Yogi mit dabei – an einem Tisch im Schankraum Platz genommen. Die Obduktion hatte ergeben, dass Heiner bereits tot war, als er auf einem Felsvorsprung aufschlug. Der Mörder hatte Heiner zunächst den Schädel zertrümmert, anschließend hatte er das Gesicht seines Opfers buchstäblich zerstampft, die Polizisten vermuteten, um es unkenntlich zu machen.

„Ich habe die Leiche selbst nicht gesehen", sagte Luis Hinteregger, „aber sie muss grauenvoll zugerichtet gewesen sein." Außer ein paar leisen Flüchen erhielt der Gendarm keine Antwort. Dann zog er einen braunen Papierumschlag aus der Tasche und legte ihn vor uns auf den Tisch.

„Hier", hob er an, „haben wir nun etwas, was es in der Welt des Verbrechens noch nicht oft gegeben hat." Wir wurden hellwach und spitzten unsere Ohren.

„Herr de la Croix ist ja am Abend seines Todes zu den Five Fingers gelaufen, um seinem Hobby der Nachtfotografie nachzugehen." Wir nickten bestätigend.

„Nun haben wir den Film entwickeln lassen, der in der Kamera eingelegt war. Ersparen Sie mir bitte die Details, was die Lichtempfindlichkeit des Films, Verschlusszeit und Blende angeht. Auf jeden Fall befinden sich nur zwei Fotos auf dem Film." Der Gendarm griff zu dem Umschlag und brachte ein Foto zum Vorschein.

„Ich möchte Sie warnen, das ist nichts für zarte Gemüter." Hinteregger legte die auf DIN-A-5-Format vergrößerte Fotografie auf den Tisch.

„Was sie hier sehen", fuhr er fort, „ist offensichtlich ein Foto, das der Mörder nach seiner Tat geschossen hat. Er hat die Leiche auf das Geländer gehängt und mit Hilfe einer Dauerbelichtung porträtiert." Ein Raunen der Entrüstung ging durch die Runde, wir waren schockiert.

„Aber wer tut denn so etwas?", fragte Zwölfsaiten-Yogi.

„Der ist ja pervers!", rief Richi. Der Gendarm nickte.

„In der Tat. Normal ist das nicht. Aber kann man in einem Mordfall überhaupt von ‚normal' sprechen? Auf jeden Fall gehört eine gehörige Portion Sadismus dazu. Vielleicht wollte der Mörder eine Botschaft schicken. Wir wissen es nicht." Das Foto machte die Runde; niemand sagte ein Wort. Es war grauenhaft, einen guten Freund aus unserer Mitte gerissen, blutüberströmt, von einem unbekannten Mörder auf das Geländer der Five Fingers drapiert zu sehen, und das alles vor einem gigantischen Alpenpanorama.

„Sie sagten etwas von zwei Fotos", fragte ich.

„Ja. Das zweite Foto ist eigentlich das erste. Es wurde aufgenommen, bevor der Mörder die Leiche auf das Geländer bugsiert hat."

„Ein Foto von Heiner?", fragte ich. „Ich meine, hat Heiner dieses Foto aufgenommen?"

„Wir glauben, ja", nickte der Gendarm bedächtig. „Und, was das ganz Besondere an dieser Aufnahme ist, wir glauben, das heißt, unsere Experten glauben, es zeigt den Mörder."

Wie elektrisiert sahen wir uns an.

„Wer ist es?", sprudelte es aus Richi hinaus.

„Kennen Sie ihn?“

„Leider nein“, antwortete Hinteregger, „es ist nur sehr schwer zu erkennen. Aber sehen sie selbst.“

Er legte das vergrößerte Bild auf den Tisch, und wir beugten uns darüber.

„Wie Sie sehen“, sagte der Beamte, „sehen Sie nichts. Aber wenn Sie sich den Ablauf der Ereignisse vorstellen, können Sie durchaus etwas erkennen, sogar das Gesicht des Mörders. Unscharf, verwackelt zwar, aber ein guter Bekannter des Mörders wäre durchaus in der Lage, ihn zu identifizieren.“ Regenwald-Werner meldete sich zu Wort.

„Sie sagten, wir sollen uns den Ablauf des Geschehens vergegenwärtigen. Bitte helfen Sie uns dabei!“ Hinteregger nickte.

„Hier am oberen Bildrand sehen Sie einige helle Punkte.“

„Der Sternenhimmel?“, fragte Zwölfsaiten-Yogi.

„Genau. Und wenn Sie Astronomen wären, würden Sie mir auch gleich ein paar Sternbilder zeigen. In unserem Falle haben wir ein paar Fachleute hinzugezogen. Sie haben mir erklärt, dass wir es auf diesem einen Foto mit zwei unterschiedlichen Sternbildern, oder besser gesagt, mit zwei unterschiedlichen Perspektiven zu tun haben.“

„Verstehe ich nicht“, sagte Richi.

„Aber ich“, bemerkte ich, „es bedeutet, dass sich die Kamera bewegt hat. Es war ja eine Dauerbelichtung.“

„Sie treffen den Nagel auf den Kopf“, antwortete Hinteregger.

„Wir nehmen an, dass die Kamera ausgelöst wurde, als sie noch auf ihrem Stativ stand, ausgerichtet auf das Panorama über Bad Goisern und Hallstadt. Sie erkennen hier die dunkle Linie: die Bergkette, den Horizont. Und unterhalb dieser Linie die Lichter im Tal. Während das Bild belichtet wurde, hat der Mörder zugeschlagen, und das Opfer hat im Sturz die Kamera umgerissen. Von dieser Sekunde an zeigt sie die Gegenrichtung – ein Regisseur würde sagen: den Gegenschuss –, allerdings etwas schräg, die Kamera hat auf der Seite gelegen. Sie sehen hier von links oben nach rechts unten eine zweite Trennlinie, die der eben beschriebenen gleicht: unten der Schnee und oben Österreichs Himmel bei Nacht. Und damit zum Porträt des Mörders: Es sind nur ein paar unscharfe Konturen eines Gesichtes, verwackelt, weil in Bewegung. In der Mitte aber sehen Sie relativ klar ein Gesicht, das Gesicht des Mörders, der sich, das nehmen wir an, für ein paar Sekunden nicht bewegt hat, bevor die Linse der Kamera sich wieder schloss."

„Unglaublich!", rief Zwölfsaiten-Yogi.

„Verdammte Hacke," knurrte Richi und erinnerte mich damit an den permanent fluchenden Polizeikommissar Funke, der zwei Jahre zuvor im Midi im Mordfall Marco Fratello ermittelt hatte. Mir wurde mulmig.

„Dann sehen wir jetzt also das Gesicht des Mörders, wie es Heiner gesehen haben müsste", gab Regenwald-Werner seinen Kommentar ab.

„Wenn er da noch gelebt hat …", meinte der Gendarm aus Obertraun.

„Jetzt kommen wir zum eigentlichen Grund meines Besuches. Ist vielleicht einer von Ihnen in der Lage, das Gesicht hier im Zentrum des Fotos zu identifizieren?" Er schob das Foto zu Regenwald-Werner, der jedoch den Kopf schüttelte.

„Dieser verwaschene Strich hier, direkt neben dem Gesicht, was ist das?"

„Wir vermuten, es ist die Tatwaffe", antwortete Hinteregger. „Zunächst dachten wir, es sei ein Skistock, was hier oben ja naheliegend wäre. Ein Skistock passt aber laut Obduktionsbericht nicht zu den Verletzungen des Opfers. Die Gerichtsmediziner gehen von einer schweren, eher stumpfen Waffe aus." Werner stöhnte und schob das Foto weiter zu mir. Auch ich konzentrierte mich auf das Puzzle, welches uns die vielleicht zwanzig oder dreißig Sekunden dauernde Geschichte von Heiners Tod erzählen wollte. Ich wollte es gerade weiterschieben, als ich zusammenzuckte.

„Mein Gott!", flüsterte ich. Mir schoss das Blut in den Kopf.

„Das Gesicht, das ist das Gesicht!"

Alle sahen mich fragend an.

„Was für ein Gesicht?"

„Kennst du den?", fragte Richi. Ich nickte heftig und deutete mit dem Finger auf das Gesicht.

„Klar, und ihr kennt den auch!", rief ich. Richi zog das Foto zu sich heran, und vertiefte sich in das Bild.

„Natürlich, der Ornithologe! Ich hab ihn nicht erkannt, weil die Brille und der Bart fehlen. Aber die Daunenjacke und die Mütze. Das muss er sein!"

Während die anderen dem Gendarmen eine Beschreibung des tschechischen Vogelliebhabers gaben, lehnte ich mich zurück, die Augen geschlossen, und versuchte meine wirren Gedanken zu ordnen. Verschwommene, schemenhafte Bilder tauchten vor meinem inneren Auge auf, verschwanden, um kurz darauf deutlicher wieder zu erscheinen. Ich begann zu schwitzen, als sich die Erinnerung an den zwei Jahre zurückliegenden Mord im Midi plötzlich glasklar wie eine Fotografie vor mir ausbreitete. Der in einen grauen Tweedmantel gehüllte Mörder, verkleidet, mit seltsam anmutender Brille, angeklebt wirkendem Schnauzbart, Bommelmütze ohne Bommel. Dieser Helge Schneider, der Ornithologe – die Verkleidungen, unterschiedlich zwar, aber doch irgendwie ähnlich, zwei Morde, beide Opfer brutal erschlagen. Mir wurde schwindelig, meine Stirn glühte. Ich hatte mich von meinem Platz erhoben, die anderen schienen mich gar nicht zu bemerken. Sie waren immer noch damit beschäftigt, dem Gendarmen Luis Hinteregger ihre Beobachtungen zu schildern. Da beugte ich mich über den Tisch, griff zu der Fotografie und sagte zu Hinteregger, „Entschuldigen Sie, ich bin gleich zurück."

Er sah mich überrascht an, als ich nach oben stürzte, die schmale Treppe hinauf in die erste Etage des Schilcherhauses. Ich klopfte an Annas Zimmertür.

„Was ist los? Gibt es Neuigkeiten?", fragte sie.

„Ich weiß es nicht. Ich habe nur eine Frage. Bitte sei mir nicht böse, aber es führt kein Weg daran vorbei, und es ist besser, wenn ich dich frage, als wenn es die Polizei tut." Anna sah mich mit einem gequälten Blick an und sagte:

„Spann mich bitte nicht auf die Folter. Was ist los?" Ich legte die Fotografie vor ihr auf den Tisch und fragte:

„Kennst du diesen Mann?" Sie nahm das Bild und hielt es ans Licht.

„Nimm dir Zeit", sagte ich. Ich hielt den Atem an und beobachtete sie.

„Ich erkenne gar nichts", sagte sie, ohne eine Reaktion zu zeigen. „Was soll das alles?"

Ich trat an den Tisch und deutete auf die Konturen des verwackelten Porträts.

„Wenn du dich konzentrierst, siehst du hier das Gesicht von Heiners Mörder, nicht sehr deutlich, aber durchaus zu erkennen."

Anna beugte sich noch einmal über das Foto und konzentrierte sich. Plötzlich schlug sie die Hand vor den Mund, stieß einen Schrei aus, krümmte sich wie vor Schmerzen zusammen und stürzte zu dem Papierkorb neben der Tür, um sich zu übergeben. Sie war kreidebleich, der Schrecken stand ihr ins Gesicht geschrieben.

„Wer ist der Mann?"

Anna starrte mich mit weit aufgerissenen Augen, die sich langsam mit Tränen füllten, an, wollte etwas sagen, aber die Stimme versagte ihr den Dienst.

„Ist es Thomas?"

Dann nickte Anna schweigend, die Tür des kleinen Zimmer öffnete sich, und Lisa betrat den Raum.

– 29 –

Die Rückfahrt nach Münster war nervenaufreibend. Zähflüssiger Verkehr auf allen Autobahnen, Schneetreiben wechselte sich mit Nieselregen ab. Dass die Staus im Radio alle dreißig Minuten angesagt wurden, machte die Sache nicht besser, und am Ende benötigten wir für die neunhundert Kilometer fast vierzehn Stunden, fünf Stunden mehr als üblich.

Anna und ihre Tochter hatten uns bereits zwei Tage vor Silvester verlassen. Nachdem Lisa so unvermittelt in das Zimmer im ersten Stock des Schilcherhauses getreten war, in genau dem Moment, als das Leben ihrer Mutter vollends zusammenbrach, hatte Anna ihrer Tochter die Wahrheit gesagt. Von einer Sekunde auf die andere musste die neunzehnjährige Studentin erfahren, dass ihr vermeintlicher Vater nicht ihr Vater und dass sie das Ergebnis eines Seitensprunges war. Als wäre das alles noch nicht Seelenpein genug, musste sie, als ihr die Identität ihres wirklichen, leiblichen Vaters offenbart wurde, erfahren, dass der eine Vater den anderen umgebracht hatte. Lisas Welt war völlig aus den Fugen geraten.

Wir hatten einen Arzt unter unseren Skiläufern, der sich um Lisa und ihre Mutter kümmerte, ihnen ein Schlafmittel verabreichte und damit durch die erste Nacht nach der Katastrophe half. Ich hatte den Gendarmen darüber informiert, dass Anna ihren Mann auf dem Foto eindeutig identifiziert hatte, und ihm geraten, sich mit der Kripo in Münster in Verbindung zu setzen.

„Kriminalkommissar Frost hat damals im Mord an einem gewissen Marco Fratello, dem damaligen Freund Lisas, ermittelt. Der Fall ist bis heute nicht aufgeklärt, aber ich wette einhundert zu eins, dass der Mörder derselbe ist."

„Wie kommen Sie darauf?", wunderte sich Hinteregger.

„Es gibt zu viele Parallelen. Die Kaltschnäuzigkeit, mit der der Mörder sich vor seiner Tat in der Öffentlichkeit bewegt hat. Er hat seine Taten inszeniert, hat sie genossen wie ein Star seinen Auftritt. Dann die Art der Verkleidung, der Mord an sich, beide Opfer wurden erschlagen, und in beiden Fällen hat der Mörder so etwas wie eine Nachricht hinterlassen."

„Eine Nachricht?"

„Ja. Er hat Heiner fotografiert, bevor er ihn von der Plattform hinuntergestürzt hat. Ein Souvenir für Sie, die Polizei, und für uns, für die Nachwelt. Der Mörder damals hat einen Spruch mit dem Blut des Opfers an die Wand geschmiert." Hinteregger sah mich fragend an.

„Was für einen Spruch?"

„Am Morgen ein Joint und der Tag ist ein Freund."

„Easy Rider", stellte Hinteregger fest, und jetzt blickte ich ihn erstaunt an.

Der Gendarm hatte sich umgehend mit seinen Kollegen im Tal in Verbindung gesetzt, die wiederum hatten Kriminalkommissar Frost angerufen. Beim Versuch, Thomas Hindemith zu verhaften, hatten die Beamten der Münsteraner Kripo das Haus in der Parkallee aber verlassen vorgefunden. Thomas Hindemith hatte sein Haus und Münster offensichtlich für immer verlassen, darauf deuteten alle Spuren hin. Am 27. Dezember, dem ersten regulären Arbeitstag nach den Weihnachtsfeiertagen, war er nicht zur Arbeit erschienen, kein Nachbar hatte ihn kommen oder gehen gesehen. Die sofort bundesweit eingeleitete Fahndung war bisher erfolglos verlaufen.

In Obertraun hatte die Gendarmerie Heiners VW-Bus beschlagnahmt. Ich hatte den Beamten Heiners Autoschlüssel, den ich unter seinen Sachen im Zwölferzimmer des Schilcherhauses gefunden hatte, ins Tal gebracht, und sie öffneten den Wagen in meinem Beisein. Unter dem Fahrersitz hatten sie eine alte Kladde mit unverständlichen Eintragungen gefunden. Auf den ersten Seiten fanden sich etliche Adressen, fast alle aus dem Raum Völklingen und ausnahmslos in den 60er Jahren eingetragen.

„Heiner kommt von dort unten, aus dem Saarland", erklärte ich. Auf den folgenden Seiten standen, jeweils hinter einem Datum, fortlaufende Zahlen von eins bis 90, und hinter diesen Zahlen jeweils Sternchen. Bei Nummer 89, am 29. Mai 1993, endete die Liste, es gab einmal fünf Sternchen, danach nichts mehr. Wir standen um die Kladde herum und rätselten über die Bedeutung der Zahlen und der Sternchen.

„Er hat vielleicht besondere Verabredungen gehabt. Die Eintragungen beginnen im Jahre 1968. Lang her“, sagte Hinteregger, „seltsam, hier dieses Datum, 15. Februar 1986, Nummer 68. Und jede Menge Striche, fast zwei Seiten voll.“

Während der Gendarm und seine Kollegen weiter nachdachten, hatte ich plötzlich eine Idee.

„Sehen sie doch einmal nach, ob Sie im Dezember 1982 oder Januar 1983 eine Eintragung finden.“ Hinteregger sah mich zweifelnd an, aber er blätterte in der Kladde.

„Tatsächlich, 2. und 4. Januar 1983. Was hat das zu bedeuten?“ Ich musste trotz der traurigen Situation, in der wir uns befanden, lächeln.

„Sie werden es kaum glauben, aber diese Liste, das scheint eine Liste mit den Eroberungen des Heiner de la Croix zu sein. Er hat Frauen in seinen Campingbus abgeschleppt und was weiß ich nicht mit ihnen getrieben.“

„Und die Sternchen?“ fragte Hinteregger.

„Dreimal dürfen Sie raten.“

„Aha … Sagen Sie mir nun noch, was denn an diesem 2. Januar 1983 passiert ist?“

„Weihnachten 1982/83“, setzte ich an zu erklären, „das war das Jahr, in dem er zum ersten Mal mit uns in Krippenbrunn zum Skilaufen war. Und der 2. Januar, das muss der Tag gewesen sein, an dem er die letzte Gondel verpasst hat. Absichtlich. Zusammen mit einer Blondine namens Ulrike. Er hat die Nacht hier unten in seinem Bulli verbracht. Er wollte ganz einfach nur mit ihr alleine die Nacht verbringen, ungestört vom Rest unserer Skigruppe.“ Der Gendarm sah mich an und sagte:

„Wissen Sie was“, sagte er, „wenn Sie einmal nicht mehr wissen, was Sie tun sollen, ich meine beruflich, dann biete ich Ihnen einen Platz bei der Obertrauner Gendarmerie an.“

„Vielen Dank nicht nötig. Wenn ich hier bin, dann nur zum Skilaufen.“

„Vielleicht können Sie mir jetzt auch noch verraten, warum die Eintragungen am 29. Mai 1993 aufhören.“

„Ich denke, das war der Anfang vom Ende der Geschichte des Heiner de la Croix. An dem Tag hat er aufgehört zu jagen. Er hat seine Anna wieder getroffen, in Münster. Und er ist ihr immer treu geblieben."

„Bis in den Tod", ergänzte Hinteregger bitter. Ich nickte.

„Bis in den Tod."

Spät abends, kurz vor Mitternacht und völlig gerädert vom permanenten Stop and Go durch die halbe Republik, waren wir zu Hause in Münster eingetrudelt. Ursprünglich hatte ich vorgehabt, Annas Skier noch am gleichen Abend bei ihr in der Parkallee abzuliefern. Denn sie hatte Skier und Stöcke am Tage ihrer Abreise in einem der Skiständer in der großen Halle der Krippensteinbahn vergessen und mich gebeten, alles einzupacken und mit nach Münster zu bringen. So stand ich erst am nächsten Morgen vor dem Haus der Hindemiths. Kurz nachdem ich auf die Schelle gedrückt hatte, öffnete Anna und ließ mich ein. Sie sah mitgenommen aus. Nachdem ich sie zur Begrüßung kurz in den Arm genommen hatte, führte sie mich in ihr Wohnzimmer.

„Ich bin allein", sagte sie, „Lisa ist in Hamburg, in ihrer WG. Sie ist direkt am Tag unserer Ankunft weitergefahren. ‚Es hält sie nichts mehr zu Hause', hat sie gesagt." Anna stöhnte, als ich fragte, „Und wie geht's jetzt weiter? Hast du etwas von deinem Mann gehört? Hat die Polizei …?" Sie unterbrach mich.

„Nein, nichts, absolut nichts. Sie haben ihn wohl bundesweit zur Fahndung ausgeschrieben, aber er ist wie vom Erdboden verschluckt."

„Wie ist das möglich?"

„Ganz einfach", sagte sie, „er hat seine Flucht seit Langem vorbereitet. Unsere Konten sind leer, überzogen bis zum Maximum, und sein Aktienfonds wurde bereits vor einem Monat gekündigt. Er hat sich das Geld bar auszahlen lassen."

„Das geht so schnell?", fragte ich erstaunt.

„Muss wohl, er hat es auf jeden Fall so hinbekommen. Was ich mich ständig frage, ist nur, ob er das alles so geplant hat – ich meine den Mord, die Flucht, oder wollte er ursprünglich nur Heiner töten, um anschließend zur Tagesordnung überzugehen und wieder den besorgten Familienvater zu spielen."

„Ist es denn eine bewiesene Tatsache, dass er der Mörder ist?" Anna schüttelte den Kopf.

„Sie haben keine Beweise, es gibt keine Mordwaffe, aber alle Indizien deuten darauf hin. An erster Stelle natürlich seine Flucht."

„Und das Motiv?", fragte ich vorsichtig, „hat er denn etwas gewusst?" Anna nickte unglücklich.

„Die Spezialisten der Kripo haben Thomas' Dienstcomputer beschlagnahmt, und in den Tiefen seiner Festplatte nach seiner Korrespondenz, seinen E-Mails und so weiter geforscht. Sie sind fündig geworden. Er hat einen Gentest machen lassen."

Anna tat mir leid. Sicher hatte sie ihren Teil zu der Katastrophe beigetragen, aber nichts auf der Welt rechtfertigte den Mord an ihrem Geliebten.

„Entschuldige bitte, wenn ich dich das jetzt frage, aber gibt es zufällig etwas Neues in Marcos Fall?"

„Nichts, rein gar nichts. Auch da fehlt jeder Beweis, es gibt keine Mordwaffe."

„Und was glaubst du?"

Anna brach in Tränen aus und schluchzte, „Er war es. Ich glaube einfach, dass Thomas es war. Wenn ich mir vorstelle, dass er mit uns gemeinsam in der Gondel zum Krippenstein hinaufgefahren ist, mein Mann. Mit diesen Mordgedanken. Und genau das Gleiche damals im Midi, diese absurde Verkleidung. Alle haben ihn gesehen, wie er zur Toilette gegangen ist, um Marco zu erschlagen."

„Und warum? Warum soll er das getan haben? "

„Weil er Marco gehasst hat. Er hat geglaubt, dass Marco ihm seine Tochter wegnimmt. Er ist ihnen nachgeschlichen, hat den Privatdetektiv gespielt. Dabei ist dann herausgekommen, dass Marco gedealt hat, dass die zwei auch ab und zu etwas genommen haben. Sie haben gekifft, wie viele Jugendliche das eben tun, mehr nicht. Deshalb wird ein normaler Mensch nicht zum Mörder, aber Thomas ... Thomas war wohl nicht normal." Anna machte eine Pause, holte tief Luft und fuhr dann fort.

„Weißt du, ich habe in den vergangenen Tagen viel darüber nachgedacht." Ich nickte.

„Und da ist mir klar geworden, dass er Lisa abgöttisch geliebt hat, auf eine Weise, die nicht normal ist."

„Hat er sie etwa missbraucht", fragte ich entsetzt.

„Nein, nein um Gottes Willen, nein. Er hat sie geliebt, wirklich abgöttisch, wollte alles für sie tun. Ich habe einmal, als Lisa noch in den Kindergarten ging, erlebt, dass Thomas einen vierjährigen Jungen fast erwürgt hätte, weil der Kleine unsere Lisa geschubst hatte und sie sich eine blutige Nase geholt hatte. Was Kinder eben manchmal so tun, nichts wirklich Schlimmes. Aber Thomas ist völlig ausgerastet, durchgedreht, war nicht wieder zu erkennen. Wenn wir ihn nicht von dem armen Jungen losgerissen hätten ... Ich darf gar nicht daran denken. Es ist Gott sei Dank nichts passiert. Von solchen kleinen Geschichten kann ich dir noch einige mehr erzählen."

„Das tut mir leid."

„Das braucht es nicht, ich bin zum großen Teil selbst schuld, schon vor Jahren hätte ich die Reißleine ziehen sollen." Anna schwieg eine Weile.

„Aber du bist ja sicher nicht gekommen, um dir mein Gejammer anzuhören. Bringst du meine Skier?" Ich nickte.

„Dann hilf mir doch bitte, sie ins Gartenhäuschen zu bringen."

„Gern." Wir holten Skier und Stöcke aus meinem Auto und gingen außen um den Bungalow herum. Gegenüber der Terrasse hatten die Hindemiths eine kleine, aus Blockbohlen zusammengezimmerte Hütte errichtet, wie sie zu Hunderttausenden in den Gärten deutscher Einfamilienhausbesitzer zu finden sind. Die schmale Schuppentür stand offen.

„Ich bin gerade ein wenig beim Aufräumen. Es ist jetzt alles so anders hier im Haus, jetzt, wo ich ganz alleine bin. Es klingt vielleicht seltsam, aber das Ausmisten hilft mir, so als würde ich gleichzeitig in meinem Kopf Ordnung schaffen."

„Ich verstehe", sagte ich und trat in den schmalen Schuppen, der nach alten Farben, Fichtenharz und einem klapprigen Benzinrasenmäher roch. Auf dem Boden stand eine riesige Skibox inmitten von Gartengeräten, einem rostigen Holzkohlegrill und leeren Blumentöpfen.

„Wo soll ich sie hinstellen?“, fragte ich, und Anna deutete in eine Ecke, in der Holz- und Bambusstäbe, ein abgebrochener Spatenstiel und ein paar Metallstangen lehnten, allesamt vermutlich als Rankhilfen für Klettergewächse gedacht.

„Stell sie einfach in die Ecke zu den alten Stangen. Ich räume sie dann später weg, ich danke dir jedenfalls.“ Ich lehnte die Skier samt Stöcken in die Ecke vor das Bündel mit den Stangen. Plötzlich hielt ich inne. Irgendetwas schien mich aus weiter Ferne anzusprechen, da stimmte etwas nicht in diesem Holzschuppen. Ich vermochte nicht zu sagen, was es war, aber ich war irritiert. Blitzartig war mir etwas wie ein verschwommenes Foto erschienen, leider zu kurz, um etwas darauf zu erkennen.

„Was ist los mit dir?“, fragte Anna, die bemerkt hatte, dass etwas in mir vorging.

„Ich weiß auch nicht. Ich glaube, ich habe Halluzinationen oder so etwas ähnliches“, lachte ich, als wir aus der Hütte auf den Rasen traten.

„Das geht mir manchmal genauso. Es scheint plötzlich so, als klopfe jemand an deine Tür. Und dann willst du gerade antworten, die Tür öffnen, da ist es auch schon wieder verschwunden, es war nur eine kurze Erscheinung.“ Ich nickte.

„Wie eine Fata Morgana“, lächelte sie. Ich zuckte zusammen.

„Fata Morgana? Hast du gerade Fata Morgana gesagt?“ Wie elektrisiert ließ ich die verblüffte Anna stehen und stürzte zurück in den Geräteschuppen, stieß die Skier, die ich gerade dort abgestellt hatte, zur Seite und starrte auf das in der Ecke lehnende Bündel mit den Rankhilfen. Aus all den hölzernen Stangen und Stäben ragte eine einzelne verchromte Stange heraus, deren oberes Ende mit einem rostigen Gewinde versehen war.

„Das Stativ“, flüsterte ich mehr zu mir selbst als zu Anna, die hinter mich getreten war und mich fragend ansah. Plötzlich fiel es mir wie Schuppen von den Augen, mit einem Male war mir sonnenklar, was mich wenige Augenblicke zuvor irritiert hatte. Das Stativ. Ich dachte an das mehr als dreißig Jahre zurückliegende Hi-You-There-Konzert in Lüdenscheid, an das merkwürdige Verschwinden des dritten Mikrofonstativs der besten Schülerband der Welt. Und die Mordnacht vor drei Jahren schoss mir in den Kopf. Das Stativ hatte auf der Toilette des Midi gestanden, an das Waschbecken gelehnt, während der Mörder sich in der Kabine keine zwei Meter von mir entfernt eingeschlossen hatte, um auf seinen Einsatz zu warten. Die Mordwaffe. Ich hatte sie gesehen und doch nicht gesehen. Drei Jahre zu spät fiel plötzlich der Groschen.

„Das kann nicht sein …“, stammelte ich.

„Was ist passiert?“, fragte Anna, „du bist ja plötzlich weiß wie eine Wand!“ Ich hatte mich mit weichen Knien auf die Skibox niedergelassen, das Gesicht in den Händen vergraben, und versuchte die Ereignisse zu ordnen, chronologisch, logisch. Es herrschte Chaos in meinem Kopf, und doch hatte ich das Gefühl, als würde sich plötzlich etwas klären, aufklären.

„Ruf die Polizei an!“, sagte ich, „Kommissar Frost. Und sie sollen schnell kommen.“

„Was soll ich sagen?“, fragte die mich ängstlich anblickende Anna.

„Sag ihnen, du hast das Stativ gefunden.“

„Das Stativ?“

„Ja, die Mordwaffe.“

Mit vor Schreck weit aufgerissenen Augen starrte Anna auf die harmlos aussehende Metallstange.

„Aber die steht dort schon immer“, sagte sie.

„Ich weiß“, flüsterte ich vorsichtig, als könnte meine Stimme die Stange zum Leben erwecken. „Er hat das Ding seit 1967. Und jetzt geh und ruf sie an …“

Anna lief ins Haus zum Telefon, während ich versuchte, die verschwommenen Bilder in meinem Kopf schärfer zu stellen und in die richtige Reihenfolge zu bringen. Für einen Moment stand ich wieder auf der großen Bühne der Schützenhalle, sah an einer der Säulen den Konfirmationsanzug lehnen – den Besucher, der irgendwie so gar nicht in die riesige Schar der vor der Bühne versammelten Beatfans passen wollte. Ich sah, wie die Fata Morgana, das überirdisch schöne Mädchen mit den langen dunklen Haaren, vor Peterchen, unserem Sologitarristen, tanzte und ihn anschmachtete.

Plötzlich erinnerte ich mich, dass mich damals in der alten Halle, kurz bevor wir in Mutter Waltrauds Volkswagen stiegen, das unbestimmte Gefühl beschlichen hatte, dass etwas nicht stimmte. Ich wusste damals nicht, was es war. Heute, ganze neununddreißig Jahre später, im Geräteschuppen der Hindemiths, ging mir langsam ein Licht auf, zunächst schwach in weiter Ferne flackernd, dann nach und nach heller leuchtend. An jenem Septemberabend 1967 hatte der alte Beutel, in dem wir damals unsere Mikrofonstative verstauten, nicht mehr auf unseren beim Bühneneingang gestapelten Verstärkern gelegen, sondern er hatte ein paar Meter weiter an der Wand gelehnt. Und irgendjemand musste ihn dort abgestellt haben.

Ich saß auf der Skibox der Hindemiths, starrte auf das Stativ und war felsenfest davon überzeugt, dass es die Mordwaffe war, die da seelenruhig und von der Welt vergessen in der Ecke des Schuppens lehnte. Ich hielt die Augen geschlossen, das Gesicht in den Händen vergraben, als ich Zeuge eines Krimis wurde, der von einem imaginären Filmvorführer an eine ebenso imaginäre Leinwand geworfen wurde. Während im Hintergrund die Creation ihren Hit „Painterman" ins Publikum schleuderten und auf der Bühne ein auf Papier gespraytes Kunstwerk in Flammen aufgehen ließen, löste sich ein in seinen Konfirmationsanzug gezwängter Jugendlicher aus dem Schatten einer der Säulen, die das Dach der Lüdenscheider Schützenhalle trugen. Er hatte gesehen, wie das Mädchen mit den schwarzen Haaren durch die Tür in den Park verschwunden war, und er folgte ihr. Niemand beobachtete ihn, alle jubelten den englischen Rockmusikern auf der großen Bühne zu. Aus dem Beutel, der auf den Verstärkern neben der Tür lag, zog er eines der drei Stative heraus. Der Türsteher nahm keine Notiz von ihm, auch er hatte nur Augen und Ohren für die Band. Er zwängte sich durch die ein wenig offen stehende Tür und folgte dem Mädchen. An einem Busch abseits des Eingangs erreichte er sie. Dann schlug er zu, erbarmungslos, brutal.

Die Polizei würde Reste von Blutspuren entdecken, da war ich mir ganz sicher. Ich wusste nicht, wie lange Blutspuren an einer Mordwaffe erhalten und nachweisbar bleiben, aber eine innere Stimme sagte mir, dass der Mörder von Heiner de la Croix und Marco

Fratello auch der Mörder von Simone Herlitzius war. Und ich dachte an Polizeikommissar Vogel von der Lüdenscheider Kripo und fragte mich, ob er noch immer die Orgel bei der „Sonderkommission Tanzen“ spielte.

Es dauerte eine knappe Stunde, bis Frost und Funke von der Münsteraner Kripo eintrafen. Ohne Umschweife kamen sie zur Sache.

„Frau Hindemith sagte, Sie haben die Waffe gefunden?“, fragte mich Kriminalkommissar Frost.

„Ja“, nickte ich, führte die Beamten in die kleine Holzhütte am hinteren Ende des kleinen Gartens und deutete auf das Stativ, das wie verloren in der Ecke zwischen allen möglichen anderen Stangen lehnte.

„Haben Sie etwas angefasst?“, fragte Frost.

„Nur die Holzstangen und die Skier, das Stativ nicht.“

„Sehr gut“, lobte der Kommissar und streifte ein Paar Gummihandschuhe über. Er ließ das Stativ in einem Plastikbeutel verschwinden.

„Das geht direkt zur Spurensicherung. Aber wie um alles in der Welt kommen Sie darauf, dass das die Mordwaffe ist?“ Und ich erzählte ihm die ganze Geschichte, so wie ich sie mir zusammengereimt hatte.

„Wann wurde diese Herlitzius ermordet? Können Sie sich noch erinnern?“, fragte Kommissar Frost nach, als ich meinen Bericht beendet hatte.

„Es muss 1967 gewesen sein, im September. Wenn Sie es genau wissen wollen, ich habe einen Zeitungsartikel aus dem Jahr.“

„Und den haben Sie aufbewahrt? Warum das?“, fragte der Beamte.

„Na ja, am Montag nach unserem Auftritt in der Schützenhalle erschien eine Konzertkritik in der Westfälischen Rundschau. Und dann am darauffolgenden Dienstag natürlich ein Artikel über den Mord in der gleichen Nacht, mit einem Foto des Opfers. Normalerweise sammle ich keine Berichte über Mord und Totschlag, aber in diesem Fall, direkt nach unserem Auftritt … Wenn Sie wollen, hole ich den Artikel, ich wohne ja nicht weit von hier.“

Indem ich es sagte, machte ich mich auch schon auf den Weg, stieg in mein Auto und fuhr nach Hause, um den Beamten das Fotoalbum mit meinen archivierten Heldentaten zu beschaffen. Nicht einmal eine Viertelstunde später war ich in der Runde der im Hause Hindemith Versammelten zurück, die inzwischen vom Schuppen ins Wohnzimmer umgezogen war. Anna hatte einen Kaffee gekocht, und alle hatten in den um einen niedrigen Couchtisch gruppierten Sesseln Platz genommen. Ich legte das Album auf den Tisch vor Kommissar Frost und blätterte darin, um die richtige Seite zu finden.

„Sehen Sie hier, der Artikel über den Abend in der Schützenhalle. Es war der 23. September 1967. Und hier", ich deutete mit dem Finger auf das Foto des Opfers, „hier sehen Sie Simone Herlitzius." Alle Köpfe beugten sich über den Tisch, um das Foto in Augenschein zu nehmen, als Anna plötzlich einen leisen, aber nicht zu überhörenden Schrei ausstieß. Wir schauten sie an. Anna war blass geworden, deutete auf das Foto und sagte:

„Aber das ist ja … Ich kenne das Mädchen."

„Du kennst sie?", fragte ich erstaunt, und die Kommissare Frost und Funke blickten sie überrascht an. Frost hatte einen kleinen Block aus der Tasche gezogen, um sich Notizen zu machen.

„Nein, nein", stammelte Anna, „ich kenne sie nicht wirklich, aber das Foto … Das gleiche Foto hatte Heiner. Das heißt, nicht dieses Foto, ein anderes, aber …" Anna schien völlig verwirrt zu sein, und Kommissar Funke sagte beruhigend:

„Langsam, langsam. Wer ist das auf dem Foto? Lassen Sie sich Zeit."

„Dieses Mädchen, auf diesem Foto hier", erläuterte Anna nach einer kurzen Pause, „habe ich schon einmal auf einem Foto an der Wohnzimmerwand in Heiners Wohnung in Lüdenscheid gesehen. Zusammen mit einem anderen Mädchen."

„Sind Sie sicher?", fragte Frost.

„Ganz sicher. Ich erinnere mich deshalb so genau, weil ich Heiner gefragt habe, wer das auf dem Foto ist."

„Und was hat er gesagt?", fragte der Beamte weiter.

„Sie war seine große Jugendliebe, damals in den 60ern."

„Simone Herlitzius?"

„Nein, die andere. Sie hieß Perrier. Heiner hat mir erzählt, dass sie bei dem Brand ihres Hauses umgekommen ist."

„Sind Sie sicher?", fragte der Kommissar, während er sich Notizen machte.

„Natürlich bin ich mir sicher. Warum fragen Sie mich ständig, ob ich mir sicher bin?", fauchte sie den Beamten an.

„Verzeihen Sie", entschuldigte sich Kommissar Frost, „das bringt mein Job mit sich."

„Ist schon gut", fuhr Anna fort.

„Ich bin mir vor allem deshalb ganz sicher, weil ich nur kurze Zeit später erfahren habe, dass mein Geburtsname ebenfalls Perrier ist. Heiner war darüber sehr verwundert, und ich weiß noch, wie ich ihm sagte, dass das dort unten, nahe der französischen Grenze, ein ganz normaler Name sei." Nun leistete auch Kommissar Funke plötzlich einen Beitrag zu dem Gespräch und sagte:

„Wie das Mineralwasser." Alle nickten. Und schwiegen.

Nach einer Weile fragte Kommissar Frost, „Wissen Sie vielleicht, wo das aufgenommen wurde?"

„Ich glaube, es war irgendwo bei ihm zu Hause, in Differten."

„Womit wir wieder in Heiners alter Heimat wären, verdammte Hacke", knurrte Funke, „wo er aufgewachsen ist und seine Jugend verbracht hat, als er noch Heinrich Müllers hieß."

„Nun", sagte Kommissar Frost. „ich denke, wir haben genug gehört. Jetzt wird gearbeitet. Die alten Lüdenscheider Polizeiakten, Kommissar – wie heißt er noch?"

„Vogel!"

„Also gut, Kommissar Vogel. Vermutlich ist er längst im Ruhestand." Die Beamten hatten sich erhoben und verabschiedeten sich, ich begleitete sie nach draußen.

Anna stand an der großen Schiebetür, die in den Garten führte. Zu dem kleinen Holzschuppen, in dem das alte Mikrofonstativ jahrelang in der Ecke gelehnt hatte, war es nicht weit. Der Himmel war grau, es nieselte. Als sie sich zu mir umdrehte, liefen ihr ein paar Tränen über das Gesicht.

„Ich habe Angst", sagte sie. Ich nickte.

„Findest du nicht", flüsterte sie, „dass wir uns ähnlich sehen?"

Ich wusste genau, wen sie meinte. Dennoch fragte ich, „Wen meinst du?“

Sie trat an den niedrigen Wohnzimmertisch mit dem Fotoalbum, strich mit den Fingern sanft über den vergilbten Zeitungsausschnitt und sagte nur: „Simone.“

– 30 –

Nachdem die Mordwaffe sichergestellt worden war, hatten die Münsteraner Kripobeamten nicht lange gebraucht, Licht in das Dunkel um die Morde an Heiner de la Croix, Marco Fratello und Simone Herlitzius zu bringen. Das Mikrofonstativ hatte eine lange Geschichte zu erzählen. Die Gerichtsmediziner hatten Blut- und Gewebespuren von drei unterschiedlichen Personen an dem schweren gusseisernen Sockel des Stativs, vor allem in den drei Gewindebohrungen für die Aufnahme der Füße nachgewiesen. Im Fall de la Croix und Fratello waren die DNA-Spuren eindeutig den Opfern zuzuordnen. Im dritten, dem dreißig Jahre zurückliegenden Fall Herlitzius war der Nachweis nicht einfach zu führen, aber die Forensiker waren bei der Arbeit. Sie waren in der Lage, die vor vierzig Jahren bei Simone Herlitzius gefundenen DNA-Spuren des Mörders mit der DNA Thomas Hindemiths abzugleichen. Das Ergebnis war eindeutig: Die Haare, die seit über vierzig Jahren in der Asservatenkammer im Regal für ungelöste Fälle lagerten, stammten von Thomas Hindemith.

Die Untersuchungen in der Heimat Heiner de la Croixs, im saarländischen Differten, hatten zu neuen Erkenntnissen über die aus dem französischen Bibiche stammende Familie Perrier und damit über die Herkunft Anna Rosinskys geführt. Jocelyn Perrier, die in der Silvesternacht vom 31. Dezember 1967 in ihrem Haus in Differten bei einem Brand umgekommen war, hatte nach dem plötzlichen Unfalltod ihrer Eltern Monique und Bernard Perrier im Jahre 1952 einige Jahre bei ihrer Großmutter in Differten auf der anderen Seite der Grenze gelebt. Nach dem Tod der Großmutter wohnte Jocelyn, bis zu dem tödlichen Feuer, allein in dem Haus. Die Nachforschungen ergaben, dass Jocelyn Perrier eine neun sowie eine elf Jahre jüngere Schwester hatte, die in ein Kinderheim, das „Haus der barmherzigen Schwestern“, in der Nähe von Völklingen abgeschoben worden waren. Durch Adoption wurden die beiden Mädchen getrennt. Anna Perrier wurde 1953 im Alter von vier Jahren von der Industriellenfamilie Rosinsky in Essen adoptiert, Simone Perrier von der Familie Herlitzius in Schalksmühle im Sauerland. Während im Zuge der Adoption von Anna Perrier alias Rosinsky mit der Leitung des Kinderheims absolute Diskretion vereinbart wurde, hatte die in Schalksmühle lebende Simone Perrier alias Herlitzius sporadischen Kontakt zu ihrer älteren Schwester Jocelyn Perrier in Differten.

Im Sauerland hatten die Münsteraner Kriminalbeamten zunächst den pensionierten Kommissar Vogel aufgesucht. Er konnte sich noch gut an den Fall Herlitzius erinnern. Da die Münsteraner Beamten Thomas Hindemith, der seinerzeit das Zeppelin-Gymnasium in der Bergstadt besuchte, als Tatverdächtigen ins Spiel brachten, waren sie in der Lage, das vermutliche Motiv des Mörders zu rekonstruieren. Thomas Hindemiths drei Jahre jüngere Schwester Hannah war in der Nacht des 3. Juli 1967 im LSD-Rausch im Beisein ihrer ebenfalls drogenkonsumierenden besten Freundin Simone Herlitzius bei einem Sturz von der Staumauer der Schalksmühler Glörtalsperre zu Tode gekommen. Anzunehmen war, dass Thomas Hindemith, der den Tod seiner Schwester Hannah nicht verwinden konnte, Simone für das Geschehen verantwortlich machte und die Siebzehnjährige am Abend des 23. September 1967 mit einem Mikrofonstativ der Lüdenscheider Schülerband Hi-You-There erschlug. Ob die Tat von langer Hand geplant, also eiskalter Mord, oder im Blutrausch verübt wurde, also Totschlag war, ließ sich ohne Einlassung des nach wie vor flüchtigen Täters nicht klären.

– Epilog –

Das aus Natursteinen errichtete Haus in der rue Victor Hugo stammte aus dem 19. Jahrhundert und lag im Zentrum des winzigen provencalischen Nestes, in dem er seine neue Heimat gefunden hatte. Er stand am weit geöffneten Fenster mit dem schmalen Balkon, der den Blick auf die gepflasterte Straße und den karreeförmigen Platz im Schatten der mittelalterlichen Dorfkirche freigab. Zahlreiche Stühle und Bistrotische der beiden angrenzenden Cafés, die sich am Abend zu netten, gemütlichen Bars wandelten, drängelten sich auf der kleinen Fläche. Aus der Boulangerie im Erdgeschoss stieg der warme Geruch von frisch gebackenen Baguettes und Croissants nach oben und mischte sich mit dem Duft blühender Lavendelfelder. Ab und an unterbrachen ein vorbeikriechender Traktor eines örtlichen Weinbauern oder ein knatternder Mopedauspuff die idyllische Stille. Ein wenig beneidete er die Einheimischen, die schon immer, von Geburt an, das Glück hatten, in dieser Idylle zu leben, aber er hoffte, in ein paar Jahren zu ihnen zu gehören. Es hatte sich als recht einfach herausgestellt, die passenden Papiere zu besorgen, er hieß jetzt Jean-Michel Reinhardt und war als Franzose deutscher Herkunft beim Gemeindeamt gemeldet. Was er als besonderes Glück betrachtete, war die Tatsache, dass er anlässlich des Kaufes einer neuen Stereoanlage vor ein paar Monaten Valérie, die Abteilungsleiterin eines Supermarchés in Les Beaux-de-Provence, kennen gelernt hatte. Die für ihre dreiundfünfzig Jahre immer noch sehr attraktive Französin hatte sich bereits einige Male von ihm in ein schickes Restaurant in Les Beaux ausführen lassen. Jean-Michel war sehr zufrieden mit sich, beinahe glücklich, und er hatte sich fest vorgenommen, dieses junge Glück so sorgsam zu pflegen wie eine zarte Pflanze, die zu einem kräftigen Baum heranwachsen soll. Aus seinem spärlich eingerichteten Wohnzimmerchen drang leise Jazzmusik an sein Ohr. Manchmal vermisste er seine wertvolle Anlage, aber für den Augenblick musste ein billiges Gerät genügen.

Valeries kleiner Citroen hielt vor dem Haus in der rue Victor Hugo. Jean Michel hatte sich mit ihr zum Besuch eines Tanzlokals verabredet, und er war ein wenig nervös, fast wie vor vielen Jahren, zu Tanzstundenzeiten. Von seinem Balkon aus konnte er gut sehen, wie auf der Beifahrerseite Valéries Kollege Philippe ausstieg, der Leiter der Gemüseabteilung des Supermarktes, mit dem sie eine Fahrgemeinschaft gebildet hatte und täglich zur Arbeit in das etwa fünfzehn Kilometer entfernte Les Beaux-de-Provence fuhr. Er verabschiedete sich mit drei flüchtigen Küssen auf Valéries Wangen, links, rechts, links, wie es die Franzosen tun. Jean-Michel beobachtete, wie Philippes rechte Hand dabei viel zu langsam über Valéries Rücken nach unten strich, um an der Stelle innezuhalten, an der das rote T-Shirt in den Jeans verschwand. Die Hand blieb einen Moment lang liegen, und Valérie blickte sich flüchtig um, bevor sie die Hand des Kollegen von sich schob.

Beunruhigt nahm Jean-Michel plötzlich ein unangenehmes Gefühl in seiner Magengegend wahr, ein Gefühl, das ihn an seine längst vergessen geglaubte Vergangenheit erinnerte. Es regte sich tief in seinem Inneren. Er ahnte, was es war, was dort ganz unten geschlummert hatte und plötzlich wieder zum Leben erwachen wollte. Und er wusste genau, sollte es zu Tage treten, dann war es gefährlich, und es war böse, ultimativ böse.

Georg Veit

Tödliches Erbe

Ein Krimi aus dem Münsterland

184 Seiten, br., 9,90 €
ISBN 978-3-8309-1500-3

Der dritte Pepa-Krimi aus der Feder von Georg Veit. Wieder bricht die ungeliebte Welt in das Leben von Peter-Paul Pfühl ein. Diesmal in Form eines kleinen Jungen, der Kaffee trinkt und Pepas Tomaten mag. Als der Vater des Kleinen tot aufgefunden wird, winkt Pepa ab. Diesmal nicht! Doch die Wirklichkeit holt ihn ein. Seine abenteuerlustige Perle Gertrud und Heinz, hoch motivierter Kommissar a. D., lassen ihn nicht entweichen. Und so findet sich der Studienrat Pfühl, der sich intensiv auf die Weihnachtsferien vorbereiten wollte, inmitten einer merkwürdigen Verstrickung von kleinstädtischer Politik, sozialer Not und einem alten Weihnachtsbuch wieder. Dass ihm ein eiskalter Fiesling in die Quere kommt, spornt ihn allerdings an. Denn Pepa weiß mit Faust und Pistole umzugehen …

Der unbekümmerte authentische Tonfall, die regionale Verortung im Westfälischen und Veits Gespür für Spannung und Timing machen den ansprechenden Krimi zu einem kurzweiligen Lesevergnügen.

Münstersche Zeitung

Georg Veit

Hahnenkampf

Ein Krimi aus dem Münsterland

200 Seiten, br., 9,90 €
ISBN 978-3-8309-1171-5

Die Romane leben durchaus von der Spannung, dem Ver- und Entknoten der Handlungsstränge, aber auch insbesondere durch Situationskomik und den entsprechenden Sprachwitz. [...]. Diese Melange und die sympathische Eigenironie des Erzählers machen diese Bücher zu einer mehr als vergnüglichen Lektüre. Mehr davon bitte!

Reh-Zensionen,
Das Dosierte Leben

Georg Veit

Münsterland-Mafia

Ein Kriminalroman aus dem Münsterland

232 Seiten, br., 12,70 €
ISBN 978-3-89325-761-4